HEYNE
BÜCHER

PATRICIA GRASSO

ROSE DER WÜSTE

Roman

Deutsche Erstausgabe

WILHELM HEYNE VERLAG
MÜNCHEN

HEYNE ROMANE FÜR »SIE«
Nr. 04/203

Titel der Originalausgabe
DESERT EDEN
Aus dem Amerikanischen
von Gabriele-Sabine Gugetzer

3. Auflage

Printed in France 1999
Umschlagillustration: Pino Daeni / Agentur Schlück
Umschlaggestaltung: Atelier Ingrid Schütz, München
Satz: Fotosatz Prechtl, Passau
Druck und Bindung: Brodard & Taupin

ISBN 3-453-12418-9

Kapitel 1

Southend-on-Sea, England, Oktober 1566

Glänzende Sonnenstrahlen tanzten über sanfte Wellen, die bedächtig an den Strand rollten.

Die siebzehnjährige Heather Elizabeth Devereux stand an der Reling des Schiffes und blickte auf die kleiner werdenden Gestalten am Strand. Bewacht von der Garde der Devereuxs stand dort die Witwe des Grafen von Basildon neben Sir Henry Bagenal, den Königin Elizabeth nach dem Tode des Grafen vor sieben Jahren zum königlichen Abgesandten der Devereuxs bestimmt hatte. Sir Henry, ein liebenswürdiger Mann, war Heather ein zweiter Vater geworden, und sie würde ihn fast so vermissen wie ihre Mutter.

Heather wußte, daß ihre Mutter ihr nachblicken würde, bis das Schiff am Horizont verschwunden war. Denn als die Königin ihre älteren Schwestern außerhalb Englands verheiratet hatte, war es Heather gewesen, die dort neben ihrer Mutter gestanden und den Schwestern zum Abschied gewinkt hatte. Und nun würde Heather, die jüngste, die letzte von ihnen sein.

Obwohl sie zögerte, England und alles, was ihr lieb war, zu verlassen, wußte Heather auch, was ihre Pflicht war. Ihrer Mutter zuliebe, die in dieser Angelegenheit keinen Einfluß nehmen konnte, hatte sie ein fröhliches Gesicht aufgesetzt. Und sie dachte an Kathryn und Brigette. Auch sie waren nur schweren Herzens der königlichen Weisung gefolgt, doch beide waren mit ihren Ehemännern glücklich geworden.

Ob sie selbst soviel Glück haben würde, bezweifelte Heather allerdings. Das Miniaturbild des Grafen deutete schon darauf hin, daß er es mit ihren gutaussehenden

Schwagern kaum aufnehmen konnte. Ein Mündel der Krone zu sein, hatte eben seine Schattenseiten.

»Noch ist es nicht zu spät.«

»Zu spät für was?«

»Zu spät dafür, deine Meinung zu ändern und dich mit mir ins Exil zu begeben«, sagte Heather zu April, ihrer Cousine und Zofe.

»Einen französischen Adeligen zu heiraten, bedeutet doch nicht, ins Exil zu gehen«, erwiderte diese. »Außerdem war ich bei allen deinen Abenteuern dabei.«

»Aber Cousine«, sagte Heather mit einem verschmitzten Grinsen, »ich dachte, du haßt Abenteuer.«

»In Frankreich zu leben ist die Art von Abenteuer, die ich genieße«, antwortete April. »Ein *sicheres* Abenteuer.«

»Vor uns liegt eine lange Reise«, neckte sie Heather. »Da könnten ganz andere Abenteuer auf uns warten. Gefährliche Abenteuer.«

»Zum Beispiel?«

»Nun, vielleicht Piraten.«

»Der Himmel steh uns bei«, sagte April und bekreuzigte sich schnell. »Obwohl ich mir sicher bin, du würdest eine Begegnung mit Piraten genießen.«

Obgleich England in der Ferne noch zu sehen war, fühlten beide schon Heimweh. Wie sie dort an der Reling standen und einen allerletzten Blick zurück auf ihre Heimat warfen, waren Lady und Zofe ein bezauberndes Bild.

Heather war eine kleine, zierliche und wohlgerundete Person und von einer ungewöhnlichen und atemberaubenden Schönheit, derer sie sich selbst nicht bewußt war. In dem zartgemeißelten, ovalen Gesicht glänzten riesige smaragdgrüne Augen, die Haut glich elfenbeinfarbener Seide. Eine üppige Mähne kupferfarbenen Haares floß ihr in weichen Locken fast bis zur schmalen Taille. Auf der kleinen Stupsnase befand sich die einzige Unvollkommenheit, eine Prise hingestreuter kecker Sommersprossen.

April war um einiges größer als ihre Cousine, eher von normaler Statur, mit blauen Augen und braunen Haaren. Sie war hübsch, angenehm hübsch, nicht atemberaubend. Zu Heathers stiller Schmach verschandelte keine einzige Sommersprosse Aprils zartgeschnittene Nase. Sie war das Ebenbild ihrer Mutter, der zweiten Cousine des verstorbenen Earls.

»Mademoiselle!« rief Kapitän Armande in einem unangenehmen Befehlston. Die beiden jungen Damen wandten sich ihm zu. Ein Ekel von einem Mann, dachte Heather. Kapitän Armande war klein und untersetzt. Sein schwarzes ungepflegtes Haar glänzte fettig, und der riesige Schnurrbart sah an dem kleinen Mann lächerlich aus.

»Ich werde Euch nun in Eure Kabine bringen«, erklärte Kapitän Armande. »Folgt mir.«

»Nein«, sagte Heather. »Wir wollen noch einen letzten Blick auf England werfen.«

Kapitän Armande machte auf dem Absatz kehrt und murmelte etwas von mangelhaften Umgangsformen dieser Engländer. Der Comte de Beaulieu, ein harter, unnachgiebiger Mann, würde diesem dummen Ding schnell Manieren beibringen.

Sie warfen einen letzten Blick auf die kleine Gruppe am Strand, die sich langsam in Bewegung setzte. Heather seufzte. Offensichtlich würde ihre Mutter nicht warten, bis das Schiff am Horizont verschwunden war.

»Ob wir wohl herunterfallen werden?« fragte Heather. Es hob immer ihre Stimmung, wenn sie ihre Cousine necken konnte.

»Über Bord?« fragte April verblüfft.

»Nein, richtig herunterfallen.«

»Von was denn herunterfallen?«

»Vom Ende der Welt.« Heathers Antwort wurde von einem würdevoll-nachdenklichen Gesichtsausdruck begleitet. »Kannst du schwimmen?«

»Nein, du?«

Heather schüttelte den Kopf. »Das bedeutet wohl, daß wir das Schiff nicht verlassen können, bevor es von der Kante stürzt.«

April wurde blaß und ihre Stimme vor Schreck ganz hoch. »Dann glaubst du also wirklich, es bestünde die Gefahr ...«

Heather lachte ihr liebliches, melodisches Lachen, das sofort die Aufmerksamkeit der französischen Mannschaft auf sich zog. »Sei doch keine Närrin, April. Die Erde ist rund, nicht flach. Außerdem stammt meine Mutter aus Frankreich.«

»Die Gräfin überquerte den Ärmelkanal, aber wir segeln außen herum in dieses Meer.«

»Du meinst das Mittelmeer«, half Heather nach. »Vertrau mir, es gibt keinen Rand, von dem wir fallen könnten.«

»Woher willst du das wissen?« April klang zwar erleichtert, doch noch nicht ganz überzeugt.

»Richards Lehrer hat es uns erklärt.«

April war etwas beruhigt. Doch dann hakte sie nach: »Aber woher weiß *er* das denn so genau?«

Bevor Heather darauf antworten konnte, war Kapitän Armande wieder hinter ihnen. »Ich bestehe darauf, daß sich Mademoiselle sofort in ihre Kabine zurückzieht. Eure Anwesenheit an Deck lenkt die Matrosen von ihrer Arbeit ab.«

»Mein werter Kapitän Armande«, antwortete Heather mit gespieltem Hochmut. »Ich bin Lady Heather, keine Mademoiselle. Und meine Zofe und ich werden uns zurückziehen, wenn ich es für richtig halte. Sie sprechen mit der zukünftigen Comtesse de Beaulieu. Und Sie, das verstehe ich doch richtig, stehen im Dienst meines mir versprochenen Mannes, des Comte de Beaulieu. Sie werden von derartigen Befehlen absehen und Ihrer zukünftigen Herrin gegenüber einen anderen Ton anschlagen.«

Kapitän Armande unterdrückte nur mühsam sein plötzliches Bedürfnis, Heather zu schlagen. Sein Gesicht verfinsterte sich, und er zog sich ohne ein weiteres Wort zurück. Heather zwinkerte April zu, die sich ein Kichern verkniff.

»Bitte verzeih, daß ich von dir als meiner Zofe gesprochen habe«, entschuldigte sich Heather. »Gott, wie ich sie verabscheue, diese Franzosen. Außer meiner Mutter natürlich.«

»Und bis heute kanntest du außer deiner Mutter auch keinen einzigen Franzosen«, erinnerte April sie sanft.

Heather lächelte. »Das mag wohl sein. Aber es war Abneigung auf den ersten Blick.«

»Du solltest zu der Dienerschaft deines zukünftigen Ehemannes höflich sein. Denn bald werden sie auch deine Diener sein«, sagte April. »Unsere Königin hat dir ein gutes Schicksal zugedacht. Sie hätte dich in ein wildes Land schicken können, so wie deine Schwestern.«

Heather dachte an Kathryn, die in Irland lebte und an Brigette, die in Schottland verheiratet war. Achselzuckend antwortete sie: »Meine Schwestern besitzen etwas, das das zivilisierte Frankreich nicht bieten kann.«

»Und das wäre?«

»Abenteuer.«

April rollte in stummer Verzweiflung die Augen.

»Wer wäre für Abenteuer besser geeignet als ich?« fragte Heather. »Du weißt doch, daß ich zusammen mit meinem Bruder in der Fechtkunst unterwiesen wurde. Ich habe gelernt, zu kämpfen und mich zu verteidigen. Aber wofür? Die Königin schickt mich in dieses langweilige Frankreich, wo mein einziger Lebenszweck darin bestehen wird, diesem häßlichen Comte Erben zu gebären.«

»Ich für meinen Teil bin dankbar, in einem zivilisierten Land zu leben«, beharrte April. »Und der Comte de Beaulieu ist durchaus ein gutaussehender Mann. Zeig mir doch noch einmal die Miniatur.«

Heather griff unter ihren Reiseumhang aus dunklem Tuch und zog das Bild aus ihrer Brusttasche. Lady und

Zofe beugten sich über das gemalte Antlitz des französischen Adeligen.

Und entgegen blickte ihnen der dreißigjährige Savon Fougere, Comte de Beaulieu. Die Farbe seines rötlichbraunen Haares deckte sich mit der des Schnurrbartes unter der dünnen, spitzen Nase. Sein Gesicht war schmal, fast dünn, die Augen dunkel, fast schwarz. Und sein Gesichtsausdruck ... Nun, als fühle er unsagbaren Schmerz. Als hätte man ihm eine Pike in den ...

»Der Comte ist bestimmt ein attraktiver Mann«, sagte April und versuchte, ihre Abscheu vor seinem Äußeren zu verbergen. »Mit Sicherheit hat der Künstler sein wahres Gesicht nicht einfangen können. Es ist unmöglich, das Wesen eines Menschen mit Pinsel und Leinwand wiederzugeben.«

»Fougere ähnelt einem Wiesel«, kam Heathers knappe Antwort. »Und diese kalten Schlangenaugen werde ich nie lieben können. Er wirkt wie ein Mann ohne Gefühle und Zärtlichkeit.«

»Schließ nie vom Äußeren auf den Charakter eines Mannes«, ermahnte sie April.

»Wenn er mir nicht gefällt, werde ich ihm einfach davonlaufen — so wie Brigette!«

»Lady Heather«, beharrte Kapitän Armande. »Als Kapitän dieses Schiffes erkläre ich, daß Ihr Euch hiermit unter Deck verfügt.«

Er hätte es sich nicht träumen lassen, einmal Gouvernante zweier englischer Jungfern spielen zu müssen. Und wer hätte gedacht, daß ihm solche Dämchen derart auf die Nerven gehen könnten.

Heather warf einen letzten Blick zur Küste. England gab es nicht mehr. Einen kurzen Moment wallte Furcht in ihr auf, doch dann sagte sie kühl: »Gut, gehen wir also unter Deck.«

Sie folgten dem Kapitän. »Meinst du, wir werden England je wiedersehen?« flüsterte April. Hoffnung schwang in ihrer Stimme.

Heather blickte ihre Cousine kurz aus den Augenwinkeln an. Ihre Lippen zuckten vor Vorfreude. »Oh, sollte der Comte meinen Erwartungen nicht genügen, bestimmt.« Sie seufzte tief und theatralisch. »Doch ich fürchte, der Fußmarsch zurück nach England wird lang und beschwerlich!«

Kapitän Armande öffnete die Tür und ließ sie in die Kabine eintreten. »Das wird in den nächsten zwei Wochen Euer Zuhause sein.«

Ihr neues Zuhause war kaum größer als eine Pferdebox, dunkel und düster. Nur ein einziges Bullauge ließ kärgliches Tageslicht in den Raum. Unter dem runden Fenster war eine klapprige Koje, gegenüber ein wackeliger Tisch, jedoch keine Stühle. Die Truhen mit ihrer persönlichen Habe waren an der einen Seite der Kajüte sorgfältig übereinandergestapelt. Im rechten Winkel zur Koje hing ein großes Stück Stoff, das an beiden Enden mit Seilen zusammengezurrt und in die Wand verhakt war.

»Was ist denn das hier?« fragte Heather und hüpfte ungezwungen hinein. Zu ihrem Erstaunen schwang die Vorrichtung vor und zurück.

Kapitän Armands Gesichtsausdruck entspannte sich leicht, man hätte fast sagen können, er lächelte. »Man nennt das eine Hängematte. Eure Zofe kann darin schlafen.«

»Ach, ich glaube, ich werde es selbst benutzen«, antwortete Heather, nachdem sie den entsetzten Gesichtsausdruck ihrer Cousine gesehen hatte. »Es sieht bequemer aus als diese klapprige Koje.«

»Während unserer Überfahrt könnt Ihr Euch mit Eurer Zofe nachmittags zwischen zwei und vier Uhr an Deck aufhalten«, informierte sie Kapitän Armande knapp. »Die Unterkünfte der Männer liegen weiter unten. Der Zugang ist Euch strikt untersagt. Die Mahlzeiten wird man Euch hier servieren. Noch Fragen?«

»Und wo sollen wir essen?« fragte Heather. Ihre schimmernden Augen hatten sich zu kleinen Schlitzen verengt.

Voller Abscheu starrte sie auf den Franzosen. »Ich sehe hier keine Stühle.«

»Der Tisch kann an die Koje herangezogen werden.« Kapitän Armande hatte seinen strengsten Gesichtsausdruck aufgesetzt in der Hoffnung, daß sich der rebellische Zug dieser jungen Frau dadurch zähmen ließe. »Eine Nichtbeachtung dieser Anordnungen käme einer Meuterei gleich.«

»Sind wir Gäste oder Gefangene des Comte?« stichelte ihn Heather.

»Lady Heather, diese Regeln sind zu Eurem persönlichen Schutz gedacht.« Mit dieser einsilbigen Antwort wollte der Kapitän grußlos die Kabine verlassen.

»Kapitän Armande!« Heather ließ nicht locker. Als er sich wieder zu ihr umdrehte, setzte sie ihr gewinnendstes Lächeln auf. »Beaulieu liegt am Mittelmeer, und das Wetter ist dort das ganze Jahr über schön. Aber das ist leider alles, was ich über mein neues Zuhause weiß. Könnt Ihr mir nicht etwas mehr erzählen?«

»Ich werde an Deck gebraucht. Für derlei Dinge fehlt mir die Zeit«, antwortete Armande und stand schon an der Tür.

»Warum ist der Comte nicht selbst nach England gereist, um seine zukünftige Frau zu holen?«

Kapitän Armande drehte sich ein letztes Mal zu ihr um. »Der Comte gibt mir Anweisungen und Befehle. Er teilt mir nicht seine Gedanken und Beweggründe mit. Und für einen so mächtigen Mann wäre ein Seegang viel zu gefährlich. Seine Feinde brennen darauf, ihm eine Falle zu stellen.«

»Fougere ist ein Feigling?« platzte Heather heraus.

April hielt vor Entsetzen die Luft an. Kapitän Armande verließ die Kajüte ohne ein weiteres Wort. Die Tür fiel hinter ihm krachend ins Schloß.

»Wie kannst du einen so abscheulichen Gedanken hegen, geschweige denn aussprechen?« tadelte die besonnene April ihre Cousine.

Heather warf einen Blick auf April, die ganz durcheinander wirkte. Sie lächelte. »Was wie ein Wiesel aussieht und sich wie ein Wiesel verhält, das *ist* ein Wiesel!«

Günstige Winde brachten die *Belle Beaulieu* auf schnellstem Wege durch die Straße von Dover und den Ärmelkanal. Sie waren bereits auf dem offenen Meer angelangt. Doch nun segelte das Schiff geradewegs in einen Sturm. Heather hüpfte trotzdem fröhlich aus ihrer Hängematte — es war Zeit, an Deck zu gehen.

»Komm, laß uns etwas Luft schnappen«, forderte sie ihre Cousine auf.

»An Deck?« fragte April besorgt. Sie blinzelte durch das Bullauge. »Der Himmel ist ganz dunkel.«

»Ein bißchen Wasser hat noch niemandem geschadet.« Heather warf sich schon ihren wollenen Umhang über. »Kommst du nun?«

Zögernd griff April nach ihrem Umhang.

»Zurück in die Kabine«, rief Kapitän Armand, sobald sie ihren Fuß an Deck gesetzt hatten.

Heather drehte sich langsam zu diesem Ekel. »Euren Anweisungen zufolge können wir jeden Nachmittag zwischen zwei und vier Uhr an Deck sein.«

»Das Wetter ist zu rauh«, rief der Kapitän. Der Wind peitschte die Regentropfen an der Reling entlang.

»In der Hölle sollst du . . .«. Heather stieß einen Fluch aus und rannte ihrer Cousine nach in die Kabine.

Am nächsten Morgen weckten sie Sonnenstrahlen, die durch das winzige Fenster brachen. Ihren heutigen Ausflug würde kein rauhes Wetter stören.

Punkt zwei Uhr tauchten Heather und April an Deck auf. Doch anstatt sich in der strahlenden Sonne zu wärmen, marschierte Heather wie ein angreifender Soldat auf den unglückseligen Kapitän zu.

»Sich mit Meerwasser zu waschen, ist ekelhaft und unerträglich. Ich wünsche, daß Ihr für mich und meine Zofe für angenehmere Bedingungen sorgt.«

Kapitän Armande mißachtete die Beschwerde und ging einfach davon.

Auch am dritten Tag ihrer Reise war ihnen das Wetter wohlgesonnen. Und auch dieses Mal beschwerte sich Heather: »Zu den Mahlzeiten sitze ich eingekrümmt in der Koje, vor mir der wackelige Holztisch. Das raubt mir den Appetit.«

Und auch heute ignorierte sie der Kapitän.

Zwei Tage später durchglitt die *Belle Beaulieu* die Straße von Gibraltar. Vor ihnen lag das Mittelmeer. Erst ging es eine Weile südlich, dann wurde der Kurs auf Nordnordost in Richtung südfranzösische Küste geändert. Ein warmer Wind umspielte Heather und April, sanft wie die Liebkosungen eines kunstfertigen Liebhabers. Die Sonne erwärmte ihre Gesichter, tanzte über das Meer und färbte die Wellen in allen Schattierungen von Grün und Blau.

»Vielleicht ist er ja ein fröhlicher Mensch«, sagte April, die sich mit Heather ein weiteres Mal dem Studium des Comte widmete und nachdenklich auf das Medaillon blickte.

»Sieht so ein fröhlicher oder gutmütiger Mensch aus?« Heather zog altklug eine perfekt geschwungene kupferfarbene Augenbraue hoch. Sie warf ihrer Cousine einen warnenden Blick zu. »Wenn Gott in seiner Gnade etwas für mich tun will, dann möge er schleunigst eingreifen!«

»Du hast ihn noch nicht einmal kennengelernt«, erwiderte April. »Du mußt deinem zukünftigen Ehemann zumindest eine Chance geben, Heather.«

Heather stöhnte auf, als hätte sie plötzlich Schmerzen.

»Ist dir nicht wohl?« fragte April besorgt.

»Den Comte zu heiraten bedeutet auch, jede Nacht neben ihm zu liegen und seinen Wünschen gefügig zu sein! Und dieser Gedanke ist ekelerregend. Warum nur hat mir die Königin nicht befohlen, einen gutaussehenden Mann zu heiraten?«

»O Heather! Daran hatte ich gar nicht mehr gedacht«, sagte April und verzog das Gesicht.

Doch Heather lächelte schon wieder keck. »Bevor wir dieses Beaulieu erreicht haben, wird mir etwas eingefallen sein. Wie kann ich es nur einrichten, daß der Comte mich unattraktiv findet? Vielleicht findet er ja meine Sommersprossen abstoßend!«

April schaute ihre Cousine prüfend an. Auch mit Sommersprossen war Heather eine Schönheit. Der Comte würde von ihr fasziniert sein. Heather mußte sich mit der Situation abfinden. Es sei denn ... »Vielleicht hat Gott ein Einsehen«, sagte April laut. »Vielleicht zieht der Comte die Gesellschaft von Männern vor.«

»Wie meinst du das?«

»Manche Männer schätzen die Gesellschaft von Männern. Ich habe das gehört. Die Leibgarde Eures Bruders ...«

Heather brach in ungläubiges Gelächter aus.

Am nächsten Morgen kletterte sie mißstimmig aus ihrer Hängematte. Selbst die Sonne konnte ihre Laune nicht heben.

»In dieser teuflischen Konstruktion ist an Schlaf nicht zu denken. Die Matte schwingt hin und her!« Diese Ansprache an den Kapitän verlief ergebnislos. Armande ignorierte sie, wie üblich.

Am folgenden Tag schritt Heather um Punkt zwei Uhr mit April im Schlepptau nach oben an Deck. »Was zuviel ist, ist zuviel« stand auf ihrer Stirn geschrieben. Sie suchte das Deck nach Kapitän Armande ab. Noch ein einziger Tag unter solchen Bedingungen war nicht zumutbar. Vielleicht würden ja ein paar Tränen das Herz des Franzosen erweichen.

Aber der Kapitän war nirgends zu sehen. Heather sprach einen Matrosen auf Französisch an, dann einen zweiten. Doch außer Stirnrunzeln und Achselzucken war aus der Mannschaft nichts herauszubekommen.

Als sie zwei Stunden später wieder in ihre Kabine gingen, entdeckte April den Kapitän unter Deck, doch sie behielt es für sich. Offenbar waren dem Kapitän Heathers

Beschwerden und Nörgeleien zuviel geworden und er hatte einfach beschlossen, sich dem nicht länger auszusetzen.

Heather hingegen sah sich als mißhandelte Gefangene. Die Gedanken an ihren zukünftigen Ehemann waren weder zärtlich noch liebevoll. Monsieur Savon Fougere würde sich einiges anhören müssen, wenn man endlich in Beaulieu angekommen war.

Am achten Tag der Reise und ihrer Gefangenschaft war es mit Heathers Geduld zu Ende. Sie war doch die zukünftige Comtesse de Beaulieu! Also konnte sie sehr wohl tun und lassen, was ihr beliebt, konnte kommen und gehen, wann sie wollte.

Sie erhob sich aus der Hängematte, in die sie sich seit dem Frühstück grübelnd zurückgezogen hatte. Entschlossenheit stand nun in ihrem Gesicht geschrieben. Sie ging Richtung Tür.

»Wohin willst du?« April blickte von ihrer Stickarbeit auf.

»An Deck!«

»Heather! Der Kapitän hat es uns verboten. Es ist doch noch gar nicht Nachmittag.«

Heather warf ihrer Cousine einen entschlossenen Blick zu. »Nein? Na, du wirst gleich sehen, was ich darf!« Mit diesen Worten griff sie nach der Tür.

»Oh!«

Etwas hatte die Seite des Schiffes so hart gerammt, daß Heather durch die Wucht des Aufpralls quer durch die Kabine gegen die Koje geworfen wurde. Sie schrie auf, als sie dabei fast ihre Cousine unter sich begrub.

Doch sofort hatte sich Heather in der Gewalt. Sie hielt April den Mund zu und flüsterte nur: »Hörst du denn nichts?«

Oben an Deck wurde Alarm geläutet. Man hörte Schreie und Flüche, das Rasseln von Säbeln, das Aufeinandertreffen blitzender Klingen.

»Was ist das?« fragte April zitternd.

»April!« verkündete Heather strahlend. »Das ist unser Abenteuer!«

»W-Was meinst du denn damit?« Jetzt klang Angst aus Aprils Stimme.

»Du stotterst ja! Es klingt, als würden wir angegriffen. Obwohl es bestimmt keinen Grund zur Sorge gibt«, antwortete Heather.

»*Angegriffen*?« schrie April in Panik auf.

»Psst.«

Heather legte ihr einen Finger auf die Lippen und bedeutete April, leise zu sein. Dann sprang sie von der Koje herab und durchwühlte die Truhen in der Ecke. Nach einigen Minuten zog sie einen prächtigen, juwelenbesetzten Dolch hervor, das Abschiedsgeschenk ihres Bruders. Oh, hätte ihr doch die Mutter nicht verboten, auch ihren Degen mitzunehmen!

»Wohin geht du?« fragte April zitternd, doch mit Nachdruck in der Stimme.

»Nach oben. Ich will sehen, was dort oben los ist.«

»Heather, bitte! Bitte, laß mich hier nicht allein. Ich sterbe vor Angst!«

»Gut, du kannst mitkommen. Doch was auch immer passiert, halte dich nicht an meinem Arm fest! Hast du das verstanden?«

April nickte zitternd.

Heather öffnete die Tür einen Spaltbreit und blickte den Gang hinunter. Niemand war zu sehen. An die Wand gepreßt, schlichen sie langsam zur Treppe, die an Deck führte. Plötzlich hörte man von oben einen gellenden Schrei. Und dann Stille.

April wimmerte.

»Ssshh!«

Heather ging als erste die Treppe hinauf, April folgte ihr zögernd. Oben angekommen, blieben beide wie angewurzelt stehen.

Ein wahrer Riese versperrte ihnen den Weg. Beide hatten noch nie einen furchteinflößenderen Menschen gesehen. Er trug schwarze, weitgeschnittene Hosen, deren Enden in schwarzledernen Stiefeln steckten. Der dunkle Haarschopf hing ihm wild in den Nacken und floß herab auf die nackte Brust. In seiner Riesenpranke hielt er ein gebogenes Schwert, eine Waffe, die Heather in all ihren Unterrichtsstunden noch nie zu Gesicht bekommen hatte.

»Bleib, wo du bist«, warnte Heather den Piraten und fuchtelte dabei mit ihrem lächerlich kleinen und eleganten Dolch vor seinem Gesicht herum. »Wenn dir dein Leben lieb ist, dann wage es nicht, dich uns zu nähern.«

Der Hüne grinste und hob eine Hand hoch, als wolle er sich ergeben. Dann drehte er sich etwas zur Seite und rief über die Schulter: »Kaptan!«

Heather versuchte, die Lage an Bord mit einem kurzen Blick zu erfassen. Überall an Deck lagen französische Seeleute, bereits tot oder im Sterben. Kapitän Armande wurde von zwei grimmigen Piraten bewacht. Er stand etwas abseits und mußte zusehen, wie seine Fracht auf das feindliche Schiff geladen wurde.

Die dunkle Gestalt wollte Heathers Unachtsamkeit ausnützen und näherte sich ihnen. Doch schon knurrte sie so überzeugend, wie sie nur konnte, und richtete den Dolch auf seinen Hals.

»Kaptan!« rief er ein zweites Mal. Und dieses Mal grinste er nicht mehr.

Der junge Anführer des Piratenhaufens fand den Anblick des zerbrechlichen Wesens, das seinen Ersten Offizier zu bedrohen suchte, fast erheiternd. Er war erst Mitte Zwanzig, doch bereits Kapitän, ein großer, gutgebauter, breitschultriger Mann, dessen Gesicht von der Sonne gegerbt war.

»Was haben wir denn hier?« fragte er auf französisch. Aus seinem hübschen Gesicht und den glänzenden schwarzen Augen sprach Verblüffung über diese unerwartete Wendung ihres Raubzuges.

»Kümmere dich um deine eigenen Angelegenheiten«, fauchte Heather auf französisch zurück.

»Seid Ihr Französin?« wollte der Kapitän wissen.

»Nein!« erklärte Heather entrüstet.

»Was dann?«

»Das geht dich gar nichts an«, gab Heather zurück.

Er lächelte, fasziniert von ihrer wilden und ungezähmten Schönheit, über diese unglaubliche Kühnheit. Das feurige Haar dieses Weibes entsprach dem feurigen Wesen und ihrem Mut. Welch wunderbare und seltene Bereicherung seines Harems!

»Ich bin Malik ed-din. Meine Feinde nennen mich Laich des Hais. Ich bin der Enkel des berühmten Khair ed-din, auch Barbarossa genannt.«

»Baba wer?« Heather schien herzlich wenig beeindruckt.

Der Kapitän und sein Erster Offizier wechselten bedeutungsvolle Blicke. Augenscheinlich belustigte sie dieser Wortwechsel.

»Und mit wem habe ich die Ehre?«

Heather richtete sich auf, mochte der Hüne sie auch um Haupteslänge überragen. Auf englisch antwortete sie: »Ich bin Heather Elizabeth Devereux, Cousine von Elizabeth, Königin von England.«

»Und eine seltene und schöne Blüte, die gepflückt werden muß«, antwortete Malik zu Heathers Überraschung auf englisch. Er hielt ihr seine Hand entgegen: »Kommt mit mir. Ich werde Euch sicher auf mein Schiff geleiten.«

»Eine Blüte? Ich bin eine englische Rose. Und Rosen haben Dornen.« Heather fuchtelte wieder mit ihrem Dolch herum. »Bleib, wo du bist.«

»Heather, treib es nicht zu weit! Verärgere ihn nicht. Diese Türken sind als gefährlich verschrien«, flüsterte April hinter ihrem Rücken.

»Wer versteckt sich da hinter Euch?« fragte Malik.

»Meine Cousine April.«

»Guten Tag, wie geht es Euch«, kam etwas zaghaft Aprils Antwort. Sicherheitshalber hielt sie sich noch immer hinter ihrer mutigeren Cousine versteckt. »Es ist mir eine Freude, Eure Bekanntschaft zu machen.« Beinahe hätte sie noch einen Hofknicks gemacht.

»April! Dieser werte Herr hier stattet uns keinen Höflichkeitsbesuch ab!«

Nicht eine, sondern zwei wahre Schönheiten für seinen Harem, dachte Malik und rieb sich in gedanklicher Vorfreude die Hände. Er kam einen Schritt näher.

»Halt!« schrie Heather auf und richtete ihren Dolch nun direkt auf den Piraten. »Ich habe gelernt, mit Waffen umzu ...«

Mit einer blitzschnellen Handbewegung hatte ihr Malik den Dolch aus der Hand geschlagen. »Und nun, mein schönes Wesen?« Er kam noch näher. »Was werdet Ihr nun tun?«

»Dieses Schiff gehört meinem zukünftigen Ehemann«, antwortete ihm Heather stolz. »Und die Rache des Comte de Beaulieu wird furchtbar sein.«

Das Lächeln verschwand aus Maliks Gesicht. Jetzt war es an Heather zu lächeln und im stillen zu triumphieren.

»Rashid!« Malik nickte dem Hünen zu. Er zerrte April hinter Heather hervor und hielt sie in seinem stählernen Griff.

Lässig musterte Malik seine feurige kleine Gefangene von allen Seiten. Heather fühlte sich plötzlich wie ein Pferd, das zur Versteigerung angeboten wird. Malik genoß den Anblick sehr. Doch leider durchkreuzte die Identität dieser Ungläubigen seine Pläne. Denn nun gab es jemanden, der ein noch größeres Interesse an ihr hatte. Aber Malik tröstete sich schnell. Diese Cousine war ein reizendes, süßes Vögelchen.

»Ihr seid wahrhaftig dem Wiesel versprochen?« Vielleicht hatte sich Malik ja auch nur verhört.

»Der Comte de Beaulieu ist kein Wiesel«, entgegnete Heather empört.

»Also habt Ihr ihn noch nicht kennengelernt«, antwortete Malik grinsend. Und mit erhobener Stimme setzte er nach: »Heather Elizabeth Devereux, hiermit erkläre ich

Sie zum Eigentum des Khalid Beg, des kaiserlichen osmanischen Prinzen.«

»Menschen sind nicht das Eigentum anderer Menschen«, antwortete Heather kühl.

»Natürlich sind sie das. Herren besitzen doch ihre Sklaven, oder?«

Heather reckte stolz die kleine Stupsnase in die Höhe. »Nicht in England. Unsere Diener sind keine Leibeigenen, sondern freie Menschen.«

»Aber Ihr seid nicht mehr in England, mein kleines Mädchen«, entgegnete Malik kühl. Ohne noch auf ihre Antwort zu warten, rief er seiner Mannschaft zu: »Entladet weiter!« Dann drehte er sich wieder Heather zu und gab den knappen Befehl: »Ihr kommt mit mir.«

»Nein!«

»Das Schicksal dieser Barbaren ist für eine so zarte Lady wie Euch kein angenehmes Schauspiel.« Im Umgang mit Frauen zog es Malik immer vor, Vernunft statt roher Gewalt einzusetzen. »Ich werde Euch und Eure Cousine auf mein Schiff bringen lassen. Dort seid Ihr in Sicherheit.«

»Nein.« Heather weigerte sich noch immer, denn sie ahnte nicht, was sie nun gleich zu sehen bekommen würde.

»Ihr wollt also Zeuge der Rechtsprechung der kaiserlichen Flotte werden?« fragte Malik.

»Ha! Kaiserliche Freibeuter würde es wohl eher treffen!« fauchte Heather.

Malik zuckte mit den Schultern. Die Hinrichtung eines einzigen Ungläubigen sollte genügen, um diesen Wildfang zu zähmen. Er drehte sich zu den Männern, die den französischen Kapitän bewachten.

Einer trat ein paar Schritte zurück, der andere hob sein Krummschwert in die Luft. Mit einer einzigen raschen Bewegung trennte er den Kopf des Kapitäns vom Rumpf.

Zuerst spürte Heather nur Entsetzen. Dann starrte sie auf den abgeschlagenen Kopf. »Vater«, hauchte sie noch leise und brach dann zusammen. Malik hatte eine solche Reaktion erwartet und fing das junge Mädchen auf.

Ohne Vorwarnung trat April ihren Bewacher zwischen die Beine und entwand sich seinem Griff, als der Hüne sich vor Schmerzen nach vorne bog. Sie rannte zu ihrer bewußtlosen Cousine.

Ihre ganze Wut richtete sich gegen den Piratenkapitän. »Das habt Ihr damit angerichtet. Nun werden mich ihre Alpträume wieder wochenlang wachhalten.«

Malik warf Rashid einen warnenden Blick zu. »Laß das Grinsen, Rashid. Ich nehme die Lady, du trägst dieses Vögelchen.«

Malik hob Heather behutsam hoch. Vorsichtig ging er mit seiner Beute auf der Schulter die Gangway hinunter. Rashid griff nach April, warf sie sich rüde über die Schulter und ging seinem Kapitän nach.

Als sie wieder zu sich kam, blickte Heather in Aprils besorgte Augen.

»Wie geht es dir?« fragte April.

»Sicherlich besser als Kapitän Armande.«

April lächelte erleichtert. Wenn Heather ihre typischen morbiden Witze machen konnte, mußte es ihr schon wieder besser gehen.

Ohne sich zu bewegen, musterte Heather die neue Umgebung. Die Kabine wurde von Lampen und Licht, das durch zwei große Bullaugen fiel, sanft beleuchtet. Sie war groß genug für ein richtiges und bequemes Bett und einen solide gebauten Tisch mit zwei schön verzierten Stühlen. Kuschelige Kissen in kostbaren Bezügen lagen verstreut in der einen Ecke der Kabine. Mehr konnte Heather nicht sehen, ohne sich zu bewegen.

»Als Gefangene der Türken lebt man luxuriöser denn als Gast von Fougere!«

April nickte und deutete auf die Kisten in der Ecke. »Schau mal. Sie haben uns sogar unsere persönliche Habe gebracht.«

»Sei doch nicht so ein Dummerchen! Das gehört nicht

mehr uns. Diese habgierigen Lumpen werden nicht das kleinste Fitzelchen zurücklassen.«

Plötzlich schwang die Tür auf. Malik verharrte für einen kurzen Moment im Türrahmen und schlenderte dann betont lässig herein.

»Wie ich sehe, geht es Euch schon wieder besser«, sprach er sie auf französisch an, einer Sprache, in der er sich eindeutig wohler zu fühlen schien als im Englischen.

»Was ist mit dem Schiff des Comte und seiner Besatzung?«

»Gewalt verstört Euch. Und ich begehe den gleichen Fehler nie zweimal. Also laßt uns von etwas anderem sprechen. Von angenehmen Dingen, wie die Eurer Schönheit ...«

»Ich sagte doch schon, ich bin nicht *Eure* Schönheit!«

»Und *ich* sagte schon, Ihr gehört mir. Ihr seid mein Eigentum. Ich habe Euch erobert.«

Heather schnaubte abschätzig. »Mein Verlobter wird eine große Summe Lösegeld zahlen, wenn ich ihm sicher ...«

»Es wird kein Lösegeld geben«, sagte Malik.

»Aber ...«

»Egal, welchen Preis man für Euch bieten würde, er würde nie Eurem wahren Wert entsprechen.«

»Was soll das heißen?« fauchte Heather ihn an.

»Seid still! Jetzt ist es genug!« Malik verlor fast die Beherrschung. Dieses zarte Persönchen war einfach hinreißend — und konnte einen gleichzeitig um den Verstand bringen. Falls Khalid sie nicht sofort tötete, dann würde sie mit einem gezielten Stich in sein Herz treffen.

»Ihr befindet Euch in meiner Kabine. Ich stelle sie Euch für den Rest der Fahrt zur Verfügung. Versucht nicht zu fliehen. Ihr könnt nicht entkommen. Die Tür werde ich bewachen lassen.«

»Aber dafür besteht doch gar kein Grund.« Heather schnurrte plötzlich mit der Stimme eines sanften Kätzchens. »Wir würden doch nie auf die Idee kommen, dieses dreckige und verachtungswürdige Leben, das du führst, mit unserer Flucht noch zusätzlich zu erschweren!«

Malik erkannte das Spiel, das diese kleine Engländerin spielte. Sie war gefangen und wußte, daß es keinen Ausweg gab. Was blieb ihr sonst, als ihn mit ihrer scharfen Zunge zu verletzen! Er lächelte.

»Können englische Ladies Schach spielen?« fragte er. »Wir könnten heute abend eine Partie spielen.«

»Oh, mein werter Herr Kapitän!« begann Heather. Sie war wütend, da ihm ihre Beleidigungen so gar nichts auszumachen schienen. »Ich danke für Ihre überaus großzügige Einladung. Noch lieber würde ich allerdings mit einer Giftschlange spielen.«

»Khalid wird Euch schon Benehmen beibringen.« Mit diesen Worten ging Malik zur Tür.

»Wer ist Khalid?«

Malik hielt inne. Er drehte sich zu Heather. Seine Stimme klang verändert, tief, bedrohlich, ernst. »Khalid ist das Schwert Allahs.« Damit schloß er die Tür.

»O Herr!« stöhnte April leise auf. »Was, in Gottes Namen, ist das Schwert Allahs?«

»Ach, mach dir darüber jetzt keine Gedanken, April.« Heather versuchte, sich ihre Angst und Aufregung nicht anmerken zu lassen. »Wir sollten jetzt lieber an unsere Flucht denken.«

»An unsere Flucht?« rief April aus. »Wir sind auf einem türkischen Schiff, bewacht von Piraten. Wir sind im Mittelmeer. *Mitten* im Mittelmeer. Wir können nicht fliehen.«

»Aber, April. Du bist doch sonst nicht so unbeherrscht! Und außerdem schreit eine Zofe ihre Lady nicht an.«

»Im Notfall schon.« April war selbst verwundert über ihren Temperamentsausbruch. »Du spielst immer mit dem Feuer.«

Heather hatte ihre Cousine noch nie so gesehen. Immerhin . . . auch April konnte die Krallen zeigen.

»Und es ist alles deine Schuld!« fügte sie vorwurfsvoll hinzu.

»Meine Schuld?«

»*Du* hast dir doch ein Abenteuer gewünscht! Ich nicht! Die ganze Überfahrt hast du davon geträumt, solange, bis dein Wunsch auch in Erfüllung ging!«

»Beruhige dich, April. Sobald wir an Land sind, wohin auch immer dieser Mensch uns bringt, werden wir fliehen. Und ich verspreche dir, daß ich dich sicher nach Hause bringen werde.«

»Nach Hause? Du meinst nach England?«

»Ja. Ich habe gerade beschlossen, daß ich dieses Wiesel nicht heiraten werde!«

»Aber was wird die Königin . . .«

»Ach, April! An die Königin denke ich jetzt wirklich nicht.«

»Heather, du träumst doch«, sagte April und setzte sich neben Heather auf das Bett. »Wir können doch gar nicht entkommen. Wie kannst du in einer solchen Situation nur so ruhig sein?«

»Ich bin erleichtert, nicht ruhig. Daß ich mich dem Wiesel nicht hingeben muß.«

»Heather, es gibt Schlimmeres im Leben, als einen häßlichen Mann zu heiraten.«

Heather warf April einen Blick zu. »Also gibst du zu, daß der Comte ein Wiesel ist.«

»Sich von einem häßlichen Mann begatten zu lassen, ist immer noch besser, als die Sklavin eines Heiden zu sein, sein kleines Spielzeug aus dem Abendland.« Und nun schwang nicht nur Furcht, sondern Trauer in Aprils Stimme: »Wir werden England nie mehr wiedersehen.«

Heather machte sich an ihren Kisten zu schaffen. Sie wühlte einige Minuten in kostbaren Stoffen und Gewändern und zog dann einen anderen Dolch hervor, den sie unter ihrem Kopfkissen versteckte.

»Warte nur ab. Wir werden den nächsten Türken, der hier durch die Tür tritt, als Geisel nehmen. Wir müssen nur Geduld haben.«

Mit diesen Worten legte sich Heather auf das Bett, um

nachzudenken. Sie spürte Unsicherheit und Angst, doch auch Erleichterung. Es mußte einen Ausweg geben! Bald schlief Heather tief. April hingegen konnte vor lauter Angst kein Auge zutun.

Sie schaute lange durch eines der Bullaugen nach draußen. Um sie herum war nichts als Wasser. Sie waren verloren.

»Vater«, murmelte Heather im Schlaf.

Auf leisen Sohlen lief April sofort zu ihr.

»Vater!« Noch tief schlafend rollte sich Heather zusammen und weinte.

April schüttelte sie sanft. »Wach auf, Heather, du hast nur wieder schlecht geträumt.«

Heather schlug die Augen auf, doch richtig wach war sie noch nicht. »Mein Vater ist tot. Und das ist alles meine Schuld«, flüsterte sie.

»Ach Heather!« April litt selbst unter dem Schmerz, den Heather immer noch so stark fühlte. Sie strich ihr sanft über das kupferfarbene Haar. »Du weißt doch, daß das nicht stimmt.«

»Wenn ich damals nur . .»

»Das ist alles lange her, und du kannst es nicht ungeschehen machen«, unterbrach April diese dunklen Gedanken. »Konzentriere dich lieber auf unsere Befreiung aus den Händen dieser Wilden!«

Heather nickte. Doch sie konnte die Gedanken an die Ereignisse von damals nicht abschütteln. Dieser furchtbare Tag. Der Mord, das Blut ihres Vaters, seine Leiche auf dem Boden . . . Deshalb hatte sie Fechtstunden genommen, hatte gelernt, mit dem Degen umzugehen und im Zweikampf zu bestehen. So etwas durfte nicht noch einmal geschehen.

»Da kommt jemand«, flüsterte April.

Heather griff nach dem Dolch und preßte sich eng an die Wand. Die Tür ging auf, und ein türkischer Matrose kam mit einem Tablett herein, auf dem eine Mahlzeit angerichtet war. Lautlos wie eine Katze folgte ihm Heather bis in die Mitte der Kabine und drückte ihm dann den Dolch in den Rücken.

»Gib das Tablett meiner Cousine«, befahl ihm Heather. »Und dann dreh dich ganz ruhig und langsam um. Ich will deinen Kapitän sprechen.«

»Zu Ihren Diensten, Mylady!« Malik stand lässig im Türrahmen gelehnt. Zusammen mit seinem Ersten Offizier, dem Hünen, der April wie einen Sack Mehl von Bord getragen hatte, genoß er dieses Schauspiel sehr. Allerdings war sein Degen auf Heather gerichtet.

»Laß sofort die Waffe fallen«, befahl ihm Heather. »Sonst ist dieser Mann tot.«

»Ich habe so viele Männer an Bord, daß ich den Verlust eines einzelnen leicht verschmerzen kann«, antwortete Malik geringschätzig.

»Heather, um Gottes Willen, halte dich zurück! Wir dürfen diesen Türken nicht verärgern. Er wird uns sonst sicherlich töten.«

»Dreht Euch vorsichtig um und gebt mir den Dolch«, befahl Malik.

Heather tat wie geheißen. Malik sagte etwas auf türkisch, und der Hüne durchsuchte die Truhen erfolglos nach weiteren Waffen.

»Bon appetit, Mademoiselles!« Der Kapitän konnte sich ein Grinsen nicht verkneifen, schloß aber trotzdem beim Hinausgehen die Tür sorgfältig ab. Ein Weinglas verfehlte ihn nur knapp. »Mieser Wicht«, zischte Heather ihm hinterher.

»Und nun?« wimmerte April.

»Dich verläßt immer so schnell der Mut, April. Wir werden uns eben etwas anderes ausdenken.«

Die *Saddam* segelte, von guten Winden begünstigt, durch die Dardanellen nach Gallipoli. Dort lag das Haus des Kapitäns. Während der ganzen Fahrt durften Heather und April ihre Kabine nicht verlassen; ihre einzigen Besucher waren Malik und sein Erster Offizier Rashid. Die entwürdigende Aufgabe, heidnischen Frauen das Essen zu servieren und sich um ihre wenigen Bedürfnisse zu kümmern, fiel Rashid zu. Seine bloße Größe, vom Krummschwert an seiner Seite ganz abgesehen, verwandelten Heather und April für ein paar Tage notgedrungen in sanfte Schäfchen.

»Schau mal, dort!« Heather stand am Bullauge.

April hatte sich in ihre Stickerei vertieft, um auf andere Gedanken zu kommen. Jetzt kam sie zu ihr ans Fenster. »Land!« rief sie begeistert aus.

In der Ferne erhob sich hinter einem strahlend hellen Strand eine hügelige Küstenlandschaft. Der Strand war übersät von weißen Zelten. In den Hügeln konnte man ein prächtiges Anwesen ausmachen.

»Wo sind wir hier?« fragte April.

»Tja, das wüßte ich auch gerne.« Heather rüttelte an der Tür. Verschlossen. »Wir werden es wohl bald erfahren.«

»Vielleicht ist es besser, wir wissen es nicht.« April versuchte, sich wieder auf ihre Stickerei zu konzentrieren.

Zur gewohnten Stunde ließ sich kein Rashid blicken, um ihnen das Mittagessen zu bringen. Das Schiff wurde ausgeladen. Eine quälende Unruhe erfaßte sie. Plötzlich wurde die Tür aufgeschlossen.

Malik trat mit einem Tablett in der Hand herein und lächelte. Daß der Kapitän selbst sie jetzt bedienen würde, machte sie nur noch unruhiger.

»Willst du uns verhungern lassen?« fauchte Heather gereizt.

»Nein, natürlich nicht.« Malik zeigte auf das Tablett. Darauf standen zwei kostbare Kristallgläser, eines mit einer hellen Flüssigkeit gefüllt, das andere enthielt ein rosenfarbenes Getränk. »Diese Erfrischung nennen wir Sorbet. Es wird aus dem Saft von Früchten gewonnen und mit Eis vermischt.«

Malik reichte April das Glas mit Rosenblütensorbet. »Trinkt das jetzt! Sobald wir an Land sind, wird Euch ein Abendessen gereicht.«

Heather nippte an dem anderen Glas und verzog ihre Miene: »Ah, ist das sauer!«

»Habt Ihr noch niemals Zitronen probiert?« Malik schaute aus dem Bullauge auf den Strand.

Heather setzte ihr mit Mühe geleertes Glas wieder auf das Tablett und stellte sich neben ihn ans Fenster. »Was wird nun mit uns geschehen?«

»Die Villa, die Ihr dort seht, ist mein. Die Zelte dort weiter unten gehören Khalid. Manchmal gefällt es ihm, für eine Weile so zu leben wie seine Vorfahren.«

»Dann wäre eine Höhle wohl angebrachter«, knurrte Heather frech.

Malik schaute verächtlich an ihr herab. »Dummes kleines Ding! Einen Mann wie Khalid habt Ihr noch nie kennengelernt.«

»Und was hat dieser Khalid mit mir und April zu tun?« Trotz dieser respektlosen Frage konnte Heather ein kleines Gähnen nicht unterdrücken.

»Mit April nichts. Mit Euch jedoch sehr viel.« Malik beobachtete Heather. Sie streckte sich wohlig und ging dann unsicheren Schrittes in Richtung Bett.

Plötzlich fühlte sie sich wunderbar. Entspannt, beruhigt, etwas schläfrig. Die Konturen der Gegenstände in der Kabine verschwammen leicht. Auch die Gesichter Aprils und Maliks konnte sie nicht mehr scharf sehen. »Also, was habe ich mit diesem Khalid zu schaffen?«

»Ich werde Euch Khalid zum Geschenk machen«, sagte Malik. »April behalte ich für mich.«

»Oh.« Zu einem größeren Gefühlsausbruch war Heather nicht mehr in der Lage. Sie ließ sich mit Vergnügen aufs Bett fallen.

»Heather, hast du gehört? Er will uns trennen! Das dürft, das könnt Ihr nicht.«

April geriet ganz außer sich und blickte Malik vorwurfsvoll an.

Als Heather auf diesen Gefühlsausbruch nur mit einem gleichgültigen Achselzucken reagierte, wußte April, daß etwas mit ihr nicht stimmte. Was ging hier vor? In hilflosem Entsetzen rannte sie zum Bett und versuchte, Heather wachzurütteln. »Hast du nicht verstanden, was er gesagt hat? Wir sollen getrennt werden!«

»Ach, beruhige dich doch. Und schrei nicht so. Ich bin doch nicht taub.« Und mit diesen Worten schlummerte Heather schon wie ein kleines Kätzchen.

»Beruhige dich. Ich habe deiner Herrin ein Beruhigungsmittel gegeben.« Bei diesen Worten lächelte Malik.

April rannte auf den Piraten zu und hätte ihn beinahe an seinen Schultern geschüttelt. »Was habt Ihr getan?« schrie sie.

»Sei ruhig. Und sei mir dankbar dafür, daß ich es deiner Herrin so leicht gemacht habe. Sie wird die nächsten Stunden schlafen und erst wieder zu sich kommen, wenn du schon in meinem Haus bist.« Und mit dieser knappen Antwort ließ er die beiden allein.

Kapitel 2

Die letzten Sonnenstrahlen zeichneten ein zartes rosafarbenes Muster in den Abendhimmel. Das Schwert Allahs trat aus seinem luxuriösen Zelt und erwartete seine Gäste.

Khalid Beg, der kaiserliche osmanische Prinz, war eine beeindruckende Erscheinung. Er war Soldat aus Leidenschaft und Pflichtgefühl, und sein Körper hatte sich diesem harten und gefährlichen Leben angepaßt. Er war sehr groß, muskulös, mit breiten Schultern und schmalen Hüften. Das gepflegte schwarze Haar trug er lang und offen. Strahlend hellblaue Augen, das Vermächtnis seiner Urgroßmutter, verliehen dem sonnengebräunten und von Natur aus dunkleren Gesicht einen reizvollen Kontrast. Das ebenmäßig und fein geschnittene Gesicht mit sinnlichen, aufgeworfenen Lippen wurde an der rechten

Seite von einer tiefen Narbe entstellt, die von der Schläfe fast bis zum Mund reichte. Khalid Beg war sehr attraktiv. Und wirkte gleichzeitig äußerst gefährlich.

Da ihn die weitgeschnittene Landestracht aus schwerem Tuch behinderte, kleidete sich Khalid Beg nach seinem eigenen Geschmack. Heute trug er weitgeschnittene weiße Hosen, deren Enden er in Stiefel aus glattem Leder gesteckt hatte. Das weiße Hemd aus feiner Baumwolle wurde an den Handgelenken durch Bänder zusammengehalten. An der Seite hing ein Dolch, dessen Knauf und Scheide mit Edelsteinen besetzt waren.

»Allah zum Gruß!« hörte er eine vertraute Stimme rufen. »Khalid!«

Khalid drehte sich zu Malik und Rashid, und die drei Männer begrüßten sich herzlich. Malik folgte Khalid in sein Zelt; Rashid und einige seiner Männer blieben respektvoll im Vorzelt zurück. Khalid und Malik ließen sich auf Kissen neben dem kunstvoll verzierten, niedrigen Tisch nieder.

Ein Diener des Prinzen servierte das Abendessen aus Hammelfleischstücken an Spießen, duftendem Safranreis, süß schmeckenden hellen Paprikaschoten, eingelegten kleinen Gurken, gefüllten Weinblättern, Pfirsichen und Feigen. Er schenkte den Freunden aus einer mit Rosenwasser gefüllten Karaffe ein und verließ dann unter Verbeugungen das Zelt.

Malik warf seinem Freund einen verschmitzten Blick zu und zog aus einer Innentasche seines prächtigen Gewandes eine Flasche Wein. Er füllte sein Kristallglas mit dem rubinrot schimmernden Getränk, hob es gen Himmel, als wolle er Allah dafür danken und ...

Khalid schüttelte mißbilligend den Kopf. »Du weißt, daß der Koran uns den Genuß von Alkohol verbietet.«

»Ach, Khalid! Du klingst wie ein Heiliger. Dabei ist dein Onkel Sultan Selim diesem Saft genauso zugetan wie ich. Angeblich plant er sogar die Eroberung Zyperns, um die legendären Weinberge der Insel zu erbeuten.«

»Behalte es bitte für dich, aber ich frage mich manchmal, ob mein Onkel wirklich von meinem Großvater abstammt!«

Malik lachte leise in sich hinein. »Und Murad ist auch nicht viel besser!«

»Cousin Murad ist so süchtig nach den Frauen und nach Gold wie sein Vater nach Wein«, mußte Khalid seufzend zugeben.

»Du wärst ein guter Sultan geworden«, sagte Malik.

»Achte auf deine Worte! So etwas auszusprechen, kommt einem Hochverrat gleich.« Khalid war manchmal in Sorge um seinen Freund, der seine Gedanken so freimütig aussprach. »Außerdem entstamme ich der weiblichen Linie und werde dem Sultan gegenüber immer loyal sein, trotz seiner Schwächen.«

»Verzeih mir, wenn du meine Äußerungen falsch aufgefaßt hast. Sie waren in keinster Weise abfällig gemeint. Ich weiß, wie loyal du bist. Aber ... Du besitzt eben viele der Tugenden deines Großvaters.«

»Eine nicht!« erwiderte Khalid stolz. Murad lächelte, denn er wußte, was nun folgen würde. »Frauen werden mich nie so faszinieren können wie ihn. Sie sind von Natur aus falsch. Sie sind in der Tat das schwache Geschlecht und brauchen die starke Hand eines Mannes. Ich werde es nie zulassen, daß mich eine von ihnen behext.«

»Sogar Khurrem und Mihrimah?«

»Meine Großmutter und meine Mutter? Ich wüßte kaum Weiber, auf die das mehr zutreffen würde! Onkel Mustafa hätte als Sultan ein starker Führer werden können, aber er verfing sich in den Machenschaften einer Frau. Und meine Mutter Mihrimah ist fast genauso.«

»Der Apfel fällt nicht weit vom Stamm.« Malik nickte bejahend.

»Erzähle mir lieber, was du auf See erlebt hast, während ich in Istanbul war.«

»Wir haben auch eines von Fougeres Schiffen kapern

können.« Malik versuchte, diese Neuigkeit möglichst beiläufig zu erwähnen.

Doch sie verfehlte ihre Wirkung nicht. Khalid blickte zu Boden und schloß für einen kurzen Moment die Augen. Unbewußt berührte er die Narbe an seiner Schläfe. »Diesem Wiesel werde ich das Herz herausreißen. Ich werde Rache nehmen für meine Schwester und für meinen Bruder.«

»Und dafür, wie er dich entstellt hat?«

»Mein Gesicht? Das ist nicht wichtig.« Khalid blickte immer noch zu Boden.

»Wir haben für dich wertvolle Ladung erbeutet, Khalid.« Malik blieb geheimnisvoll.

»Was denn?«

»Laß uns zuerst etwas essen. Du wirst dann schon sehen ... Es ist, tja, ich habe dir ein Geschenk mitgebracht.«

»Das einzige, was ich mir wünschen würde, wäre Fougeres Kopf!« Khalid blickte seinen Freund an. »Oder seine Hoden. Allah verfluche ihn.«

»Oh, du wirst dieses Geschenk sehr mögen.« Malik lächelte. »Vertrau mir.«

Während des Abendessens unterhielten sich die beiden Freunde über jüngste politische Ereignisse. Fougere schien vergessen.

Diener kamen herein, trugen die leeren Platten hinaus und brachten Schalen mit warmem parfümierten Wasser und weiche Leintücher, damit sich Khalid und Malik nach dem Essen die Hände waschen konnten.

Malik rief seinen Diener herein. »Bring jetzt das Geschenk für das Schwert Allahs!«

Einige Minuten später betrat Rashid das Hauptzelt. Hinter ihm trugen vier Diener einen großen zusammengerollten Teppich. Ihnen folgte die Leibgarde von Prinz Khalid.

»Ein Teppich?« fragte Khalid.

»Der Teppich ist nur eine Art Geschenkpapier.« Malik nickte seinen Männern zu, die den Teppich wie ein zerbrechliches Gut vorsichtig zu Boden gleiten ließen. Einer der Männer gab dem Teppich einen zarten Tritt, um ihn aufzurollen. Und vor Khalids Stiefeln lag plötzlich eine Göttin, das schönste und ungewöhnlichste weibliche Wesen, das er je gesehen hatte. Eine Göttin der Liebe muß sie sein, dachte er bei sich und konnte seine freudige Überraschung nicht verbergen. Zierlich und zart, doch weiblich gebaut, mit einer Flut roten Haares, wie Khalid es noch nie gesehen hatte. Dieses Zauberwesen trug ein durchsichtiges seidenes Hemd. Es gab ihre Konturen noch nicht preis, doch ließ sie deutlich erahnen.

Khalid kniete an ihrer Seite nieder und streichelte zart ihre Wange.

Von der sanften Berührung wachte Heather auf. Noch etwas benommen öffnete sie ihre wunderschönen smaragdfarbenen Augen.

Khalid lächelte sie an. Heather starrte zurück in strahlendblaue Augen. Sie sah eine tiefe Narbe in einem braungebrannten Gesicht, das trotz dieses Makels wunderschön war. Und dann sah sie Malik. Ihr Blick ging suchend an ihm vorbei. Und plötzlich begriff sie, daß sie fast nackt vor einer Gruppe Männer lag, die sie schweigend und begehrend anblickten.

Mit einer schnellen Handbewegung ergriff sie den Dolch an Khalids Seite und drückte das blitzende Metall an seinen Hals.

»Steh auf«, befahl sie auf französisch.

Überrascht und verärgert stand Khalid langsam auf. Natürlich hatte er keine Angst vor ihr, doch er wollte vermeiden, daß dieses Weib ihm mit ihren zitternden Händen eine Verletzung zufügte.

Heather spürte, daß sie von dem Schlafmittel noch benommen war, aber sie zwang sich dazu, ebenfalls aufzustehen.

Den Dolch mit einer Hand an den Hals dieses Fremden gepreßt, benutzte sie ihre andere Hand, um sich gegen seinen stählernen Blick zu wehren.

Khalid und Heather blickten sich an. Er wirkte fast amüsiert, sie war zu Tode verängstigt.

Plötzlich spürte sie kaltes Metall an ihrem Rücken. Ohne sich zu bewegen, blickte sie nach rechts und nach links. Zu beiden Seiten stand die schwerbewaffnete Leibgarde des Prinzen mit gezückten Schwertern. Und dieses grauenvolle Bild machte einem anderen Platz, das sie seit jenem schrecklichen Tag vor sieben Jahren erfolglos zu vergessen suchte. »Nein!« schrie sie auf und brach zusammen.

Khalid fing sie in seinen starken Armen auf und trug sie zum Diwan. Dort legte er eine Decke über sie und setzte sich an den Rand des Ruhebettes. Seine Garde verließ das Zelt, nur Malik blieb noch zurück.

»So wild wie ein ungezähmter Hengst.« Khalid sprach leise und streichelte dabei sanft Heathers Hand.

»Und knurrig wie ein Kamel«, fügte Malik hinzu.

»Woher kommt sie?«

»Sie ist eine Engländerin.«

»Das ist wirklich ein ganz besonderes Geschenk. Ich danke dir, Malik.« Khalid hatte sich wieder gefangen. »Doch ich habe keine Zeit für Frauen.«

»Sie kommt von Fougeres Schiff.«

Heather kam zu sich. Und wieder starrte sie Khalid an, ohne sich zu rühren.

»Wie geht es dir?« fragte Khalid auf französisch. Er versuchte, seiner Stimme einen strengen einschüchternden Klang zu geben.

Heather zog die Decke hoch bis zum Hals. Sie war sicher noch immer halbnackt und dachte nicht daran, ihre Brüste diesem Fremden preiszugeben. »Und wer bist du? Und wieso setzt du eine ganze Armee ein, um mit einer kleinen hilflosen Frau fertig zu werden?«

»Ah, es scheint dir ja schon besser zu gehen.« Khalid hielt ihr Kinn in seiner Hand und strich behutsam über die schneeweiße Haut. »Du hast wunderbar weiche . . .«

Mit einer harten Handbewegung schlug Heather seine Hand weg und schüttelte ihre kupferfarbene Mähne.

»Mein Verlobter wird jede Summe ..»

»Du hast keinen Verlobten mehr«, unterbrach sie Khalid. »Du gehörst jetzt mir. Dein früheres Leben existiert nicht mehr.«

»Ich gehöre nicht dir. Ich gehöre mir und sonst niemandem«, rief Heather aufgebracht. Was bildete sich dieser Mann ein! Ihre Wut wuchs, und sie stieß hervor: »Der Comte de Beaulieu wird dich miese Kreatur in tausend Stücke zerhacken!«

Diese Worte zeigten Wirkung, doch nicht die erhoffte. Der Gesichtsausdruck des Fremden verfinsterte sich und die Narbe an seiner Seite wurde weiß vor Wut und Erregung.

Heather geriet in Panik, denn sie begriff nun ihre Lage. Sie durfte in Zukunft nicht noch einmal die Beherrschung verlieren, denn das könnte sie dann in Lebensgefahr bringen.

»Der Comte de Beaulieu?« fragte Khalid seinen Freund.

Malik nickte. Zitternd vor Angst und schneeweiß im Gesicht beobachtete Heather Khalids Reaktion.

»Ich habe dir die Verlobte des Wiesels gebracht«, sagte Malik.

Khalid starrte auf Heather mit einer Mischung aus Abscheu und Wut.

»Laß mich frei«, flehte Heather mit zitternder Stimme. »Laß mich nach England zurückkehren. Was habe ich dir denn getan?«

Khalid beugte sich so weit vor, daß sie seinen Atem spüren konnte. »Sei still«, zischte er.

Heather verstummte.

Khalid wandte sich zu Malik. »Malik, laß uns jetzt allein!«

»Nein, bleib hier!« Heathers Stimme bebte.

»Laß uns allein.«

»Bleib!«

Wie gefangen stand Malik zwischen beiden. Plötzlich begann er zu lächeln, denn es schien, als habe der osmanische Prinz in der Cousine der Königin von England endlich seine Meisterin gefunden.

Khalid verschloß Heather mit seiner Hand den Mund.

Mit vor Wut geweiteten Augen schlug sie um sich und kämpfte um ihre Freiheit. Doch dann verstand sie, was er wollte, und beruhigte sich.

Zufrieden nahm Khalid seine Hand weg und sagte zu Malik: »Laß uns jetzt bitte allein.«

»Khalid ...«, begann Malik.

»Ich habe keinerlei Absicht, deinem wirklich außergewöhnlichen Geschenk ein Leid zuzufügen«, unterbrach ihn Khalid. »Lebend ist es wertvoller als tot. Aber jetzt laß mich allein, damit ich es genießen kann.«

Genießen ... das war das Schlüsselwort. Malik legte keinen weiteren Protest ein, denn auch er wollte in der herannahenden Nacht etwas ›genießen‹ — Heathers süße Cousine April. Das Schicksal dieser Ungläubigen sollte seine Sorge nicht länger sein. Er nickte seinem Freund zu und verließ das Zelt.

Khalid blickte in weit aufgerissene grüne Augen, aus denen eine dunkle Ahnung sprach. Zwar fühlte er sich von Heathers ungewöhnlicher Schönheit angezogen, doch unter dem äußeren Schein schlummerte etwas Böses, das wußte er. Es konnte nicht anders sein, denn sie war dem Wiesel versprochen. An ihr würde er Rache nehmen für seine Schwester.

Heather hatte furchtbare Angst. Noch nie war ihr ein Mann so nahe gekommen. Noch nie hatte sie sich so verletzlich und allein gefühlt. In seinen kalten stahlblauen Augen las sie Haß. Sie zitterte vor Furcht.

Khalid entging diese Furcht nicht. Zwar hatte er wenig Grund, Frauen zu mögen, und der Koran gestattete auch deren körperliche Züchtigung. Trotzdem hatte Khalid noch nie eine Frau geschlagen. Er hielt Gewalt gegenüber Schwächeren für unmännlich und unehrenhaft. Doch setzte er ohne Zögern Drohungen ein, um sich Frauen gefügig zu machen. Wahre Charakterstärke drückte sich auch in der Fähigkeit aus, Frauen ohne Anwendung von Gewalt zu beherrschen. Besonders, wenn sie so feurig und mutig waren wie diese hier.

»Du bist früher sehr verwöhnt worden. Dieses Leben liegt jetzt für immer hinter dir.« Khalid sprach ruhig, doch in seinen Augen las Heather die Warnung, seine Anweisungen stumm über sich ergehen zu lassen.

Ihre Augen verengten sich, und plötzlich stieg Wut in ihr hoch. Die Angst war verflogen.

Khalid sah den Trotz in Heathers Augen. »Ich warne dich! Aus deinen Augen spricht Aufruhr.«

»Woher willst du wissen, was ich denke?«

»Sei still!« Khalid verlor langsam die Geduld. »Du gehörst mir und wirst jede meiner Launen hinnehmen. Du wirst alles tun, was ich dir befehle. Hast du das verstanden?«

Heather wandte sich von seinem durchdringenden Blick ab. Schweigend starrte sie auf die Zeltwand hinter ihm.

»Sieh mich an, wenn ich mit dir spreche«, befahl Khalid und hob ihr Kinn. Sie konnte seinem Blick nicht länger ausweichen. Doch in ihren schimmernden grünen Augen lagen Mut und Entschlossenheit.

Dann schlug sie die Augen nieder. »Ich habe verstanden.«

»Dein Wohlergehen hängt von deinem Gehorsam ab.«

Heather fuhr auf. »Ach, willst du mich umbringen? Oder mir noch Schlimmeres antun?«

»Lektion Nummer eins: Eine Sklavin stellt ihrem Herren keine Fragen. Hast du das verstanden?«

»Ja.« Doch aus ihrem Blick konnte Khalid schließen, daß sie diese Lektion nicht würde lernen wollen.

»Du bist weniger dumm als ich dachte.« Wutschnaubend wollte Heather dieser offensichtlichen Beleidung widersprechen, doch Khalid unterband ihren Ausbruch kühl. »Lektion Nummer zwei: Eine Sklavin redet nur, wenn sie angesprochen wird. Verstanden?«

Noch nie hatte jemand in dieser Weise mit ihr gesprochen. Heather, die sonst so schlagfertig war, fehlten die Worte.

»Nun?«

»Ich habe verstanden.«

Khalid tätschelte ihre Hand. »Das höre ich gern.«

Sofort wischte Heather ihre Hand an der Decke ab. Eine Geste, die für Khalid gedacht war und diesem nicht entging. Ihr Mut und ihre Kühnheit beeindruckten ihn. Wäre sie ein Mann gewesen, hätte er sich vor diesem Feind verneigt, bevor er ihn getötet hätte. Doch er hatte noch nie zuvor einem ähnlich tapferen Weib gegenüber gestanden.

»Ich heiße Prinz Khalid, das bedeutet Schwert Allahs.« Bei diesen Worten hatte er eine drohende Miene aufgesetzt. »Doch du wirst mich Herr oder Meister nennen.«

Heather antwortete mit einem zornigen Blick.

»Und wie heißt du?«

»Heather Elizabeth Devereux.«

»Ein sehr langer Name für ein so kurzgewachsenes Geschöpf! Und was bedeutet er?«

»Heather? Das ist eine wildwachsende Blume.«

»Wie passend! Und die anderen Namen?«

»Devereux ist mein Familienname. Den Namen Elizabeth trage ich zu Ehren meiner Cousine Elizabeth, der Königin von England.« Heather hoffte, daß die Erwähnung der Königin diesen Prinzen so einschüchtern würde, daß er sie sofort freilassen würde.

Doch Khalid zeigte sich unbeeindruckt. »Aber deine Familie nennt dich Heather, die Wildblume?«

»Ja.«

»Ich werde deinen Namen ändern. Heather ist zu schwer auszusprechen. Außerdem brauchst du in deinem neuen Leben auch einen neuen Namen.«

»Aber ich mag meinen Namen«, antwortete Heather. »Ich bin an ihn gewöhnt. Auf einen anderen werde ich nicht . . .«

Khalid zuckte die Schultern. »Also denkst du zu langsam.«

»Ich denke zu langsam?!«

»Sei still!«

»Ich will zurück nach Hause.« Heather scherte sich nicht um seinen Befehl.

»Dein Zuhause ist jetzt hier, hier bei mir. Und vergiß diesen Fougere!«

Wütend schloß Heather die Augen, als hoffte sie, ihn so aus ihrer Gegenwart zu verbannen. Doch als sie sie wieder öffnete, stand Khalid immer noch vor ihr. So hatte sie sich das große Abenteuer nicht vorgestellt. »Ich will zurück nach England.« Ihre Stimme klang schwach. »Ich habe dir nichts getan.«

Khalid blickte sie an. Für einen kurzen Augenblick entspannten sich seine Gesichtszüge. »Dein Vater würde an mir Rache nehmen«, sagte er mehr zu sich, als müsse er sich vor einer Gefühlsduselei warnen. »Ich habe schon jetzt zu viele Feinde.«

»Mein Vater ist tot«, brachte Heather nur mühsam hervor.

»Um so besser. Dann muß ich mir wenigstens um diesen Feind keine Sorgen machen.« Khalid wußte, daß sie diese offensichtliche Gefühllosigkeit sehr herausfordern würde.

»Du Tier!« Heather hatte sich wieder nicht beherrschen können.

Khalid beugte sich vor und blickte ihr freimütig ins Gesicht. Seine Stimme klang rauh. »O ja, Wildblume. Im ganzen Reich bin ich bekannt als das wilde Tier des Sultans. Erwachsene Männer zittern bei der Erwähnung meines Namens. Mütter drohen ihren ungezogenen Kindern mit dem wilden Tier des Sultans.«

»So wie in den alten Märchen? Sei artig, sonst kommt der böse Drache und verschlingt dich?« Heather lächelte wider Willen, und ihrem grausamen Kerkermeister schmolz wiederum das Herz.

Khalid riß sich zusammen. Seine kühne Gefangene konnte ihm allein mit ihrer Schönheit gefährlich werden. Er mußte aufpassen ... Diese Ungläubige war die Verlobte Fougeres. Sie würde für dessen Greueltaten bezahlen müssen.

»Ich will mir jetzt mein Geschenk ansehen«, verkündete Khalid und erhob sich vom Diwan.

Heather schrak zurück. »Was willst du?«

»Steh auf und laß dich anschauen.«

Sie schüttelte den Kopf und zog sich die Decke hoch bis fast unters Kinn.

»Du sollst aufstehen!«

Heather schüttelte nachdrücklich den Kopf. Sie klammerte sich so fest an die Decke, daß sich ihre Fingerknöchel weiß verfärbten.

Khalid griff nach der Decke, Heather wollte nicht loslassen. Doch schon nach wenigen Sekunden hatte er sie ihr aus der Hand gerissen. Blitzschnell sprang Heather von dem Diwan und lief hinter den Tisch. Khalid fluchte und wollte ihr nachsetzen, doch Heather war schneller.

Sie griff nach seinem Krummschwert, das an die Zeltwand gelehnt war, und riß es in einer glatten Bewegung nach oben.

»Sei vorsichtig, Sklavin. Du wirst dir sonst noch weh tun. Und sei froh über dein Schicksal. Meine Geliebte zu sein ist ein besseres Los, als die Gemahlin des Wiesels zu werden.«

Seine Worte verfehlten ihre Wirkung nicht.

»*Geliebte*?« In wilder Entschlossenheit stürmte Heather auf ihn zu und schwang das Krummschwert.

Khalid trat zur Seite. Die Wucht des Schwertes war zuviel für die zierliche Heather, sie stolperte und wäre in das Schwert gestürzt, hätte Khalid sie nicht aufgefangen. Er riß sie zu Boden und warf sich auf sie.

»Ich kann hier an Ort und Stelle über dich herfallen, wenn dir das lieber ist. Oder du stehst auf, damit ich mein Geschenk von allen Seiten begutachten kann.«

Heather war so benommen, daß sie am ganzen Leib zitterte. Sie nickte. Sie würde alles tun, um nie wieder einen Mann so nahe bei sich zu spüren.

Khalid stand auf und zog sie lieblos am Armgelenk nach oben.

Schurke, dachte Heather. Sie rieb ihr schmerzendes Handgelenk.

»Du wirst jetzt so stehenbleiben. Oder soll ich meine Wache holen?«

In ihrem ganzen Leben war Heather noch nie so gedemütigt worden. Sein freimütiger Blick glitt an ihr herab. Aus Scham schloß sie für einen Moment die Augen. Dann hielt sie den Blick auf den Teppich geheftet.

Ganz langsam schritt Khalid um sie herum und musterte ihren Körper, als wolle er ihn sich genau einprägen. Und diese Formen entflammten seine Sinne. Heather besaß das Gesicht eines Engels und den Körper einer Liebesgöttin.

Ihr üppiges kupferfarbenes Haar fiel in Wellen bis zur Taille herab und verhüllte wie ein Schleier ihre zartgewölbten Brüste.

»Zierlich, aber nicht zu klein«, murmelte Khalid, der sie von allen Seiten betrachtete, jedoch nicht berührte. »Ein prachtvolles Gesäß ... weiche einladende Hüften, die einen Mann umfangen können und ihm viele Nachkommen gebären.«

Heather verschränkte die Arme vor ihrem Busen, um sich vor seinem Blick zu schützen.

»Jungfrau?« fragte Khalid und berührte dabei ihre heiße Wange mit der Innenfläche seiner Hand.

Heather errötete tief vor Scham. »Ja«, flüsterte sie. Sie war den Tränen nahe.

»Sag mir die Wahrheit«, warnte sie Khalid. »Ich kann feststellen lassen, ob du mich belogen hast.« Seine stahlblauen Augen schienen fast bis in ihre Seele dringen.

Doch Heather blickte ihn voller Unverständnis an. Sie war viel zu unwissend, um zu ahnen, worauf er anspielte.

Khalid las den unschuldigen Ausdruck in ihrem Gesicht. Befriedigt befahl er: »Nimm die Arme weg. Ich will deine Brüste sehen.«

Entsetzt starrte Heather ihn an.

»Meine Wachen sind draußen vor dem Zelt. Vielleicht möchtest du, daß ich sie rufe?«

Heather ließ ihre Arme sinken.

Beim Anblick ihrer wunderschönen Brüste konnte Khalid sein Verlangen nicht länger unterdrücken. Er umschloß sie durch den weichfließenden Stoff hindurch mit seinen Händen.

Sofort schlug Heather seine Hände weg.

»Lektion Nummer drei: Eine Sklavin schlägt ihren Herrn nicht«, sagte Khalid.

»Und Menschen sind nicht das Eigentum anderer Menschen«, rief Heather.

»Wer verbreitet solche Lügen? Sag mir den Namen! Ich werde ihm die Zunge herausschneiden lassen.« Und wiederum berührte Khalid ihre Brüste.

»Nein!« Heather riß seine Hand weg.

Bei dieser Unverschämtheit verlor Khalid den letzten Funken Beherrschung über sich. Er riß sie an sich und drückte ihre zarten Glieder gegen seinen muskulösen Körper. Seine Zunge drang tief und hart in ihren Mund.

Heather war völlig hilflos. Sie konnte sich nicht bewegen, fühlte abwechselnd Furcht und Schmerz in sich aufwallen. Sie trat nach Khalid.

Sofort ließ er sie los. Er hatte es noch nie nötig gehabt, sich einem Weib aufzudrängen. So reizvoll die Ungläubige auch war, diese Erniedrigung würde sie ihm nicht zufügen können.

Heather war gestolpert und blickte ihn aus funkelnden Augen an. Er war wütend. Und auf andere Weise ebenso verwirrt wie sie. Keiner sprach ein Wort. Langsam verschwand das Verlangen aus Khalids Augen und machte Verachtung Platz. Vor ihm stand die Verlobte des Wiesels, kein Geschenk Allahs.

»Eher würde ich mich mit einer Aussätzigen paaren«, sagte Khalid und schob sie brüsk zur Seite. »Deine Tugend, falls sie eine ist, ist nicht in Gefahr. Geh jetzt ins Bett.«

Verblüfft blickte Heather ihm nach, als er das Zelt verließ. Sie mußte so schnell wie möglich fliehen, bevor dieser Mensch seine Meinung wieder ändern würde. Sie würde nie die Geliebte eines Mannes sein, noch weniger seine Sklavin. Lieber wäre sie tot.

Aber dann fluchte sie leise. Denn wie sollte sie das bewerkstelligen? Sie war fast nackt. Natürlich könnte sie seine Kleidung nehmen und sich in der Dunkelheit davonstehlen. Doch dann müßte sie April zurücklassen. Es überfiel sie ein Schaudern bei dem Gedanken, in diesem Zelt noch bis zum Morgengrauen ausharren zu müssen. Sie zerrte die Decke zu sich heran und kuschelte sich hinein.

Ihr Mund war wie ausgetrocknet. Auf dem Tisch sah sie eine halbvolle Flasche, die sie gierig an den Mund setzte. *Wein*! Das einzige Getränk, das sie von Herzen verabscheute. Sie hielt sich die Nase zu und versuchte einen weiteren Schluck. Es schmeckte so unerträglich, daß sie das Gesicht zu einer Grimasse verzog. Doch zumindest half es den Durst löschen.

Heather versuchte sich einzureden, daß sie in dieser Nacht sicher war. Wenn es die Absicht dieses Ungeheuers gewesen wäre, sie zu vergewaltigen oder zu töten, dann hätte er es längst getan. Unschlüssig setzte sich Heather wieder auf das Bett. Tränen der Hilflosigkeit kullerten ihr übers Gesicht. Wie dumm war sie doch gewesen! Sich ein Abenteuer zu wünschen, das sie und ihre Cousine April nun in Lebensgefahr gebracht hatte.

Khalid hatte Abdul, dem ranghöchsten Diener der Leibgarde, den Befehl erteilt, rund um das Zelt Wachen aufzustellen. »Niemand darf in das Zelt gelangen oder es verlassen, hörst du?«

Abdul war um einige Jahre älter als sein Herr. Er bedachte dessen eindringliche Anweisung mit einem Lächeln: »Bei meinem Leben, ich werde dafür sorgen, daß diese kleine Ungläubige in Sicherheit ist, bis Ihr das nächste Mal den Kampf mit ihr aufnehmt. Vielleicht würde körperliche Züchtigung die Sache etwas erleichtern!«

Dafür erntete er einen vernichtenden Blick.

Am nächtlichen Strand suchte Khalid Zerstreuung. Er lauschte dem leichten Wellenschlag der Brandung, sog die würzige Meeresluft ein und betrachtete den dunkel leuchtenden Himmel, vor dem der Vollmond seine Bahn zog. Doch die friedliche Stimmung der Natur wollte sich nicht auf ihn übertragen.

Würde er seine wunderschöne Gefangene zähmen? Noch nie hatte jemand es gewagt, ihm so mutig gegenüberzutreten. Er war im ganzen Land gefürchtet, und dieser ihm vorauseilende Ruf veranlaßte jeden, die Befehle des Schwertes Allahs ohne Zögern auszuführen. Doch sie kannte ihn nicht einmal! Sie wußte nicht, daß Hunderte Unschuldiger allein auf seinen Befehl ihr Leben gelassen hatten.

Wird das je ein Ende haben? Werde ich diese furchtbare Zeit nie vergessen können? Khalids Gedanken wurden dunkler.

Er hatte immer im Schatten seines älteren Bruders gestanden. Anerkennung und das Lob der Mutter waren ihm wichtig gewesen, zu wichtig. Als junger unerfahrener Befehlshaber in der Armee des Großvaters hatte er seinen Soldaten befohlen, Dörfer dem Erdboden gleichzumachen, die sich dem Willen Allahs nicht unterwerfen wollten. Übt keine Gnade, das waren seine Worte gewesen.

Und diese Worte bereute er bis zum heutigen Tag, denn er hatte nicht geahnt, was sie wirklich bedeuteten. In seinem Namen waren Frauen und Kinder grausam abgeschlachtet worden. Dieser Befehl hatte ihm den Namen ›das wilde Tier des Sultans‹ eingebracht. Als er dann fassungslos vor diesem blutigen Gemetzel stand, hatte sich

Khalid geschworen, nie wieder die Hand gegen eine Frau oder ein Kind zu erheben.

Doch dieser Schwur kam zu spät, denn sein Ruf verbreitete sich in Windeseile. Er wurde eine Legende. Bald wagten es nur noch engste Freunde und Vertraute, dem wilden Tier des Sultans ins Gesicht zu blicken. Jeder andere hielt den Blick zu Boden gesenkt, um ihn nicht zu erzürnen.

Seine Mutter hatte diese grauenvollen Taten gutgeheißen, doch ihre Anerkennung wog das Blutbad nicht auf und war auch nicht von Dauer. Bald machte sie ihn für den Tod seines Bruders durch den Comte de Beaulieu verantwortlich und verbarg auch ihren Abscheu vor der ihn entstellenden Narbe nicht, die ihm der Comte in dieser Schlacht zugefügt hatte.

Unbewußt schüttelte Khalid den Kopf, um auf andere Gedanken zu kommen. Wie würde er diese unwissende Gefangene zähmen? Eine Sklavin, der man noch nicht einmal beigebracht hatte, in Anwesenheit von Männern züchtig den Blick zu senken? Ihr Blick war kühn und herausfordernd gewesen, als glaube sie tatsächlich, einem Manne ebenbürtig zu sein.

Und diese Mischung aus Tapferkeit und Schönheit fesselte ihn mehr, als ihm lieb war. Er hatte noch nie eine Frau wie Heather kennengelernt. Selbst ein Mann hätte es nicht gewagt, ihm zu widersprechen, erst recht nicht, ihn mit seinem eigenen Schwert anzugreifen. Obwohl er ihr Angst einzuflößen schien, blickte ihm seine Wildblume ohne Abscheu ins Gesicht. Im Gegensatz zu seiner Mutter schien sie sein Gesicht nicht abstoßend zu finden.

Seine Wildblume? In Allahs Namen, reiße dich zusammen! Dieses englische Weib war die Versprochene des Wiesels, und das durfte er niemals vergessen. Khalid rezitierte Suren aus dem Koran, um sich abzulenken ...

Doch ohne Erfolg.

Zwei Stunden später kehrte Khalid in sein Lager zurück. Er entließ die Wachen, die rund um sein Zelt aufgestellt waren, und ließ sich von Abdul Meldung erstatten.

»Keine Vorkommnisse«, meldete Abdul. Doch bei dieser guten Nachricht wollte er es nicht bewenden lassen. »Sie sammelt Kräfte für die nächste Schlacht! Ich möchte Euch raten, sie zu züchtigen.«

Khalid überging diese Bemerkung und betrat sein Zelt. Das Licht einer flackernden Kerze gab dem weiten Raum etwas Unheimliches. Seine kleine Gefangene hatte sich auf dem Bett ihres Meisters zusammengerollt wie eine Katze und schlief.

Lektion Nummer vier! Nun machte sich Khalid schon fast über sich selbst lustig. Eine Sklavin schläft nie im Bett ihres Meisters, sondern ihm zu Füßen auf dem Boden. Diese Lektion würde er in der Frühe mit ihr einüben.

Er löschte die Kerze. Dann setzte er sich an den Rand des Bettes und begann, sich so leise wie möglich auszuziehen.

»Nein, Vater! Nein!« stöhnte Heather plötzlich. Er drehte sich zu ihr, doch sie schlief fest und wälzte sich in ihrem Alptraum unruhig hin und her. Tränen rannen über ihr zartes Gesicht.

Khalid legte sich zu ihr und nahm sie in die Arme. »Hab' keine Angst«, flüsterte er und streichelte sanft ihre Schulter. Heather entspannte sich. Doch Khalid konnte sich nicht von ihr lösen.

Es ist fast schon ein Witz, dachte er ... der osmanische Prinz und seine englische Sklavin haben etwas gemeinsam. Beide werden im Schlaf von Dämonen verfolgt.

Er ertappte sich, wie er seine süße Sklavin ganz zart auf die Stirn küßte. Dann zog er sie enger an sich, lehnte den Kopf an ihre Schulter und schlief ein.

Kapitel 3

Als Heather die Augen aufschlug, wußte sie einen Augenblick lang nicht, wo sie war. Doch dann erinnerte sie sich an die Demütigungen der vergangenen Nacht und war erleichtert, daß sie allein war.

Draußen erwachte das Lager zum Leben.

Jetzt bot sich die beste Möglichkeit zur Flucht. Sie mußte einen Weg heraus aus dem Lager zu April finden. Ob sie wohl noch auf dem Schiff war? Oder hatte sie dieser Pirat entführt? Sie würde erst auf dem Schiff nach ihr suchen. Doch wie sollte sie das anstellen? Heather grübelte einen kurzen Moment. Nein, darüber würde sie später nachdenken. Jetzt brauchte sie Kleidung und etwas zu essen.

Auf dem Tisch war ein appetitliches Frühstück angerichtet, knusprige Hörnchen, Honig, Marmelade, Früchte, Schafskäse und Oliven.

Erst als sie ein halbes Hörnchen mit Honig fast auf einen Bissen hinuntergeschlungen hatte, merkte Heather, wie hungrig sie wirklich war. Sie knabberte an Früchten, versuchte den Schafskäse und aß ein weiteres Hörnchen. Nur die Oliven rührte sie nicht an.

Dann durchsuchte sie das Zelt nach passender Kleidung. Plötzlich hörte sie von draußen Stimmen, die sich dem Zelt näherten. Hastig sprang sie wieder auf den Diwan und stellte sich schlafend.

Als sie vorsichtig blinzelte, sah sie zwei Diener, die die Reste des Frühstücks wegtrugen und sie keines Blickes würdigten.

Heather wartete einige Minuten, bevor sie wieder aufstand. Und dann hörte sie diese Stimme — *seine* Stimme. Sie klang zornig. Er schien über irgend etwas wütend zu sein.

Schritte näherten sich dem Innenzelt. Sie öffnete die Augen einen kleinen Spalt und sah, wie er auf sie zuschritt. Mit klopfendem Herzen versuchte sie, ruhig und gleichmäßig zu atmen.

Vor dem Bett war Khalid stehengeblieben und blickte auf das junge Mädchen herab. Anscheinend hatten seine Männer sie nicht geweckt. Leider. Fast freute er sich schon auf die nächste Schlacht. Natürlich würde er diesmal siegen ...

Leise verließ er das Zelt.

Heather nahm all ihren Mut zusammen. Jetzt durfte sie keine Zeit mehr verlieren. Sie fand die Kleidung Khalids, die er am vergangenen Abend getragen hatte, zog sich sein weißes Hemd über den Kopf und schlüpfte in die viel zu großen Hosen. Mit einem Lederband gürtete sie die Hose in der Taille, rollte die langen Beine auf und wollte in seine ledernen Stiefel schlüpfen. Doch die waren fast doppelt so groß wie ihre Füße. Also würde sie barfuß gehen.

Sie lauschte an der Rückwand des Zeltes und schob dann vorsichtig das Leinen hoch. Niemand schien mehr Wache zu halten. Auf dem Bauch kriechend schob sich Heather aus dem Zelt hinaus in die Freiheit.

Vor ihr lag das Anwesen Maliks, hinter ihr das Zentrum von Khalids Lager und am Strand das Schiff, auf dem sie ihre Cousine vermutete. Heathers Plan war, das Campgelände großräumig zu umgehen, um sich dem Strand von der Seite zu nähern. Vorsichtig sprang sie von Zelt zu Zelt und konnte unentdeckt entkommen.

Khalid stand am Eingang seines Prachtzeltes und erwartete hier seinen Freund Malik. Er lächelte und hob seine Hand zum Gruß.

»Eure Streitereien hat man noch bis zu meiner Terrasse gehört«, sagte Malik und deutete mit dem Kinn auf das Zelt. »Wie geht es ihr?«

»Gut. Sie lebt noch, falls du das wissen wolltest, und jetzt schläft sie. Vorhin mußte ich zwei meiner Diener tadeln, die das Zelt ohne meine Erlaubnis betreten hatten.«

»Und?« Malik grinste anzüglich. »Hattest du letzte Nacht trotzdem dein Vergnügen?«

Als Antwort zuckte Khalid mit den Schultern.

»Ich werde die Cousine behalten.«

»Welche Cousine?« fragte Khalid.

»Deine Gefangene wurde von ihrer Cousine begleitet«, erklärte Malik. »Ich möchte sie für mich behalten.«

»Ich habe nichts dagegen.«

Malik deutete wieder auf das Zelt. »Was wirst du nun mit ihr machen?«

»Sie wird meine Sklavin.«

»Und Fougere?«

»Wir werden ihm über den Duc de Sassari und den Bey von Algier eine Nachricht zukommen lassen«, sagte Khalid. »Wenn er erfährt, was ich mit ihr vorhabe, wird Fougere sein Versteck verlassen, um sie zurückzuerobern und sich an mir zu rächen. Das ist einfach eine Frage des Stolzes.«

». . . den Wiesel nicht besitzen«, antwortete Malik.

»Fougere wird kommen.« Khalid ließ sich nicht beirren. »Und dann werden wir zuschlagen.«

In diesem Moment näherten sich ihnen Abdul und Rashid. Abdul trug ein Tablett mit Hörnchen für Heathers Frühstück, Rashid ihre Truhe vom Schiff.

»Ich dachte, deine Sklavin könnte vielleicht ihre persönliche Habe benötigen«, sagte Malik.

Khalid nickte zustimmend. »Wenn sie sich noch länger unbekleidet in meinem Zelt aufhält, würde sie die Heerscharen, die scheinbar ständig durch mein Zelt stampfen, zu sehr ablenken.«

Er nahm Abdul das Tablett ab und befahl ihm, die Truhe in das Innenzelt zu tragen.

Dort schaute er sich verblüfft um.

»Wo ist sie denn?« fragte Malik.

»Verschwunden.«

»Unbekleidet?«

»Sie muß sich meine Kleider ausgeborgt haben«, sagte Khalid. Mut hatte sie, das mußte er zugeben. »Allah sei Dank, daß ich heute morgen meinen Degen mitgenommen habe. Und das Krummschwert ist zu schwer für sie.«

»Das Krummschwert?«

»Gestern wollte sie mich damit aufschlitzen.«

Malik lachte auf.

Abdul hingegen schüttelte mißbilligend den Kopf. »Ich hatte Euch geraten, sie zu schlagen! Soll ich Alarm läuten lassen?«

»Nein. Sie kann noch nicht weit sein«, antwortete Khalid.

»Ich werde dir helfen«, bot sich Malik an. »Aber wo sollen wir suchen?«

»Abdul, du durchsuchst mit Rashid Maliks Haus. Vielleicht vermutet sie dort ihre Cousine. Aber krümmt ihr kein Haar, falls ihr sie dort finden solltet.« Zu Malik sagte er: »Und wir suchen den Strand ab. Vielleicht glaubt sie ja, sie könnte die Freiheit schwimmend erlangen.«

Währenddessen lag Heather flach auf einem grasbewachsenen Hügel, um das Treiben am Strand unbemerkt beobachten zu können. Mehrere unbeaufsichtigte Beiboote lagen am Strand, weiter in der Bucht lag das Piratenschiff vor Anker. Sie bedauerte nur, daß sie kein Messer hatte stehlen können.

Dann tauchte das Gesicht des Prinzen vor ihrem inneren Auge auf. Was tat er wohl gerade? Was würde er tun, wenn er ihre Flucht bemerkt hatte? Und, viel wichtiger, was würde er tun, wenn er sie womöglich wieder einfinge?

Eins, zwei, drei, zählte Heather. Sie wollte aufspringen, doch ihre Angst vor dem Wasser siegte. Sie hatte nie schwimmen gelernt. Wie sollte sie bloß in einem dieser kleinen Boote zum Schiff rudern?

Beruhige dich. Wovor hast du Angst? Schlimmstenfalls ertrinkst du im Meer. Aber dann dachte Heather an April. Wie war es ihr in den Händen dieses Piraten ergangen? Sie könnte verletzt sein oder ...

Heather sprang auf und rannte den Hügel hinunter zum Strand. Sie zerrte ein Boot ins Wasser, kletterte hinein und ruderte los.

»Da!« rief eine Stimme am Strand.

Heathers Mut sank. Sie sah Khalid und Malik auf sich zulaufen. Khalid blieb stehen und zerrte sich die Stiefel von den Füßen. Dann sprang er ins Wasser und verfolgte sie schwimmend.

Daß dieser Teufel sogar schwimmen konnte! Heather ruderte schneller. Doch er holte sie ein und zog sich am Bootsrand hoch. Heather riß eines der Ruder in die Luft, um ihn damit zu treffen. Doch Khalid griff danach und riß dabei Heather mit ins Wasser.

»Hilfe!« schrie Heather und ging unter.

Khalid tauchte unter und zog sie an ihrem Haar hoch an die Oberfläche. Dann legte er einen Arm um sie und ruderte mit dem freien Arm ans Ufer.

Einige Minuten lag Heather wie benommen im Sand. Dann kroch sie zur Seite, um sich des vielen geschluckten Seewassers und ihres Frühstücks zu entledigen.

»Ich hatte geglaubt, du wolltest mich ertränken!« keuchte sie ihn an.

»Ich habe dir dein nutzloses Leben gerettet.« Khalid versuchte, drohend zu klingen.

Tränen schossen ihr in die Augen. »Mein Leben war nicht nutzlos. Erst als ich dich kennengelernt habe.«

»Darüber ließe sich streiten«, gab Khalid zurück. »Die Strafe hierfür wird streng sein.«

Heather zuckte zurück. »Wirst du mich töten?«

»Vielleicht. Vielleicht noch Schlimmeres.« Khalid starrte sie einen Moment lang an. »Aber ich handle nie unüberlegt. Ich denke erst und handle dann. Etwas, das dir völlig fremd zu sein scheint.«

»Ich bin für meine Cousine verantwortlich. Wo ist sie? Ich will sie sehen!«

Khalid hob mahnend seine Augenbrauen. »Lektion Nummer fünf: Ein Sklave fordert nicht.«

»Das ist erst Lektion vier«, platzte Heather heraus. »Ich nehme immer meine Finger, wenn ich mit dem Rechnen Schwierigkeiten habe. Das ist völlig in Ordnung.«

Khalid mußte sich sehr zusammennehmen, um nicht zu lächeln. »Lektion Nummer vier ist, daß ein Sklave auf dem Boden schläft und nicht im Bett des Herrn.«

Heather schaute ihn verständnislos an.

»Du bist geflohen, bevor ich dir das beibringen konnte«, sagte Khalid.

Heather warf einen verstohlenen Blick auf Malik, der diesen Kampf sehr zu genießen schien. »Geht es April gut?« fragte sie. Dabei wanderte ihr Blick übers Wasser zum Piratenschiff.

Sein Blick folgte dem ihren. »April gewöhnt sich schneller als Ihr an ihr neues Zuhause und ihr neues Leben. Ich werde sie behalten.«

Heather war sprachlos vor Wut und Empörung.

»Ich will jetzt nichts mehr hören.« Mit diesen Worten hob Khalid sie hoch und warf sie sich wie ein erlegtes Tier über die Schulter.

Sie wehrte sich, er schlug sie mit der flachen Hand auf ihr Gesäß. Das schien für einige Zeit auszureichen.

Heathers Einzug ins Lager war schmachvoll. Sie hing mit dem Kopf nach unten über Khalids Schulter und hörte die Männer über sie lachen. Eine einzige Kopfbewegung Khalids, und seine Soldaten zerstreuten sich. Nur Abdul war jetzt noch bei ihnen.

»Züchtigt sie. Das ist das einzige, was hier noch helfen könnte«, murmelte Abdul.

Heather schrie auf vor Wut über diese Äußerung. Khalid versetzte ihr einen weiteren Klaps und ließ sie dann hinunter. Auf sein Zeichen hin schüttete Abdul ohne Vorwarnung einen Eimer eiskaltes Wasser über sie.

»Oh!« schrie Heather.

Abdul schüttete ihr den nächsten Eimer Wasser über den Kopf.

»Au!« wimmerte sie.

»Du warst voller Sand«, sagte Khalid. »Ich will nicht, daß mein neuer Teppich schmutzig wird.«

Und wieder hatte Abdul den Eimer gefüllt.

»Halt, warte!« rief Heather.

»Auf deiner Nase klebt noch Sand«, sagte Khalid.

»Das ist kein Sand. Das sind Sommersprossen.«

Khalid umfaßte ihr Kinn und zog sie zu sich heran. Mit den Fingerspitzen rieb er sanft über ihren Nasenrücken. »Du hast tatsächlich nicht gelogen. Geh jetzt ins Zelt. Dort wird dich deine Strafe erwarten.«

Heather mußte sich fügen, denn Khalid konnte ihr verbieten, ihre Cousine zu sehen.

Nachdenklich blickte Khalid ihr nach. Würde sie ihm je gehorchen? Er wollte keine Gewalt anwenden, denn er hatte schon zu vielen Menschen Leid zugefügt. Aber wie war dieses Wesen zu zähmen?

»Bring sie heute nachmittag in mein Haus«, schlug ihm Malik vor. »Dort kann sie ein Bad nehmen und ihre Cousine sehen.«

»Meine Sklavin hat eine solche Gunst nicht verdient«, antwortete Khalid.

Malik lächelte. »Aber ihre Cousine.«

»Ich werde ihr schlechtes Benehmen nicht auch noch belohnen.« Khalid blieb hart. »Wenn ich abreise, mag sie ihr meinetwegen auf Wiedersehen sagen.«

Malik nickte.

»Und ich brauche einen flinken Goldschmied.«

Malik nickte wieder. »Selbstverständlich.«

In Gedanken stellte sich Khalid auf eine weitere Auseinandersetzung mit seiner aufsässigen Sklavin ein. Heather hatte sein Eintreten nicht bemerkt. Sie saß auf dem Diwan. Ihr nasses Hemd zeichnete jeden Umriß ihres Körpers nach. Khalid genoß diesen Anblick, doch er mußte Strenge zeigen.

»Was sollte das? Wohin wolltest du?«

Heather seufzte. »Nach Hause.«

»Hier ist dein Zuhause.«

»Nein! Mein Zuhause ist in England.«

»Du hast wirklich geglaubt, in dieser Nußschale nach England zu kommen?«

»Ich wäre der Küste gefolgt.«

»Du hast nicht mehr Intelligenz in dir als eine Auster. Nur bei mir bist du sicher. Dort draußen lauern Gefahren auf dich, von denen du keine Ahnung hast.«

Und wer schützt mich vor dir? Doch diesen Gedanken wagte Heather nicht auszusprechen. »Aber alle Gefangenen wollen entkommen!«

»Du bist keine Gefangene.«

»Sondern?« Heather war verblüfft.

»Du bist meine Sklavin.«

Bevor Heather darauf antworten konnte, betrat Abdul mit einem Handtuch das Zelt. »Soll ich sie festhalten, wenn Ihr ihr die Finger abhackt?« fragte er seinen Herrn.

»Meine Finger abhacken?« schrie Heather.

»Das ist unsere Strafe für Diebstahl. Du hast meine Kleidung gestohlen«, erklärte Khalid ungerührt.

»Ich habe mir deine Hose und dein Hemd *ausgeliehen*«, log Heather. »Ich hätte dir die Sachen zurückgegeben.«

»Du hast etwas ausgeliehen und einfach vergessen, um Erlaubnis zu fragen?«

Heather nickte schnell.

»Gut, Abdul, wie du siehst, hat sie nichts gestohlen, sondern nur etwas ausgeliehen. Laß uns jetzt bitte allein.«

»Trotzdem solltet Ihr sie schlagen«, murmelte Abdul, als er das Innenzelt verließ.

»Trockne dein Haar«, befahl Khalid und warf ihr ein Handtuch ins Gesicht. »Du hast einen sehr anstrengenden Vormittag hinter dir und brauchst jetzt Ruhe. Willst du vorher noch etwas essen?«

»Ich habe schon gegessen«, sagte Heather kleinlaut. »Als ich aufwachte, war auf dem Tisch ein Frühstück angerichtet.«

»Du hast *mein* Frühstück geliehen?«

»Ja.«

»Deine persönliche Habe ist in der Truhe da drüben«, sagte Khalid und stupste mit seinem Finger an ihr nach oben gebogenes Näschen. »Zieh das feuchte Hemd aus und geh dann zu Bett.«

»Erst mußt du das Zelt verlassen.«

Khalid hob eine Augenbraue und blieb stehen, wo er war.

»Oder dich wenigstens umdrehen«, sagte Heather und fügte ›bitte‹ hinzu.

»Wenn ich auf so wohlerzogene Art gebeten werde, gerne.« Khalid lachte spöttisch und drehte sich um.

Blitzschnell hatte sich Heather das klamme Hemd vom Körper gestreift und war unter die Decke des Diwans geschlüpft.

Khalid drehte sich zu ihr um. Betont lässig schlenderte er quer durch das Zelt zu der Truhe mit ihren Habseligkeiten. »Ich warne dich. Versuche kein zweites Mal zu fliehen. Meine Wachen wirst du nicht noch einmal überlisten.« Er öffnete die schwere Holztruhe und fischte aus ihren Kleidungsstücken ein fast durchsichtiges Hemd aus Seide und Spitze heraus.

Er betrachtete es genauer. Dann ging er zu Heather und befahl: »Halte deine Arme hoch.«

»Warum denn?«

»Darum.«

Dann zog er ihr das Hemd über den Kopf und drückte sie sanft zurück in die Kissen.

Lust und Verlangen schimmerten plötzlich in seinen Augen. Doch Heather war zu unerfahren, um die Bedeutung zu verstehen.

»Es bereitet mir keine Freude, dich zu bestrafen. Aber du wirst deine Cousine nie wiedersehen.« Und damit verließ er das Zelt.

Entsetzt fuhr Heather hoch und starrte ihm nach, und je länger sie dort auf dem Diwan saß, um so wütender wurde sie.

Plötzlich sprang sie auf und rannte durch das Zelt. Doch kurz vor der leinenen Außenwand blieb sie stehen. Es hatte keinen Sinn zu fliehen.

»Oh, kommt zurück, werte Hoheit«, rief sie Khalid hinterher. »Ich muß mit Euch über den Besuch bei meiner Cousine sprechen.«

Doch niemand antwortete.

»Könnt ihr mich hören, Majestät?« Heathers Stimme wurde lauter. »Ich verlange eine Audienz.«

Und wieder kam keine Antwort.

Wie konnte er es wagen, sie nicht zu beachten! Sie, die Tochter eines hohen Würdenträgers der Königin von England!

»Du verfluchter heidnischer Hundesohn!« schrie Heather auf englisch, das der Prinz nicht verstand.

Einen Moment lang überlegte sie, ob sie vielleicht Feueralarm schlagen sollte, verwarf dann aber solche Gedanken. Entmutigt kehrte sie ins Zelt zurück und setzte sich wieder auf den Diwan.

Der Hals wurde ihr eng. Tränen der Hilflosigkeit und Wut rannen ihr über die Wangen. Schließlich weinte sie sich in den Schlaf.

»Wach auf«, sagte Khalid nun schon zum dritten Mal. Er stand drohend neben dem Diwan. Als Heather ihn wieder ignorierte, schüttelte er sie und riß ihr dann kurzentschlossen die Decke weg.

»Himmelherrgott!« Heather schob sich seufzend ein paar kupferfarbene Strähnen aus dem Gesicht.

»Du verschläfst noch den ganzen Tag«, sagte Khalid. »Die Sonne steht schon hoch. Du wirst jetzt ein Bad nehmen und etwas essen. Dann beginnt dein neues Leben.«

Heather warf einen kurzen Blick auf den Badezuber, der in der Mitte des Zeltes aufgebaut war. Heißer parfümierter Dampf entstieg ihm. »Ich will aber nicht baden.«

»Du riechst nach faulem Meerwasser.«

»Du riechst auch nicht besser.«

»Lüge nicht.« Khalid griff nach ihrem Oberarm und zog sie vom Diwan.

»Wie soll ich ein Bad nehmen ohne meine Zofe?« Heather unterdrückte ein Gähnen.

»Was ist eine Zofe?«

»Eine Dienerin.«

»Sklaven haben keine Diener«, beschied Khalid.

»Dann muß das Leben eines Sklaven sehr beschwerlich sein. Doch da ich keine Skla ...«

»Allein dein Benehmen zeigt mir, daß du kein Edelfräulein bist.«

Schlagartig war Heather wach. »Ich weigere mich, noch weiteren Beleidigungen dieser Art zuzuhören.« Sie drehte ihm den Rücken zu, als wolle sie ihm andeuten, daß die Unterhaltung damit beendet sei.

Wutschnaubend riß sie Khalid an sich. Doch diesmal hielt Heather seinem Blick stand.

»Fürchtest du dich etwa nicht vor dem Fauchen des wilden Tiers des Sultans?«

»Manchmal schon«, mußte Heather zugeben.

»Du wirst jetzt ein Bad nehmen. Sonst werde ich dich baden.«

»Gut, ich werde ein Bad nehmen.« Nun versuchte Heather eine andere Taktik. »Aber ich möchte dich um den Gefallen bitten, allein baden zu dürfen.«

»Ich erweise keine Gefallen. Aber gut, ich werde dir gestatten, allein zu baden. Wenn ich wiederkomme, möchte ich dich in der Wanne sitzen sehen. Verstanden?«

Heather nickte.

»Und du wirst ohne Nachthemd baden.«

Heather nickte wieder. Sie hätte fast allem zugestimmt, um diesen Menschen loszuwerden.

»Und?«

»Was und?«

»Willst du dich nicht bedanken?«

»Danke.«

Khalid warf ihr einen mahnenden Blick zu.

»Danke, Herr.« Heather brachte das Wort kaum heraus.

Ihr wütender Gesichtsausdruck zeigte Khalid nur zu gut, was sie wirklich sagen wollte.

»Gerne, Sklavin.« Khalid ließ sie allein. Draußen gab er seinem zweiten Befehlshaber Abdul die Anweisung, Mihrimah eine Nachricht zukommen zu lassen.

»Eurer Mutter?« Abdul war überrascht.

»Sie soll auf dem Sklavenmarkt einen Eunuchen kaufen, der Englisch und Französisch spricht. Ich möchte ihn bei meiner Rückkehr in meinem Haus vorfinden.«

»Einen Eunuchen? Wozu denn?«

Khalid warf einen Blick auf sein Zelt. »Sie braucht jemanden, der sich um sie kümmert.«

»Eine Sklavin läßt sich von einem Sklaven bedienen?« Jetzt war Abdul aufgebracht. »Habt Ihr vergessen, was Euch das Wiesel angetan hat? Was er Eurer Schwester angetan hat? Habt Ihr den Verstand ...«

Khalid machte einen Schritt nach vorn, packte Abdul am Kragen und hob ihn in die Luft, als sei er ein Kätzchen. »Unsere Freundschaft gibt dir in keinster Weise das Recht, so vermessen zu sein. Wage es nicht, mir noch einmal ungebührlich gegenüberzutreten.« Die tiefe Narbe auf seiner Wange verfärbte sich vor Wut weiß.

»Bitte verzeiht mir, Herr. Ich werde sofort einen Boten schicken«, entschuldigte sich Abdul sofort.

Khalid ließ Abdul los und berührte als versöhnliche Geste kurz seine Schulter. »Ich werde nie vergessen, was Fougere uns angetan hat. Und ich werde keinen Frieden finden, solange ich den Tod meines Bruders und meiner Schwester nicht gerächt habe.«

Als er in sein Zelt zurückkehrte, rutschte Heather tiefer in den Zuber, doch Khalid würdigte sie keines Blickes. Statt dessen musterte er ihre Kleidung und legte einen Rock und eine Bluse für sie zurecht. »Das mag für den Anfang reichen. Später wirst du passendere Kleidung erhalten.«

»Meine Kleider sind völlig in Ordnung.« Heather war leicht gereizt. »Sie sind aus den feinsten Stoffen gefertigt.«

»Du besitzt keine Kleider mehr. Sie gehören mir, wie alles, was früher dir gehörte.« Und mit diesen Worten wollte er die Falten aus ihrem Rock schütteln. Dabei fiel etwas aus der Seitentasche. Khalid hob es auf, und wieder verfärbte sich die Narbe an seiner Seite weiß. Ein sicheres Anzeichen dafür, daß er zornig wurde. Khalid erblickte das Antlitz seines schlimmsten Feindes, Savon Fougere.

Einige Sekunden hielt er die Miniatur in der Hand und blickte dann auf Heather. Ihre ungewöhnliche Schönheit und ihr feuriges Temperament hatten ihn beinahe vergessen lassen, daß Heather dem Wiesel versprochen war.

Voller Angst kroch Heather noch tiefer in den Badezuber, doch sie konnte ihre Augen nicht von ihm wenden. Aus Prinz Khalid war plötzlich ein gefährliches, wildes, ungezähmtes Tier geworden.

Während er sie anblickte, zerbrach Khalid die Miniatur mit bloßen Händen. Dann verließ er wortlos das Zelt.

Heather benutzte diesen Augenblick, um aus dem Zuber zu klettern, sich abzutrocknen und die Kleidung anzulegen, die Khalid für sie ausgewählt hatte. Dann suchte sie nach den Überresten der Miniatur und versteckte sie nach einigem Zögern im … kaiserlich osmanischen Nachttopf!

Da sie nicht wußte, was sie als nächstes tun sollte, setzte sie sich wieder auf den Diwan und versuchte nachzudenken.

Wieso haßte dieser Türke Fougere so sehr? Was hatte ihr zukünftiger Ehemann Khalid angetan? Der Prinz war ein ausnehmend gutaussehender und gleichzeitig äußerst gefährlicher Mann. In Zukunft mußte Heather noch mehr auf der Hut vor ihm sein.

Sie wartete. Als der Zuber von Abdul und vier Dienern weggeräumt wurde, schienen Stunden vergangen. Die Diener beachteten sie nicht, doch Abdul bedachte sie mit einem Blick, aus dem tiefe Verachtung sprach.

Heather schäumte vor Wut. Wie konnte es dieser

Mann, der sie überhaupt nicht kannte, wagen, ihr so unverschämt entgegen zu treten!

Abdul kehrte in das Zelt zurück, gefolgt von einem Diener, der ein Tablett mit Essen trug.

»Ihr werdet jetzt essen«, befahl Abdul, und auf sein Geheiß baute der Diener die Mahlzeit an dem kleinen Tisch auf.

»Dein Verhalten beleidigt mich. Ich werde nichts essen«, antwortete Heather gereizt.

Als Abdul auf ihre Antwort nicht reagierte, schlug Heather dem Diener das Tablett aus der Hand. Ihr Mittagessen landete auf dem kostbaren Teppich.

Abdul warf ihr einen haßerfüllten Blick zu und verließ ohne ein weiteres Wort das Zelt.

Sofort bereute Heather ihre Tat. War sie verrückt geworden? Sie war der Gnade dieser Männer ausgeliefert und durfte sie nicht herausfordern.

Als sie hochblickte, sah sie Khalid, der wortlos am Eingang des Zeltes stand. »Du wirst das sofort beseitigen!« befahl er.

»Es ist ihm aus der Hand gefallen«, log Heather.

»Du stellst meine Geduld auf eine harte Probe. Übertreibe es nicht! Am liebsten würde ich dein nichtswürdiges Leben in diesem Augenblick beenden.«

Hastig sprang Heather auf und machte sich an dem Teppich zu schaffen. Vorsichtig hob sie Blätterteighörnchen, Weintrauben, marinierte Gurken und gebratene Tauben wieder auf das Tablett.

»Stell das auf den Tisch«, befahl Khalid. »Und jetzt iß!«

»Was?«

»Bist du plötzlich taub geworden? Du sollst essen!«

»Ich esse nichts, was auf dem Boden gelegen hat.«

»Die Schätze Allahs zu verschwenden ist eine Sünde.« Und mit diesen Worten näherte sich ihr Khalid mit gezücktem Dolch. »Du hast das Essen auf den Boden geworfen! Du wirst es jetzt essen, und zwar jeden einzelnen Bissen davon.«

Schmollend knabberte Heather an einem Taubenschlegel. Nach zwei Bissen guckte sie hoch. »Zufrieden?«

»Hat jeder in England Manieren wie ein Schwein? Wenn man ißt, spricht man nicht. Und ab jetzt wirst du nur mit mir reden, wenn ich es dir befehle.«

Nur mühsam konnte Heather den Wunsch unterdrükken, ihm die gebratene Taube ins Gesicht zu schleudern.

Als ob er ihre Gedanken lesen könnte, warnte Khalid: »Wage es nicht!«

»Ich muß mit den Händen essen.«

»Nur ein Narr würde einem verrückten Weib ein Messer geben.« Mit seinem Dolch zerschnitt Khalid das Fleisch in mundgerechte Stücke.

»Was ist das?« fragte Heather und deutete auf die Gurken.

»Das sind marinierte Gurken.«

»Und das?«

»Das ist Baklava. Es ist mit Nüssen gefüllt.«

Vorsichtig probierte Heather ein Stück davon, dann nahm sie gleich einen größeren Bissen.

»Das schmeckt wirklich sehr gut.«

»Oh, ich bin erleichtert, daß es dir schmeckt«, antwortete Khalid trocken.

Unter Khalids Aufsicht aß Heather jedes kleine Krümelchen auf dem Tablett. Dann befahl Khalid den armen Diener herein, dem sie das Tablett aus der Hand geschlagen hatte. Er stellte eine Schale mit warmem Wasser vor Heather hin.

»Weiter«, befahl Khalid.

Obwohl sie keinen weiteren Bissen mehr herunterbringen würde, setzte Heather fügsam die Schale an den Mund und wollte trinken.

»*Nein*!«

Verblüfft blickte sie auf.

»Damit wäscht man sich doch die Hände, du Barbarin.«

Heather errötete tief. Daß ausgerechnet dieses Ungeheuer die Tischsitten der Cousine der englischen Königin tadeln konnte, erfüllte sie mit furchtbarer Scham.

»Solltest du einen weiteren dieser kindischen Wutanfälle bekommen, werde ich dich so schlagen, daß du dein Gesicht nicht wiedererkennst«, drohte ihr Khalid. »Hast du das verstanden?«

Heather nickte.

»Du sollst sprechen, wenn ich mit dir rede, Sklavin«, befahl Khalid.

»Ich habe verstanden«, murmelte Heather.

»Wie bitte?«

Seine überhebliche Art ärgerte sie so sehr, daß sie alle Vorsicht in den Wind schlug. Sie kniete vor ihm nieder, senkte den Kopf, so daß ihre Stirn seine Stiefelspitzen berührte, und flötete: »Mein Herr und Meister, mein Gebieter, ich werde Euch immer und ewig gehorchen. Denn Euer Wunsch ist mir Befehl.«

Khalid tätschelte ihr herablassend den Kopf. »Das ist schon viel besser, Sklavin. Du scheinst dazuzulernen. Das freut mich.« Und damit verließ er das Zelt.

Heather blickte ihm nach und hätte ihm zu gerne etwas hinterhergeworfen. Doch dafür fehlte ihr der Mut. Sie lief zur Rückseite des Zeltes und hob vorsichtig die Plane hoch. Sie sah nur Stiefel, eine ganze Armee glänzend polierter Stiefel.

Entmutigt ließ sie die Zeltplane fallen. Anscheinend hatte der Prinz jeden verfügbaren Soldaten zu ihrer Bewachung eingeteilt.

Doch der Gedanke, daß die gesamte kaiserlich osmanische Armee den Auftrag hatte, ein dummes kleines Weib zu bewachen, brachte sie schon wieder zum Lächeln. Sie streckte sich auf dem Diwan aus und harrte der Dinge, die nun kommen sollten.

Kapitel 4

Ein wunderbarer Duft weckte Heather. Sie mußte einige Stunden geschlafen haben. Sie schlug die Augen auf und sah den Prinzen auf Kissen liegend sein Abendessen einnehmen. Sie gähnte, streckte sich wohlig und hörte plötzlich ihren Magen knurren.

Khalid blickte hoch. Sein Blick war anders geworden. Er hatte sie schlafend gesehen und war ihr nahe gewesen, ohne daß sie es bemerkt hatte. Plötzlich machte er Heather befangen.

Doch der Hunger siegte über solche Gefühle. Sie wollte sich gerade neben Khalid setzen, als seine Stimme ihr Einhalt gebot.

»Bleib stehen.«

»Aber weshalb?«

Seine stahlblauen Augen musterten sie. »Weil ich es so will.«

Heather blieb stehen. Khalid beachtete sie nicht weiter und widmete sich wieder der Tafel.

Sie würde ihm ebenbürtig sein in diesem Spiel, entschied Heather. Wenn er sie ignorierte, würde sie ihn eben auch ignorieren. Sie warf einen Blick auf die Köstlichkeiten, deren Duft sie aufgeweckt hatte.

Das war ein Fehler, denn Khalids Abendessen sah äußerst vielversprechend aus. Es gab Artischocken in Essig und Öl, saftig gegrilltes Hammelfleisch, Safranreis, Pitabrot, Pfirsiche, Feigen und Weintrauben.

Ihr Magen knurrte. Khalid blickte verwundert hoch.

»Ich bin hungrig«, verkündete Heather, ließ sich neben Khalid auf ein Kissen fallen und lächelte etwas verlegen.

»Mein Vergnügen hat Vorrang. Du wirst lernen zu warten.« Khalid starrte sie an, eher erstaunt als verärgert. Wie konnte man ein Weib so stolz und ungehorsam heranwachsen lassen?

Sie schien zu glauben, daß sie ihn mit einem Lächeln beherrschen konnte. Nun, sie würde bald herausfinden, daß das nicht stimmte. Sie schien gar nicht zu begreifen, was es bedeutete, Sklavin eines osmanischen Prinzen zu sein. Am nächsten Morgen würde er mit ihrer Ausbildung beginnen.

Heather versuchte ungeschickt, eine Feige zu klauben, doch Khalid schlug ihr auf die Hand.

»Frauen dürfen nicht an einer Tafel mit den Männern sitzen. Und Sklaven nicht an einem Tisch mit ihren Herren.«

»Männer und Frauen essen bei euch nicht gemeinsam?« Heather war verblüfft.

Khalid nickte.

»Wie barbarisch!«

»Ganz im Gegenteil. Es bezeichet eine hochentwickelte Kultur. Du stammst aus einem barbarischen Land, nicht ich.«

Heather schwor sich, den Mund zu halten und auf diesen Unsinn nicht einzugehen. Schließlich wollte sie ihr Abendessen nicht aufs Spiel setzen. Aber dann würde sie diesem ungläubigen und ungebildeten Widerling die Meinung sagen.

Sie schien ihn getäuscht zu haben, denn Khalid widmete sich ohne weiteren Kommentar seinem Essen. Doch plötzlich knurrte ihr Magen unüberhörbar.

Mit einer Glocke klingelte Khalid nach seinem Diener, der ihm Wasser zum Reinigen der Hände brachte und den Teller entfernte.

»Bring Essen für Sklave«, sagte Khalid in holprigem Englisch.

»Du sprichst Englisch?« fragte Heather verwundert.

»Ich habe in der Prinzenschule von Topkapi viele Dinge gelernt«, antwortete Khalid nun wieder auf französisch. Dem Diener wiederholte er seinen Befehl in türkischer Sprache.

»Und wieso sprichst du so gut Französisch? Du bist doch Engländerin.«

»Meine Mutter ist Französin«, antwortete Heather etwas abgelenkt, denn sie freute sich jetzt auf ihr Abendessen. Sie angelte sich ein Stück Fleisch und etwas Reis.

»Ich habe dir nicht erlaubt zu essen«, ermahnte sie Khalid.

»Darf ich bitte etwas essen?«

In diesem Moment kehrte Khalids Diener mit einer Schüssel zurück, die er vor Heather auf den Tisch setzte. Enttäuscht, fast angewidert schaute sie auf etwas Undefinierbares.

»Eine neue Folter?« fragte sie den Prinzen wütend.

»Das ist dein Abendessen. Es ist Couscous und besteht aus ...«

»Es sieht so aus, als sei jemandem übel geworden.« Entschieden schob Heather die Schale weg und deutete wie ein kleines Kind auf die Überreste von Khalids Fleisch. »Das da.«

»Du willst das gleiche essen wie dein Herr?« Khalid tat so, als sei er entsetzt. Gleichzeitig schob er ihr den Teller mit Hammel und Reis hinüber.

Gierig griff sie mit ihren zarten Fingern nach dem Essen.

»Für diesen Gefallen erhalte ich keinen Dank?« fragte Khalid.

»Khalid, o gütiger Herr! Ihr seid die Großzügigkeit in Person!« betete Heather pflichtgemäß herunter und hoffte, sich nun endlich dem Essen widmen zu dürfen.

»Ich mag es, wie du meinen Namen auf deiner Zunge trägst«, lächelte Khalid und stand auf, um zu gehen.

»Wohin gehst du denn?« rief ihm Heather über die Schulter nach.

Khalid blieb an der Zelttür stehen. In gequältem Ton sagte er langsam, damit es seine Sklavin endlich begreifen möge: »Ich habe dir schon mehrfach gesagt, daß eine Sklavin ihrem Herrn keine Fragen zu stellen hat.«

»Aber ich möchte nicht allein essen.« Heather war von dieser Antwort selbst überrascht. Was, um Gottes Willen, war denn in sie gefahren? Sie war die Gefangene dieses unberechenbaren und gefährlichen Mannes. Und aus irgendeinem Grund wollte sie nicht, daß er sie allein ließ.

Khalid war freudig überrascht. »Du bittest mich um meine Gesellschaft?«

Heather errötete. »Nein, nein. Ich bin es nur nicht gewöhnt, allein zu essen.«

Khalid kam zurück und setzte sich wieder neben sie. Sein gefangenes Vögelchen fühlte sich also einsam. Das war sein Plan gewesen. So konnte er ihr beibringen, seine Wünsche zu erfüllen.

Heather aß langsam und genoß jeden Bissen. Dann schleckte sie sich voller Begeisterung ihre Finger ab.

Die Sinnlichkeit dieser unbewußten Geste entging Khalid nicht. Er musterte sie heimlich und konnte sich nicht verhehlen, daß er sie reizvoller fand, als ihm lieb war. Sie schien etwas in ihm zu erwecken, ein Gefühl, das er lange nicht mehr gespürt hatte.

Doch Gefühle waren hier fehl am Platze.

»Du hast schlimmere Tischmanieren als ein Schwein«, schalt er.

Heather schaute ihn wütend an.

Khalid zog ihren Teller weg. »Du gefällst mir besser, wenn du hungrig bist.«

»Das tut mir leid«, entschuldigte sich Heather und schob den Teller wieder zu sich hin.

»Erzähl mir etwas über dich, Sklavin.«

»Was möchtest du wissen?« Dabei schob sich Heather ein weiteres Stück wohlriechendes Fleisch in den Mund, blickte auf ihre safttriefenden Finger und schleckte sie vorsichtig und manierlich sauber.

Khalid mußte einen Moment die Augen schließen, so sehr erregte ihn diese Bewegung. »Wie hast du gelebt, bevor wir uns kennengelernt haben?«

»Du wolltest sagen, bevor mich dein Freund entführte!« verbesserte ihn Heather.

Khalid zuckte mit den Schultern. »Wie du meinst.«

»Mein Vater war der Graf von Basildon. Er ist vor einigen Jahren gestorben. Meine Schwestern, mein Bruder und ich wurden Mündel von Königin Elizabeth, mit der mein Vater verwandt war. Meine älteste Schwester Kathryn lebt mit ihrem Mann in Irland. Dann kommt Brigette, die einen schottischen Grafen geheiratet hat. Mein Bruder Richard, der jetzige Graf von Basildon, ist der jüngste von uns Geschwistern.«

»Und deine Mutter?« fragte Khalid.

»Sie lebt auch in unserem Schloß, Basildon Castle.«

»Das ist nicht mehr dein Schloß. Du lebst jetzt bei mir«, verbesserte sie Khalid.

Heather verzog gelangweilt das Gesicht.

»Liebst du den Comte de Beaulieu?« Khalid hatte diese Frage eigentlich nicht stellen wollen.

»Das Wiesel?« platzte Heather mit dem ihr eigenen Temperament heraus.

Khalid warf den Kopf zurück und lachte lauthals.

»Ich … ich meinte …«, begann Heather und wurde rot.

»Ich weiß, was du sagen willst. Ausnahmsweise sind wir einer Meinung«, antwortete Khalid.

»Es ist nicht wichtig, ob man seinen Ehemann liebt oder nicht«, wiederholte Heather pflichtbewußt die Worte ihrer Mutter. »Die Aufgabe der Ehefrau besteht darin, ihrem Mann Erben zu schenken und für den reibungslosen Ablauf des täglichen Lebens zu sorgen.«

Khalid nickte. »In unserem Land teilen wir diese Einstellung.«

»Dann erzähl mir doch jetzt etwas über dein Land«, bat Heather.

Doch bevor Khalid antworten konnte, hatte Abdul das Zelt betreten. »Lord Malik schickt Euch dieses hier, Herr.« Er stellte ein kleines Tablett auf den Tisch und verschwand so geräuschlos, wie er gekommen war.

Auf dem Tablett lagen kleine Teilchen aus hellem Gebäck, halbrund geformt, mit glatter Oberfläche und einer Walnuß in der Mitte als Verzierung.

»Darf ich eins probieren?« fragte Heather neugierig.

Khalid nickte. »Dein Benehmen wird schon besser.«

Vorsichtig knabberte Heather an der Süßigkeit, und ihr Gesicht erhellte sich vor Begeisterung. Sie genoß die Füllung aus gehackten Mandeln und Pistazien — Khalid den Anblick ihrer so ursprünglichen und unverbrauchten Freude.

»Oh, das schmeckt wunderbar.« Sie knabberte weiter. »Was ist das?«

»Wir nennen es ›Busen der Jungfrau‹.«

Fast hätte sich Heather verschluckt.

Khalid mußte lächeln.

»Ach, was ist es denn wirklich?« Heather lächelte zurück. Wenn er lächelte, sah der Prinz sehr attraktiv aus. Schade, daß er es nicht öfter tat.

»Man nennt es ›Busen der Jungfrau›, weil ...«

»Nein, hör auf«, unterbrach ihn Heather lachend.

»Wie bitte? Eine Sklavin unterbricht ihren Herrn nicht.« Spielerisch drohte ihr Khalid mit dem Zeigefinger. »Wann wirst du das je lernen?«

»Es tut mir so leid«, begann Heather und mußte schon wieder lachen.

Ein Diener brachte warmes Wasser zum Händewaschen. Neben den Schalen lagen kleine grüne Zweige.

Khalid griff nach einem und kaute darauf herum. »Das ist Minze. Wir kauen sie, um den Geschmack des Essens zu vertreiben.«

Heather griff nach einem Zweig und kaute noch etwas zögerlich. »Wie hast du eigentlich diese Narbe bekommen? In einer Schlacht?«

Diese beiläufig gestellte Frage zerstörte mit einem Schlag die angenehme und entspannte Stimmung, die zwischen beiden geherrscht hatte. Khalid wandte den Blick von ihr ab. Die Narbe begann sich weiß zu verfärben, ein Zeichen, das Heather mittlerweile nur zu gut zu deuten wußte.

Das wilde Tier des Sultans war zurückgekehrt.

Er blickte sie an, kühl erst, dann kalt. Obwohl sie sich

vor ihm zu fürchten begann, blickte sie zurück, gebannt von dieser plötzlichen Veränderung.

»Dein Wiesel hat mir dieses Andenken vermacht«, antwortete Khalid endlich und strich mit seinem Daumen über die verhärtete Oberfläche der Narbe.

»O Gott!« flüsterte Heather.

»Der Goldschmied ist eingetroffen.« Abdul stand zögernd im Zelteingang.

Khalid erhob sich und ging nach draußen.

Wieso war es zu dieser Auseinandersetzung gekommen? Heather hatte man beigebracht, daß die Osmanen und Franzosen sich gegen ihren gemeinsamen Feind Spanien verbündet hatten. Wieso hatten Fougere und der Prinz gegeneinander gekämpft?

Kurze Zeit später kehrte Khalid zurück und hielt etwas Glänzendes in der Hand. Er nahm sich fest vor, bei der nun sicherlich folgenden Auseinandersetzung die Oberhand zu behalten, auch wenn es schwer werden würde.

Heather hingegen nahm sich vor, seinen Wutausbruch über sich ergehen zu lassen. Er würde sich wieder beruhigen und sie dann hoffentlich alleine lassen.

»Schau mich an«, befahl Khalid.

Langsam wanderte Heathers Blick an ihm hoch, über seine weichen Stiefel, die dunkle Tuchhose, das glänzende Etwas in seiner Hand, seine breiten Schultern, sein schön geschnittenes Gesicht.

»Komm, steh auf. Ich habe ein Geschenk für dich.«

»Ein Geschenk?« Heather war überrascht.

»Schau, das hier.« Khalid hielt ein ziseliertes goldenes Band hoch und legte es ihr um das zierliche Handgelenk. Er verschloß es mit einem goldenen Schlüssel, den er sich an einer Kette um den Hals hing.

Verwundert beobachtete ihn Heather dabei.

Dann zog Khalid aus seiner Hosentasche eine lange Kette aus goldenen Gliedern, ähnlich einer edlen Hundeleine.

»Nein, nein, was machst du?« schrak Heather zurück.

»Ich will nur sicherstellen, daß ich ungestört schlafen kann«, antwortete Khalid und befestigte die goldene Leine an dem Armband um Heather Gelenk.

»Nein!« Heather trat ihn gegen das Schienbein und rannte zum Diwan.

Er würde nicht wieder nachgeben, schwor sich Khalid und setzte ihr nach.

»Komm her, du kleine Wildblume — au!«

Khalid hatte sie an seinen gestählten muskulösen Körper gerissen, doch Heather hatte ihn mit einem Tritt in die Leistengegend außer Gefecht gesetzt. Nun wurde er wirklich wütend.

»Khalid, ich verspreche, ich werde nicht fliehen. Aber binde mich nicht fest. Ich ertrage es nicht.« Tränen kullerten ihr aus den Augen. Sie warf ein Kissen nach ihm, das ihn natürlich nicht aufhielt. Auch ein zweites Kissen wischte er nur ägerlich zur Seite.

Heather schrie auf, als Khalid sie zu Boden riß und unter sich begrub. Doch ihre Versuche, ihn wie ein ungezähmtes Pferd abzuwerfen, waren vergeblich. Khalid wußte, daß sie bald würde aufgeben müssen.

»Laß mich los, bitte.«

Khalid erhob sich und ließ sie wieder los. Sie weinte hemmungslos. Khalid begriff, daß es irgendeinen Grund für diesen Tränenausbruch geben mußte.

»Wir werden jetzt schlafen«, sagte Khalid und griff nach der Leine.

»Ich bin kein Tier, das man ankettet«, schluchzte Heather. »Nimm die Leine ab, bitte.«

»Damit du wieder fliehst! Das werde ich nicht tun.«

»Nein.«

»O Allah, steh mir bei«, murmelte Khalid. Er zog an der Leine, um die Widerspenstige zu zähmen.

»Wage es! Ich werde mich nicht fesseln lassen, damit du mich dann schänden kannst.«

Khalid ging nicht darauf ein und befestigte die Leine am Bett. »Nun schlaf.«

»Wo, hier?«

»Eine Sklavin schläft auf dem Boden neben ihrem Herrn. Sei unbesorgt, ich werde dich nicht anrühren.«

Khalid setzte sich an den Rand des Diwans und begann sich zu entkleiden. Fast hätte er ihr noch befohlen, ihm die Stiefel auszuziehen, doch damit hätte er den Bogen sicherlich vollends überspannt.

Er zog sich die Stiefel selbst aus, streifte das Hemd über die Schultern und stand auf, um die Hose auszuziehen.

Im Licht der Kerzen glänzte seine Haut. Der Schlüssel zu Heathers Armband schimmerte auf seiner muskulösen und leicht behaarten Brust. Verstohlen betrachtete Heather ihn und ließ den Blick über seine kräftigen Schultern hinab zu den starken Armen wandern. Als er nach seinem Hosenbund griff, rollte sie sich zur Seite und schloß die Augen fest.

»Gewöhne dich an meine Nacktheit, Sklavin.« Khalid drehte sich zu ihr, doch er sah nur Heathers abweisenden Rücken. »Ab morgen wirst du mir dienen.«

»Eher diene ich dem Satan«, murmelte Heather gut hörbar.

»Du wirst mir dienen. Oder ich werde dich schlagen.«

Tu es doch! dachte Heather. Schlage mich doch, wenn dir nichts Besseres einfällt. Aber meine Gedanken wirst du damit nicht ändern können. Und bei nächster Gelegenheit, das schwöre ich, werde ich dir die Kehle aufschlitzen.

Sie malte sich aus, wie sie sich an dem Prinzen rächen würde. Immer blutrünstiger wurden ihre Gedanken. Doch sie empfand keinerlei Vergnügen oder wenigstens gestillte Rache bei dem Gedanken, diesem ungläubigen Ungeheuer weh zu tun. Ihn in seinem eigenen Blute liegen zu sehen erfüllte sie sogar mit Trauer. Völlig verwirrt schlief sie endlich ein.

Khalid bescherte sein Geschenk keinen ruhigen Schlaf.

»Nein, Vater ..... Khalid«, stöhnte Heather in einem

Alptraum. »*Blut*!« Ihr Schrei durchbrach die Stille der Nacht.

Khalid fuhr kerzengerade hoch und sprang von seinem Diwan hinunter zu ihr. Heather lag eingerollt auf dem Boden und wimmerte im Schlaf. Khalid zog sie an sich und wiegte sie sanft hin und her, um sie zu beruhigen.

»Es ist nur ein Traum«, flüsterte er.

An ihn geklammert wachte Heather auf.

»Wovon träumst du denn?« fragte Khalid sie besorgt.

Gefangenenwärter und Beschützer zugleich. Heather haßte diesen Mann! »Meine Gedanken gehören mir. Du wirst sie nie erfahren.«

»Aber deine Alpträume halten mich wach.«

»Ich bitte tausendmal um Vergebung, Herr. Ich habe vergessen, wovon ich träumte.«

Khalids Lippe zuckte bei dieser offensichtlichen Lüge. »Du hast nach mir gerufen und nach deinem Vater.«

Bei der Erwähnung ihres Vaters zuckte Heather zusammen und vergrub sich gegen ihren Willen in Khalids Armen. Er hielt sie fester.

»Ich beschütze dich heute nacht. Hab' keine Angst mehr.«

Heather versuchte vergeblich, ihre Arme gegen seine Brust zu stemmen. »Du bist nackt.«

»Aber du nicht.« Khalid hielt sie weiter fest und küßte sie behutsam auf die Stirn.

»Ich will nicht, daß du mich anfaßt.«

»Sei still, du kleine Wildblume. Mach deine Augen zu und entspann dich.«

Doch die ungewohnte Nähe eines Mannes, seine Nacktheit, die sie durch ihre dünnen Gewänder spürte und seine Arme, aus denen sie sich nicht befreien konnte, ließen sie sich nur noch mehr verkrampfen. Steif wie ein Brett lag sie in seinen Armen, preßte die Augen fest aufeinander und versuchte vergeblich, diese Nähe nicht erregend zu finden.

»Wenn du dich nicht sofort entspannst, werde ich über dich herfallen.«

Diese Drohung genügte. Bald schlief Heather tief und fest.

Khalid hingegen lag noch Stunden wach. Er mußte den Grund für Heathers Alpträume herausfinden, sonst würde sich dies jede Nacht wiederholen. Und dann wußte er, wer ihm dabei helfen könnte. Ihre Cousine.

Kapitel 5

»Was hat sie?«

»Ich verstehe nicht, was Ihr meint.«

»Was sind das für Alpträume, die sie ständig hat?« fragte Khalid die aufgeregte und verängstigte junge Frau. Die Ungeduld in seiner Stimme war unüberhörbar.

April erblaßte vor Khalids riesiger Gestalt und unbeherrschtem Auftreten. Und dieses Untier hielt die arme Heather gefangen? Zwei volle Tage bereits? Wie hatte sie das bloß überlebt? April wußte, daß sie vor Angst gestorben wäre.

Khalid kam näher. Er hatte seine Hände zu Fäusten geballt. Seine Narbe wurde weiß. »Sag es!« befahl er knurrend.

Vor Angst bekam April weiche Knie, taumelte und fiel Malik in die Arme, der sie gerade noch auffangen konnte. Vorsichtig bettete er sie auf tiefe Kissen und warf seinem Freund einen ernsten Blick zu. »Ich wollte sie nicht erschrecken«, entschuldigte sich Khalid.

»Reich mir ein Glas Rosenwasser«, bat Malik. Würde es sein Freund je lernen, daß Drohungen meist wenig einbrachten?

»Heather und sie sind so verschieden wie Tag und Nacht«, bemerkte Khalid.

Als April die Augen aufschlug, lächelte Malik sie beruhigend an. Er half ihr aufsitzen und reichte ihr die Flüssigkeit: »Hier, trink das.«

»Danke, Herr. Es geht mir schon wieder besser.« April warf Khalid einen verängstigten Blick zu.

Khalid kniete neben ihr und versuchte die Andeutung eines Lächelns: »Es tut mir leid, ich wollte dich nicht erschrecken.«

»Sag dem Prinzen, was er wissen möchte.« Aus Maliks Mund klang diese Anordnung nicht wie ein Befehl, sondern wie eine Aufforderung.

»Ich weiß nichts«, log April. »Wie sollte ich wissen, was sie träumt? Soll er sie doch fragen.«

»Sie redet nicht mit mir darüber«, mußte Khalid zugeben.

»Dann laßt sie doch in Ruhe«, fauchte April, die ihren Mut wiedergefunden hatte, denn Malik hielt nun beruhigend ihre Hand. »Ihre Träume gehen Euch nichts an.«

»Sie hat Alpträume und hält mich dadurch wach«, versuchte Khalid zu erklären. Wenigstens ein Quentchen des Temperaments von Heather schien die Cousine doch zu besitzen. »Wenn ich weiß, warum sie diese Träume hat, kann ich ihr vielleicht helfen.«

»Wenn Ihr Heather wirklich helfen wollt, dann laßt sie zurück nach England gehen.«

»Das kann ich nicht.«

»Das könnt Ihr nicht oder wollt Ihr nicht?« fragte April eindringlich.

»Im Traum ruft sie nach ihrem verstorbenen Vater«, sagte Khalid und überging Aprils Frage. »Was weißt du über ihn? Wieso verfolgt er sie in ihren Träumen?«

April versuchte, möglichst unbeteiligt auszusehen, obwohl es ihr gar nicht gefiel, daß dieser Mensch schon soviel über Heather wußte. Sie zuckte mit den Schultern und tat ahnungslos.

»Komm, sag dem Prinzen, was du weißt, Täubchen«, befahl Malik sanft.

»Aber ich weiß nichts.«

»Süße Lügnerin!« Er nahm ihr Kinn hoch, so daß sie seinem eindringlichen Blick nicht mehr ausweichen konnte. »Ich erinnere mich, daß du auf Fougeres Schiff gesagt hast, die Alpträume deiner Cousine würden dich nun wieder einen ganzen Monat wachhalten.«

»Ich schätze deine Ergebenheit«, unterbrach sie Khalid brüsk. »Aber es gibt Mittel und Wege, dich zum Reden zu bringen.«

»Wenn Heather durcheinander oder verstört ist, träumt sie von ihrem Vater. Aber ich war damals noch ein Kind, ich weiß nicht, was wirklich vorgefallen ist.«

»Wieso vorgefallen?« fragte Khalid.

»Heather war bei ihrem Vater, als er starb. Aber mehr weiß ich nicht, außer...«

»Außer was?« forschte Malik nach.

»Wir haben als Kinder zusammen gespielt. Und ich weiß noch, daß Heather nach diesem Zwischenfall völlig verändert war. Sie hat zwei Tage geweint und geschrien und man hat sie auf einem Bett festgebunden, damit sie sich nicht etwas antut.«

Khalid schloß die Augen vor Scham. Binde mich nicht an, hatte sie gefleht, ich kann das nicht ertragen. Er hatte einfach nicht zugehört. Aber was für Ungeheuer mußten diese Engländer sein, daß sie ein weinendes Kind festbanden, anstatt es im Arm zu wiegen und zu beruhigen?

»Wie ist ihr Vater gestorben?« wollte er wissen.

»Die Einzelheiten weiß ich nicht«, antwortete April wahrheitsgemäß. »Ich war damals noch so jung, man hat mir nichts gesagt.«

Malik reichte ihr das Glas, und sie nahm einen Schluck. Vorsichtig strich er ihr mit dem Finger über die Wange.

»Scheinbar hat deine Cousine schon lange ihren inneren Frieden verloren. Der Prinz möchte ihr nur helfen, denn er will Frieden haben in seinem Zelt. Ich bringe dich jetzt zu ihr. Heather soll dir erzählen, was damals wirklich geschehen ist. Und du berichtest es dann dem Prinzen«, sagte Malik.

April nickte. Aber warum kümmerte es diesen Unmenschen, warum Heather unter Alpträumen litt?

»Laßt uns jetzt gleich zu ihr gehen«, drängte Khalid.

Malik lächelte. »Ich verstehe deine Ungeduld. Aber die Sonne ist gerade erst aufgegangen. Ich schlage vor, wir beenden jetzt unser Fasten, während mein kleines Vögelchen sich frischmacht.«

Khalid war einverstanden.

»Ich werde dir einen Diener kommen lassen«, sagte Malik zu April gewandt. »Sei in einer Stunde fertig.«

Allerdings waren bereits zwei Stunden vergangen, bis Khalid, Malik und April sich auf den Weg zu Khalids Zelt machen konnten. Über ihrem leichten Kaftan trug April einen schwarzen Yashmak, der sie von Kopf bis Fuß verhüllte. Auch ihr Gesicht war nicht zu sehen. Niemand sollte einen Blick auf das Eigentum Maliks erhaschen können.

Hinter ihrem Schleier beäugte April die Krieger des Prinzen. Diese abgehärteten Kämpfer wirkten auf sie ebenso angsteinflößend wie ihr bedrohlicher Anführer. Nur das Wissen, daß die neugierig starrenden Männer sie hinter ihrem Schleier nicht sehen konnten, gab ihr Mut.

»Wir warten hier auf dich«, beschied Khalid und zog die äußere Zeltplane zur Seite. »Sprich mit ihr auf französisch. Sie ist dort drinnen.«

»Du meinst, das hoffst du«, grinste Malik.

»Nein. Das weiß ich.« Khalid wartete einen Moment und trat dann in das Vorzelt.

»Wo gehst du hin?« fragte Malik.

»Ich möchte den beiden zuhören. Dein kleines Täubchen steht noch auf der Seite ihrer Cousine, nicht auf deiner.«

Malik nickte und schloß sich ihm an.

April war von der Pracht des Zeltinneren beeindruckt.

Den Boden bedeckte ein kostbar schimmernder Teppich. Große Brokatkissen waren überall verstreut. In der Mitte des Zeltes stand ein fein ziselierter niedriger Tisch. Am hinteren Ende des Zeltes lag ihre Cousine schlummernd auf einem Diwan.

Aus Sorge, sie könne den Teppich beschmutzen, zog April sogar ihre Schuhe aus und huschte barfuß durch das Zelt zu ihrer Cousine.

Vorsichtig rüttelte sie sie wach. Heather schlug ihre Augen auf und erblickte ein schwarzes Ungetüm. Sie schrie entsetzt auf.

»O Heather, ich bin's doch«, rief April, die sich fast genauso erschrocken hatte.

»April?«

Lachend und weinend zugleich fielen sich die Cousinen um den Hals.

»April, geht es dir gut?« fragte Heather besorgt.

»Ja, Heather. Nur dieses dumme Kleidungsstück stört mich. Ich komme mir darin vor wie eine Mumie! Und du?«

»Aber wieso bist du denn so angezogen?«

»Das ist Sitte hier«, erklärte April. »Die Frauen müssen sich völlig verhüllen, wenn sie das Haus verlassen.«

»Das sind seltsame Sitten«, befand Heather. »Mehr als seltsam. Ich muß verrückt gewesen sein, uns so etwas an den Hals so wünschen.«

»Allerdings!« Reue schwang in Aprils Stimme.

»Oh, ich hatte gar nicht mit deinem Besuch gerechnet. Das Untier wollte mir verbieten, dich wiederzusehen, weil ich gestern versucht hatte, zu fliehen und dich zu befreien.«

»Wirklich?«

Heather nickte. »Ich hatte dich noch auf dem Schiff dieses Barbaren vermutet und bin fast ertrunken, als ich dich von dort holen wollte. Genauer gesagt, dank *ihm* bin ich beinahe ertrunken.«

»Aber wie bist du denn aus dem Lager entkommen?

Diese ganzen Soldaten ...« Allein bei dem Gedanken bekam April weiche Knie.

»Pah! Das war nicht schwer«, antwortete Heather. »Diese Türken sind eben einfache Menschen.«

»Der Prinz macht auf mich aber nicht diesen Eindruck«, entgegnete April.

»Der äußere Eindruck kann täuschen.« Heather griff an die Seite des Diwans und suchte die goldene Leine. »Schau, er hat mich ans Bett gefesselt wie einen Hund.«

»Der Prinz sorgt sich um dich«, antwortete April in der Hoffnung, sie mit diesen Wörtern etwas beschwichtigen zu können.

»Er sorgt sich um mich?« Heather war verblüfft. »Das kann ich kaum glauben.«

»Der Prinz sagt, du würdest im Schlaf weinen.«

»Ich habe gestern nacht wieder von meinem Vater geträumt.«

Heather schluckte und blickte ihre Cousine hilfesuchend an. April kämpfte einen inneren Kampf. Sie fühlte sich wie eine Verräterin. Vielleicht half es ihrer Cousine, über den Tod ihres Vaters zu sprechen. Vielleicht würde der Prinz dann einen Weg finden, sie von diesen Geistern zu befreien. Vielleicht würde er dieses Wissen aber auch ausnützen und sich Heather damit gefügig machen.

»Wenn du darüber redest, wird es womöglich leichter«, sagte sie dann etwas zögerlich.

»Wahrscheinlich hast du Recht.« Heathers Blick verdüsterte sich. »Weißt du, es ist immer *dieser* Tag, mein zehnter Geburtstag. Mein Vater hatte mir einen wunderschönen Apfelschimmelwallach geschenkt. Ich war so aufgeregt und habe mich so darüber gefreut, daß ich mein Pferd gesattelt habe und aus Basildon Castle weggeritten bin, ganz allein. Er ritt mir sofort hinterher. Und dann waren da diese Männer, Vogelfreie . Y. . und mein Vater schrie, ich solle Hilfe holen, aber ich konnte nicht, ich sah nur Blut überall ...« Heather schlug die Hände vors Gesicht und weinte hemmungslos.

April saß hilflos dabei und bereute schon, sie gefragt zu haben.

»Einer der Männer fiel vor mir zu Boden, er blutete überall, er war schon fast tot. Wenn ich bloß das Schwert ergriffen hätte, und wenn ich bloß gehorsam gewesen wäre, dann ... ich habe meinen Vater in den Tod geführt.«

»Das war doch nicht deine Schuld.«

»Aber ich bin ohne Begleitung ausgeritten.«

»Euer Besitz wurde doch bewacht. Du hättest das gar nicht wissen können.«

»Ich hätte nach dem Schwert greifen und sie zerhacken sollen. Ich hätte ...«

»Hör auf!« rief April. Sie konnte kaum mit ansehen, wie Heather unter dieser Erinnerung litt. Unvermittelt wechselte sie das Thema. »Sag mal, hat der Prinz einen Harem?«

»Einen was?«

»Einen Harem!«

»Was ist denn das?«

»Dort leben die Frauen eines Mannes«, klärte April ihre ahnungslose Cousine auf.

»Was für Frauen denn?« Heather konnte sich so gar nichts darunter vorstellen.

»In diesem Lande ist es Sitte, daß ein Mann mehr als eine Frau hat.« April war stolz, daß sie ausnahmsweise mehr wußte als ihre gebildete Cousine.

Heather war entsetzt.

»Ein Mann darf vier Ehefrauen und unzählige Geliebte haben«, sagte April.

»Dann müssen wir dieses Land mit seinen heidnischen Gebräuchen um so schneller verlassen.« Heather schien in Gedanken schon ihren nächsten Fluchtplan zu schmieden.

»Und wohin?« fragte April ungerührt. »Glaubst du wirklich, daß jetzt noch irgendein Mann uns haben will?«

»Wieso nicht?«

»Du glaubst wirklich, der Comte de Beaulieu würde

dich jetzt noch zur Frau nehmen, nachdem du hier mit dem Prinzen unter einem Dach gelebt hast?«

»Dieses Wiesel«, sagte Heather. »Er ist der Grund, warum wir hier sind.«

»Wie meinst du das?«

»Der Prinz hält uns aus Rache gegen Fougere fest.«

»Was hat der Comte ihm denn angetan?«

»Die Einzelheiten oder Hintergründe weiß ich nicht. Aber seine Narbe verdankt der Prinz dem Wiesel.«

April warf ihrer Cousine einen verstohlenen Blick zu. »Trotz dieser Narbe ist der Prinz ein äußerst gutaussehender Mann«, sagte sie dann.

»Tja, das könnte man vielleicht sagen«, sagte Heather vorsichtig.

»Wie war es denn?« April flüsterte plötzlich.

»Was?«

»Na, du weißt schon.«

»Nein, ich weiß nicht. Sonst würde ich wohl kaum fragen.«

»Ich meine, als du zum ersten Mal sein Lager geteilt hast?«

Heather versuchte möglichst unbeteiligt dreinzuschauen und zuckte gelangweilt mit den Schultern. Doch ihre Gedanken rasten. Wenn Malik schon bei April gelegen hatte, wieso hatte dann Khalid nicht versucht, mit ihr das gleiche zu tun? Der Pirat schien gut zu April gewesen zu sein, sonst hätte sie jetzt nicht so ruhig darüber reden können. Und wieso war der Prinz nicht gut zu ihr?

»Wie hast *du* dich denn gefühlt?«

»Ich hatte erst Angst, aber mein Herr war sehr liebevoll. Er war so wie die edlen Ritter in den Geschichten, die deine Schwester immer so gerne gehört hatte. Einfach atemberaubend! Und so romantisch!«

Heather schnaubte. »Brigette war immer ein Dummkopf!«

»Jedenfalls, als *es* dann passierte, habe ich vor Hitze gezittert.«

»Man zittert nicht vor Hitze«, wies Heather April zurecht, »man zittert vor Kälte.«

»Ich schon. Und hast du stark geblutet?« fragte April weiter.

»Naja, schon«, wich Heather aus.

»Aber das Küssen liebe ich. Du nicht?«

Vor Heathers innerem Auge tauchte Prinz Khalid auf. Sein männlich harter Körper, sein Geruch, seine starken warmen Arme, sein . . .

»Du auch«, unterbrach April lachend Heathers Fantasien.

»Ach, laß uns jetzt nicht mehr darüber sprechen.« Heather versuchte, ihre Befangenheit zu überspielen. »Wir sollten die Zeit nutzen, um Pläne zu schmieden. Wenn die Bediensteten von Malik schlafen, kommst du heute nacht zu mir.«

»Nein, das kann ich nicht.«

»Doch, du mußt. Ich kann dich nicht holen, weil er mich hier festbindet . . .«

Unerwartet wurde die leinene Zeltplane zur Seite geschoben. Malik und Khalid standen dort. Malik konnte ein Lächeln nicht verbergen; Khalid hingegen nicht seine Wut.

»Du wirst nie wieder fliehen!« Wütend näherte sich der Prinz. »Nur die wirklich Dummen kann man zweimal zum Narren halten.«

»Du wagst es, mich zu belauschen?« schrie Heather und sprang vom Diwan.

»Nein, Heather, das war nicht so gemeint!« rief April hilflos.

Heather trat Khalid voller Entschlossenheit entgegen und fauchte auf englisch: »Oh, ich hasse dich. Ich verabscheue dich, du . . . du . . . Schwein!«

Und dann drehte sie sich zu ihrer Cousine: »Und du! Ich hätte nie geglaubt, daß du mich so belügen würdest. Du hast deine eigene Cousine verraten!«

»Nein, nein, so war es nicht«, weinte April. »Ich wußte

nicht, daß sie zuhören! Wirklich, das mußt du mir glauben.«

»Sie sagt die Wahrheit«, beteuerte Malik und nahm April tröstend in den Arm.

»Ein Sklave hat keine Privatsphäre«, zischte Khalid, der hinter seiner Gefangenen stand. »Und was ein Sklave über einen anderen denkt, ist nicht von Bedeutung.«

Auf diese Beleidigung reagierte Heather sofort. Sie drehte sich blitzschnell zu Khalid und trat mit voller Wucht gegen sein Schienbein. Ihr Überraschungsangriff hatte ihn übertölpelt. Doch er setzte ihr sofort nach.

»Nein«, rief April dazwischen und lenkte ihn damit ab. Heather gewann einen kleinen Vorsprung.

April riß sich von Malik los und ging ebenfalls auf Khalid los. Doch ihre unbeschuhten zarten Füße richteten keinen Schaden an.

Malik hatte sie schnell wieder eingefangen und hielt sie am Oberarm fest.

»Ich bin nicht so ein dummer Türke«, fauchte Khalid. »Ich werde dich nicht zum zweiten Mal entkommen lassen. Du magst manchmal listig sein, doch deine Klugheit, falls ein Weib so etwas überhaupt besitzt, kann sich mit meiner nicht messen. Und dein Wert, selbst als gesunde Sklavin, ist völlig bedeutungslos.«

Seine Beleidigungen verfehlten ihr Ziel nicht.

»Du Widerling, du Schurke«, kreischte Heather auf englisch. Sie war so aufgebracht, daß sie sich losreißen konnte und ihre Wut und ihren Zorn nun an Khalids Zelt ausließ.

Verblüfft beobachteten die drei, wie Heather die kaiserlich osmanische Unterkunft verwüstete. Sie riß den Tisch um, der ihr Frühstück unter sich begrub, sie zerrte an den Kissen und zerriß deren Stoff, sie trat gegen den Diwan, der nach vorne umkippte, sie trampelte auf dem kostbaren Teppich herum. Dann fiel ihr Blick auf Khalids Krummschwert. In diesem Moment griff Khalid ein. Genug ist genug, stand auf seiner Stirn geschrieben;

er näherte sich Heather langsam, stumm und unaufhaltsam.

Heather ließ das Schwert fallen und wollte nach draußen entkommen. Doch im Vorzelt traf sie auf Abdul, den das Getöse im Zelt seines Herrn stutzig gemacht hatte. Heather rannte gegen seinen massigen Körper und kippte durch die Wucht das Aufpralls zurück.

Malik, April und Abdul starrten Heather ungläubig an. Auf Khalids Gesicht hingegen war außer Überraschung keine Gefühlsregung auszumachen. Er hatte in seinem ganzen Leben noch nicht so eine Frau kennengelernt.

Er kniete neben ihr, um sicherzugehen, daß Heather unverletzt war. Dann riß er sie unsanft nach oben und hielt sie in seinen Armen fest.

Heather drückte sich gegen ihn, doch sie konnte sich gegen seinen Willen nicht einen Fingerbreit bewegen.

»Gut, ich weiß jetzt, was ich wissen wollte«, beschied Khalid die Umstehenden. »Ihr könnt gehen.«

Abdul verneigte sich bis zum äußeren Zelt, Malik nahm Aprils Arm und war ebenfalls schon fast verschwunden, als ihn Khalids Stimme zurückhielt.

»Laß uns heute zusammen zu Abend essen. Aber dein kleines Vögelchen erinnert mich eher an einen Falken! Sie muß bestraft werden dafür, daß sie mich angegriffen hat.«

»Vielleicht haben sie ja doch einige gleiche Eigenschaften.« Malik verbarg sein Lächeln, doch es klang in seiner Stimme durch. »Ich versichere dir, daß so etwas nicht noch einmal vorkommen wird. Ich werde sie in angemessenem Verhalten unterweisen. Bis heute abend.« Mit diesen Worten zog Malik April mit sich nach draußen.

Khalid schaute Heather auffordernd an. »Räum diese Unordnung auf.«

»Nein.« Das Wort fiel zwischen beide scharf wie eine Axt.

»Du wirst mit dem Bett beginnen, damit ich darauf Platz nehmen und dir beim Arbeiten zusehen kann.«

Khalid hatte ihre Weigerung nicht zur Kenntnis genommen.

»Nein.« Mit hoch erhobenem Kinn und wütend funkelnden Augen sah sie ihn starrsinnig an. Sie hatte ihm den Fehdehandschuh hingeworfen und wartete darauf, daß er ihn aufhob.

Khalid beugte sich drohend über sie und wollte ihr erst mit der goldenen Leine drohen. Doch nach allem, was er nun wußte, wäre das bloß gemein gewesen und hätte zu nichts geführt. So lächelte er anzüglich: »Du wirst mir gehorchen. Oder ich werde dir die Kleider vom Leibe reißen und deine Brüste mit meinen Lippen erkunden, bis du zitterst vor Hitze und Glut.«

Heather lief tiefrot an. »Ich werde alles aufräumen.«

Er blickte sie herausfordernd an.

Sie bewegte sich keinen Zoll.

Khalid streckte seine rechte Hand aus und strich herausfordernd über ihre Brustwarze. Sie zuckte zusammen und setzte sich sofort in Bewegung.

Als erstes versuchte Heather, den Diwan wieder umzustoßen, doch er war viel zu schwer für sie.

Khalid stand mit verschränkten Armen hinter ihr und beobachtete lächelnd das Schauspiel.

»Hilf mir«, befahl sie.

»Der Herr soll seinem Sklaven bei der Arbeit helfen?«

Heather drehte sich zu ihm. Trotzig hatte sie die Hände in die Hüften gestemmt. Doch ihre Stimme klang sanft: »Ich dachte, du wolltest hier Platz nehmen, um mir beim Arbeiten zuzuschauen!«

Khalid hob den Diwan hoch und rückte ihn wieder zurecht. »Du hältst dich für stärker und wilder als du bist, kleine Wildblume«, spöttelte er.

Heather blickte erst ihn an, dann den Diwan. Am liebsten würde sie jetzt . . .

»Wage es nicht!« warnte Khalid, der in ihrem Gesicht mittlerweile so lesen konnte wie sie in seinem.

»Was denn?« Heather tat unschuldig.

»Wenn du den Diwan noch mal umstößt, werde ich dir nicht helfen.«

»Tja, dann müßtest du wohl auf dem Boden schlafen!«

»Neben dir? Das würde ich sehr gerne!«

Heather zuckte zusammen. Wieder hatte er gewonnen. Sie zog die Decken über dem Diwan glatt und richtete die Kissen auf.

»Du könntest vielleicht wirklich eine gute Sklavin werden.« Khalid setzte sich auf den Diwan, streckte ihr seinen Fuß entgegen und sagte: »Zieh mir den Stiefel aus.«

Heather blickte ihn mit offenem Mund an.

»Zieh mir den Stiefel aus und zwar ohne Widerrede. Sonst werde ich dich auf den Teppich werfen und dich solange küssen, bis du nach Atem ringst.«

Heather biß sich auf die Lippen, beugte sich nach vorn und versuchte, Khalid den Stiefel auszuziehen. Erst mit einiger Kraftanstrengung gelang es ihr, doch sie landete dabei auf dem Boden zwischen seinen Beinen.

Khalid hielt ihr den anderen Fuß hin. Sie zog ihm auch den anderen Stiefel aus.

»Hol die Dose dort drüben.«

Heather blickte ihn wütend an. Nur Khalid sah, daß ihre Augen funkelten wie Edelsteine.

»Ich hasse es, mich ständig wiederholen zu müssen.«

Heather stand auf und holte die Dose.

»Setz dich wieder hin. Und jetzt mach die Dose auf«, befahl Khalid.

Sie enthielt eine hellgelbe Salbe.

»Nimm etwas davon in deine Hände und wärme es an. Es ist Aloe Vera.«

»Und dann?« fragte Heather ratlos.

Khalid hob einen Fuß zu ihr hin. »Massier den Fuß damit.«

»Wie bitte?«

»Hast du deine Ohren nicht gewaschen?«

»Nein, ich meine, doch.«

»Du sollst meinen Fuß damit einreiben.«

»Ich denke nicht daran!«

»Dann soll dich wohl dieser einfältige Türke genüßlich ausziehen? Und dann *deinen* Körper mit der Salbe einreiben?«

Ohne ein weiteres Wort griff Heather nach Khalids Fuß und begann mit der Massage. Sie rieb die Salbe in die Fußsohle ein und mit ihrem Daumen in einer kreisförmigen Bewegung vorsichtig zwischen seine Zehen.

»Du bist wirklich begabt.« Khalid hielt ihr den anderen Fuß entgegen. Und er schoß einen weiteren Pfeil ab. »Sei dankbar für dein Schicksal, Sklavin. Das Leben eines Prinzen ist viel schwieriger als das eines Sklaven.«

Heather massierte seinen Fuß und tat so, als sei sie plötzlich taub geworden. Ihre großen grünen Augen hatten sich zu gefährlich kleinen Schlitzen verengt.

»Heute abend werde ich ein Bad nehmen und danach wirst du mir den Rücken massieren«, kündigte Khalid an. »Widerspruch wäre zwecklos. Ich weiß, wie sehr du es genießt, mich zu verwöhnen. Leider habe ich jetzt keine Zeit dafür.«

Heathers Gesicht verdunkelte sich, so wütend war sie.

»Nun widme dich deinen anderen Pflichten«, befahl Khalid unnachgiebig. Er zog seine Stiefel wieder an.

Heather rührte sich nicht von der Stelle.

»Hatte ich dir denn nicht befohlen, das Zelt aufzuräumen?«

Heather blickte ihn an.

»Öp beni«, flüsterte Khalid. Er beugte sich zu ihr herab. Seine Lippen streiften sanft die ihren. »Öp beni! Das heißt, ›küsse mich‹.«

Heather drehte ihr Gesicht weg und sprang auf. Sie rückte den Tisch zurecht, klaubte ihr Frühstück vom Teppich und richtete ihn wieder gerade.

»Abdul!« rief Khalid.

Abdul mußte im Vorzelt gelauscht haben, denn er stand umgehend vor ihnen.

»Du wirst sie bewachen. Wenn sie aufgeräumt hat, soll

sie ein Bad nehmen. Und sorge dafür, daß keiner meiner Männer ihr Gesicht sieht«, befahl Khalid.

Heather hielt inne und starrte ihn zornig an.

»Hab' keine Angst«, grinste Khalid. »Es warten später noch andere Aufgaben auf dich.« Mit diesen Worten ließ er die beiden allein.

Heather verharrte am Boden und blickte Abdul hochmütig an. Mit einer knappen Geste bedeutete er ihr, sie solle weiterarbeiten. Sie rührte sich nicht.

Abdul machte einen Schritt auf sie zu.

Das genügte. Heather gab sich geschlagen und beseitigte die restlichen Spuren ihres Temperamentsausbruchs.

Kapitel 6

Gegen Mittag kam Khalid zurück. Zufrieden begutachtete er Heathers Arbeit. Seine temperamentvolle Sklavin hatte das Zelt ordentlich aufgeräumt und alle Spuren ihres vormittäglichen Ausbruchs beseitigt.

Eingerollt wie eine kleine Katze lag Heather auf dem Diwan und schlummerte. Körperliche Arbeit schien sie nicht gewöhnt zu sein.

Nachdenklich beobachtete er die Schlafende. Er hatte noch nie ein so ungewöhnliches und schönes weibliches Wesen gesehen.

Ihr kupferrot glänzendes Haar, die zarten und doch weiblichen Formen, die wunderbaren tiefgrünen Augen, die ihn an Smaragde erinnerten ...

Smaragde symbolisierten Beständigkeit und Treue, erinnerte sich Khalid. Sollte dieses Wesen je ihr Herz an einen Mann verlieren, würde sie ihm für ewig eine treue Gefährtin und Geliebte sein.

Sie war begehrenswert, ob sie ihn nun anlächelte oder wütend anfauchte. Wenn sie in seiner Nähe war, fühlte er sich ... er suchte nach einem passenden Wort, ja, er spürte mit jeder Faser seines Herzens, daß er lebte, wenn sie bei ihm war. Es war schon erstaunlich, was Liebe bewirken konnte.

Was, in Allahs Namen, dachte er da? Khalid zwang sich, diese zärtlichen Gedanken sofort zu vergessen. Seine Gefangene war nicht dazu bestimmt, ihn glücklich zu machen. Sie diente einzig und allein seiner Rache. Sie war der Schlüssel zu Fougere.

Doch sein Herz fühlte anders. Erst als sie so unerwartet in sein Leben getreten war, hatte er gespürt, wie gefühllos und kalt er geworden war. Dieses Wesen, das alles verkörperte, was er hassen sollte, hatte ihn aus einem langen Winterschlaf der Gefühle gerissen. Khalid wollte sie in die Arme schließen und nie wieder loslassen. Doch natürlich wußte er, daß das niemals passieren könnte und passieren dürfte.

Denn wenn Heather wüßte, welches Schicksal ihr von Allah zugedacht war, würde sie sich auf der Stelle umbringen.

Er stupste sie an: »Wach auf, Sklavin.«

Heather drehte sich weg und zog sich die Decke über den Kopf.

Khalid riß die Decke weg und befahl: »Aufwachen!«

Heather fuhr hoch und blickte verwirrt um sich. Dann erkannte sie Khalid und betrachtete ihn mit unverhohlener Verachtung.

»Ein Sklave schläft nicht, wann es ihm beliebt«, schnaubte Khalid, doch sein Herz tat ihm dabei weh. »Ein Sklave muß seinem Herrn jederzeit zur Verfügung stehen.«

»Zur Verfügung stehen?« Heather sprang empört vom Diwan.

Khalid schaute sie mißmutig an. Seine stahlblauen Augen hefteten sich auf ihr Gesicht. Jetzt war nicht der Zeitpunkt für ein Kräftemessen.

Auch Heather hatte das verstanden.

»Ich bitte tausendmal um Vergebung, mein Herr und

Meister«, leierte sie folgsam herunter. »Ich werde meinem Herrn und Meister eine fügsame Sklavin sein.«

Khalid nickte befriedigt. »Gut, ich vergebe dir.«

Er ging zu ihrer Truhe und suchte nach einem geeigneten Kleidungsstück. Ihre haßerfüllten Augen folgten ihm. Mit einem moosgrünen Kleid kehrte er zurück.

»Hier, mit deiner Arbeit hast du deine Kleidung beschmutzt. Zieh das hier an.«

»Was macht das schon für einen Unterschied? Ich werde doch gleich wieder schmutzig werden«, erwiderte Heather. »Und dem Comte wird das alles gar nicht gefallen! Er muß dann meine Aussteuer ersetzen.«

Khalid hob drohend seine Augenbrauen. »Du wirst den Comte nie wiedersehen. Du mußt dir keine Sorgen machen, ob er verärgert ist. Und vergiß nicht, ein Sklave hat die Anordnungen seines Herrn nicht zu hinterfragen.«

Einen Moment lang war Stille zwischen den beiden. Sie maßen ihre Kräfte durch Blicke.

»Und?« brach Heather das Schweigen.

»Was und?« Khalid wußte, was nun kommen würde.

»Wirst du das Zelt verlassen, während ich mich umziehe?«

»Ich sagte bereits, Sklaven haben keine Privatsphäre.«

Mit diesem Untier zu streiten war zwecklos. Heather drehte ihm den Rücken zu, öffnete den Rock und ließ ihn zu Boden fallen. Dann zog sie ihr Hemd über den Kopf und ließ es ebenfalls zu Boden fallen.

Khalid starrte wie gebannt auf ihren weich geschwungenen Rücken, dessen helle Haut durch das zarte Unterhemd hindurchschimmerte. Sein Blick glitt herab zu ihren wohlgeformten Beinen. Selbst ihre Füße waren schön.

Sie beugte sich vor, um ihr Kleid anzuziehen. Den Anblick ihres wohlgerundeten Gesäßes konnte er kaum ertragen. Er spürte eine unsagbare Lust in sich aufwallen.

Heather hatte von all dem nichts gespürt. Sie hatte fast vergessen, daß sie nicht allein war. Ahnungslos drehte sie sich zu ihm. In seinen glühenden Augen las sie wieder diesen Ausdruck, der sie schon einmal befremdet und gleichzeitig erregt hatte. Doch sie war zu unerfahren, um ihn deuten zu können.

Khalid hob seine Hand, um ihr in einer zärtlichen Geste über die Wange zu streicheln. Doch er ließ sie sofort wieder sinken. Er hatte Angst vor seinen eigenen Gefühlen. Wortlos drehte er sich um und verließ das Zelt.

»Abdul! Meine Sklavin soll mein Abendessen zubereiten.«

»Aber ich kann nicht kochen.«

»Dann wirst du es lernen! Abdul, hörst du? Es wird ihr niemand dabei helfen.«

»Und wie soll ich es lernen, wenn mir niemand dabei hilft?«

»Selbst ein einfältiger Türke wie ich kann ein Abendessen zubereiten. Dann wirst du es sicherlich erst recht können!« Er winkte Heather mit einer knappen Handbewegung nach draußen. Zu Abdul gewandt befahl er: »Sorge dafür, daß keiner der Männer ihr Gesicht sieht.«

»Das wird dir noch leid tun«, schnaubte Heather.

Einige Zeit später kehrte sie von Abdul gefolgt mit einem Tablett ins Zelt zurück. Ihr Gesicht war rauchverschmiert, und die Hitze des offenen Feuers hatte ihre Locken eng an die Stirn geklebt.

Erwartungsvoll lehnte Khalid in seinen Kissen. Doch ein Blick auf das Tablett reichte, um zu wissen, daß Heather tatsächlich nicht kochen konnte. Das Fleisch roch versengt, der Reis war wässrig, die Artischocken schwammen in Essig.

Heather hingegen war stolz auf ihren ersten Versuch. Sie ging neue Aufgaben voller Begeisterung an und lernte gern. Trotz ihrer Abneigung gegen den Prinzen hoffte sie, daß er mit ihr zufrieden sein würde.

Khalid kostete ein Stück Fleisch. Er kaute lange und ausgiebig an dem noch rohen Fleisch und hatte offensichtliche Mühe, es hinunterzuschlucken.

»Das nennst du kochen? Dieses Schaf lebt ja noch!«

Heather sagte nichts, doch ihre Lippen waren vor Wut geschürzt.

»An dem Reis kann man sich ja die Zähne ausbrechen!«

Heather war diesen unverhohlenen Tadel nicht gewöhnt.

Khalid starrte auf die Artischocken. Um ihr eine Freude zu machen, steckte er sich eine in den Mund. Was konnte man bei Artischocken schon verkehrt machen! Im nächsten Moment riß er vor Überraschung die Augen auf, denn der zarte nussige Geschmack der Artischocke war in dem puren Essig, in den Heather sie eingeweicht hatte, völlig untergegangen. Er spie sie aus, setzte die Wasserkaraffe an den Mund und trank in heftigen Zügen. Am liebsten hätte er seinen Mund mit einem Stück Stoff ausgewischt.

»Willst du mich vergiften?« fragte er.

Empört blickte sie auf. »Natürlich nicht. Obwohl die Vorstellung nicht schlecht klingt.« Vor Wut zitterte ihre Stimme. »Ich habe dir vorher gesagt, daß ich nicht kochen kann, aber du hast mir ja nicht geglaubt.«

»Wenigstens einmal hast du die Wahrheit gesagt. Gut, ich lobe dich für deine Ehrlichkeit. Aber ich bin entsetzt über das, was du als Kochen bezeichnest.«

»Wieso, du ...«

»Vielleicht liegen deine Fähigkeiten woanders.« Khalid warf einen Blick auf den Diwan. »Sollen wir es ausprobieren?«

Heather biß die Zähne zusammen.

»Ah, wie ich dachte. In Zukunft wirst du meine Mahlzeiten nicht mehr zubereiten. Aber du wirst mich bei Tisch bedienen.« Er blickte Abdul fragend an: »Was essen meine Männer heute?«

»Couscous und Fladenbrot.«

»Gut, das wird genügen.«

Er drehte sich zu Heather. »Du magst dich jetzt deinen persönlichen Bedürfnissen widmen, Sklavin.« Heather wurde rot vor Scham. »Und heute abend wirst du mich und meinen Gast bei Tisch bedienen.«

»Natürlich«, stammelte Heather.

Allein in Khalids Zelt ließ sich Heather voller Trotz auf den Diwan fallen. Sie dachte nicht daran, mit dem Boden vorliebzunehmen. Sie war immerhin die Cousine einer Königin! Oh, wie sie ihn haßte! Sie hätte ihn wirklich vergiften sollen, doch Gift war fast eine zu geringe Strafe. Nein, er sollte leiden, Blut mußte fließen.

Du lügst! Denn so sehr sie ihn haßte, sie wußte genau, daß sie ihm nie bewußt würde weh tun können. Und so wütend seine Überheblichkeit sie machte, Heather war trotzdem lieber in seiner Nähe als allein unter diesen Barbaren. Eigentlich hatte er sie nicht schlecht behandelt. Er hatte sie nicht geschlagen, er war nicht über sie hergefallen. Sollte das blutrünstige Schwert Allahs vielleicht ein sanftes Herz besitzen ...?

Das Flackern der Kerzen erhellte nur den mittleren Teil des Zeltes, wo Khalid und Malik gerade zu ihrem Abendessen Platz genommen hatten.

»Nun, wie geht es deinem kleinen Raubvogel?« fragte Khalid auf türkisch.

»Ich habe sie gescholten. Hast du die Nachricht bereits ...?«

Abdul trat ein und rollte die Augen himmelwärts. Hinter ihm trug die Sklavin das Abendessen.

In ihrem Yashmak, dem traditionellen Schleier der osmanischen Frauen, sah Heather nicht aus wie eine züchtig verhüllte Sklavin, sondern wie ein furchtbarer Racheengel. Ihre Augen blitzten.

Langsam durchschritt sie das Zeltinnere, setzte das Tablett ab und stellte eine Vielzahl von Tellern und Schalen auf den niedrigen Tisch. Es gab in Olivenöl gebratene und mit frischem Estragon und Petersilie gewürzte Kaninchen, Safranreis, eingelegte Gurken, gefüllte Paprikaschoten und Artischocken in einem Hauch von Essig.

»Ich ersticke«, beklagte sich Heather auf französisch, während sie die Gläser mit Rosenwasser nachfüllte. »Bei uns hüllt man so die Toten ein, nicht die Lebenden.«

»Hattest du etwas gesagt?« fragte Khalid seinen Freund.

»Ich? Nein!« Malik grinste in sich hinein. Er hatte sich schon den ganzen Tag auf das zu erwartende Feuerwerk gefreut.

»Mhm. Dann muß ich es mir wohl eingebildet haben. Meine Sklavin jedenfalls würde nie sprechen, solange das Wort nicht an sie gerichtet ist. Und sie weiß auch, daß ihr Platz nun im hinteren Teil des Zeltes ist, bis wir wieder nach ihr verlangen.«

Heather fluchte in Gedanken und zog sich dorthin zurück. Zumindest konnte sie das Untier dort nicht richtig sehen, und sie nutzte die Gelegenheit, sich des schwarzen Schleiers zu entledigen. Sie warf ihn auf den Zeltboden und stampfte mit ihren Fuß darauf herum. Sie war eine Engländerin, keine türkische Konkubine. Diesen Schleier hatte sie zum ersten und zum letzten Mal getragen.

»Hervorragend«, sagte Malik auf türkisch und nagte an dem Kaninchen. »Hat sie . . .?«

»Allah steh mir bei«, schnaubte Khalid. »Heute mittag hätte sie mich beinahe vergiftet. Völlig ungenießbar.«

»Zufall oder mit Absicht?« Malik goß sich einen Schluck Rotwein ein.

Khalid zuckte mit den Schultern. »Das arme Schaf lebte noch, der Reis war roh und die marinierten Artischocken müssen in einem See aus Essig gelegen haben.«

Malik lachte los und verschluckte sich dabei an seinem Wein.

Khalid klopfte ihm auf den Rücken und befahl dann fingerschnippend seine Sklavin zu sich.

Doch die rührte sich nicht.

»Sklavin! Du wirst lernen müssen, deinem Meister ungeteilte Aufmerksamkeit zukommen zu lassen.«

Wüste und lautlose Drohungen ausstoßend, näherte

sich Heather den beiden Männern, als zöge sie gegen sie zu Felde. Der Abend versprach tatsächlich vielversprechend zu werden, dachte Malik.

»Eine fügsame Sklavin würde es nie wagen, ihren Schleier abzulegen«, sagte Khalid.

»Ich bin auch keine fügsame Sklavin«, kam die schnippische Antwort.

»Wisch den verschütteten Wein auf und gieße dann nach.«

Heather kniete nieder und tat ausnahmsweise ohne Murren, wie ihr geheißen war.

»Die Rache an dem Wiesel wäre vollkommen gewesen, wenn sie schon seine Frau gewesen wäre«, zwinkerte Khalid Malik zu. »Er hätte sich in die Schlacht gestürzt, um sie loszuwerden!«

Heathers grimmiger Gesichtsausdruck beim Nachschenken des Weines sprach Bände. Sie würde sich rächen, noch bevor das Abendessen dieser Schurken vorüber war.

»Wo wir gerade von Fougere sprechen«, sagte Malik auf türkisch, damit ihn Heather nicht verstehen konnte, »wie willst du ihn hierher locken? Ich möchte an deiner Seite kämpfen; du weißt, ich hatte deine Schwester sehr gerne.«

»Ein Bote überbringt gerade eine Nachricht gen Westen«, erwiderte Khalid ebenfalls auf türkisch. »Die Verlobte des Comte de Beaulieu, eine Gefangene des Schwertes Allahs, wird auf einer privaten Versteigerung in Istanbul angeboten. Selbstverständlich steht es dem Comte frei mitzubieten.«

Das überraschte Malik. Er wußte, daß sein Freund sich zu diesem jungen Mädchen hingezogen fühlte. »Das Wiesel ist ein Feigling. Er wird nicht kommen.«

»Doch, das wird er.«

»Und was ist mit ihr?«

Khalid blickte auf Heather, die seinen Blick erwiderte, ohne zu wissen, daß beide gerade über sie sprachen. In seinem Blick lag hilflose Zärtlichkeit.

»Was soll mit ihr sein?« versuchte Khalid seine Gefühle abzuschütteln. »Sie ist völlig unwichtig. Sie soll das Wiesel aus seinem Bau locken. Dann wird sie an den Meistbietenden verkauft.«

Der gerissene Malik lächelte. »Dann verkauf sie doch an mich.«

Zornesröte stieg Khalid ins Gesicht, doch er hatte sich gleich wieder in seiner Gewalt.

»Zwei wilde Engländerinnen, hah! Die würden dir doch nur auf der Nase herumtanzen«, neckte er seinen Freund.

»Ach, und dir nicht?« Malik spielte das Spiel gerne mit.

»Ich weiß genau, wie man mit Frauen umgehen muß«, antwortete Khalid etwas hilflos. Als Antwort lachte Malik laut los.

Heather warf ihnen einen vernichtenden Blick zu und stampfte durch das Zelt hindurch zum Eingang, um dort von Abdul den Nachtisch in Empfang zu nehmen, in flachen Schalen angerichtetes Zitronensorbet mit Pfefferminzblättern.

»Du kommst ja schon mit einer nicht zurecht, wie man sieht. Ich gebe dir gerne Unterricht«, grinste Malik.

»Ich sehe hier keine Frau, ich sehe hier nur . . .«

Mit einem lauten Knall setzte Heather die Schalen auf den Tisch. Das klebrige Sorbet schwappte über und tropfte auf den Teppich, auf Khalids Hose und in Maliks Schoß. Beide Männer sprangen angeekelt auf.

»Tut mir leid, das war ein Versehen«, rief Heather rasch, als sie sah, was sie angerichtet hatte.

»Ich sagte doch, du kommst schon mit einer nicht zurecht.« Malik fand die Situation schon wieder äußerst komisch.

»Man muß einen Sklaven so abrichten wie ein Lieblingstier«, antwortete Khalid und schnippte Heather das Sorbet an seinen Fingern ins Gesicht.

»Eine Botschaft von Mihrimah«, unterbrach Abdul das Geschehen und übergab Khalid einen versiegelten Umschlag.

Khalid brach das Siegel und überflog die Zeilen seiner Mutter. Und nach dieser kurzen Lektüre war aus dem geistreichen und freundlichen Gastgeber wieder das schreckliche Schwert Allahs geworden.

»Auf meinen Cousin Murad wurde ein Attentat verübt. Ich muß sofort nach Istanbul reisen«, sagte er auf türkisch zu Malik. »Murad lebt, doch der Täter konnte entkommen.«

»Wieso sollte jemand den Erben des Sultans umbringen?« fragte Malik. »Das ist ja Wahnsinn!«

»Das werde ich bald in Erfahrung bringen.«

»Mit meinem Schiff bist du schneller in Istanbul. Die Besatzung ist morgen bei Sonnenaufgang bereit.«

»Ich werde die Männer anweisen, morgen das Lager abzubrechen«, meldete sich Abdul.

»Und was ist mit ihr?« fragte Malik.

»Meine Sklavin kommt mit mir.« Auf französisch setzte er hinzu: »Deine verschmutzte Hose kannst du mir zurücksenden. Sie wird erst wieder etwas essen, wenn sie unsere Kleidungsstücke gereinigt hat.«

Malik nickte und verabschiedete sich.

Khalid warf Heather ein Tuch zu. »Hier, du hast überall Sorbet im Gesicht.«

»Mein Tag wird kommen«, murmelte Heather.

»O ja, Lady. Schneller, als Ihr denkt!« Khalids Stimme klang unheilschwanger. Er verließ das Zelt.

Heather wußte nicht, wie sie seine Worte deuten sollte.

Kapitel 7

Eine friedliche Stimmung lag über dem Strand. Die ersten Sonnenstrahlen tauchten den morgendlichen Himmel in ein strahlendes Orangerot. Die *Saddam* dümpelte auf den sanften Wellen. Über ihr glitt eine Seemöwe stumm durch den Himmel.

Ein einzelnes großes Beiboot war auf den weißen Sandstrand gezogen worden. Rashid und einige von Maliks Matrosen standen daneben und unterhielten sich leise. Khalid und Malik standen etwas entfernt, um ungestört miteinander reden zu können.

»Du kommst dann zur Auktion nach, oder?« fragte Khalid und reichte Malik seine mittlerweile wieder saubere Hose zurück.

»Auch früher, wenn ich dir dort behilflich sein kann.«

»Herr, es ist alles verstaut«, unterbrach Abdul ihr Gespräch. »Wir können jetzt die Segel setzen.«

»Gut. Wir sehen uns dann in ein paar Tagen«, antwortete Khalid. »Ich schicke dir eine von Mihrimahs Brieftauben, falls ich dich in Istanbul brauche.«

Abdul verneigte sich zum Abschied.

»Hast du irgendeinen Verdacht, wer bei diesem Attentat die Hände im Spiel gehabt haben könnte?« fragte Malik.

»Einen Verdacht vielleicht. Aber ich möchte mich jetzt noch nicht dazu äußern.«

Ein paar Schritte entfernt sagten sich Heather und April Lebewohl. Beide waren von Kopf bis Fuß in wehende schwarze Gewänder gehüllt.

Heather umarmte ihre Cousine und flüsterte: »Ich werde zurückkommen und dich hier rausholen.«

»Strapaziere die Geduld des Prinzen nicht«, warnte April. »Außerdem sieht er besser aus als das Wiesel.«

»Ach, du gibst also zu, daß Fougere aussieht wie ein Wiesel?«

April grinste verlegen. »Wenn wir es bis nach England schaffen, dann wird dich die Königin mit einem anderen Mann verheiraten. Vielleicht mit einem, der noch häßlicher ist als Fougere.«

»Darüber mach dir keine Sorgen«, antwortete Heather. »Ich habe schon einen Plan.«

»Was für einen Plan denn?«

»Ich möchte mit Männern überhaupt nichts mehr zu tun haben«, behauptete Heather. »Ich werde in Frankreich in ein Kloster gehen und mich fortan nur noch Gott widmen.«

April konnte sich das Lachen nicht verkneifen. »*Du* in einem Kloster?«

»Was ist daran so komisch?« Heather war fast beleidigt.

»Komm, laß uns nicht streiten. Wir werden uns vielleicht lange Zeit nicht mehr sehen.«

Heather nickte. »Ich werde dich sehr vermissen.«

»Mein Herr besitzt in Istanbul ein Haus und hat mir versprochen, daß ich dich besuchen darf«, sagte April.

»Und was ist mit seinen anderen Frauen?«

»Meinst du, die wollen dich auch kennenlernen?« fragte April verdutzt.

»Nein, so hatte ich das nicht gemeint.« Heather flüsterte noch leiser: »Laß mich wissen, wann du nach Istanbul kommst, damit ich unsere Flucht vorbereiten kann.«

Plötzlich legte sich ihr eine schwere Hand auf die Schulter. Khalid schienen ihre Fluchtpläne nicht zu erheitern.

»Schlag dir das aus dem Kopf. Du wirst nicht entkommen können.«

Heather holte tief Luft, doch er unterbrach sie. »Wenn du es wagst, mir in der Öffentlichkeit zu widersprechen, bin ich gezwungen, dich dafür auch öffentlich zu bestrafen«, drohte Khalid.

Heather wandte sich zu April, und plötzlich standen ihr Tränen in den Augen. Sie drückte ihre Cousine fest an sich. »Warum nur verlassen mich alle die Menschen, die ich liebe?«

»Wir werden uns wiedersehen«, sagte April und klopfte ihr beruhigend auf den Rücken. »Ich werde dich besuchen, das habe ich dir doch versprochen.«

Khalid drängte zum Aufbruch. Er hob sie seitlich in das Beiboot und stieg hinter ihr hinein. Rashid und die Matrosen schoben das Boot ins Wasser, nahmen dann ihre Plätze an Bord ein und ruderten das schaukelnde Beiboot hinaus zur *Saddam*.

Heather blickte zurück und winkte April zu.

»Der Abschied von jemandem, den man liebt, ist immer schwer«, flüsterte Khalid. Er war ihr so nahe, daß seine Lippen ihr Ohrläppchen streiften.

Heather erwiderte nichts. Sie warf ihm nur einen verstohlenen Blick zu. Sie hatte den traurigen Ton in seiner Stimme bemerkt, konnte sich darauf jedoch keinen Reim machen.

Als sie an der *Saddam* anlegten, blickte Heather hoch auf ihr neues Zuhause.

Die Schiffsmaste schwankten hoch oben in die eine Richtung, das Beiboot tanzte auf den Wellen in die andere Richtung.

Ihr wurde schwindlig, und sie griff nach Khalids Arm, um sich festzuhalten. Vorsichtig hob er sie sich über die Schulter und bestieg das Schiff. Neugierig schauten die Matrosen dem Schauspiel zu.

Khalid setzte sie vorsichtig ab. Besorgt von ihrer Blässe fragte er: »Fühlst du dich immer noch schlecht?«

»Nein.« Heather schüttelte den Kopf und schaute sehnsüchtig zurück zum Strand. April war nicht mehr zu sehen.

»Hast du Angst?«

Heather blickte ihm ins Gesicht. »Ich war noch nie allein und so weit weg von zu Haus«, mußte sie zugeben.

»Du brauchst keine Angst zu haben. Du reist in meiner Begleitung«, sagte Khalid.

»Ach, da bin ich aber erleichtert.« Heather konnte schon wieder grinsen. »Da fühle ich mich gleich besser.«

Khalids Mundwinkel zuckten. Natürlich war seine Aussage lächerlich gewesen. Sie reiste nicht als seine Geliebte mit ihm, sondern als seine Gefangene. Er war der Bösewicht in diesem Spiel, nicht ihr Beschützer.

»Ich bin hungrig. Bring mich in meine Kabine, damit ich deine Hose reinigen kann. Schließlich will ich nicht auch noch das Mittagessen verpassen.«

Er nickte und führte sie unter Deck. Maliks Kabine sah noch genauso aus wie auf der Überfahrt. »Fühl dich hier wie zu Hause«, sagte Khalid zum Abschied. Dann schloß er hinter sich die Tür.

Heather blickte aus einem der Bullaugen hinaus auf das Meer. Wann würde sie April wiedersehen?

Vielleicht hatte ihre Cousine ja recht. Der Prinz sah wirklich besser aus als das Wiesel, und Königin Elizabeth würde sie möglicherweise mit einem noch abstoßenderen Mann verheiraten. Und obwohl Khalid sie nachts festkettete ... mit dieser goldenen Leine hatte er sich auch an sie gekettet.

Himmelherrgott, was hatte sie bloß für Gedanken! Sie würde sich diesem Ungläubigen nie ergeben.

Angewidert riß sie sich den Schleier vom Gesicht. Sie schlüpfte aus dem Yashmak und trat noch mal ordentlich auf den verhaßten schwarzen Stoff. Dann setzte sie sich auf das Bett und säuberte Khalids Hose.

Am Nachmittag kehrte Khalid mit einem Tablett in der Hand in die Kabine zurück. Er ertappte Heather dabei, wie sie sehnsüchtig aus dem Fenster aufs Meer blickte. Ob sie wohl schon ihre nächste Flucht vorbereitete?

»Hier, deine Hose ist sauber.«

»Komm, laß uns jetzt essen.« Khalid setzte das Tablett auf dem Tisch ab.

»Ich bin nicht hungrig.«

»Wenn es nichts zu essen gibt, beschwerst du dich, ich würde dich verhungern lassen. Jetzt bringe ich dir sogar das Essen, und nun hast du keinen Hunger. Die nächste Mahlzeit gibt es erst, wenn ich meine Geschäfte in Istanbul erledigt habe.«

Wortlos begann Heather zu essen.

»Ich weiß, daß du nicht gerne allein ißt«, sagte der Prinz und zog sich den anderen Stuhl heran.

Heather blickte auf. »Wann wirst du mich endlich freilassen?«

»Wie lange gedenkst du zu leben?« Er hatte schon wieder dieses gemeine Lächeln aufgesetzt.

»Du willst mich also zu deiner Sklavin machen?«

»Ich habe dich bereits zu meiner Sklavin gemacht.«

»Ich werde mich nicht deinem Harem einverleiben lassen«, erklärte Heather.

»Ich habe keinen Harem.«

»Wieso nicht?« Heather war verblüfft. Hatte ihr April nicht erzählt, daß die Männer in diesem gottverlassenen Land mehrere Frauen haben durften?

»Im Moment gibt es keine Frau, die in meinem Herzen wohnt«, antwortete Khalid.

»Aber dieses unglückselige Wesen, das dich zur Welt bringen mußte, das wird doch sicherlich einen Platz in deinem Herzen haben?«

Unvermittelt stand Khalid auf und ging wortlos zur Tür. Dort drehte er sich noch einmal um. »Lady Heather, ich habe kein Herz.«

Scheinbar war das Untier ohne Mutter zur Welt gekommen. Nun, ihr sollte es recht sein.

Khalid blieb an Deck, bis Istanbul in der Ferne auftauchte. Das Goldene Horn und der Anblick des Palastes seines Onkels berauschten ihn jedes Mal, wenn er in seine Heimatstadt einlief. Doch dieses Mal waren seine Gedanken woanders. Wer hätte ein Interesse am Tode seines Cousins? War das Attentat das Werk eines unbekannten Fanatikers? Oder steckte eine Verschwörung hinter dem Anschlag? Murad verließ sich völlig auf ihn, daß er diese Tat aufdecken würde.

Wer würde ihm im Palast von Topkapi erwarten? Murad, selbstverständlich. Es ging um sein Leben und die Zukunft des ganzen Reiches. Nur-U-Banu? Das Leben ihres einzigen Sohnes war in Gefahr. Sultan Selim? Möglicherweise, es sei denn, daß er mal wieder nicht den Weg aus dem Weinkeller in den tiefen Gewölben unterhalb von Topkapi gefunden hatte. Mihrimah? Diese Frage erübrigte sich. Seine Mutter war immer dort anzutreffen, wo Ränke geschmiedet wurden.

Als Khalid in seine Kabine zurückkehrte, mußte er Heather ein weiteres Mal aus einem Alptraum aufwekken. Schlaftrunken klammerte sie sich an ihn und schlief sofort wieder ein. Er versuchte, seine Schuldgefühle beiseite zu schieben. Sie vertraute ihm. Doch sie kannte seine Kultur nicht und konnte nicht ahnen, welches grauenvolle Schicksal ihr bevorstand.

»Rashid wird auf dich aufpassen, solange ich weg bin«, flüsterte er der Schlummernden ins Ohr. Er suchte nach der goldenen Leine, um sie anzubinden. Plötzlich schlug Heather die Augen auf und sah das verhaßte Geschenk. »Wozu willst du mich hier anbinden? Ich kann mich doch nicht in Luft auflösen!«

»Du könntest durch das Bullauge klettern. Und vielleicht ziehst du ja den Tod durch Ertrinken meiner Gesellschaft vor. Viele junge Frauen wie du haben hier schon den Freitod einem noch schlimmeren Schicksal vorgezogen.«

Heather reckte schon wieder frech ihre Stupsnase. »So wichtig bist du nicht.«

»Ach, nein?«

»Meinetwegen binde mich fest.« Sie schloß die Augen. Aber ihr Handgelenk zitterte.

Wie ein Opferlamm, dachte er plötzlich. Er schaute auf ihr zartes Handgelenk, die feingliedrigen Finger und warf dann das goldene Gefängnis weit weg in die hinterste Ecke der Kabine. Er konnte seine Begierde kaum noch unterdrücken. Khalid wollte sich ihr ganz behutsam nähern, doch plötzlich riß er sie einfach an sich.

Verwundert schlug sie ihre Augen auf, doch bevor sie etwas sagen konnte, spürte sie seine weichen warmen Lippen auf den ihren. Er zog sie noch näher an sich und drängte seine Zunge in ihren Mund. Heiße Schauer der Erregung liefen ihren Rücken hinunter. Khalid hielt sie fest, als wolle er sie nie wieder loslassen. Seine fordernde Zunge erkundete die Innenseite ihrer Lippen und rieb genüßlich über ihre zarte Zungenspitze.

Ihr erster Kuß. Heather stöhnte auf. Jetzt küßte sie ihn und hielt dabei seinen Kopf in ihren Händen.

Behutsam setzte er sie ab. »Du mußt mir versprechen, daß du dir nichts antun wirst.« Seine Stimme war heiser vor Erregung.

»Ich verspreche es dir.« Sie schloß die Augen und öffnete ihre Lippen für einen zweiten Kuß. Khalid küßte sie diesmal nur vorsichtig auf ihre Stupsnase und hielt für kurz ihr Gesicht in seinen Händen. Dann verließ er die Kabine.

Völlig aufgewühlt setzte sich Heather auf ihr Bett und berührte mit ihren Fingerspitzen die Lippen. *Ihr erster richtiger Kuß.* Sie schloß die Augen und lehnte sich lächelnd zurück. Noch immer spürte sie die Wärme von Khalids Körper auf ihrer Haut.

Und gleich darauf lief sie vor Scham tiefrot an. O Gott! Dieses niederträchtige Wesen hatte sie geküßt und sie hatte es nicht verhindert. Sie hatte es erregend gefunden. Hatte er auf alle Frauen diese Wirkung? Wie würde sie ihm je wieder unter die Augen treten können?

Das Zwielicht des frühen Abends hatte den Himmel bereits in Lavendeltönen gefärbt, als Khalid von Bord ging. Das Beiboot brachte ihn jedoch nicht nach Istanbul, dieser geheimnisvollen und atemberaubenden Stadt, deren Häuserspitzen, Türme und Minarette in der Bucht hinter ihm auftauchten. Sein Ziel war der Palast seines Onkels.

Das eindrucksvolle Topkapi war auf einem Felsvorsprung errichtet. Von dort hatte man einen wunderbaren Blick auf das Goldene Horn, den Bosporus und das Marmarameer. Der Name Topkapi bedeutete auf türkisch Kanonentor, und tatsächlich wurde der Palast an beiden Seiten von zwei riesigen Kanonen flankiert. Der Festungscharakter der Anlage machte den Palast uneinnehmbar.

Im langsam verblassenden Tageslicht konnte Khalid noch den viereckigen Turm ausmachen, der die Badehäuser des Sultans beherbergte. Auch der achteckige Turm, in dem der Harem des Sultans untergebracht war, war noch undeutlich zu erkennen.

Er haßte diesen Harem. Er haßte jeden seiner Besuche dort. Die Frauen dort waren wunderschön, exotisch und gefährlich. Sie erinnerten ihn an Schlangen. Mit weichen geschmeidigen Bewegungen buhlten sie rücksichtslos, berechnend und grausam um die Gunst ihres Herrn. Ihre Machtkämpfe waren gnadenlos, manchmal sogar tödlich.

Khalid schritt durch die mit Schnitzereien und Perlmutt verzierte schwere Doppeltür des Harems. Der Agha Kislar, der dem Harem vorstand, führte ihn durch die gewundenen Korridore hin zum Salon seiner Tante. In dem verschwenderisch ausgestatteten Gemach wurde er von Nur-U-Banu erwartet. Sie war die Bas Kaden des Sultans und hatte ihm seinen Erben Murad geboren. Auch seine Mutter Mihrimah und Murad, dem der kürzliche Anschlag gegolten hatte, erwarteten ihn dort.

»Du hast dich also endlich entschlossen, uns in dieser schweren Stunde beizustehen.« So begrüßte seine Mutter Mihrimah ihren einzigen noch lebenden Sohn.

»Khalid«, sagte Murad, und man spürte die Erleichterung in seiner Stimme.

»Seid willkommen, mein Neffe.« In Nur-U-Banus Blick lag herzliche Zuneigung.

Obwohl Khalid seinen Cousin schon oft besucht hatte, war er doch jedes Mal aufs neue von dem Luxus beeindruckt, der ihn in den Gemächern seiner Tante erwartete. Prächtige Teppiche lagen auf alten kostbaren Fliesen. Die Mitte des hohen Raumes wurde von einem großen Kohlenbecken aus Bronze beherrscht, durch dessen durchbrochene Fenster ein anheimelndes Feuer schimmerte. Die Wände waren in glänzenden Farben bemalt. Kostbar verzierte und durchbrochene Fenster gaben den Blick auf einen großzügigen Garten frei. Die Sonderstellung, die der Sultan der Mutter seines Sohnes und späteren Erbens zuteil werden ließ, war nicht zu übersehen.

»Habt Dank, liebe Tante«, lächelte Khalid. Dann wandte er sich zu Murad für den Friedenskuß. Und erst dann richtete er eine Frage an seine Mutter: »Wo ist denn Tynna?«

»Wo sie in ihrem Alter sein sollte, zu Hause. Oder wäre es dir lieber, sie würde mit uns zusammen über den Mordanschlag reden?«

»Natürlich nicht«, antwortete Khalid kühl. »Nur-U-Banu, wo ist Onkel Selim?«

»Er stattet Lyndar einen Besuch ab.« Nur-U-Banu blähte verächtlich die Nasenflügel. »Sie hat kürzlich einen klumpfüßigen Wicht geworfen und ihn im Angedenken an deinen verstorbenen Bruder Karim getauft.«

»Erzähl Khalid von dem Attentatsversuch im Bazar«, befahl Mihrimah ihrem Neffen.

Khalid wandte sich ihm zu. »Wer hätte ein Interesse an deinem Tod?«

Murad zuckte mit den Schultern. »Karim?«

»Kinder sind selten in der Lage, Attentate zu planen«, antwortete Khalid unwirsch.

»Aber seine Mutter durchaus«, mischte sich Nur-U-Banu ein. »Und Lyndar würde jedes Mittel einsetzen, um ihren Sohn an die Macht zu bringen.«

»Was glaubst du, Mutter?« fragte Khalid.

»Lyndar ist dazu nicht gerissen genug.« Sie blickte ihren Sohn prüfend an. »Von dieser Seite sieht man deine Narbe gar nicht. Du hättest ein sehr gutaussehender Mann sein können. Und dein Bruder mußte so jung sterben.«

Khalid wurde blaß. Die Worte seiner Mutter, die so voller Verachtung und Herzlosigkeit waren, verwundeten ihn immer noch mehr, als es ein Krummschwert je vermochte.

»Khalid hat sich nicht verändert«, kam Murad ihm zu Hilfe, entsetzt über das herzlose und beleidigende Verhalten Mihrimahs ihrem Sohn gegenüber. »Und Karim starb einen tapferen Tod. Aber Khalid trägt daran keine Schuld.«

»Für einen Krieger ist es nicht wichtig, wenn er im

Kampf Narben davonträgt«, antwortete Khalid wütend. »Aber was redet ihr denn da? Eine Frau könnte an so einem Anschlag nie beteiligt sein. Frauen verletzen nicht mit dem Schwert, sondern mit ihrer scharfen Zunge.«

»Nach dem Gesetz können mißgebildete Söhne nicht Sultan werden.« Mihrimah überging seine Stichelei. »Welchen Nutzen sollte sie also davon haben?«

»Es gibt besondere Schuhe für solche Füße. Damit könnte man im Reich die Mißbildung Karims verbergen«, mutmaßte Nur-U-Banu. »Und sein Hinken könnte man als Verstauchung erklären.«

Murad blickte liebevoll auf seine Mutter. »Deine Liebe und Sorge um mich läßt dich die Dinge etwas übertreiben.«

»Murad, was glaubst du?« fragte Khalid.

»Ich weiß, du wirst die Wahrheit herausfinden und die Schuldigen bestrafen«, erwiderte Murad ohne Zögern. Eine eigene Meinung hatte er sich offensichtlich nicht gebildet, sondern verließ sich völlig auf seinen Cousin, den er insgeheim bewunderte.

Alle vier verstummten, als eine junge Dienerin mit Erfrischungen eintrat. Sie reichte gezuckerte Mandeln, türkischen Kaffee und kleine Halbmonde aus Gebäck und zog sich dann stumm wieder zurück.

»Hat Malik dich denn nicht begleitet?« fragte Mihrimah.

»Er wird bald in Istanbul eintreffen«, antwortete Khalid. »Hast du getan, worum ich dich gebeten hatte?«

»Der Eunuch ist bereits in deinem Haus. Aber warum sollte er Englisch und Französisch sprechen können?«

»Um sich um meine englische Gefangene kümmern zu können«, erklärte Khalid nüchtern.

»Deine Gefangene?« riefen alle drei im Chor.

»Allah in seiner Gnade hat mir etwas in die Hände gespielt, mit dem ich an Fougere Rache nehmen kann.«

»Du hast schon einmal versagt«, sagte Mihrimah kalt. »Wieso sollte es dir ausgerechnet jetzt gelingen?«

»Ich habe jetzt den perfekten Köder an der Angel. Malik hat die Verlobte des Wiesels gefangennehmen können und mir diese ungezähmte Heidin zum Geschenk gemacht. Fougere wird davon erfahren und auch davon, daß ich sie hier bei einer privaten Versteigerung im nächsten Monat anbieten werde.«

»Wie sieht sie denn aus?« fragte Murad neugierig. Er war stets bestrebt, seinem Harem neue Frauen einzuverleiben. Vielleicht könnte er sie kaufen.

»Dieses ungläubige kleine Ding hat eine Zunge, die fast so scharf ist wie die meiner Mutter«, antwortete Khalid, der Murads Appetit kannte und seinen Geschmack bei Frauen ebenfalls. Ihm würde Heather nicht in die Hände fallen! »Ihr Haar hat die abstoßende Farbe verschrumpelter Orangen, ihre Augenfarbe gleicht der unreifer Äpfel. Braune Flecken verunstalten ihre Nase. Sie ist so abstoßend, daß ich in ihrer Gegenwart keinen Bissen herunterbringe. Sie ist dem Wiesel fürwahr ein passendes Weibchen.«

»Mit anderen Worten, sie ist eine Schönheit.« Murad konnte man so leicht nicht täuschen. Aber warum wollte Khalid ihn so offensichtlich von einem Kauf abbringen? Wollte er sie vielleicht für sich behalten?

»Ich werde an der Auktion teilnehmen«, sagte Murad und beobachtete seinen Cousin. »Es sei denn, du willst sie für dich behalten.«

»O Allah, nein, niemals.« Khalids Antwort kam ein bißchen zu schnell.

Nun waren auch die anderen neugierig geworden. An der Art, wie er auf die Fragen reagierte, wurde allen klar, daß Khalid an dieser Frau Gefallen fand. Natürlich würde Khalid irgendwann heiraten, doch bislang hatte er noch nie an etwas anderem als Krieg und Kriegskunst Interesse gezeigt. Und seitdem er im Kampf so entstellt worden war, hatte er die Gesellschaft von Frauen vermieden und sich nur selten jemandem geöffnet.

»Meine Sklavin hat ein so schlechtes Benehmen, daß

sie mich vor anderen Leuten nur blamieren würde«, fügte Khalid hinzu. »Bis jetzt hat mich diese Heidin mit einem Dolch und einem Krummschwert bedroht, mir Essen in den Schoß gekippt und ihr eigenes auf eine Weise heruntergeschlungen, die eher an Schweine bei der Fütterung erinnert. In den nächsten Wochen werde ich viel Zeit damit verschwenden müssen, ihr Manieren und Umgangsformen beizubringen. Ich hätte ein schlechtes Gewissen dabei, jemandem ein solch ungezähmtes Wesen zu verkaufen. Ich muß sie sogar anbinden, damit sie bei ihren ständigen Wutanfällen nicht das Reich zum Einstürzen bringt«, fügte er halbscherzend hinzu.

»Du bindest sie an?« platzte Murad lachend heraus.

»Beißt sie?« neckte ihn Nur-U-Banu.

Mihrimah blickte verwundert auf ihren Sohn, dessen Augen vor Begeisterung leuchteten, während er von dieser angeblich nichtswürdigen Kreatur erzählte. »Warum sperrst du sie nicht ein und wirfst den Schlüssel weg?«

»Sie leidet unter furchtbaren Alpträumen«, antwortete Khalid ohne nachzudenken. »Ich bin der einzige, der sie dann beruhigen kann.«

Alle drei blickten ihn überrascht, fast entsetzt an. Khalid las in ihren Gesichtern, daß er gerade mehr von sich preisgegeben hatte, als er wollte. Die Lage war ihm so peinlich, daß er errötete wie ein junges Mädchen.

»Ich werde auf jeden Fall an dieser Auktion teilnehmen«, stellte Murad fest. »Ich möchte die Frau kennenlernen, der es gelungen ist, Khalid so in ihren Bann zu schlagen.«

Khalid versuchte, seine Unsicherheit mit Verärgerung zu überspielen. Er warf seiner Familie einen warnenden Blick zu und verabschiedete sich dann barsch. »Ich brauche jetzt etwas Zeit, um in Ruhe über diesen Mordanschlag nachzudenken. Murad, bleibe bitte weiterhin im Topkapi. Hier bist du sicher.«

Mit einer knappen Verbeugung verließ Khalid die Gemächer.

Es war schon dunkel, als er wieder auf dem Weg zum Schiff war. Über ihm glitzerten die Sterne, und ein klarer Vollmond wies ihm den Weg zur *Saddam*. Doch Khalid nahm nichts von der Schönheit dieser Nacht wahr. Er dachte an seine Gefangene.

Stimmte es wirklich? Wollte er sie für sich behalten? In Allahs Namen, diese Hexe war Fougere versprochen. Sie würde ihn bei erster Gelegenheit töten, vielleicht sogar, wenn er neben ihr lag und schlief. Vielleicht hatte das Wiesel sogar eine Falle eingefädelt und es darauf angelegt, daß Heather gefangengenommen werden würde. Nein, dieser Gedanke war völlig abwegig. Kein Mann würde es riskieren, eine solche Frau zu verlieren.

Khalid begehrte sie mit jeder Faser seines Herzens. Doch eine Jungfrau brachte mehr auf dem Sklavenmarkt. Er wäre verrückt, sie anzurühren.

Gleichzeitig konnte er diese Begierde kaum noch ertragen. Die scharfe Zunge seiner Mutter hatte ihr übriges getan, und Khalids Laune wurde zusehends schlechter. Immer wieder zwang er sich, die Einzelheiten des Attentats durchzugehen; immer wieder wanderten seine Gedanken zu Heather. Daß er diese Gedanken nicht einfach abschütteln konnte, machte ihn wütend. Wenn es ihm nicht gelänge, Murad vor einem weiteren Attentat zu bewahren, wäre die Schuld eindeutig bei ihr zu suchen!

Auf dem Schiff angekommen, ging er geradewegs in seine Kajüte und schüttelte die Schlafende wach. »Laß mich allein«, befahl er knurrend auf türkisch.

Heather schlug ihre Augen auf und lächelte ihn an. Sie streckte ihre Hand aus und strich ihm zärtlich über seine Narbe.

»Sind wir denn schon zu Hause?« fragte sie auf französisch.

Khalid wich zurück, als hätte er sich verbrannt. »Dein Zuhause ist in England.«

Heather schreckte auf. »Ach, jetzt bist du doch mit mir einer Meinung?«

Wieso war er so unfreundlich zu ihr? Wahrscheinlich hatte er die Achtung vor ihr verloren.

Wortlos ging Khalid zum Fenster und blickte hinaus auf das tiefdunkle Meer. Er versuchte sich zu beruhigen. Die Verachtung, die ihm seine Mutter so unverhohlen entgegenbrachte, verstörte ihn jedes Mal. Heather hatte damit doch gar nichts zu tun.

»Nun?« fragte Heather.

»Geh wieder schlafen«, antwortete Khalid leise.

»Du weckst mich auf, um mir zu befehlen einzuschlafen?« fragte Heather. »Das ist doch verrückt.«

Khalid stand immer noch mit dem Rücken zu ihr. Gegen seinen Willen mußte er lächeln. Sie hatte recht, er war verrückt.

Wie die schöne Helena, deren Entführung den Trojanischen Krieg entfacht hatte, könnte auch das Antlitz seiner unbezähmbaren Wilden Männer um den Verstand bringen.

Seiner Wilden? In Allahs Namen, er war wirklich verrückt geworden.

Khalid setzte sich zu Heather aufs Bett und streichelte ihr liebevoll über das Haar. »Ich hatte ein unerfreuliches Gespräch mit meiner Familie. Du hast damit nichts zu tun. Bitte verzeih mir.«

Er bat sie, ihm zu verzeihen? Heather war überwältigt von dieser Entschuldigung. Dieses Untier behandelte sie plötzlich, als sei sie ein Mensch und keine Sklavin.

»Verwandte kann man sich leider nicht aussuchen«, sagte sie dann. »Verwandte können richtig unangenehm sein. Ich weiß genau, was du meinst.«

Khalid lächelte. »Meine Mutter wurde schon so geboren.«

»Ach, du hast also doch eine Mutter?«

Khalid warf ihr einen ärgerlichen Blick zu. »Dachtest du etwa, ich sei unter einem Felsen hervorgekrochen?«

Heather schüttelte den Kopf.

»Was dann?«

»Ich kann mir eben nicht vorstellen, daß Schurken auch Mütter haben«, antwortete sie und mußte lächeln.

»Was ist daran so komisch?«

»Ich kann mir dich gar nicht vorstellen, daß du vielleicht Angst hast vor deiner Mutter oder daß sie dich als kleines Kind gezüchtigt hat.« Bei diesem Gedanken mußte sie kichern.

»Ich kann dir versichern, elterliche Strenge ist dem Schwert Allahs durchaus vertraut.« Khalids Gesichtsausdruck verdüsterte sich. »Noch heute kann mich meine Mutter mit ihrer Zunge mehr verletzen als das schärfste Schwert.«

In diesem Moment sah das wilde Tier des Sultans aus wie ein kleiner Junge, der sich nur mühsam die Tränen verkneifen konnte. Heather fühlte einen Stich in ihrem Herzen. »Ist ihre Zunge schärfer als meine?«

»Ja, viel schärfer.« Khalid lächelte wieder. Er breitete seine Arme aus und sagte: »Komm, es ist spät. Kuschel dich an mich und schlaf wieder ein.«

»Bekomme ich keinen Kuß?«

»Nein.«

Heather war sich nicht sicher, ob sie darüber traurig sein sollte oder erleichtert. Sie kuschelte sich in seine Arme und vergrub den Kopf in seiner Halsbeuge. Er massierte sanft ihren Rücken, und sie war bald eingeschlafen.

Es schienen nur wenige Minuten vergangen, als Khalid Heather wieder wachrüttelte. Schmollend zog sie sich die Decke über den Kopf.

»Wach auf, kleine Wildblume.«

»Nein, geh weg«, knurrte die kleine Wildblume.

»Wir sind zu Hause.« Khalid zerrte ihr die Decke weg.

Schmollend setzte sich Heather auf. »Ich denke, mein Zuhause ist in England?«

»Dein Zuhause ist bei mir«, sagte Khalid. »Komm, steh auf. Ich helfe dir den Yashmak anzulegen.«

Heather war zu schlaftrunken, um ein grundsätzliches Gespräch über ihrer Meinung nach überflüssige Kleidungsstücke anzufangen. Statt dessen verkündete sie: »Ich habe Hunger.«

»Du hast immer Hunger.« Khalid zog ihr den Schleier zurecht.

Dann führte er sie an Deck und trug sie hinunter zum Beiboot. Als es am Strand anlegte, hob er sie vorsichtig hoch und setzte sie ab.

»Mein Zuhause erwartet dich«, sagte er und wies mit der Hand auf ein Anwesen, das über dem Strand auf einem Felsvorsprung lag.

Heather blickte nach oben. Selbst jetzt in der Nacht, wo man die Umrisse des Palastes kaum erkennen konnte, wirkte sein Haus wie eine uneinnehmbare Festung. Wie sollte sie je von hier entkommen können?

»Soll ich da hochklettern?«

»Für die nicht so Abenteuerlustigen gibt es auch einen Pfad.«

»Hosgeldiniz — willkommen!« rief plötzlich eine hohe Stimme.

Heather riß sich los von dem Anblick der Festung, die ihr neues Heim werden sollte. Dort im Sand kauerte eine kleine rundliche Gestalt, deren Stirn Khalids Stiefelspitzen berührte.

»Steh auf«, sagte Khalid auf türkisch.

Die Gestalt erhob sich und lächelte eilfertig.

»Ich bin Omar, euer ergebenster Diener.«

»Das ist Heather, die Wildblume«, sagte Khalid auf französisch. »Du dienst mir, wenn du ihr dienst.«

Omar nickte und drehte sich zu Heather. »Bitte folgt mir.«

Unsicher und ängstlich klammerte sich Heather an Khalid.

Dieses Zeichen der Nähe und Vertrautheit überraschte ihn. Sie war die einzige Frau, die ihm ohne Abscheu ins Gesicht blickte. Wie würde er es über sich bringen, sie auf dem Sklavenmarkt an den Meistbietenden zu verschachern? Obwohl sie Angst vor ihm hatte, vertraute sie ihm doch. Und dieses Vertrauen würde er bald schmählichst enttäuschen.

Er legte ihr den Arm um die Schulter. Gemeinsam schritten sie die Stufen hinauf.

»Omar ist dein Diener«, erklärte Khalid. »Du brauchst keine Angst vor ihm zu haben.«

»Ich bin seine Herrin?« fragte Heather.

»Er wird jeden deiner Wünsche erfüllen.«

Im Palast angekommen, führte Omar seine Herrin unmittelbar in das Gemach, das er schon für sie vorbereitet hatte.

Heather ließ sich auf das Bett fallen, zerrte ihren Yashmak vom Körper, gähnte und streckte sich. Dann blickte sie um sich.

Das Zimmer war groß und schlicht, aber geschmackvoll eingerichtet. Auf dem Boden lagen weiche Teppiche, und ein offenes Feuer knisterte gemütlich.

Omar plauderte mit ihr, als sei er ihre beste Freundin. In ihren Truhen suchte er nach einem geeigneten Kleidungsstück und hielt dann ein fast durchsichtiges Hemd hoch, das Heather selbst für ihre Hochzeitsnacht genäht hatte.

»Ihr seid die glücklichste aller Frauen, denn ihr habt euch die Zuneigung des Prinzen erworben.«

»Ich bin seine Gefangene«, widersprach ihm Heather.

»Das ist unwichtig.« Omar wischte diese unbedeutende Kleinigkeit mit einer Handbewegung weg. »Ihr werdet den Prinzen glücklich machen und ihm viele Söhne schenken. Unser Glück ist gemacht.«

»Du bist verrückt.«

Omar kicherte unbeeindruckt und wollte ihr beim Entkleiden helfen. Entrüstet schubste sie ihn zurück.

»Es ist meine Aufgabe, Euch zu entkleiden.«

»Wage es nicht, mich anzurühren.«

»Ihr müßt keine Angst haben«, erklärte der Eunuch. »Ich bin kein richtiger Mann. Ich bin behindert in meiner Männlichkeit.«

Heather hatte keine Ahnung, was er damit sagen wollte. »Ich möchte mich allein entkleiden. Bitte geh.«

»Wie Ihr wünscht.« Aber Omars Stolz war verletzt. Schmollend verließ er das Gemach und wartete vor der Tür.

Heather lehnte sich zurück auf ihr Bett. Kein Mann, egal, ob ein richtiger Mann oder nicht, würde sie berühren. Sie starrte entrüstet in das offene Feuer. Nach einer Weile beruhigten sie die züngelnden Flammen, und sie schlief ein, ohne sich entkleidet zu haben.

Eine ganze Stunde wartete Omar geduldig vor ihrem Zimmer. Dann öffnete er die Tür einen Spaltbreit und lugte vorsichtig hinein. Sein Schützling lag schlummernd auf dem Bett.

Er huschte hinein und bemühte sich, kein Geräusch zu machen. Dieser schlafende Engel war eine wirkliche Schönheit. Sie würde ihn reich machen. In Gedanken rieb sich Omar schon vor Vorfreude die Hände.

Behutsam zog er sie aus und entdeckte dabei das goldene Armband. Scheinbar war ihr der Prinz bereits zugetan. Ihr wie aus kühlem Marmor gemeißelter zarter Körper war wie geschaffen für die Liebe. Nur das kupferrote Dreieck zwischen den Schenkeln würde er entfernen müssen.

Omar dankte seinem Schöpfer mit einem stillen Gebet für die Gnade, die er ihm erwiesen hatte, einer solchen Schönheit dienen zu dürfen. Er vermeinte schon fast das Klingen von Goldmünzen zu hören ...

Da öffnete sich die Tür, und Khalid trat ein. Sein eigenes Zimmer war ihm plötzlich ohne seine Gefangene groß und leer vorgekommen. Er hatte sich daran gewöhnt, neben ihr zu schlafen und wollte diese Angewohnheit für die kurze Zeit, die sie noch zusammen hatten, nicht aufgeben. Außerdem würde sie ihn ebenso vermissen.

Kurze Zeit standen beide Männer nebeneinander und betrachteten voller Staunen und Bewunderung dieses

Wesen, das einem orientalischen Märchen entsprungen schien.

»Das wäre alles für heute«, entließ Khalid den Eunuchen auf türkisch. Er zog sich sein Hemd über den Kopf und ließ es dann achtlos auf den Boden fallen.

»Das ist alles?« Omar war überrascht. Der Prinz schien die Nacht bei ihr verbringen zu wollen. »Aber sie ist nicht gebadet. Ich konnte ihr noch nicht die Haare entfernen und sie parfümieren«, widersprach er. »Das ist doch nicht richtig.«

»Du wagst es, meine Befehle in Frage zu stellen?« Khalid griff nach dem wehrlosen Eunuchen.

»Doch wir sind hier nicht im Topkapi«, verbesserte sich Omar und trat vorsichtshalber mehrere Schritte zurück. »Wenn Ihr es wünscht, wird es selbstverständlich auch so geschehen.« Omar eilte hinaus. Den Prinzen zu verärgern konnte der eigenen Gesundheit abträglich sein!

Khalid drehte Heather vorsichtig zur Seite, so daß ihr Gesicht nun auf einem Kissen lag. Dann setzte er sich auf den Bettrand und zog seine Stiefel aus. Ein weiterer Blick auf ihren makellosen Körper ließ ihn seine Hose anbehalten. Er wäre sonst kaum in der Lage, seine Gefühle eine ganze Nacht zu zügeln.

Er schloß sie in seine Arme, und sie kuschelte sich hinein wie ein Lämmchen in den Schoß des Löwen.

Morgen früh würde Omar mit seinen Lektionen beginnen und sie in die Umgangsformen einweisen, die sich für eine osmanische Edle geziemten. Er tat Khalid jetzt schon leid . . .

Kapitel 8

Heather gähnte und streckte sich und schlug die Augen auf. Langsam erinnerte sie sich, wo sie war: in der Hochburg ihres Feindes.

Das zerwühlte Bett und die Männerkleidung, die achtlos auf den Boden geworfen war, ließen darauf schließen, daß das wilde Tier neben ihr geschlafen hatte. Jetzt jedoch war sie allein. Und völlig nackt. Wer von beiden hatte sie letzte Nacht entkleidet, Khalid oder Omar?

Heather schlüpfte wieder in ihren Kaftan. Sie ging zum Fenster, zog den weichfließenden Stoff, der vor Hitze und Staub schützte, beiseite und blinzelte in die Sonne.

Es mußte noch sehr früh am Morgen sein, denn die Sonne war gerade erst aufgegangen. Kein Schiff war in der Bucht zu sehen; die *Saddam* mußte bereits ihren Heimweg angetreten haben.

Heather blickte hinunter zum Strand. Dort sah sie Khalid, barfuß und mit bloßem Oberkörper, wie er ein Boot an den Strand zog; anscheinend war das wilde Tier fischen gegangen.

Neben Khalid hockte ein Tier, das ein Hund hätte sein können. Sicher war sich Heather nicht, denn sie hatte so ein Tier noch nie gesehen. Es war wesentlich größer als die Hunde, die sie von zu Hause kannte, schneeweiß mit hellbrauner Zeichnung, muskulös, sehnig und so durchtrainiert wie sein Herrchen.

Heather sah, wie Khalid dem Tier liebevoll den Kopf tätschelte und mit ihm spielte. Ein so herzloser düsterer Schurke zeigte Anteilnahme an etwas anderem als sich selbst? Hatte sie ihn möglicherweise falsch eingeschätzt? War hinter der rauhen Schale tatsächlich ein weicher Kern?

Da er ihr den Rücken zuwandte, konnte sie ihn ungestört beobachten, seine weichen knappen Bewegungen, das Spiel seiner Muskeln, die breiten Schultern und die schmale Taille. Er sah nicht mehr aus wie ein Ungeheuer, sondern wie ein edles Tier.

Als würde er ihren Blick spüren, drehte sich Khalid plötzlich um und blickte direkt in ihr Fenster. Sie zuckte zurück und hoffte, daß er sie nicht gesehen hatte. Sie schämte sich dafür, einen fast nackten Mann so sehnsüchtig betrachtet zu haben.

Die Tür ging auf, und Omar kam mit einem Tablett herein.

»Ah, Ihr seid aufgewacht«, lächelte er und stellte ihr das Frühstück auf den Tisch. »Guten Morgen, Prinzessin. Kommt jetzt und eßt etwas. Später werde ich Euch baden.«

»Ich habe den Sonnenaufgang beobachtet.« Heather probierte eines der dreieckigen Pastetchen.

»Oh, das schmeckt herrlich. Was ist das?«

»Das sind mit Käse gefüllte Böreks.« Möglichst unauffällig schlenderte Omar zum Fenster und blickte hinaus. Er hatte so etwas vermutet. Sie hatte ihren Gebieter heimlich beobachtet. Es schien ihr viel daran zu liegen, daß der Prinz nicht merkte, wie anziehend sie ihn fand.

Diesen unbeobachteten Moment nutzte Heather, um das Obstmesser, das Omar zum Schälen und Zerteilen der weißen Pfirsiche bereitgelegt hatte, zu entwenden. Befriedigt nahm sie nun einen Schluck Tee.

»Der Prinz betet Euch an«, schwärmte Omar. »Unser Glück ist gemacht. Bald werden wir reich sein.«

Heather verschluckte sich an der heißen Brühe und spuckte den Tee aus.

Sofort war Omar bei ihr und klopfte ihr auf den Rücken. »Der Prinz hat recht«, sagte er. »Eure englischen Manieren sind hier bei Hofe nicht angebracht.«

»Ich werde bald nach England zurückkehren«, fuhr ihn Heather an.

Omar ignorierte diesen Temperamentsausbruch, warf ihr den Yashmak über die Schultern und bedeckte ihr Gesicht mit einem Schleier. »Es ist jetzt Zeit zu baden.«

Heather folgte ihm widerspruchslos. Wenn sie fliehen wollte, mußte sie jede Möglichkeit nutzen, sich die gewundenen Korridore einzuprägen.

»Übelriechende Christen, die nie gebadet haben — verzeiht, Herrin — haben vor langer Zeit diesen Palast gebaut«, erzählte Omar, als sie zusammen die mit Fackeln beleuchteten dunklen Gänge durchschritten. »Als der

Prinz hier einzog, hat er angeordnet, ein Badehaus zu bauen.«

Omar führte Heather an einem Wachtposten vorbei in das türkische Bad. Heather war, als tauche sie in eine unbekannte Welt ein. Die Luft war dampfend und feucht. Am Ende des Badehauses lag das riesige Schwimmbecken. Wände und Boden waren gekachelt; seitlich standen in regelmäßigen Abständen Marmorbänke, auf denen man ausruhen konnte.

Zusammen mit zwei knapp geschürzten Sklavinnen wollte Omar Heather entkleiden, doch sie fauchte die Frauen wütend an.

»Ich werde mich allein um meine Herrin kümmern«, wies Omar sie an und wollte ihr den Schleier abnehmen.

Heather schlug seine Hand weg und griff nach dem Obstmesser, das sie in der Seitentasche verborgen hatte. »Wenn du es wagst, mich zu berühren, bringe ich dich um.«

Omar sprang einen Schritt zurück und sagte dann etwas auf türkisch. Eine der Sklavinnen rannte zur Tür und sprach mit dem Wachtposten.

Kurze Zeit später stand ein immer noch kaum bekleideter und immer noch gutaussehender Khalid vor ihr. Heather stand mit dem Rücken zur Wand und hielt den Eunuchen mit ihrem Obstmesser in Schach.

»Möge Allah mir Geduld verleihen«, murmelte Khalid. Zu Omar sagte er: »Woher hat sie eigentlich dieses Messer?«

»Ich konnte nicht ahnen, daß Eure Angebetete nicht vertrauenswürdig ist«, stotterte Omar vor Angst. Er fürchtete zu Recht den Wutausbruch des Prinzen.

»Meine Angebetete? Daß ich nicht lache!« schnappte Khalid. Er hielt Heather seine Hand hin und sagte auf französisch: »Gib mir das Messer.«

»Gerne! In welchem Körperteil hättest du es denn am liebsten?« fragte sie und fuchtelte mit der winzigen Klinge herum.

»Ich will dir nicht weh tun.«

»Aber *ich* will *dir* weh tun.«

»Du kannst hier nicht entkommen«, sagte Khalid. »Gib zu, daß du geschlagen bist.«

»Ich will nicht, daß sie mich überall begrapschen.«

Also das war es. Seine christliche Gefangene schämte sich ihrer Nacktheit, wie alle abendländischen Barbaren.

»Ich lobe deinen Anstand, Wildblume, aber diese Sklavinnen sehen dich nur, sie schauen dich nicht an. Und überdies weiß ich, daß du keinen Grund hast, dich deiner Nacktheit zu schämen. Ich weiß es, weil ich dich nackt gesehen habe.«

»Wie wagst du es, so etwas zu sagen«, rief Heather aufgebracht. Ihr Gesicht färbte sich dunkelrot.

Khalid war kurz davor, die Geduld zu verlieren. »Wirst du Omar nun gestatten, dich zu baden oder muß ich es tun?«

»Laß ihn doch dich statt dessen baden.«

»Ich werde später ein Bad nehmen.« Khalid sagte etwas zu den zwei Sklavinnen und winkte sie dann mit einer Handbewegung hinaus.

Dann wandte er sich wieder seiner Gefangenen zu. Er wollte sie mit einem Blick aus seinen stahlblauen Augen zu Boden zwingen, doch sie gab nicht nach, warf den Kopf zurück und blickte trotzig zurück. Aber sein Blick erwies sich als stärker.

Er griff nach dem Obstmesser, warf es zur Seite, zog ihr den Kaftan aus und blickte auf ihren Körper, der darunter völlig nackt war. Begierde und Lust verschlugen ihm den Atem.

Omar wohnte diesem Schauspiel der Blicke bei. Er spürte die Erregung des Prinzen und sah, wie sich Heather unter seinen Augen in eine lockende Sirene verwandelte. Er schickte ein weiteres Dankesgebet gen Himmel. Wenn sich diese zwei eigensinnigen starken Menschen irgendwann paarten, würden sie Dutzende von Söhnen zeugen. Allah sei gepriesen. Sein Glück war gemacht.

Eine der Sklavinnen kehrte mit einem Glas geeisten Rosenwassers zurück und gab es Omar. Der reichte es an Khalid weiter.

»Trink das. Es wird dich beruhigen.« Khalids Stimme war immer noch heiser vor Erregung.

Er wartete, bis sie das Getränk an den Mund gesetzt hatte, drehte sich ohne ein weiteres Wort um und verließ das Badehaus.

Omar führte sie zu einem Waschzuber, rieb sie am ganzen Körper mit einer nach Rosen duftenden Seife ein und wusch ihre kupferfarbene Mähne. Das Getränk hatte sie müde und teilnahmslos gemacht, und so erhob sie keine Einwände mehr, als Omar die Mandelpaste auftrug, um sie zu enthaaren. Er trat einen Schritt zurück, um sein Kunstwerk zu bewundern. »Euer Venushügel hat eine tiefe Spalte, ein Anzeichen der Leidenschaft.«

Nachdem sich Heather eine Weile in der Hitze des Bades entspannt hatte, führte sie Omar wieder hinaus, trocknete sie ab und kämmte ihr Haar, bis es glänzte und in großen weichen Locken auf ihren Rücken fiel. Als nächstes bat er sie, sich auf den Bauch auf eine der Marmorbänke zu legen.

Unter seiner kunstfertigen Massage entspannte sie sich und gähnte. Völlig unbewußt räkelte sie sich verführerisch wie die Sirene, die Omar schon einmal in ihr gesehen hatte.

»Der Prinz betet Euch an«, schmeichelte ihr Omar, während seine Hände sich langsam von Heathers Schultern herab zu ihrem perfekt geformten Gesäß bewegten.

»Als anbeten würde ich das nicht bezeichnen«, erwiderte Heather.

»Letzte Nacht hat er es nicht ertragen, ohne Euch zu schlafen. Er bestand darauf, in Euren Gemächern zu bleiben, obwohl das völlig unüblich ist.«

»Er hat nur Angst, seine Sklavin könnte ihm weglaufen.«

»Sklaven kann man überall kaufen. Vertraut mir, Herrin, ich bin Euer Verbündeter. Und ich weiß mehr als Ihr über die Gefühle des Prinzen.«

»So etwas besitzt er nicht. Er hat kein Herz«, entgegnete Heather. Aber dann bat sie neugierig: »Erzähl mir von ihm.«

»Prinz Khalid wird das wilde Tier des Sultans genannt«, begann Omar. »Die, die ihn nicht fürchten, haben große Hochachtung vor ihm. Nur seine Mutter verachtet ihn. Warum das so ist, weiß ich nicht. Mihrimah, seine Mutter, ist die Tochter von Suleiman, der das Osmanische Reich aufgebaut hat, und seiner geliebten Khurrem. Beide leben nicht mehr. Sultan Selim ist der Onkel des Prinzen, und Murad, der Erbe, ist sein Cousin. Der Prinz hat noch eine jüngere Schwester, doch eine ältere Schwester und sein Bruder sind ebenfalls schon tot . . . dreht Euch jetzt bitte auf den Rücken.«

Heather schnurrte wohlig und war eigentlich zu faul, sich umzudrehen.

»Hast du nicht gehört?« platzte eine bekannte Stimme dazwischen.

Überrascht blickte Omar hoch und sah Khalid neben sich stehen.

Scheinbar gelang es dem Prinzen nicht, lange von seiner Gefangenen getrennt zu sein.

Heather rollte sich langsam zur Seite und murmelte: »Khalid«.

Alles an ihr erregte den Prinzen. Die Art, wie sie seinen Namen flüsterte, wie sie ihn anblickte, wie sie völlig nackt vor ihm lag.

»Hat sie das Rosenwasser getrunken?«

Omar nickte.

»Ich hatte es vorsichtshalber mit einem leichten Beruhigungsmittel versetzen lassen«, sagte Khalid.

Mit seinem Finger zeichnete er die Konturen ihrer Wangen nach. »Laß uns jetzt allein«, befahl er Omar.

»Aber ich bin noch nicht fertig«, protestierte Omar.

»Ich werde deine Arbeit übernehmen.«

»Ein Herr, der seine Sklavin massiert?« Omar schien das offensichtlich unpassend zu finden.

Mit einem einzigen Blick wies Khalid den Eunuchen in die Schranken. Wieso glaubten diese beide Sklaven, ständig seine Anweisungen in Frage stellen zu können?

»Wie Ihr wünscht«, sagte Omar. Auf dem Weg nach draußen überzog ein breites Lächeln sein vor Schweiß glänzendes rundliches Gesicht. Vielleicht war es gut, daß Khalid diesen siegesgewissen Gesichtsausdruck nicht sehen konnte.

Khalid wärmte das Massageöl in seinen Händen und begann, ihre Schultern kreisförmig zu massieren. Unter seinen sanften Bewegungen hoben und senkten sich ihre kleinen festen Brüste immer schneller. Zärtlich fuhr er mit seinen Fingern über diese wunderbaren Rundungen.

Heather wagte nicht auszuatmen. Ihr ganzer Körper bebte. Sie konnte sich nicht wehren gegen dieses wundervolle Gefühl, das plötzlich von ihr Besitz ergriffen hatte.

»Küß mich«, flüsterte sie.

Dieser lustvollen Einladung konnte Khalid nicht widerstehen.

Er beugte den Kopf zu ihr hinunter und schob ihre Lippen mit seinen Fingerspitzen auseinander. Seine Zunge tauchte sanft ein in ihren Mund. Die Spur, die seine Zunge entlang der Innenseite ihrer Lippen zog, spürte Heather überall, am ganzen Körper und zwischen den Innenseiten ihrer Schenkel.

Heather klammerte sich an Khalid und stöhnte leise auf.

Seine Finger verlangsamten ihr Spiel um ihre Brustwarzen. Eine Hand glitt herab zwischen ihre Beine.

Khalid schaute sie an, während er sein Fingerspiel mit ihr fortsetzte. Nun öffnete er mit seinen Fingern ihre größeren Lippen, und statt seiner Zunge erkundete eine Fingerkuppe ihre tieffeuchte, dunkle Weiblichkeit.

Heather spürte ein Verlangen, das sie noch nie zuvor

erfahren hatte. Sie wollte dieses Spiel sofort beenden oder es für immer weiterführen. Khalid hielt sie und küßte ihre steifen hellrosa Brustwarzen. Plötzlich erwachte Heather wie aus einem Rausch. Ein überraschtes Aufstöhnen begleitete ihren ersten Orgasmus.

Als sie die Augen wieder aufschlug, sah sie in ein liebevoll lächelndes Gesicht. Khalid gab ihr einen flüchtigen Kuß auf die Nase, zog sie sanft hoch und streifte ihr den Yashmak über.

Als sie später in ihren Gemächern wieder richtig zu sich kam, hätte Heather diese Erfahrung am liebsten für immer getilgt. Also *das* war es, was Männer mit Frauen taten? Sie hatte vorher noch nie wirklich darüber nachgedacht. Aber wie hatte sie sich ihm so völlig hingeben können, so ohne Nachdenken, so völlig frei, so zügellos? Was mußte er von ihr denken? Daß sie eine Dirne sei, natürlich. Wie sollte sie ihm je wieder unter die Augen treten?

Heather schüttelte heftig den Kopf, um sich dieser Gedanken zu entledigen. Mit etwas Glück würde sie ihn sowieso nie wiedersehen, denn ihre Fluchtpläne hatte sie durchaus nicht aufgegeben.

Sie zog sich den frischen Kaftan an, den jemand an die Seite ihres Bettes gelegt hatte, und schaute zum Fenster hinaus. Die Sonne stand mittlerweile hoch, und es war niemand am Strand zu sehen. Nur ein paar Boote lagen im Sand.

Ein Geräusch an der Tür ließ sie zusammenschrecken. Khalid? Doch es war nur Omar, der ein Tablett mit Essen brachte.

»Nun ist die Zeit gekommen, Euch Anstandsunterricht für osmanische Damen zu geben«, sagte Omar etwas zögerlich. »Wir beginnen mit Tischmanieren.«

»Ich bin nicht osmanisch.«

»Aber ihr seid eine Lady.«

»Gute Manieren bei Tisch sind völlig überflüssig bei Frauen, die nicht gemeinsam an einem Tisch mit den Männern sitzen.«

»Unsinn!« sagte Omar beleidigt. »Als Mutter der Söhne des Prinzen werdet Ihr selbstverständlich ins Topkapi eingeladen.«

»Ich habe nicht vor, die Mutter von irgendwem zu werden«, schnappte Heather. »Und was ist Topkapi?«

»Der Palast des Sultans«, erwiderte Omar. »Nun folgt mir bitte zu Tisch.«

Einen Moment lang zögerte Heather, doch dann gewann ihr knurrender Magen die Oberhand. Sie nahm auf einem der gemütlichen Sitzkissen Platz. »Und nun?«

»Nun werdet Ihr essen«, antwortete Omar und ließ sich ächzend neben ihr nieder, »und ich werde Euch zusehen.«

Heather verschluckte ihre Empörung und lächelte ihn hinterlistig an. Ihr Sklave wollte ihr eine Lektion erteilen? Den Spieß würde sie umdrehen!

Sie steckte sich eine Handvoll Oliven in den Mund, kaute und spuckte die abgekauten Kerne auf den Boden.

»O, Allah!« schrie Omar auf. »Eine Olive nach der anderen. Und den Kern entfernt Ihr mit spitzen Fingern vorsichtig aus Eurem Mund und legt ihn dann an den Tellerrand.«

Heather nickte folgsam. Nun wandte sie sich den Nüssen zu und stopfte sich soviel Pistazien, Haselnüsse und Mandeln in den Mund, daß sie aussah wie ein Hamster.

»Ihr dürft Euch den Mund nicht so vollstopfen. Damen essen immer nur kleine Happen.«

»Hä?« Heather sperrte ihren Mund auf, der durch die vielen zerkauten Nüsse aussah wie eine Mondlandschaft.

Angewidert verzog Omar das Gesicht. »Beim Essen soll man nicht reden.«

Wieder nickte Heather folgsam. Sie wusch die Nüsse mit einem Riesenschluck geeistem Rosenwasser hinunter.

»Kleine Schlucke! Ihr laßt es ja förmlich in Euch hineinlaufen.« Mittlerweile war Omar wirklich entsetzt.

»Was ist das?«

»In Öl gebackener Breitling.«

Heather steckte sich einen Bissen in den Mund, tat so, als ob sie es nicht mögen würde, und spuckte es wieder aus. Diesmal nahm sie allerdings dafür ihren Teller und schien ganz stolz darauf. »Siehst du, Omar, ich habe schon gelernt. Nicht auf den Boden spucken, sondern auf den Teller.«

»Dabei sollten wir es für heute belassen.« Omar war ganz übel geworden.

»Jetzt folgt der Sprachunterricht.« Er hielt seinen Zeigefinger hoch und sagte: »Bir.«

Heather blickte ihn verständnislos an.

»Bir heißt eins. Wiederholt das, bitte.«

»Nein, danke.«

»Doch, bitte.«

»Bir.«

»Eine sehr gute Aussprache«, lobte Omar. Sie schien eine schnelle Auffassungsgabe zu haben. Er hielt seine fünf Finger hoch und zählte an ihnen bis fünf. »Bir, iki, üc, dört, bes. Bitte wiederholen.«

Heather guckte ihn eilfertig an und sprach ihm nach: »Bier, ikki, üzzi, dökki, bekki.«

»Nein! Bir, iki, üc, dört, bes!«

»Bier, ikki, üzzi, dökki, bekki!«

Omar hob beide Hände in die Luft und zählte bis zehn. »Bir, iki, üc, dört, bes, alti, yedi, sekiz, dokuz, on.«

Heather lächelte süß: »Bier, ikki, üzzi, dökki, bekki und den Rest hab' ich vergekki!«

Omar verdrehte die Augen und schickte ein stummes Gebet gen Himmel.

»Gut, dann werden wir etwas anderes lernen.« Er hielt seinen Arm hoch und zeigte auf ihn: »Kol.«

»Kohl.«

»Kol.«

»Kohl.«

Omar zeigte auf sein Auge und sagte: »Göz.«

»Guß«, wiederholte Heather fröhlich.

»Göz.«

»Guß.«

Omar streckte ihr seine Zunge heraus und deutete darauf: »Dil.«

»Müll.« Heather fand ihr anstrengendes Gehabe einfach herrlich. Der arme Omar hingegen wäre am liebsten an die Decke gegangen.

»Burun.« Dabei deutete Omar auf seine Nase.

»Burun.« Dabei steckte sich Heather den Finger in die Nase.

»Nein, nein, nein! Was habt Ihr Heiden für entsetzliche Manieren! Essen wie die Schweine, und sich in der Nase bohren. Wie furchtbar!«

Jemand klopfte an der Tür und bewahrte Omar so vor einem Herzanfall. Er nahm eine Nachricht entgegen, brach das Siegel auf und strahlte schon wieder.

»Gute Nachrichten?«

»Besser könnten sie nicht sein! Der Prinz hat Euch zum Abendessen in seine Privaträume eingeladen.«

»Laß ihn wissen, daß ich diese Einladung nicht annehmen werde«, sagte Heather.

»Eine solche Einladung abzulehnen ist verboten.«

»Also befiehlt der Prinz mir zu kommen?«

»Nennt es wie Ihr wollt.« Omar zuckte mit den Schultern. »Ihr werdet mit dem Prinzen zu Abend essen. Und wenn Ihr Glück habt, werdet Ihr danach seinen Samen empfangen.«

»Ich werde *niemandes* Samen empfangen«, antwortete Heather entrüstet. »Ich werde fliehen.«

»Dann wäre es von Vorteil, unsere Sprache zu können«, gab Omar zurück. »Ihr müßt ja irgendwie nach dem Weg fragen können.«

Heather mußte lächeln. »Daran habe ich gar nicht gedacht.« Sie gab dem Eunuchen einen kleinen Kuß auf die Wange und zählte mit ihren Fingern: »Bir, iki, üc, dört, bes.«

»Wunderbar«, applaudierte Omar. »Und wie ißt eine osmanische Dame eine Olive?«

Heather steckte sich eine Olive in den Mund, knabberte den Kern ab und legte ihn mit spitzen Fingern auf den Rand ihres Tellers.

»Mit meiner Hilfe werdet Ihr bald bessere Manieren besitzen als jede andere osmanische Edelfrau«, brüstete sich Omar.

»Auch das könnte mir bei der Flucht helfen«, antwortete Heather.

Omar lächelte und nickte. Die kleine Heidin mochte denken, was sie wollte. Khalid zu übertölpern würde ihr nicht gelingen. Und der Prinz war so vernarrt in seine Gefangene, daß er ihr nie die Freiheit zurückgeben würde.

In den nächsten Stunden bereitete der kundige Omar seine Herrin auf das abendliche Rendezvous vor. Dann führte er sie durch das Labyrinth der Gänge in die Gemächer des Prinzen.

Heather war ganz in Weiß gekleidet. Sie kam sich auch fast vor wie eine Braut — allerdings wie die eines Heiden, denn ihr Gewand zeigte mehr, als es verbarg. Sie trug Pluderhosen aus reiner Seide, die an Taille und Fesseln mit Goldbrokat eingefaßt und zusammengehalten wurden. Ein Kasack im gleichen Stil war vorne mit Knebelknöpfen aus Goldbrokat verschlossen. Sie trug flache weiße Schuhe, und ihr Gesicht und ihre rotgoldene Mähne wurden von einem schlichten Schleier bedeckt. Omar hatte ihre Augenlider mit Kohl eingerahmt, das der Unschuld und Süße ihres Gesichts einen Hauch von Verwegenheit verlieh. Auf dem Weg in die kaiserlichen Gemächer trug Heather darüber ein Schultertuch.

Omar klopfte an der Tür und trat auf Geheiß des Prinzen ein. Heather erinnerte sich plötzlich wieder nur zu gut an den Morgen im Badehaus und hielt ihren Blick auf den Boden geheftet. Omar verbeugte sich und zog Heather mit sich hinunter. Als ihre Stirn den kühlen Boden berühren wollte, schleckte ihr jemand übers Gesicht.

Sie guckte entsetzt hoch und erkannte den Hund wieder, mit dem sie Khalid am Morgen gesehen hatte.

»Argus, Platz«, befahl Khalid. »Sklaven, erhebt euch.«

Omar stand langsam auf, zog Heather das Tuch von der Schulter und verschwand geräuschlos. Heather weigerte sich, ihrem Herrn in die Augen zu blicken.

Er stand neben ihr und schaute sie an. Dann hob er ihr Kinn hoch und blickte ihr tief in die Augen. »Ich hatte beinahe vergessen, wie empfindlich Jungfrauen sein können.«

»Du mußt es ja wissen. Natürlich hast du Hunderte von ihnen ins Unglück gestürzt und es wahrscheinlich sehr genossen«, fauchte Heather zurück und war auf ein Mal furchtbar eifersüchtig.

»Hunderte? Tausende!«

Argus hatte Heathers Hand entdeckt, ihren einzigen unbedeckten Körperteil, und schleckte ihn voller Hingabe ab. Unwillig blickte Heather zu ihm hinab, doch das edle Aussehen des Hundes versöhnte sie. Mit seinem schmalen schlanken Kopf, seinem weichen und gepflegten Fell und dem fast würdevollen Ausdruck in seinen Augen hatte Argus sie sofort auf seine Seite gezogen.

»Dieser freundliche Kerl ist Argus«, sagte Khalid.

Etwas zögerlich streichelte ihm Heather über das weiche Fell und tätschelte seinen Kopf. Argus erwiderte diese Liebesbezeigung und leckte ihr die Finger. »Ich habe diese Rasse noch nie gesehen«, sagte Heather.

»Das sind Salukis. Sie werden vor allem bei der Jagd eingesetzt«, sagte Khalid. »Er mag Menschen sehr gerne, vor allem Frauen.«

Mit einem Lächeln führte er sie nun an den Tisch, wo sie eine üppige Tafel erwartete. Heather nahm auf einem der Sitzkissen Platz, Argus richtete sich zu ihren Füßen ein.

Das Gemach des Prinzen war geräumig, aber nur spartanisch eingerichtet, so, wie man es von einem Krieger erwartete. Ein schlichtes Kohlebecken aus Bronze erwärmte den Raum, ein einfaches Bett und ein Tisch waren die restlichen Möbel.

»Bist du hungrig?« unterbrach Khalid ihre Beobachtungen.

»Ja.«

»Die Frage hätte ich gar nicht stellen müssen«, lächelte er. »Du bist immer hungrig.«

Heather warf einen neugierigen Blick auf den Tisch. Dort standen gebackene Sardinen, eingelegte grüne Paprikaschoten, ein Salat aus grünen Gurken und Joghurt, Safranreis und ein Lammgericht.

»Du hast doch gesagt, daß Männer und Frauen nicht zusammen essen, genauso wie Herren nicht mit ihren Sklaven«, murmelte Heather, während sie schon den Fisch probierte. »Wieso dann dieser Befehl zu einem gemeinsamen Abendessen?«

»Zwischen einem Befehl und einer Einladung liegt ein großer Unterschied.« Khalid füllte ihren Teller mit den anderen Köstlichkeiten auf. »Und heute abend bist du mein Gast.«

»Und wenn ich es vorziehe zu gehen?«

»Laß uns für heute abend Frieden schließen.«

»Zwischen Feinden kann es keinen Frieden geben.«

»Heute morgen warst du nicht mein Feind«, erinnerte sie Khalid.

Heather wurde knallrot. Schnell wechselte sie das Thema: »Das Lamm schmeckt vorzüglich.«

»Ja, die ›Hüfte der Lady‹ ist auch eines meiner Lieblingsgerichte.«

Heather zuckte zusammen und griff nach ihrem Glas.

»So nennen wir dieses Gericht wegen seiner Form, weich, rund und glatt.«

Der Prinz versuchte sein Bestes, eine angenehme Stimmung zu schaffen, doch auf Heather wirkte er beunruhigend.

Seine Nähe machte sie unsicher, und sie zog es vor, dem Hund ihre Aufmerksamkeit zu widmen. Sie steckte

Argus einen Fleischbrocken zu und tätschelte liebevoll seinen Kopf.

»Argus ist ein seltsamer Name.«

»Ein griechischer Name«, erklärte Khalid.

»Ich denke, du bist Türke.«

»Odysseus, ein tapferer griechischer Krieger, kehrte nach zwanzig Jahren aus dem Trojanischen Krieg zurück. Sein treuer Hund Argus erwartete ihn. Als er seinen Herrn erkannte, wedelte er vor Freude mit dem Schwanz und brach dann tot zusammen.«

»Was für eine traurige Geschichte«, sagte Heather.

»Nein, eigentlich nicht. Sie zeigt die Treue eines Hundes für seinen Herrn«, erwiderte Khalid. »Möchtest du ein verdünntes Sorbet trinken oder lieber Rosenwasser?«

»Vielen Dank! Ich möchte heute abend lieber nüchtern bleiben.«

Khalids Lippen umspielte ein Lächeln. »Und was hat dir Omar heute beigebracht?«

Liebend gern streckte ihm Heather die Zunge raus. »Dil.«

Khalid lächelte. Er war heute so anders zu ihr. Aufmerksam, liebevoll ... gar nicht das böse Ungeheuer. Was für ein Spiel spielte er?

Zwei Diener traten ein, räumten die Überreste des Essens ab und boten ihnen türkischen Kaffee und Gebäck an.

»Darf ich?« fragte Heather.

Khalid nickte. »Deine Manieren sind schon besser, Sklavin.«

»Sklavin? Ich dachte, heute wäre ich dein Gast?«

»Du hast recht.«

Heather biß in das Gebäck und entdeckte überrascht die sahnige Füllung. «Mhm«, schnurrte sie genüßlich.

»Mädchennabel scheint dir zu munden.«

Heather guckte ihn verblüfft an.

»Auch dieses Gebäck ist nach seiner Form benannt. Diese kleine Delle in der Mitte soll an den Nabel eines jungen Mädchens erinnern«, erklärte Khalid. »Aber jetzt erzähl mir etwas über deine Familie.«

Unwirsch guckte sie ihn an. Wieso interessierte sich Khalid plötzlich für ihre Familie? Was hatte er vor?

»Ich bin in der Grafschaft Essex geboren und aufgewachsen«, begann sie dann vorsichtig, um ihm nicht zuviel zu erzählen. »Basildon Castle ist Stammsitz der Devereuxs, seit mein Urgroßvater mit dem Tudorkönig Heinrich VII. aus Wales dorthin übersiedelte. Als Belohnung für seine Treue und seine Dienste dem Königshaus gegenüber wurde ihm dann die Erbin des früheren Besitzers, meine recht eigensinnige Urgroßmutter, zur Frau gegeben.«

»Ah, von deiner Urgroßmutter hast du das also geerbt«, neckte sie Khalid.

»Nein, die Haarfarbe und die Augenfarbe habe ich von meiner Mutter.« Seine Anspielung schien Heather nicht verstanden zu haben.

»Und die Sommersprossen auch?«

»Nein, die nicht.«

»Du mußt versuchen, die Schuldgefühle deinem Vater gegenüber loszuwerden«, sagte Khalid plötzlich und versuchte, dabei möglichst belanglos zu klingen.

»Der Tod meines Vaters geht dich gar nichts an.«

»Alle Dinge, die dich betreffen, gehen auch mich etwas an.«

»Hör auf, deine Nase in meine Angelegenheiten zu stecken.«

»Hast du Fougere geliebt?« Khalid konnte kaum glauben, daß er diese Frage gerade gestellt hatte. Auch Heather war verdutzt.

»O ja, sehr!« Was bildete sich dieser Türke eigentlich ein?

Khalid zog mahnend seine Augenbrauen hoch, wechselte dann jedoch das Thema. »Wie ist dieses England?«

»Wie der Garten Eden.«

»Fürwahr eine treue Untertanin.« Khalid hielt ihr seine

Hand hin. »Komm, Eva, ich will dir meinen Garten Eden zeigen.«

Sie zögerte und blickte ihm fragend in die Augen. Doch dann folgte sie Khalid und schob ihre kleine Hand in seine. Er führte sie durch ein Portal nach draußen in einen Garten.

Der Anblick, der sich ihr dort bot, war voller Romantik. Tausende von Sternen glitzerten hell in einem samtweichen dunklen Himmel, der Vollmond war aufgegangen, und der Garten war erfüllt von exotischen Düften, die die nächtlich-kühle Luft noch zart parfümierten.

»Oh, ist das schön!« sagte sie begeistert.

»Gefällt dir meine Arbeit?«

»Ach, du warst das, der den Mond dort aufgehängt hat?« neckte Heather ihn nun zur Abwechslung.

Khalid lächelte. »Hier arbeite ich, wenn ich mich nicht um wichtigere Belange kümmern muß. Ich liebe die Einsamkeit.«

Heather glaubte ihm nicht. »Diesen Garten hast du selbst entworfen und gestaltet?«

»Selbst wilde Tiere brauchen zuweilen eine Erholung vom Plündern und Brandschatzen«, entgegnete Khalid trocken. »Und nach den Todesschreien der vielen Tausend, die ich immer so umzubringen pflege, ist die Stille hier erholsam.«

Überrascht blickte Heather ihn an. In diesem Ungläubigen steckte tatsächlich etwas Englisches ... der schwarze Humor!

»Wenn man die Schönheit dieser Anlage hier sieht, kann man ganz leicht vergessen, daß der Palast einmal Schauplatz einer Tragödie war.« Khalid kam etwas näher.

»Wieso, was ist denn passiert?«

»Dieser Palast heißt auch ›das Schloß der Jungfrau‹. Nachts sieht man sie auf den Zinnen.«

»Geister?« Als echte Engländerin glaubte Heather selbstredend an Übernatürliches. Sie rückte ebenfalls etwas näher.

»Vor dreihundert Jahren starb hier eine christliche Prinzessin, die auf ihren moslemischen Liebhaber wartete. Viele meiner Männer haben sie schon nachts gesehen, wie sie von den Zinnen herunterblickt auf das Meer und immer noch auf ihn wartet.«

»O Gott!« Heather bekreuzigte sich schnell und rückte noch etwas näher.

Eine solche Gelegenheit ließ sich Khalid selbstverständlich nicht entgehen. Er zog sie an sich, schob mit seiner Hand ihre Flut roten Haares zurück und bedeckte ihr zartes Gesicht mit Küssen.

Immer leidenschaftlicher und wilder wurden seine Küsse. Aus Liebkosungen wurde Lust, und Heather spürte sein Verlangen am ganzen Körper. Sie schlang ihre Arme um ihn und drängte sich noch fester an ihn.

Ein lustvolles Stöhnen holte sie in die Wirklichkeit zurück.

O nein, sie würde nicht wieder den gleichen Fehler begehen wie heute morgen.

»Ich bin keine Dirne, die man berühren kann, wann immer es einem beliebt! Meine Jungfräulichkeit gehört meinem zukünftigen Ehemann.« Und mit diesen Worten rauschte sie grußlos aus Khalids Gemächern.

Khalid starrte ihr nach. Er hatte doch nichts Schreckliches getan. Sie hatte an seinen Küssen Gefallen gefunden, dessen war er sich sicher. Aber ... Nein, sie konnte nicht wirklich glauben, daß er sie heiraten würde?!

Omar wartete vor der Tür. »Warum seid Ihr so schnell weggeschickt worden?« rief er entsetzt aus.

»Wo geht es zu meinen Gemächern?« Entschlossen marschierte Heather die von flackernden Lampen erhellten Gänge entlang.

»Ihr habt den Prinzen verärgert«, jammerte Omar. »Was habt Ihr ...?«

»Sei still.«

»Aber jetzt werden wir nicht reich!«

Heather drehte sich um und ging auf Omar los. »Meine

Ehre ist wichtiger als das Geld, das du mit mir machen willst.«

Omar verkniff sich jede weitere Bemerkung und führte seine Herrin durch das Labyrinth der Gänge zurück in ihr Privatgemach.

Khalid vermißte seine schöne Gefangene. Er schlief unruhig. Einmal streckte er im Schlaf die Hand aus und streichelte etwas Weiches und Warmes. Doch als er die Augen aufschlug, war es bloß der treue Argus, der sich neben seinen Herrn gelegt hatte.

Kapitel 9

Auch Heather hatte schlecht geschlafen und wachte früh auf. Anscheinend hatte sie Khalid heute allein schlafen lassen. Endlich schien er begriffen zu haben, daß sie ihn nicht in ihrer Nähe haben wollte. Denn das wollte sie ja nicht ... oder?

Wenn sie ihn unter anderen Umständen kennengelernt hätte ... Plötzlich sah sie sein Gesicht vor sich, männlich, attraktiv. Seine weichen sinnlichen Lippen preßten sich in Gedanken auf ihre. Ein wohliger Schauer durchzog sie.

Was, in Gottes Namen, bildete sie sich da ein! Mit einem Satz sprang Heather aus dem Bett und lief zum Fenster. Es wurde gerade hell.

In diesem Augenblick wurde Heather klar, daß es für sie nur zwei Möglichkeiten gab. Sie konnte entweder fliehen oder ihre Jungfräulichkeit verlieren. Denn lange würde sie dem Prinzen nicht mehr widerstehen können. Obwohl sie ihn verabscheute, weckte er Gefühle in ihr, die viel zu aufregend waren, als daß Heather sie noch lange würde ignorieren können.

Also mußte sie so schnell wie möglich fliehen und auch irgendwie April finden. Dann würden sie beide nach

England zurückkehren. Und wenn sie zu Fuß gehen müßten!

Nur wenige Menschen waren zu dieser frühen Stunde schon am Strand. Jetzt wäre der Zeitpunkt günstig. Wenn Abdul erst mit der Garde des Prinzen eingetroffen war, wäre eine Flucht äußerst schwierig, wenn nicht gar unmöglich.

Und auf welchem Wege sollte sie fliehen? Am fast menschenleeren Strand sah sie die zwei Boote vom Vortag liegen.

Das größte Problem wäre die Verkleidung. Als alleinreisende Frau würde Heather auffallen und wäre auch zu sehr gefährdet. Leider besaß sie keine Landestracht. Doch tief unten in ihrer Truhe hatte sie vor den prüfenden Augen ihrer Mutter ihre Stallburschenkluft verstecken können, die sie zu Hause beim Reiten trug.

Sie durchwühlte ihre Truhe und zog die abgewetzten Hosen, die engen schwarzen Schaftstiefel und die weite Mütze hervor. In Windeseile war sie angekleidet und hatte auch ihre üppige Mähne unter der Mütze verstecken können. Sie warf die übrige Kleidung auf ihr Bett, legte die Decke darüber und schlug die Kleidungsstücke noch etwas in Form. Omar könnte man damit bestimmt täuschen.

Dann lief sie zur Tür und horchte. Wo Khalid jetzt wohl sein würde? Vorsichtig öffnete sie die Tür — Omar würde sich einen ordentlichen Rüffel einhandeln dafür, daß er sie nicht abgeschlossen hatte — und lugte hinaus. Niemand war zu sehen.

Auf Zehenspitzen lief sie die Korridore entlang, immer eng an die Wand gepreßt.

Khalid war früh aufgestanden und hatte mit Argus seine Runde gemacht. Vielleicht half die frische Seeluft, einen klaren Kopf zu bekommen.

Er war in Gedanken wieder bei dem Attentat. Wer hätte ein Interesse daran, Murad umzubringen? War es ein verrückter Einzeltäter, oder steckte eine möglicherweise staatsbedrohende Verschwörung dahinter? Er hatte keinerlei Anhaltspunkte. Und er konnte sich einfach nicht zwingen, diesen süßen rothaarigen Teufel aus seinem Kopf zu verbannen. Mutig, sinnlich, stolz, verführerisch. Nein, es durfte nicht sein. Wenn er sie unter anderen Umständen kennengelernt hätte ...

Im Namen Allahs! Solche Gedanken durfte er niemals wieder hegen. Dieser Teufel war die Verlobte des Wiesels und ihm von Allah als Instrument der Rache geschickt.

Nachdenklich blickte Khalid von den Zinnen des Palastes, wo nächtens angeblich die christliche Prinzessin ihr Unwesen trieb, hinunter auf den menschenleeren Strand. Plötzlich sah er, wie sich dort unten etwas bewegte.

O Allah! Natürlich! Wer hätte es sonst sein können? Khalid drehte sich auf dem Absatz um und rannte los. Argus sprang fröhlich hinterher und freute sich umsonst auf ein Spiel.

Einige Minuten lang hielt sich Heather in den Felsen, die den Strand begrenzten, verborgen. Dann spurtete sie los, schob unter viel Ächzen und Keuchen ein Boot ins Wasser, sprang hinein und ruderte los.

Jetzt galt es, April zu finden. In welcher Richtung lag Maliks Haus? Hoffentlich würde das Boot durchhalten. Aber alles wäre besser, als die Geliebte eines Heiden zu sein und damit entehrt!

Du wirst ihn also nie mehr wiedersehen. Aber in die Erleichterung mischte sich Bedauern. Heather warf einen letzten Blick zurück an den Strand. Als ob er Gedanken lesen konnte, stand Khalid dort und blickte ihr eher belustigt als verärgert nach. Jetzt hat er den Verstand verloren, dachte Heather. Seine Gefangene will entkommen und er schaut tatenlos zu ...

Khalid sah zu, wie sich seine zarte Wildblume mit den schweren Rudern abkämpfte.

»Argus, Platz.« Er hatte sich schon die Hosenbeine hochgerollt und sprang nun in das zweite Boot. Fast gemütlich ruderte er los. Sie hatte sich dummerweise das lecke Boot ausgesucht. Weit würde sie damit nicht kommen.

Heather versuchte verzweifelt, ihren Vorsprung auszubauen, doch der Prinz hatte sie bereits nach wenigen Minuten eingeholt. Nun tat sie so, als sei sie allein auf hoher See und ignorierte ihn völlig.

»Guten Morgen, süße Lady.«

Heather reckte ihre Stupsnase in den Himmel.

»Ich sagte guten Morgen.«

»Ich bin nicht taub.«

»Ein wunderbarer Morgen für einen kleinen Bootsausflug, nicht wahr?«

»Ja, wirklich sehr belebend.« Heather hatte beschlossen, sein Spiel mitzuspielen.

»Wo solls denn hingehen?«

»Nach Hause.«

»Bei mir ist dein Zuhause.«

»Nein, in England ist mein Zuhause.«

»Ach, nach England willst du? Das wird in diesem Boot leider unmöglich sein.«

Heather schaute ihn flüchtig an. »Doch. Laß mich gehen, bitte.«

»Dann würdest du leider ertrinken.«

»Ich rudere an der Küste entlang.«

»Besser wäre es, du gehst die Küste entlang. Dein Boot leckt.«

»Das glaube ich nicht.« Heather ruderte noch immer entschlossen weiter.

»Dann schau mal auf den Boden.«

Heather stieß einen ganz und gar undamenhaften Fluch aus, als sie die Wasserpfütze auf dem Boden sah. Im nächsten Moment wurde sie blaß vor Schreck. »Ich kann nicht schwimmen.«

Khalid ruderte näher heran. »Komm, klettere hinein, aber sei vorsichtig, daß du uns nicht umkippst.«

Auf staksigen Beinen balancierend kletterte Heather in

Khalids Boot. Sie setzte sich ihm gegenüber. Für einen langen stummen Augenblick sahen sie sich in die Augen. Dann drehte Heather den Kopf zur Seite, und Khalid griff wieder nach den Rudern.

Am Strand setzte er sie mit einem ordentlichen Plumps auf den Sand. »Außerhalb meines Machtbereichs lauern Gefahren, deren Ausmaß du gar nicht begreifen kannst«, warnte er sie. »Du kannst froh sein, daß ich dich entdeckt habe.«

Heather schüttelte den Arm ab, den er um sie gelegt hatte. »Froh sein? Froh sein darüber, deine Gefangene zu sein?« Sie hatte die Hände in ihre Hüften gestemmt und sah in ihrer Entrüstung nur noch begehrenswerter aus. »Du hast doch das Boot extra am Strand gelassen, um mich hereinzulegen.«

»Ich würde nie wollen, daß dir etwas zustößt. Und die meisten Frauen wären geehrt, wenn ich sie zu meiner Konkubine machen würde.«

»K-K-Konkubine?« stotterte Heather.

Der nun folgende Wutausbruch wurde von Argus unterbrochen, der an Heather hochsprang, ihr seine Pfoten auf die Schultern legte und zärtlich das Gesicht schleckte.

»Igitt. Hol sofort diesen Köter ...«

Heather hatte gerade eine wichtige Lektion gelernt. Man sollte nie reden, während ein Hund einen küßt. Denn nun hatte er sie nicht auf den Mund, sondern in den Mund geküßt.

»Argus, Platz.« Khalid konnte sich ein Grinsen nicht verkneifen. »Das ist der Beweis«, setzte er hinzu.

»Was für ein Beweis?« Heather wischte sich ausführlich den Mund ab.

»Argus mag Frauen, weil sie dumm sind. Und dich scheint er ja nicht nur zu mögen, sondern ...«

Entrüstet warf Heather den Kopf zurück. »Jedenfalls ziehe ich seine Küsse deinen vor«, schnaubte sie.

Khalids Stimme wurde heiser. »Stimmt das wirklich, Wildblume?« Er zog sie an sich.

Obwohl sie seine Gegenwart erregte, täuschte Heather Gleichgültigkeit vor. »Du kannst es ja mal ausprobieren.«

»Dann mußt du dir vorher den Mund auswaschen. Ich habe Argus heute nämlich bei der Morgentoilette überrascht.«

»Bäh.« Heather verzog angewidert das Gesicht und hätte sich am liebsten den Mund mit Meerwasser ausgespült. Sie guckte verächtlich auf Argus. Der bellte fröhlich und wedelte mit dem Schwanz.

Khalid griff sie am Arm und zog sie hinter sich her in den Palast. Er brachte sie zu ihrem Zimmer, wo Omar schon zitternd vor der Rache des Prinzen wartete.

»Wie konnte sie entkommen?« fragte Khalid und hob dabei den rundlichen Omar an seinem Kragen in die Luft.

»Wie?« schluckte Omar hilflos. »Ich verstehe nicht.«

»Durch die Tür«, erklärte Heather.

»Du hast die Tür unverschlossen und unbewacht gelassen?« Khalid schüttelte den armen Omar und warf ihn dann auf eines von Heathers Sitzkissen.

Heather schrie auf und war sofort an Omars Seite. »Hast du dir weh getan?«

Omar schüttelte den Kopf, immer noch zitternd vor Fucht.

»Omar trifft keine Schuld.« Jetzt ging Heather auf Khalid los. »Wie kannst du jemanden angreifen, der schwächer ist als du? Das ist gemein.«

»Sei still«, schrie Khalid.

Omar warf stumme Blicke nach rechts und links. Es würde keine tapferen und starken Söhne geben. Der Prinz und seine Gefangene würden sich nicht lieben. Er, Omar, würde nicht reich werden. Nur einen ausgerenkten Hals bekäme er als Belohnung für all seine Mühen. O Allah!

»Diese Teufelin ist meine Gefangene. Ich wünsche, daß sie als solche behandelt wird«, sagte Khalid zu Omar.

»Teufelin?« fragte Heather empört.

Khalid warf ihr einen kühlen Blick zu und ging zur Tür.

»Omar, sorge dafür, daß die Lumpen, die sie trägt, verschwinden. Am besten verbrennst du sie.«

Die Tür fiel krachend ins Schloß.

»Schlimmes wird der Frau widerfahren, die versucht, besser zu sein als Männer.« Ganz wörtlich konnte Omar den Koran allerdings nicht zitieren.

»Oh, du Undankbarer! Ich habe dich gegen ihn verteidigt.«

»Frauen müssen vor dem Barte des Mannes Respekt haben«, sprach Omar weiter.

»Das könnte dir so passen«, fauchte Heather.

»Ihr habt mich blamiert«, jaulte Omar. »Und wir werden nie reich werden.«

»Laß mich jetzt allein. Und vergiß nicht, die Tür abzuschließen. Sonst zwingst du den Prinzen, dich zu töten.« Heathers Geduld war erschöpft.

Omar rollte in stummer Verzweiflung mit den Augen. Diese kleine Heidin gab Befehle, als sei sie eine kaiserliche Prinzessin. Wieso gab sie sich dem Prinzen nicht endlich hin? Frauen würden Omar ewig ein Rätsel bleiben. Vor allem diese hier. Allah sei gelobt, er mußte sie auch nicht verstehen. Er mußte nur ihr treuer Eunuch sein.

Gegen Nachmittag schritt Khalid hinunter in den Schloßhof und begrüßte dort seine Männer. Abdul und seine Garde kamen geradewegs von Malik. Khalid entließ die anderen und unterhielt sich mit Abdul.

»Ist die Reise gut verlaufen?«

»Ja, Herr. Und Eure?«

»Der Aufenthalt in Istanbul hat leider nichts ergeben«, antwortete Khalid. »Reine Zeitverschwendung.«

»Warum, Herr?«

»Mihrimah hat mir ihre übliche Verachtung entgegengebracht«, antwortete Khalid. Die Bitterkeit in seiner Stimme war ihm nicht bewußt. Immer, wenn er von seiner Mutter sprach, klang er so. »Murad hat keinerlei Verdacht; Nur-U-Banu glaubt, daß Lyndar dahintersteckt.«

»Lyndar?«

»Eine neue Favoritin meines Onkels«, antwortete Khalid. »Sie hat ihm gerade einen Sohn geboren und ihn zu Ehren meines Bruders Karim getauft.«

»Keine Mutter will, daß ihr Sohn in Gefahr gerät oder sogar getötet wird«, sagte Abdul. »Und wenn Selim etwas zustoßen sollte und Murad Sultan würde, dann wäre das Leben des Jungen verwirkt.«

»Der Junge ist ein Krüppel. Er kann gar keinen Anspruch auf das Sultanat erheben. Kein Mann würde sich für einen Krüppel in einen Bürgerkrieg stürzen.«

»Aber würde diese Lyndar denn eine Sache weiter verfolgen, die so aussichtslos scheint?«

»Mit Ausnahme meiner Mutter wäre auch keine Frau in der Lage, ein solches Attentat zu organisieren.«

»Und was glaubt Ihr?«

»Ich hatte wenig Zeit, wirklich darüber nachzudenken«, mußte Khalid zugeben.

Die Andeutung eines Lächeln erschien auf Abduls Gesicht. »Eure kleine Gefangene?«

»Heute morgen wollte sie fliehen. Glücklicherweise leckte das Boot, das sie für die Flucht gestohlen hatte.«

»Ich bin erleichtert, daß diese Ungläubige Euch nicht gleich die Kehle aufgeschlitzt hat! Irgendwelche Nachrichten vom Wiesel?«

Khalid schüttelte den Kopf. Ein Bote mit einer Brieftaube kam auf ihn zu. Ehrerbietig reichte der Diener ihm die Nachricht und machte sich unter Verbeugungen gleich aus dem Staub. Denn sollte die Nachricht eine schlechte sein . . .

Khalid überflog die Zeilen.

»Nun hat jemand versucht, Lyndar und ihren Sohn umzubringen.« Sein Gesicht hatte sich verfinstert.

»Wo ist das passiert? Und wie?« Daß sich jemand unerlaubt Zugang zum Topkapi erzwingen könnte, beunruhigte beide Männer.

»Das steht hier nicht in der Nachricht meiner Mutter. Wir werden morgen nach Istanbul reisen.«

»Das würde wohl Lyndars Unschuld beweisen«, bemerkte Abdul.

»Mihrimah sagt noch, es gäbe Anzeichen für eine Mittäterschaft von Fougere.«

»Das Wiesel! Dieser Name paßt wie kein zweiter«, knurrte Abdul.

»Herr!« Omar kam völlig außer Atem auf Khalid zugelaufen. »Ich habe Euch überall gesucht.« Er war so durcheinander, daß er noch nicht einmal Khalids Erlaubnis abwartete, um ihn anzusprechen.

»Nun hast du mich ja gefunden.«

»Wer ist denn das?« fragte Abdul und schaute auf den Eunuchen herab.

»Meine Mutter hat Omar gekauft, damit er sich um meine Gefangene kümmert«, antwortete Khalid. »Leider bewacht er sie nicht.«

Omar nickte stolz zu Abdul hoch. Doch dann schrie er: »Sie hat auf mich eingestochen.«

»Wer hat auf dich eingestochen?« fragte Khalid. »Und wieso bist du dann nicht tot?«

»Oder blutest zumindest«, lachte Abdul.

»Das ist nicht komisch«, protestierte Omar. »Eure Gefangene war eingeschlafen, und ich hörte sie plötzlich aufstöhnen. Natürlich bin ich sofort zu ihr geeilt. Als ich mich über sie beugte, schrie sie nach ihrem Vater und dann stach sie auf mich ein.«

»Woher hatte sie das Messer?« wollte Khalid wissen.

»Sie hatte keins. Sonst würde ich nicht hier stehen. Sie hätte mich sicher umgebracht. O Allah, sie hat furchtbare Alpträume.«

Khalid blickte hoch zu Heathers Gemächern. Es war ihm, als hätte sich dort am Fensterrand etwas bewegt.

Genug ist genug, entschied er in diesem Augenblick. Wortlos ließ er Abdul und Omar zurück und ging entschlossenen Schrittes zu ihr.

»Heather, hör mir zu. Du hast keine Schuld am Tod deines Vaters.«

»Was?« Heather schaute ihn verständnislos an.

»Du wirst nie wieder vom Tod deines Vaters träumen. Das ist ein Befehl.«

»Du wagst es . . .?«

»Natürlich wage ich es. Du störst den reibungslosen Ablauf meines Haushalts und verängstigst meine Diener.«

»Wen habe ich verängstigt?«

»Omar zittert jetzt noch wie Espenlaub. Du hast im Schlaf auf ihn eingestochen. Kannst du dich daran gar nicht erinnern?«

Heather wurde blaß. »Habe ich ihn verletzt?«

»Nein, du hattest ja keine Waffe.«

»Und wieso dann die ganze Aufregung?« fragte Heather wütend.

»Mäßige deine Zunge, Sklavin.«

»Zumindest meine Träume gehören mir. Du kannst sie mir nicht wegnehmen.«

»Dich trifft am Tod deines Vaters keine Schuld«, versuchte es Khalid noch einmal. »Ja, du magst ungehorsam gewesen sein, aber es war das Schicksal deines Vaters, an diesem Tag zu sterben.«

Heather schlug sich die Hände über die Ohren. Sie wollte darüber nicht reden.

»Du wirst mir jetzt zuhören!« Khalid riß ihr die Hände herunter und schüttelte sie. »Ein zehnjähriges Mädchen kann keinen erwachsenen Mann aus der Hand von Mördern befreien. Du . . .«

In diesem Augenblick schlug ihm Heather mit der flachen Hand ins Gesicht. »Mein Vater war ein wunderbarer Mensch. Er war liebevoll, ehrlich, gerecht. Er hat immer gesagt, ich sei sein Schatten, weil ich ihm überallhin folgte. Und das einzige Mal, daß ich ungehorsam war ... Du beschmutzt das Andenken meines Vaters, wenn du über ihn redest.«

Khalid starrte mit offenem Mund auf Heather. Noch niemand hatte es gewagt, ihm ins Gesicht zu schlagen.

Doch es war nicht nur Kühnheit, es war auch Dummheit, ihn so herauszufordern.

Sie ist nur völlig durcheinander, sagte er sich. Sie weiß nicht, was sie tut.

Ach nein? Die zukünftige Ehefrau des Wiesels soll nicht wissen, was sie tut? Du bist ein Narr, Khalid!

»Geh mir aus den Augen. Du bist widerlich. Ich verachte dich«, sagte Heather matt.

»Ich suche nicht deine Zuneigung«, gab Khalid zurück. Auch wenn er es sich nicht anmerken ließ, hatten ihn ihre Worte wirklich verletzt. Er erwartete nichts anderes von Frauen, und bislang hatte er auch immer recht behalten.

»Du bist das Werkzeug meiner Rache.« Nun klang seine Stimme unheilverkündend. »Ich wollte es dir nicht erzählen, doch nun muß es sein. Ich werde dich auf einer Sklavenauktion verkaufen und damit das Wiesel aus seinem Bau locken. Du wirst an den verkauft, der am meisten für dich bietet. Und das Wiesel wird nach der Auktion seinem Schöpfer im Himmel gegenübertreten, so wahr ich hier stehe!«

Heather zuckte zurück. Ihre Knie wurden weich. Sie bedeckte ihr Gesicht mit den Händen und sank in sich zusammen.

Diese Reaktion hatte er erreichen wollen. Khalid stürmte aus dem Zimmer, aber er vergaß nicht, die Tür hinter sich zuzuschließen.

O Gott! Auf einer Auktion verkauft, wie ein Stück Vieh! Wer könnte so etwas tun? Nur ein Ungeheuer könnte eine Frau wie eine Ware verkaufen. Und Khalid hatte sie geküßt, er hatte sie berührt, er hatte sie im Arm gehalten. Wie konnte er ihr das antun?

Die Tür war verschlossen. Jetzt war sie wirklich gefangen.

Sie würde sich umbringen.

Nein. Selbstmord war eine Todsünde.

Sie würde tapfer sein. Sie würde nicht weinen. Sie würde irgendwie entkommen und bald die Gattin von

Savon Fougere sein. Und dann würde sie grausame Rache nehmen.

Am nächsten Morgen sah Heather, wie Khalid im Hof sein Pferd sattelte und mit Abdul den Palast verließ. Sie sollte ihn nicht mehr wiedersehen ... bis zu jenem grauenvollen Tag.

Kapitel 10

»Es ist mir immer ein Vergnügen, Euch wiederzusehen, Prinz Khalid.«

»Wirklich?« Khalid durchbohrte den schnurrbärtigen Franzosen mit seinem Blick.

»Aber natürlich.« Der Duc de Sassari ließ sich dadurch nicht aus der Ruhe bringen. »Ich meine immer, was ich sage.« Er blickte sich um. »Eine beeindruckende Versammlung.«

Beide standen in dem aufwendig eingerichteten privaten Salon von Akbar, dem Sklavenhändler. Istanbuls Prominenz hatte sich versammelt, um der Auktion von Heather beizuwohnen.

Der dreißigjährige Duc de Sassari war ein gutaussehender Mann, groß, breitschultrig, mit dunklem Haar und dunkelbraunen Haaren. Er schien immer zu lächeln. Khalid mochte ihn nicht und vertraute ihm ebensowenig.

»Wie geht es meiner Schwester?« fragte de Sassari, um die unangenehme Stille zu beenden.

»Eurer Schwester?«

»Meine Halbschwester Lyndar ist eine der Konkubinen von Sultan Selim.«

»Sie ist keine Konkubine mehr. Sie hat Selim kürzlich einen Sohn geschenkt.«

»Das ist ja eine wunderbare Neuigkeit!« Und diesmal wirkte das Lächeln de Sassaris echt.

Khalid suchte nach einem bestimmten Gesicht, doch vergeblich. »Hattet Ihr Fougere meine Nachricht nicht zukommen lassen?« fragte er den Duc.

»Mein Cousin ist ein Feigling. Ihr werdet heute vergeblich auf ihn warten«, antwortete de Sassari.

»Fougere liegt nichts an seiner wunderschönen Verlobten?« Khalid war enttäuscht. Ein Mann, der eine so außergewöhnliche Frau im Stich lassen würde, war für ihn kein Mann. Sollte er die Auktion abblasen und Heather für sich behalten?

»Ihr wißt, daß Ihr nicht für Fougere bieten dürft«, warnte Khalid.

»Er hat kein Interesse mehr an dieser Frau, die nun befleckt und entehrt ist. Sie war eine Engländerin, die er zudem nie kennengelernt hat.«

»Wie Ihr wißt, ist das Zahlungsmittel Gold, und der Kaufpreis muß entrichtet werden, bevor die Ware Eigentum des Käufers wird.« Khalid versuchte vergeblich, die in ihm hochsteigende Wut zu unterdrücken. Wieso war er plötzlich so wütend? Hatte er Angst um Heather? Oder war er enttäuscht, daß sein Plan nicht aufgehen würde?

»Meine Taschen sind mit Gold gefüllt«, erwiderte der Duc. »Warum behaltet Ihr sie eigentlich nicht selbst?«

Khalid ignorierte diese Frage. Er blickte in die Gesichter der Männer, die in wenigen Minuten für Heather bieten würden. Wer von ihnen würde den Zuschlag erhalten? Wie würde es ihr bei ihrem neuen Besitzer ergehen? Wäre ihr neuer Herr geduldig und verständnisvoll oder grausam und gewalttätig? Und wer würde sie nachts tröstend im Arm halten, wenn ihre Alpträume sie beängstigten?

Malik schlenderte herein. Ohne ein weiteres Wort ließ Khalid den Duc de Sassari stehen und ging auf seinen Freund zu.

»Ich bin froh, daß du gekommen bist.«

Malik lächelte. »Hast du Fougere schon gesehen?«

»Der Duc de Sassari ist hier.« Khalid deutete auf den Franzosen. »Ich frage mich, in wessen Auftrag er bietet.«

»Ich habe dir gleich gesagt, daß das Wiesel in seinem Bau bleiben wird. Und wo ist deine Wildblume?«

Khalid zuckte mit den Schultern. »Akbar wird sie wohl an einem sicheren Ort untergebracht haben.«

»Hoffentlich sind die Wände so dick, daß man ihre Wutausbrüche nicht hört. Ach, das hatte ich ganz vergessen, Akbar setzt seine Ware häufig unter Drogen.«

»Was?« Khalid war unangenehm überrascht.

»Das wußtest du nicht? Aber sicherlich nichts, worüber du dir Sorgen machen mußt. Akbar verabreicht nur ein entspannendes Mittel, um seine Ware fügsamer zu machen. Wie hat sie denn die Nachricht überhaupt aufgenommen?«

Khalid antwortete nicht und versuchte auch, die Gefühle in seinem Gesichtsausdruck nicht sichtbar werden zu lassen. Er konnte sich an ihr letztes Treffen noch viel zu gut erinnern. An ihre völlige Verzweiflung, ihre Wut, ihre Enttäuschung.

Sie hatte ihn mit der einzigen Waffe bekämpft, die ihr zur Verfügung stand — ihren Worten. Khalid wußte, daß er aus Wut so gehandelt hatte. Er hatte sich schon einmal geschworen, einem Schwächeren nie wieder weh zu tun. Und Heather war schwächer als er.

»Mein süßes Vögelchen ist völlig überglücklich, daß ich ihr Heather mitbringen werde«, sagte Malik und ging ganz bewußt aufs Ganze.

Der Prinz ging beinahe auf Malik los. »Was hast du da gerade gesagt?«

»Na ja, ich wollte ...«

»Ich habe dich schon beim ersten Mal verstanden.« Daß sein bester Freund in wenigen Minuten die Frau besitzen könnte, die er begehrte, war zuviel für Khalid.

Lärm an der Tür ließ die beiden aufblicken. Sechs kaiserliche Leibwächter betraten den Salon und überflogen die Anwesenden. Dann trat Murad ein, gefolgt von weiteren Leibwächtern. Er steuerte auf Khalid zu.

»Ich hatte dich gebeten, Topkapi nicht zu verlassen«,

sagte Khalid so leise, daß es nur Malik hören konnte. »Die Straßen von Istanbul sind im Moment viel zu gefährlich für dich.«

»Die Straßen von Istanbul sind mir gleichgültig«, erwiderte Murad und zwinkerte Malik verschwörerisch zu. »Ich wollte mir diese kleine Barbarin ansehen und meinem Harem vielleicht einen weiteren Edelstein hinzufügen.«

»Sie ist das Risiko nicht wert«, antwortete Khalid. »Ich werde Akbar jetzt ein Zeichen geben, damit er beginnen kann.« Und damit stürzte Khalid davon.

»Und, was denkt Ihr?« fragte Malik.

»Es hat den Anschein, als würde mein Cousin seine Gefangene begehren.«

»Ihr hättet sie zusammen sehen müssen«, sagte Malik. »Sie entflammt seine Sinne, wie ich es bei Khalid noch nie gesehen habe. Sie ist wie geschaffen für ihn. Wir müssen ihm helfen, seine wahren Gefühle zu erkennen, sonst ist es vielleicht zu spät.«

»Das wilde Tier des Sultans hat keine Chance gegen den Löwen von Istanbul und den Laich des Hais«, erwiderte Murad.

»Der Löwe von Istanbul?« Malik mußte mühsam ein Lächeln unterdrücken. Den Erben des Sultans zu beleidigen, könnte schlimme Folgen haben.

»Ich habe beschlossen, daß ich ab jetzt so genannt werde«, sagte Murad.

Nun durfte Malik lächeln und neckte Murad auch gleich: »Ich dachte eigentlich, man kennt euch als Frauenheld von Istanbul!«

Nun grinste Murad. »Daran hat sich nichts verändert. Aber Löwe von Istanbul klingt doch wesentlich würdevoller.«

»Was grinst ihr beide denn so?« Khalid stand wieder neben ihnen. Seine Laune verschlechterte sich minütlich.

»Wir haben uns über Tiere unterhalten«, antwortete Murad.

»Willst du näher am Podium stehen?« fragte Khalid seinen Cousin.

»Nein, ich sehe sehr gut von hier«, antwortete Murad.

Durch eine von einem Vorhang verdeckte Tür betrat nun Akbar seinen Salon und stieg auf das Podium. Ein erwartungsvolles Raunen ging durch das Publikum.

Akbar war teuer und farbenprächtig gekleidet, wie es sich für den bekanntesten Sklavenhändler Istanbuls geziemte. Er blickte im Salon umher und lächelte den bekanntesten und einflußreichsten Männern zu. Akbars Ware genoß einen sehr guten Ruf, und mit diesem einzigen Verkauf könnte er sich zur Ruhe setzen. Akbar drehte sich zur Seite und klatschte zweimal in die Hände.

Der Vorhang öffnete sich. Omar hatte ebenfalls seine beste Kleidung angelegt. Er führte eine in weiß gekleidete Gestalt auf das Podium. Nur Heathers grüne Augen, die jetzt einen unnatürlichen Glanz angenommen hatten, waren zu sehen.

Sie stolperte auf der Treppe zum Podium, wankte und konnte von Omar erst in der letzten Sekunde aufgefangen werden. Er flüsterte ihr etwas ins Ohr und geleitete sie dann vorsichtig die restlichen Stufen hoch.

»Die Barbarin scheint doch recht fügsam zu sein«, bemerkte Murad.

»Akbar muß ihr eine hohe Dosis ...« Malik brach ab, als er das Gesicht seines Freundes sah.

Khalid war verärgert. Seine vollen Lippen waren schmal, die Narbe an seiner Seite wurde weiß vor Wut.

»Meine Herren, ich bitte um Ihre Aufmerksamkeit«, eröffnete Akbar die Auktion. »Prinz Khalid bietet großzügig diese exotische Blüte zum Verkauf an. Ihr Eunuch ist im Kaufpreis enthalten. Das Zahlungsmittel ist Gold. Der Verkaufspreis muß in voller Höhe entrichtet werden, bevor die Ware in Empfang genommen werden kann.«

Akbar nickte Omar zu, der nun mit großem Trara den Schleier von Heathers Gesicht entfernte. Zwanzig Männern verschlug es den Atem.

Akbar lächelte. »Eine Jungfrau mit dem Gesicht eines . . .«

»Einhundert Goldmünzen«, rief Malik.

Wütend drehte sich Khalid zu seinem Freund. Doch Malik grinste ihn nur an.

»Einhundertfünzig Goldmünzen«, rief jemand weiter vorne.

Khalid verrenkte sich den Hals, um festzustellen, wer es gerade gewagt hatte, für seine Wildblume zu bieten. Daß jeder Mann in diesem Raum aus diesem Grunde anwesend war, war jetzt völlig unerheblich. Murad und Malik tauschten einen wissenden Blick aus.

»Wer war das?« fragte Khalid.

»Graf Orcioni«, antwortete Murad.

»Ich habe noch nie von ihm gehört.«

Malik zwinkerte Murad zu und antwortete: »Der berühmte Bordellbesitzer von Pantelleria. Er ist ein Freund des Duc de Sassari.«

Akbar nickte dem Eunuch zu. Omar zog Heather den bodenlangen weißen Kaftan weg, unter dem sie nur einen winzigen Bolero und durchsichtige Haremshosen trug. Sie wankte wieder.

»Allah«, knurrte Khalid. »Was hat ihr der Kerl eingeflößt? Sie kann ja kaum richtig stehen.«

»Wundervolles üppiges Haar, dessen Farbe an einen Sonnenuntergang erinnert.« Akbar war ein guter Verkäufer.

»Zweihundert Goldstücke!« Dieses Gebot kam von einem dicken, häßlichen Mann.

»Wer ist das? Den habe ich nicht eingeladen.«

»Yagli Cirkin«, antwortete Malik und tat völlig überrascht. »Du kennst ihn nicht? Na ja, man sagt, er, ach, vergiß es . . .«

»Was?«

»Er ist dafür bekannt, daß er seine Frauen schlägt«, mischte sich Murad ein.

Khalid knurrte wie ein gereizter Bär und konnte nur

mit Mühe von seinen Freunden zurückgehalten werden, auf diesen Bieter loszugehen.

»Zweihundert Goldmünzen. Wer bietet mehr? Eine Haut wie feinste Seide.«

»Dreihundert«, rief der Duc de Sassari.

»Eintausend«, sagte Murad.

Alle Männer im Salon drehten sich zu dem zukünftigen Erben des Sultanats. Wenn Murad dieses Weib kaufen wollte, würde niemand mehr wagen, mitzubieten.

Graf Orcioni platzte dazwischen: »Fünfzehnhundert Gold . . .!«

»Zweitausend«, unterbrach ihn Malik.

»Dreitausend«, bot Murad.

Wütend blickte Khalid seine Freunde an, die taten, als würden sie seine Blicke gar nicht bemerken.

Akbar war mit dem Verlauf der Auktion höchst zufrieden. »Dreitausend Goldmünzen, das Gebot von Istanbuls Frauenkenner Nummer eins. Höre ich . . .«

»Viertausend.« Yagli Cirkin rückte so nahe an das Podest, daß er Heather fast berühren konnte.

»Fünftausend«, rief Malik.

Murad nickte Malik zu. »Sechstausend.«

»Tretet näher. Tretet näher, meine Herren. Betrachtet diese zarten Brüste, diese rosafarbenen Brustwarzen. Tretet näher, berührt diese Brüste, die von Allah geschaffen wurden, um Euch Lust zu verschaffen und Eure zukünftigen Söhne zu nähren.« Der Sklavenhändler nickte Omar zu, nun den Bolero zu entfernen.

»Nein«, rief Heather und schubste ihn ungeschickt weg.

Akbar griff nach seiner Ware. Heather versuchte, ihn abzuwehren.

»Halt!« brüllte Khalid. Mit drei großen Sätzen stand er am Podest, sprang hoch, riß dem verdutzten Omar Heathers Yashmak aus der Hand und legte ihn um ihren fast nackten Körper. Heather wankte wieder, und dabei flackerten ihre Augenlider. Khalid fing sie auf.

»Ich habe es mir anders überlegt«, erklärte Khalid dem verblüfften Publikum. »Ich werde die Sklavin behalten.«

Malik und Murad blickten sich an. Sie hatten recht behalten.

»Das ist nicht möglich«, ereiferte sich Akbar. »Die Auktion hat bereits begonnen.«

Khalid warf ihm einen furchteinflößenden Blick zu. »Hast du nicht verstanden?«

»Betrug!« Graf Orcioni war ungewöhnlich kühn.

»Das ist gegen die Regeln«, stimmte ihm Yagli Cirkin bei.

»Ich werde meine Sklavin behalten. Doch ihr könnt euch auf meine Kosten bei Akbar eine andere Ware aussuchen.«

»Ihr wollt jedem der hier Anwesenden eine Sklavin schenken?« fragte Akbar. Im Geiste zählte er schon Tausende von Goldmünzen, die er dafür einheimsen würde.

»Allen außer Yagli Cirkin, den ich nicht eingeladen hatte«, sagte Khalid und warf Akbar einen tödlichen Blick zu.

Er trug Heather auf seinen Armen hinunter. Sofort traten die anderen Männer zur Seite, um dem unberechenbaren wilden Tier des Sultans Platz zu machen.

Khalid ging zu Murad. »Such dir so viele Jungfrauen aus, wie du möchtest«, bot er ihm an.

»Sie ist wirklich eine Schönheit. Doch ich ziehe jüngere Mädchen vor«, antwortete Murad. »Was wirst du mit ihr machen?«

»Da fragst du noch?« lächelte Malik.

Doch nun versetzte das wilde Tier des Sultans dem Löwen von Istanbul und dem Laich des Hais den Schock ihres Lebens.

»Dieses tugendhafte Edelfräulein muß durch eine Heirat geadelt werden«, eröffnete ihnen Khalid knapp.

Stand er selbst etwa auch unter Drogen?

Dann wandte Khalid sich zu Malik: »Bitte bring Omar zum Haus meiner Mutter.« Und damit trug er Heather unter dem Portal hindurch in die Freiheit.

Draußen war es bereits Abend geworden. Die Gläubigen versammelten sich zum Abendgebet, Christen und Juden bereiteten das Abendessen zu.

Khalid schaute in ihr Gesicht, das er so liebgewonnen hatte. Heather schlug die Augen auf und flüsterte seinen Namen. Dann wurde sie wieder ohnmächtig.

»Vergib mir, Wildblume. Ich werde dich nie wieder allein lassen. Von nun an werde ich dich beschützen, solange ich lebe«, flüsterte Khalid.

Abdul tauchte mit den Pferden auf. »Soll ich eine Sänfte bringen?« fragte er.

»Nein.« Khalid hob Heather auf sein Pferd und ritt mit Abdul zum Haus seiner Mutter, vorbei an dunklen Hauseingängen, Seitengassen, vorbei an immer länger werdenden Schatten. Vorbei an einer ganz in Schwarz gehüllten Gestalt, die ihnen nachblickte. Dann schob die Gestalt ihren Kufiyah zur Seite, und man sah das Gesicht. Schmal, verschlagen. Einem Wiesel nicht unähnlich.

Das wilde Tier des Sultans schien zärtliche Gefühle für seine Zukünftige zu hegen, dachte der Comte de Beaulieu. Nun, dann wird meine Zukünftige ihm Vernichtung und Tod bescheren.

Khalid, Heather und Abdul ritten in den Hof des Anwesens von Khalids Mutter ein. Vorsichtig glitt Khalid vom Pferd, um Heather nicht aufzuwecken. Abdul übernahm die Zügel und führte die Pferde in den Stall.

Die überraschte Dienerschaft zerstob, um ihrer Herrin diesen neuesten Klatsch zu berichten. Khalid trug Heather in das Zimmer, das er als kleiner Junge bewohnt hatte und auch heute noch bei seinen seltenen Besuchen bevorzugte.

Vorsichtig bettete er die Schlafende auf ein Ruhebett und zog sie aus. Ihre unvergleichliche Schönheit raubte ihm jedes Mal den Atem. Der Gedanke, sie beinahe verloren zu haben, ließ Khalid schaudern.

Doch nun gehörte sie ihm.

Liebevoll streichelte er über ihr zartes Gesicht und hielt ihre Hand in der seinen. Er liebte sie. Zum ersten Mal in seinem Leben liebte er. Für den großen Prinz Khalid, das Schwert Allahs, das wilde Tier des Sultans war dies eine furchterregende und wunderbare Erfahrung zugleich.

»Du liebst sie. Du hattest nicht genug Mut, sie zu verkaufen. So sieht also deine Rache aus.« Die Stimme hinter ihm kam ihm nur allzu bekannt vor. Schnell legte er eine Decke über Heather.

»Es ist jedes Mal ein schönes Gefühl, dich zu sehen, Mutter«, sagte er gequält und schaute in ihr verächtliches Gesicht.

Mihrimah beugte sich vor, um dieses Wesen zu betrachten, das wohl das Herz ihres Sohnes gewonnen hatte. »Nicht häßlich. Nur diese Flecken auf der Nase gefallen mir nicht. Trägt sie meinen Enkel unter dem Herzen?«

Sie wollte die Bettdecke wegziehen, doch Khalid hielt ihre Hand fest. Er überhörte ihre Frage und wandte sich bereits zum Gehen. »Sie wird mehrere Stunden schlafen. Ich habe noch etwas zu erledigen. Wenn Malik mit Omar hier eintrifft, soll sich der Eunuch um sie kümmern.«

Mihrimah machte keine Anstalten zu gehen. »Wir sollten sie jetzt beide in Ruhe lassen«, ermahnte Khalid seine Mutter.

»Darf ich sie nicht anschauen?« fragte Mihrimah.

»Du wirst sie später kennenlernen. Aber jetzt muß sie sich von der Anstrengung erholen.«

»Nun gut.« Mihrimah lenkte ein und folgte ihrem Sohn. »Doch ich warne dich. Ich will sie spätestens morgen früh kennenlernen.«

»Heute abend.« Khalids Stimme klang gedehnt. »Wenn ich wieder zurückkomme, werde ich sie dir vorstellen.« Er ging schon zur Haustür.

»Wohin gehst du, Sohn?«

»Zum Imam.« Khalid lächelte in sich hinein.

»Wozu?«

»Ich werde bald heiraten, Mutter.« Khalid öffnete die schwere Eisentür und ließ sie hinter sich ins Schloß fallen.

Im Hof traf er Abdul. »Sattle mein Pferd!«

»Herr, ich habe es schon abgerieben und in den Stall gebracht.«

»Gut, dann laß uns zu Fuß gehen.«

»Wohin wollt Ihr denn jetzt noch gehen?«

»Zum Imam.«

Wortlos schritt Abdul neben seinem Herrn her. Kurze Zeit später standen sie vor dem Haus des islamischen Gelehrten.

Khalid schlug mit dem schweren Türklopfer an die Tür. Kurze Zeit später öffnete sich die große Doppeltür knarrend von innen.

»Das wilde Tier des Sultans«, meldete ein Hausangestellter mit vor Schreck schriller Stimme und trat einige Schritte zurück.

Khalid wartete nicht darauf, hereingebeten zu werden, sondern stürmte an den Bediensteten vorbei in die Empfangshalle. Nur einige Sekunden später kam der Imam aus seinen Gemächern gestürzt.

»Prinz Khalid! Wie kann ich Euch zu Diensten sein?« Die Verwunderung über den unerwarteten Besuch war ihm deutlich anzusehen.

»Ich möchte heiraten.«

»Eine gute Idee!« Nun lächelte der Imam. »Dann benötige ich den Namen Eurer Auserwählten und werde meinen Schreibern ...«

»Jetzt«, unterbrach ihn Khalid.

»Wie meintet Ihr?«

»Ich möchte heute noch heiraten.«

»Das ist ein sehr ungewöhnliches Ansinnen«, sagte der Imam. »Die Dokumente ...«

»Das ist kein Ansinnen, sondern eine Anordnung.« Khalid zeigte dem Imam sein drohendstes Gesicht.

»Selbstverständlich.« Der Imam wußte, daß man dem

wilden Tier des Sultans nicht in die Quere kommen sollte. »In einer Stunde können die notwendigen Dokumente vorbereitet sein. Wen wollt Ihr heiraten?«

»Meine Sklavin Heather.«

»Eure Sklavin?« Der Imam war entsetzt. »Ein Prinz heiratet keine Sklavin.«

»Ein Prinz kann heiraten, wen er will.« Khalid klang verärgert.

»Ihr versteht mich nicht. Es ist verboten, eine Sklavin zu heiraten.«

»Schenkt ihr die Freiheit«, schlug Abdul flüsternd vor.

»Ich schenke ihr die Freiheit. Setzt das in den Dokumenten entsprechend ein. Ich werde erst das Papier unterzeichnen, mit dem ich sie aus der Sklaverei entlasse und danach die Heiratsurkunde.«

»Gut ...« der Imam zögerte noch.

»Selbstverständlich werde ich mich erkenntlich zeigen«, setzte Khalid hinzu.

»Es ist möglich, doch es wird etwas Zeit in Anspruch nehmen.«

»Dann werde ich warten.«

»Ich bitte Euch, solange in meinem Salon zu warten. Ich werde Euch Erfrischungen reichen lassen.«

Erst kurz vor Mitternacht verließen Khalid und Abdul wieder die Residenz des Imam. Es war Neumond. Die Straßen waren dunkel, und über der Stadt lag eine fast beängstigende Stille.

»Ich hätte mir nie träumen lassen, ein verheirateter Mann zu sein.«

Abdul warf seinem Herrn einen spöttischen Blick zu. »Ihr hättet es auch mit Schlägen versu ...«

Khalid blieb unvermittelt stehen und hielt eine Hand hoch. Abdul verstummte. Hinter ihnen hörte man Schritte, die nun ebenfalls verstummten. Khalid und Abdul tauschten einen Blick aus. Dann gingen sie rasch weiter. Man hörte das Trippeln von Schritten, die sie einzuholen versuchten.

Khalid und Abdul verlangsamten ihren Schritt und lauschten auf die Schritte des unsichtbaren Verfolgers. Auch sie wurden langsamer.

Khalid bedeutete Abdul, ohne ihn weiterzugehen. Abdul schüttelte den Kopf. Khalid drohte ihm mit Gesten, doch Abdul weigerte sich.

Plötzlich beschleunigten sich die Schritte. Abdul und Khalid drehten sich um und sahen zwei dunkle Gestalten mit gezückten Dolchen auf sie zustürzen. Der größere warf Khalid zu Boden und hob die Waffe, um ihn zu erdolchen.

Blitzschnell trat Khalid dem Mann in die Leistengegend. Vor Schmerz krümmte sich der Angreifer zusammen und war einen Moment lang bewegungsunfähig. Khalid riß ihn zu Boden, entwaffnete ihn und hielt ihm den Dolch an den Hals.

»Allah! Zeigt Gnade«, schrie der Mann auf, als er den Todesschrei seines Kumpanen hörte.

»Wer hat dich geschickt?«

»Fougere«, keuchte der Angreifer.

»Wo hält sich das Wiesel versteckt?«

»Bei Allah, ich weiß es nicht. Er soll verflucht sein.«

Das war das letzte Wort des gedungenen Mörders. Das wilde Tier des Sultans hatte ihm in einer einzigen Bewegung die Kehle durchgeschnitten.

Kapitel 11

Wo zum Teufel, bin ich?

Das war Heathers erster Gedanke, als sie aufwachte. Sie schlug die Augen auf und schloß sie gleich wieder. Das Zimmer, in dem sie lag, war fast dunkel. Nur eine einzelne Kerze flackerte unruhig.

Plötzlich hörte sie ein furchtbares Geräusch, ähnlich dem Grunzen eines Schweins. Entschlossen sprang sie auf und wollte dem Geräusch nachgehen. Dabei stolperte sie über Omar, der an einem Sitzkissen lehnte und furchtbar schnarchte. Offensichtlich hatte ihr neuer Besitzer Omar ebenfalls erworben.

Wie sollte sie mit ihm als Bewacher entkommen? Allerdings hatte sich Omar als Gefangenenwärter bei Khalid nicht besonders hervorgetan. Heather kam plötzlich eine Idee.

Völlig unbekleidet sprang sie im Zimmer umher. Endlich hatte sie gefunden, was sie gesucht hatte — eine Kleidertruhe.

Zu ihrer Erleichterung enthielt sie Männerkleidung. Sie zog eine schwarze Hose heraus, ein Hemd, Turbanstoff und vier Schärpen. Mit einer Schärpe band sie Omars Knöchel zusammen. Dann huschte sie wieder zurück in ihr Bett.

»Omar«, rief sie dann.

Ein grunzender Schnarcher kam als Antwort.

Heather versuchte es etwas lauter. »Omar!« Nichts.

»Omar, hilf mir«, schrie Heather.

Unwillig erwachte Omar aus einem wundervollen Traum. Er war reich geworden, denn der Prinz und seine Sklavin . . .

»Omar!« Jetzt war der Eunuch wach. Mit einem Satz war er auf den Beinen. »Es gibt wunderbare Neuigkeiten. Der Prinz hat . . .«

Mit großem Getöse war Omar kopfüber gestürzt. Einige Sekunden blieb er regungslos liegen, dann stöhnte er auf.

Heather war sofort bei ihm und band ihm die Hände auf dem Rücken zusammen. Dann drehte sie Omars Gesicht zu sich. Seine Nase war blutverschmiert.

»Es tut mir so leid, Omar. Ich hatte keine andere Wahl.«

Omar öffnete den Mund, um Heather von den wunderbaren Neuigkeiten zu berichten, doch statt dessen wurde er geknebelt.

Heather schlüpfte in Hemd und Hose, band sich die

letzte Schärpe als Gürtel um die Taille, stopfte ihre Mähne in einem dicken Zopf in den Rücken des Hemdes und legte sich den *Kufiyah* um den Kopf. Auf den ersten Blick würde man sie so weder als Ausländerin noch als Frau erkennen.

Sie eilte zu Omar zurück. »Ich brauche deine Stiefel«, flüsterte sie.

Omar versuchte sich trotz Knebel bemerkbar zu machen.

»Ich stehle sie nicht, ich leihe sie aus«, betonte Heather, die die Strafe für Diebstahl nicht vergessen hatte. Dann zerrte sie ihm die Stiefel von den Füßen und schlüpfte hinein.

Doch welches war der richtige Weg nach draußen? Eine Tür ging auf einen Garten hinaus. Sie würde diesen Weg nehmen.

»Ich danke dir für deine Hilfe«, bedankte sich Heather artig bei Omar. »Und möge Gott mit dir sein.«

Dann huschte sie hinaus in den Garten. Nun mußte sie nur noch den Pferdestall finden, um dieses unsägliche Gefängnis für immer hinter sich zu lassen.

Plötzlich hörte sie Stimmen, die näher kamen. Heather duckte sich ins Gebüsch.

»Mein Sohn ist ein Feigling und ein Narr«, sagte eine Frau mit einer scharfen Stimme.

»Mutter, das stimmt nicht«, protestierte eine jünger klingende weibliche Stimme.

»Euer Sohn ist der tapferste und klügste Mann, den ich je kennengelernt habe«, sagte eine Männerstimme nachdrücklich.

»Das mußt du sagen, weil du sein Freund bist.« Die ältere Frauenstimme ließ sich nicht beirren. »Den Feind unserer Familie . . .«

»Mutter, wir haben Malik noch gar nichts angeboten. Er möchte bestimmt etwas trinken, während er auf Khalid wartet. Oder er hat vielleicht Hunger.«

Malik? Freund der Familie? Heather erschrak. Anscheinend hatte sie die Mutter des Untiers gekauft. Nun würde sie erst recht alles daran setzen zu fliehen. Die Sklavin des Menschen zu sein, der dieses Ungeheuer in die Welt gesetzt hatte, nein, niemals!

Aber daß ihn auch seine Mutter nicht liebte? Das war unnatürlich. Und traurig.

Du mußt nicht die Probleme der anderen lösen, warnte sich Heather. Daß diese Mutter ihren Sohn haßte, war Khalids Problem, nicht ihres.

Heather wartete noch eine Weile, bis sie sicher war, daß die drei sie nicht hören würden. Dann ging sie in die entgegengesetzte Richtung und fand tatsächlich die Reitställe.

Vorsichtig trat sie ein und hielt sich ganz nah an den Wänden. In der ersten Box stand Khalids wunderschöner Hengst. Am liebsten hätte Heather dieses Tier genommen, um dem Prinzen eins auszuwischen. Doch Khalid schien es mit dem Gesetz sehr ernst zu nehmen und würde ihr als Strafe für den Diebstahl bestimmt ein oder zwei Finger abhacken, ohne mit der Wimper zu zucken. Immerhin hatte er sie schon auf einer Auktion verkauft wie ein Stück Vieh.

Heather schaute in die nächsten Boxen. Und dann sah sie das Pferd. Eine wunderschöne Braune mit einem weißen Fleck zwischen den Augen. Sie waren füreinander bestimmt.

Sie griff nach dem Zaumzeug, das ordentlich an einem Haken hing. Daß es Insignien des Prinzen trug, bemerkte sie nicht. Ganz ruhig näherte sie sich dem Pferd.

»Meine Schöne, mein gutes Pferd«, schnurrte Heather. Die Stute war sehr ängstlich, doch Heather konnte sie beruhigen, streichelte ihren Hals und legte ihr vorsichtig das Zaumzeug an. Dann die Pferdedecke. Nun noch den Sattel. Heather zuckte zusammen.

Schritte.

Schritte im Stall.

Schritte, die näher und näher kamen.

Ein wahrer Hüne schritt an Heather vorbei und blieb an der Box gegenüber stehen. Auf Zehenspitzen näherte sich Heather ihm. Sie tippte ihn leicht an der Schulter, und als er sich umdrehte, schlug sie ihm mit aller Wucht den Sattel ins Gesicht.

Er fiel wie ein Baum zu Boden und regte sich nicht mehr. Heather beugte sich zu ihm hinab. Es war Maliks ranghöchster Offizier Rashid.

»Tja, groß zu sein ist auch nicht alles«, sagte sie äußerst befriedigt.

Doch nun war keine Zeit mehr zu verlieren. Heather ließ den Sattel neben Rashid liegen, holte die Stute aus der Box und führte sie aus dem Stall. Dann schwang sie sich hoch, und auf ihr Zeichen schoß die Stute los in die Nacht.

Hinter ihr hörte Heather Schreie und Rufe. Zu spät. Die Flucht war geglückt.

»Khalid, nein, hör auf, nicht küssen.« Schlaftrunken drehte Heather ihr Gesicht zur Seite.

Jemand knabberte sanft an ihrer Wange. »Khalid, nein!«

Heather schlug die Augen auf und wollte protestieren. Doch es war nur die sanfte Stute, die mit ihr spielen wollte. »Guten Morgen, du schönes Wesen«, lächelte Heather.

Dann stand sie auf und klopfte sich den Staub aus den Kleidern. Jeder einzelne Muskel tat ihr weh, und ihr Magen knurrte.

Ob Khalid nach ihr suchen würde? Und was wäre wohl die Strafe, wenn er sie fände?

Er würde mich umbringen oder noch Schlimmeres! Man schlägt einen Prinzen nur, wenn man lebensmüde ist.

Aber lieber tot als sich für seine verachtenswürdige Mutter abzurackern. Der Gedanke trieb sie an, obwohl sie Angst hatte, allein zu reisen.

Wenn Khalids Gefühle ihr gegenüber sich verändert

hätten, so wie es bei ihr der Fall war, dann wäre vielleicht alles anders gekommen.

Aber so waren eingeschlafene Füße, ein ausgedörrter Hals und ein knurrender Magen ein Preis, den sie gerne für die Freiheit zahlte.

Irgendwie war es Heather gelungen, sich einen Weg durch den Straßendschungel von Istanbul zu bahnen. Den Rest der Nacht hatte sie dann unter dem Schutz von Bäumen und Büschen entlang einer Karawanenstraße verbracht, aus Angst, doch noch gefaßt zu werden.

Von der Straße her hörte sie Gewieher und Stimmen. Sie blickte durch die Zweige und sah eine große Karawane an ihr vorbeiziehen. Da sie selbst kein Ziel hatte, könnte sie sich ihr ebensogut anschließen. Vielleicht fand sie dort auch etwas Eßbares.

Sie wollte so tun, als gehöre sie zur Karawane, wollte sich aber vorsichtshalber ganz am Ende des Zugs aufhalten. Im nächsten Dorf könnte sie nach dem Weg zu Maliks Haus fragen; dort würde sie um Unterschlupf bitten und wenigstens ihre Cousine wiedersehen.

Obwohl sie als junger Mann verkleidet war, konnte ihr wahres Geschlecht natürlich leicht entdeckt werden. Heather verbannte alle Gedanken an die möglichen Folgen dieser Entdeckung aus ihrem Kopf und versuchte, sich so unauffällig wie möglich der Karawane anzuschließen.

So verging eine Stunde. Dann eine weitere.

Gerade als sich Heather etwas sicherer fühlte, bekam sie Besuch. Einer der Anführer des Zuges ritt auf sie zu. Jetzt war sie Omar dankbar für den Sprachunterricht, den er in den letzten Wochen noch verstärkt hatte. Vielleicht könnte sie den Mann täuschen.

Doch ihr Wunsch ging nicht in Erfüllung.

Der junge Mann schloß mit ihr auf und ritt mehrere Minuten schweigend neben ihr her. Dabei beobachtete er Heather und ihre Stute ausdauernd. Dann entblößte er eine Reihe blitzendweißer langer Zähne und ritt wieder nach vorne an die Spitze des Zuges.

Einige Minuten später bekam Heather wieder Besuch. Ein älterer Mann, der die Karawane zu führen schien, sprach sie auf türkisch an: »Ich möchte gerne mit Euch reden.«

Heather nickte, blieb aber stumm und schaute weiter geradeaus.

Zu klein für einen Mann und zu zart gebaut für einen Jungen, entschied der Fremde. Und ein Blick auf ihre Hände bestätigte seine Beobachtung. Das waren zarte gepflegte Frauenhände.

Zudem trug das Pferd Zaumzeug mit den Insignien von Prinz Khalid, dem gefürchteten Schwert Allahs. Wahrscheinlich hatte diese Konkubine dem Prinzen das Pferd gestohlen und war davongerannt. Sicherlich würde sich der Prinz sehr freuen, wenn ihm sein Eigentum zurückgebracht würde.

»Mein Name ist Koko Kasabian. Ich bin das Familienoberhaupt der Kasabians«, stellte sich Koko vor. »Wir sind Teppichhändler.«

Dann wartete er auf ihre Antwort.

Heather warf ihm einen Blick zu. Er war kleingewachsen, untersetzt und dunkelhäutig. Sein schwarzes Haar begann an den Schläfen grau zu werden.

»Und Ihr?« hakte er nach.

»Malik, der Wüstenfuchs.« Heather versuchte, ihrer Stimme einen tiefen Klang zu geben.

Eher eine Wüstenblume, dachte Koko. Er mußte sich sehr bemühen, ein Lächeln zu unterdrücken. »Und warum folgt Ihr meiner Karawane?«

»Ich folge Euch nicht. Wir haben den gleichen Weg«, antwortete Heather.

»Ihr seid ohne Proviant. Wie weit wollt Ihr reisen, Malik? Oder soll ich Euch lieber Wüstenfuchs nennen?«

»Nennt mich Malik. Ziel und Zweck meiner Reise sind vertraulich.«

»Ihr seid ein Kurier von Prinz Khalid?«

Heather zuckte zusammen.

»Ich dachte, wegen der Insignien des Prinzen dort auf dem Zaumzeug«, Koko zeigte darauf. »Und wieso reitet Ihr ohne Sattel?«

»Ich muß eine dringende Nachricht überbringen. Für das Satteln des Pferdes war keine Zeit«, antwortete Heather.

»Aber dennoch reitet Ihr in einem geruhsamen Tempo«, wunderte sich Koko.

»Die Geschäfte des Prinzen gehen Euch nichts an.«

Dumm ist sie nicht, dachte Koko.

Einige Minuten ritten sie schweigend nebeneinander her. Dann zog Koko aus seiner Satteltasche eine silberne Reiseflasche und bot Heather einen Schluck an.

Begierig zerrte sie sich den Kufiyah herunter und nahm einen tiefen Schluck. Vielleicht würde ihr der Fremde sogar etwas zu essen anbieten? Der junge Mann ritt ihnen wieder entgegen und gestikulierte mit Koko Kasabian. Dann drehte er sein Pferd und preschte nach vorn.

»Das ist mein ältester Sohn Petri«, sagte Koko.

»Was habt Ihr da gerade mit Euren Händen gemacht?« fragte Heather.

»Geredet.«

»Aber Reden wäre doch viel einfacher.«

»Für mich schon«, lächelte Koko, »aber Petri hat keine Zunge.«

»Wie furchtbar!« Heather hatte noch nie gehört, daß ein Mensch ohne Zunge geboren würde.

»Er ist ein guter Sohn. Aber er nimmt es mit der Wahrheit nicht sehr genau. Er ist an jemanden geraten, dem das nicht gefallen hat. Die Strafe dafür war der Verlust seiner Zunge.«

Heather starrte ihn fassungslos an. »Die Strafe für Lügen ist ...« Sie konnte den Gedanken nicht aussprechen.

»Ihr steht in den Diensten von Prinz Khalid und kennt unsere Gesetze nicht?«

Heather antwortete nicht. Sie ärgerte sich über ihre eigene Dummheit.

»Die Straße ist einsam und gefährlich«, sagte Koko. »Wollt Ihr mit uns reisen und die Mahlzeiten gemeinsam einnehmen?«

Heather zögerte. Sie war nicht begierig darauf, entdeckt zu werden. Doch gleichzeitig brauchten sie und das Pferd Schutz und Nahrung.

»Es wäre uns eine Ehre«, fuhr Koko fort. »Selbstverständlich wird die Familie Kasabian Eure Privatsphäre und Eure Geheimmission respektieren.«

Nickend kam Heather der Einladung nach, denn die Aussicht auf Gesellschaft und einige Mahlzeiten war doch zu verlockend.

Zwei Stunden später hielt die Karawane, um den Tieren Wasser zu geben und etwas zu essen. Auf Kokos Anweisung hin kümmerte sich ein Bediensteter um Heathers Pferd.

Heather setzte sich in einiger Entfernung von der Karawane in den Schatten eines Baumes, um nicht in ein möglicherweise entlarvendes Gespräch verwickelt zu werden. Zumindest die Frauen der Familie hielten sie für einen Mann und wahrten Abstand.

Heather war müde und hungrig, und sie hatte Heimweh.

Wie hatte Khalid wohl ihre Flucht aufgenommen? Hatte man Omar bestraft? Sie zweifelte nicht daran.

Heather sah ihn vor sich, wie er hilflos und leblos am Boden lag. Vielleicht war er sogar tot, so wie ihr Vater durch sie gestorben war.

Und Khalid würde furchtbar getobt haben. Sie wurde traurig.

Ein schüchternes ›Hallo‹ riß sie aus ihren Gedanken.

Vor ihr stand ein kleines Mädchen und lächelte sie an. Heather zog sich ihr Tuch bis an die Augen und lächelte zurück.

»Was versteckst du da hinter deinem Tuch?« fragte das Mädchen unverblümt.

»Das ist meine jüngste Tochter Krista«, kam ihr Koko zu

Hilfe, der Heather einige Erfrischungen gebracht hatte. »Jetzt geh zurück zu deiner Mutter.«

Krista blieb trotzig stehen.

»Du beschämst mich vor meinen Gästen«, sagte Koko in einem strengen Ton. »Nun geh.«

Schmollend trollte sich die Kleine von dannen.

»Meine einzige Tochter«, lächelte Koko. »Ihre Mutter verwöhnt sie viel zuviel. Aber nun eßt doch. Warum nehmt Ihr das Tuch nicht ab?«

»Ich esse immer allein, denn den Anblick der tiefen Narben in meinem Gesicht kann ich niemandem zumuten«, log Heather, daß sich die Balken bogen, und biß sich dabei auf die Zunge. Hoffentlich wäre sie nicht zu weiteren Lügen gezwungen, denn dazu lag ihr ihre Zunge doch zu sehr am Herzen.

»Ach so.« Koko genoß dieses Katz-und-Maus-Spiel sehr. »Aber wir Armenier sind sehr abgehärtet. Ihr müßt nicht fürchten, daß sich mir bei Eurem Anblick der Magen umdreht.«

»Trotzdem würde ich lieber allein essen.«

»Wie Ihr wollt.« Mit einer höflichen Verbeugung wandte sich Koko zum Gehen. »Wir werden innerhalb der nächsten Stunde aufbrechen.«

Gierig trank Heather die Ziegenmilch, die ihr Koko gebracht hatte, und knabberte an einem gefüllten Blätterteighörnchen. Dann wischte sie sich zufrieden den Mund an ihrem Kopftuch ab. Manieren wie die Schweine im Stall, hatte Khalid sie gescholten. Wieso mußte sie immer wieder an ihn denken? Sie war dieses Ungeheuer los, sie war frei. Und doch war sie unglücklich.

Heather verschleierte wieder ihr Gesicht und ging nachdenklich zurück zu ihrer Stute. Plötzlich stand Koko neben ihr.

»Ich möchte Euch bitten, mit mir zusammen die Karawane anzuführen.«

»Wenn es Euch nichts ausmacht, Koko, würde ich lieber am Ende des Zuges reiten«, erwiderte Heather.

»Dann werde ich mit Euch zusammen den Zug abschließen«, antwortete Koko ungerührt.

Heather zuckte mit den Schultern und tat so, als ob sie das nicht weiter stören würde. Doch eigentlich wollte sie ihren Gedanken nachhängen ... über Khalid, ihre Flucht, ihr zukünftiges Leben. Und jeder Satz, den sie sagte, konnte sie verraten, denn Heather konnte allein aufgrund ihrer Statur und ihrer Stimme kaum glaubhaft einen Mann darstellen. Daß dieser gerissene Armenier ihr noch nicht auf die Schliche gekommen war, grenzte an ein Wunder. Doch seine Gesellschaft abzulehnen hätte ihn mißtrauisch gemacht.

Anfangs löcherte sie Koko mit Fragen, gab jedoch auf, als Heathers Antworten immer einsilbiger wurden. Es schien Heather, als wolle er ihr eine Falle stellen.

Als die Sonne im Westen unterging, hatte auch die Karawane ihr Nachtlager erreicht und hielt vor einem Gasthof an, der um einen Innenhof gebaut war. Karawansereien dieser Art gab es im ganzen Osmanischen Reich. Sie waren Tagesritte von fünfundzwanzig Kilometern entfernt und konnten so auch von langsam reisenden Großkarawanen genutzt werden. Den Reisenden boten sie eine sichere Unterkunft für Mensch und Tier und eine warme Mahlzeit. Niemand wurde abgewiesen, weil er zuwenig Geld hatte.

Heather stieg ab. Einer der Männer der Familie war sofort an ihrer Seite und bedeutete ihr, daß er sich nun um die Stute kümmern würde. Offenbar hatte Koko seine Männer angewiesen, Heather wie einen wichtigen Gast zu behandeln. Doch Heather wollte sich selbst um ihr Tier kümmern, denn das taten Männer schließlich so.

Koko und Petri standen einige Schritte entfernt und waren gerade in ein lautloses Gespräch mit ihren Händen vertieft.

Koko warf ihr einen Blick zu und grinste. Als sie dann beide ihre stumme Unterhaltung beendeten, beschlich

Heather das ungute Gefühl, Gegenstand dieses Gesprächs gewesen zu sein.

An diesem Abend waren die Kasabians die einzigen Gäste der Karawanserei. Heather betrat zusammen mit Koko den geräumigen Innenhof und setzte sich an einer Wand auf den Boden.

Schon nach einigen Minuten überkam sie die Müdigkeit und sie schlief ein. Ein leichter Schubs an ihren Stiefel riß sie aus dem Schlaf. Vor ihr stand Koko und hielt einen Teller in der Hand.

»Ihr habt sicherlich Hunger«, sagte Koko und reichte ihr den Teller mit gewürztem Hackfleisch und frischem Gemüse.

»Was ist das?« fragte Heather. Allerdings war sie so hungrig, daß sie alles gegessen hätte.

»Lammfleisch.«

»Es sieht roh aus«, bemerkte Heather.

»Es ist roh«, antwortete Koko.

Entsetzt stellte Heather den Teller ab. »Ich bin zu müde, um zu essen. Außerdem muß ich mich um mein Pferd kümmern.«

»Werdet Ihr bald zurückkommen?« hakte Koko nach.

»Ja.«

Im Stall versicherte sich Heather, daß es ihrem braven Fluchtpferd an nichts fehlte, und ging dann wieder zurück in den Gasthof. Petri kam ihr entgegen und grinste sie mit seinen langen Zähnen an. Fast wurde Heather unheimlich.

Vor dem Morgengrauen wurde Heather bereits geweckt. Sie hatte unruhig geschlafen und von abgehackten Fingern und herausgeschnittenen Zungen geträumt. Ihr Magen knurrte vor Hunger. Koko bot ihr als Frühstück ein Blätterteighörnchen an, das sie ihm fast aus der Hand riß und gierig hinunterschlang.

Koko und Heather bildeten den Abschluß der Karawane, die sich bedächtig gen Osten in Bewegung setzte. An der Spitze des Zuges ritt ein ihr unbekannter junger Mann.

»Wer ist das dort vorne?« fragte sie Koko.
»Das ist Demetri, mein zweitältester Sohn«, antwortete Koko stolz.
»Wo ist Petri?«
»Ich habe ihm einen Auftrag gegeben.«
Einige Stunden später, es war mittlerweile Vormittag, durchbrach ein gellender Schrei die Ruhe. Koko ritt sofort nach vorne, um nachzuschauen.
Langsam wünschte Heather, die Kasabians nie kennengelernt zu haben. Khalid war ihr sicher schon auf den Fersen, und allein hätte sie viel schneller reiten können. Hinzu kam die ständige Sorge, sich durch eine unbedachte Äußerung zu verraten.
»Gibt es Schwierigkeiten?« fragte Heather, als Koko zurückkehrte.
»Dummerweise habe ich etwas vergessen«, sagte er mit einem verlegenen Lächeln. »Wir müssen wieder in die Karawanserei zurückkehren.«
»Was?«
»Ich sagte . . .«
»Nichts kann so wichtig oder wertvoll sein, daß man dafür fast einen ganzen Tag opfert«, sagte Heather wütend.
»Mir wäre es gleich«, sagte Koko entschuldigend. »Aber meine Frau ist schon ganz außer sich und besteht darauf, daß wir Krista holen. Und sie ist meine einzige Tochter.«

Kapitel 12

»Ihr habt Eure Tochter vergessen?« Heather war so verblüfft und entrüstet, daß ihre Stimme viel zu hoch und schrill für einen Mann klang.
Koko zuckte ungerührt mit den Schultern. »Das Unerwartete geschieht manchmal öfter, als einem lieb ist. Aber wir Armenier sind sehr . . .«

»Abgehärtet«, unterbrach ihn Heather. Sie würde diese Menschen nie verstehen.

»Genau.« Koko nickte freudig.

»Petri soll Krista holen, und wir warten hier auf sie«, schlug Heather vor.

»Petri ist beschäftigt.«

»Dann meinetwegen Demetri.«

»Nein, wir werden in die Karawanserei zurückreiten und dort auch über Nacht bleiben«, beschied Koko. »Wir verlieren zwar einen Tag, doch das ist nicht so wichtig.«

»Es hat mich gefreut, Eure Bekanntschaft zu machen«, sagte Heather wütend und wollte ihrem Pferd die Sporen geben.

»Ihr wollt alleine weiterreisen? Das ist viel zu gefährlich.« Koko schien ernsthaft besorgt.

»Was soll so gefährlich sein?«

»Banditen könnten Euch überfallen und ausrauben. Sie würden auch vor Mord nicht zurückschrecken.«

»Ich trage nichts Wertvolles bei mir«, erwiderte Heather.

»Ihr habt ein wertvolles Pferd.«

Nun zögerte Heather, denn an die kaiserliche Stute hatte sie nicht gedacht.

»Und als Frau wäre Euer Schicksal noch um einiges schlimmer«, setzte der gerissene Koko hinzu.

Heather zögerte noch immer. »Als Frau?« fragte sie unschuldig. »Wieso?«

»Dieser Abschaum würde jede Frau erst mißbrauchen und dann töten.«

Obwohl sie Angst bekam, ließ sich Heather nicht beirren. »Nein, mein Entschluß steht fest. Ich werde allein weiterreiten.«

»Wie Ihr wollt«, lächelte Koko. »Jeder Mann hat sein eigenes Schicksal, sein Kismet, dem er folgen muß.«

Auf armenisch gab Koko Anweisungen an den Zug, der nun kehrtmachte und sich wieder in Richtung Karawanserei in Bewegung setzte.

Koko wartete, bis der Zug an ihm vorbeigeritten war.

»Auf Wiedersehen, Malik«, sagte er dann. »Möge Allah Euch beschützen«, verabschiedete er sich und ritt seiner Familie nach.

Für eine Weile blickte ihm Heather sehnsüchtig hinterher. Die Straße vor ihr war menschenleer. Sie fühlte sich plötzlich hilflos und allein.

Die Welt war so groß. Es gab keinen Grund anzunehmen, daß Khalid ausgerechnet auf dieser Straße nach ihr suchen würde. Sie hatte eine ganze Sippe täuschen können. Und selbst wenn Koko mißtrauisch war und ihr nicht glaubte, so hatte er doch ihre Privatsphäre geachtet und sie nicht ausgefragt. Die Aussicht auf eine Reise ohne Begleitung schreckte sie plötzlich sehr. Warum nur war sie weggelaufen? Und was sollte sie jetzt bloß tun?

»Wartet auf mich«, rief Heather und gab ihrem Pferd die Sporen.

Das Oberhaupt der Kasabians drehte sich um und lächelte befriedigt.

Vier Stunden später hatten sie die Karawanserei erreicht. Heather überfiel ein ungutes Gefühl. Viel zu viele Männer und Pferde standen plötzlich dort. Es war erst früher Nachmittag; kein Zeitpunkt, zu dem sich Karawanen und Reisende bereits um ihr Nachtlager kümmerten.

Heather zog ihr Tuch noch fester ins Gesicht und versuchte, sich innerhalb der Kasabian-Familie zu verstecken. Sie stieg ab, streichelte ihrer Stute beruhigend den Hals und blieb weiter im Hintergrund.

Plötzlich sah sie Koko mit seiner kleinen Tochter Krista aus dem Gasthof kommen. Hinter ihnen ging ein wie immer grinsender Petri.

Die Welt ist klein, dachte Heather. Zu klein für solche Zufälle. Nun hielt sich Heather erst recht im Hintergrund.

Und dann fiel ihr Blick auf Khalid. Sie zuckte zusammen. Was tat er hier? War das eine Falle? Gefühle der Freude, Angst und Erregung durchzuckten ihren Körper. Wie gebannt starrte sie ihn an, diesen Fremden, diesen

Wilden, der ihr soviel Unrecht und Leid zugefügt hatte. Nur mühsam konnte Heather ihren Wunsch unterdrücken, sich in seine Arme zu werfen.

Der Hunger hat dich geschwächt, sagte sie sich im gleichen Moment. Sonst würdest du nicht so empfinden.

Das kleine Mädchen kuschelte sich stolz und strahlend an seinen Vater Koko. Heathers Blick blieb an ihr hängen. Wie schön müßte es sein, sein eigenes Fleisch und Blut in den Armen zu halten. Nur leider schien man für so etwas einen Ehemann zu brauchen. Und Heathers erster Eindruck von der Männerwelt, mochte es nun das Wiesel sein oder das wilde Tier des Sultans, war kein guter.

»Mein Prinz, ich danke Euch, daß ihr Euch unserer Tochter angenommen habt«, sagte Koko und verbeugte sich tief.

»Ihr solltet besser auf Euren Besitz achten, mein Freund«, antwortete Khalid. »Sonst kann er Euch verlorengehen.«

Koko nickte. »Euer Wüstenfuchs reist mit uns und will Euch sicherlich Meldung machen.«

Auf Khalids fragenden Gesichtsausdruck hin zeigte Koko auf Heather: »Malik.«

Ich hasse dich, dachte Heather. Nun saß sie in der Falle.

Khalid ließ seinen Blick ganz bedächtig zu Heather schweifen. Auch er wußte, daß sie in der Falle saß. Wozu also dann die Eile?

»Ah! Mein tapferer, aber törichter Wüstenfuchs.« Betont langsam schlenderte Khalid auf Heather zu.

Heather versuchte, auf ihr Pferd zu springen, doch Abdul hatte sich in ihrem Rücken herangeschlichen und hielt sie am Arm fest. Blitzschnell trat sie ihm hart gegen das Schienbein. Dann sprang sie auf und galoppierte davon.

Khalid nahm mit seinem Rappen die Verfolgung auf und hinterließ eine Staubfontäne.

Er holte schnell auf, obwohl Heather sich so eng wie möglich an ihr Tier schmiegte und ihm freien Lauf ließ.

Sie war wirklich eine hervorragende Reiterin, dachte Khalid.

Doch er kam unaufhaltsam näher.

Mit einem großen Satz sprang Khalid vom Pferd, griff nach Heather und riß sie mit sich zu Boden. Einige Minuten lagen die beiden eng aneinandergeklammert im Staub der Landstraße. Man hörte nur ihr unregelmäßiges lautes Atmen.

»Bist du verletzt?« fragte Khalid besorgt.

»Nein.« Heather war wütend auf sich selbst. Sie hatte sich viel zu schnell einfangen lassen. »Und du?« fragte sie trotzdem besorgt.

»Tja, ich fürchte, nein.« Khalid hatte versucht, die Wucht des Sturzes abzufangen. Nun rollte er Heather von sich hinunter zu Seite und blickte ihr grinsend ins Gesicht. »Habe ich die Ehre mit dem Wüstenfuchs?«

»Sehr komisch.«

Khalid zog ihr das Tuch vom Gesicht. »Du wolltest entkommen, Wildblume.«

»Ich bin entkommen«, berichtigte ihn Heather. »Und wenn dieser Mann mich nicht verraten ...«

»Wenn Kasabian sich deiner nicht angenommen hätte, wärst du schon längst tot«, unterbrach sie Khalid. »Du solltest dankbar sein, daß er erkannt hat, welchen Wert du für mich darstellst.«

»Also wußte er von Anfang an ...«

Jetzt lachte ihr Khalid ins Gesicht. »Du hast wirklich geglaubt, dich als Mann ausgeben zu können?«

»Ich hätte es geschafft, ohne euch alle«, knurrte Heather.

Khalid gab ihr einen zarten Nasenstüber und zog sie wieder fest an sich. »Wo wolltest du denn eigentlich hin?«

»Nach Hause.«

Heathers Wut wurde nur noch größer, denn Khalid schien das alles sehr erheiternd zu finden. »Und was soll daran so komisch sein?«

»Die Kasabians reisen nach Armenien, und das liegt im Osten. England liegt weit im Westen.«

»Trotzdem.«

Khalid runzelte die Stirn.

»Sicherlich weißt du nicht, daß die Erde eine Kugel ist«, begann Heather großspurig. »Und deswegen wäre ich irgendwann auch über den Osten nach England gelangt.«

»Das mag wohl sein, Liebes, aber dann wärst du alt und grau.«

Wie hatte er sie gerade genannt? Waren alle Männer so? Erst hat er mich in die Sklaverei verkauft, nun hält er mich in seinen Armen und nennt mich Liebes. Vorsichtshalber wechselte sie das Thema. »Wie geht es Omar?«

»Den Umständen entsprechend.«

»Und wie hast du ihn für seine Unfähigkeit bestraft? Hat er jetzt ein paar Gliedmaßen weniger?« Heather überspielte ihr schlechtes Gewissen mit Wut. Denn das Schicksal Omars war allein ihre Schuld.

»Da Petri Kasabian rechtzeitig in Istanbul eintraf, habe ich Omar das Leben gelassen. Seine Nase ist gebrochen, und er hat zwei blaue Augen. Dafür kann er sich bei dir bedanken. Sonst geht es ihm gut, und er erwartet dich im Palast meiner Mutter.«

»Ich werde nie die Sklavin deiner Mutter werden, nie!«

»Ach ja?« Er hielt Heather so fest, daß er ihr beinahe den Atem nahm. Seine stahlblauen Augen streichelten jeden Zentimeter ihres Gesichts. Heather war überglücklich und gleichzeitig weigerte sie sich ...

»Und noch etwas ...«

Khalid hatte ihre Lage ausgenutzt und küßte sie, leidenschaftlich und süß wie beim ersten Mal. Sie schmiegte sich an ihn und erwiderte seinen Kuß. Sein männlicher Geruch und die Wärme seines muskulösen Körpers ließen Schauer der Erregung über ihren Rücken laufen.

Vorsichtig löste sich Khalid aus ihrer leidenschaftlichen Umarmung. Er blickte in ihr vor Aufregung gerötetes Gesicht und streichelte es sanft mit den Fingern.

Ich liebe ihn, dachte Heather.

Und gleichzeitig schämte sie sich dafür, so leidenschaftlich gewesen zu sein. »Aber ich bin kein Tier, das sich im Straßengraben paart.«

»Nein, das bist du nicht. Du bist Eva aus dem Paradies.«

»Heiden wie du kennen das Paradies doch gar nicht.«

»Nein?« Khalids Hände glitten hinunter zwischen ihre heißen Schenkel. »Hier liegt das Paradies, kleine Prinzessin.«

»Ich bin keine Prinzessin«, sagte Heather und spürte, daß sie vor Scham rot wurde.

Khalid erhob sich und zog Heather mit sich. Ein durchdringender knapper Pfiff, und sein Rappe, der etwas weiter entfernt auf einer Wiese stand, kam zurückgaloppiert, gefolgt von Heathers Stute.

»So wie die Stute dem Hengst folgt, so wirst du mir von nun an folgen.« Khalids Stimme klang erregt, als er in ihr Ohr flüsterte.

Heather blickte zu Boden. Sie hatte ein Gefühl im Bauch, als würde ihr gleich schwindlig werden. Doch das sollte der Prinz um keinen Preis merken.

»Na, wie hat dir unser Abenteuer gefallen?« fragte sie lässig ihre Stute und klopfte ihr liebevoll auf den Hals. »Khalid, wie heißt sie?«

»Ich habe sie nach dir benannt«, lächelte er und richtete ihr Kopftuch, so daß man nur noch Heathers grünschimmernde Augen sah. »Sie heißt ›Törichtes Vergnügen‹.«

Bevor sie darauf etwas sagen konnte, hatte er sie in den Sattel gehoben und stieg hinter ihr auf. Der Rappe setzte sich in Bewegung, die Stute folgte ihm.

Auch in der Karawanserei ließ Khalid Heather nicht mehr aus den Augen. Er hielt sie am Arm fest und fragte seine Garde nach Koko.

»Ich möchte mich bei Euch bedanken«, sagte er zu dem Armenier. »Wenn Ihr das nächste Mal in Istanbul seid, möchte ich gerne einige Eurer Teppiche erwerben.«

»Ihr seid zu gütig, Prinz Khalid.« Koko verbeugte sich. »Was wird mit Ihr geschehen?«

»Gar nichts. Sie ist meine Ehefrau.«

Mit dieser Feststellung überraschte Khalid alle außer Abdul, der nur noch die Augen himmelwärts verdrehte.

»Aber sie hat Euer Pferd gestohlen?« sagte Koko ungläubig.

»Nein, das ist ihr Pferd, ihr Hochzeitsgeschenk.«

»Was heißt das, ich bin deine Ehefrau?« fragte Heather störrisch. Sie zerrte an ihrem Kopftuch, um ihm einen entrüsteten Blick zuwerfen zu können.

»Niemand darf das Antlitz einer Prinzessin sehen«, vermied Khalid eine Antwort und zog ihr das Kopftuch wieder zurecht. Zu Koko gewandt sagte er: »Die Familie Kasabian ist hiermit herzlich zu den Hochzeitsfeierlichkeiten eingeladen, die heute abend hier stattfinden werden.«

»Welche Ehre für unsere unbedeutende Familie!« schmeichelte Koko. »Selbstverständlich nehmen wir diese großzügige Einladung gerne an.«

Mit einem knappen Kopfnicken entließ der Prinz den Teppichhändler und wollte mit Heather das Innere der Karawanserei betreten. Doch sie blieb bockig stehen.

»Wenn ich wirklich deine Frau bin, dann verlangt es das Gesetz und die Ehre, daß du mich beschützt, oder nicht?«

Khalid nickte.

Heather zog ihr Kopftuch herunter und zeigte auf Koko: »Er hätte mich beinahe verhungern lassen. Ich sollte rohes Lamm essen. Ich verlange Genugtuung!«

Khalid platzte fast vor unterdrücktem Lachen. Nun, sie würde noch einiges lernen müssen. Vor allem, ihr Gesicht in der Öffentlichkeit zu bedecken.

Im Gemeinschaftsraum tauschte Khalid einige Sätze mit dem Pächter aus. »Ist alles so, wie ich es angeordnet habe?«

»Ja, mein Prinz.«

»Das Bad?«

»Der Badezuber steht in Eurem Zelt und ist bereits mit heißem Wasser gefüllt«, antwortete der Mann.

»Gut.« Aus seiner Tasche zog Khalid eine weichlederne Geldbörse mit Goldmünzen, die er ihm überreichte. »Laßt für meine Frau etwas zu essen kommen und bewirtet die Gäste großzügig.«

»Ja, mein Prinz.« Der Pächter verbeugte sich fast bis zum Boden.

Khalid und Heather traten hinaus auf den Hof, wo Heather die vergangene Nacht allein verbracht hatte. Jetzt stand dort das Zelt des Prinzen, bewacht von seiner Leibgarde. Neugierige standen an der Zeltöffnung und versuchten, einen Blick ins Innere zu erhaschen. Die Garde salutierte vor Khalid und seiner kleinen englischen Heidin.

»Komm, mein Kleines«, sagte Khalid und hob die Zeltplane hoch.

»Warum hast du gelogen?« fragte Heather, sobald sie im Zelt allein waren. »Du hättest mir natürlich nicht die Zunge . . .«

»Ich habe nicht gelogen«, unterbrach sie Khalid. »Und jetzt zieh diese Sachen sofort aus. Du riechst ungewaschen.«

Heather ignorierte diese Beleidigung. »Du hast gesagt, wir seien verheiratet.«

»Das sind wir auch.«

»Ich kann mich aber an keine Hochzeitsfeier erinnern. Ich glaube dir nicht.«

»Deine Anwesenheit war nicht erforderlich. Ich mußte nur die Einwilligung deines Vormundes einholen. Jetzt zieh dich aus und wasch dich.«

»Meines Vormundes?«

Khalid grinste sie dreist an. »Ich bin dein Vormund. Ich habe mir also die Erlaubnis erteilt, dich zu heiraten.«

Empört blickte Heather ihn an. Das waren wirklich unglaubliche Sitten.

»Ich habe dir kein Eheversprechen gegeben«, beharrte sie.

»Ich sagte doch schon, das ist auch nicht notwendig.«

»Das glaube ich nicht.« Heather hatte noch nie etwas so Lächerliches gehört.

Khalid stöhnte verzweifelt auf. Er griff nach einem Pergament, das auf dem kleinen Tisch lag. »Das ist unsere Hochzeitsurkunde.«

»Ich kann das Geschreibsel nicht lesen.« Heather schubste seine Hand zurück. »Und warum wolltest du mich überhaupt heiraten? Nach all dem, was du mir angetan hast.«

Weil ich dich liebe, dachte Khalid. Aber er dachte es nur. »Jetzt zieh dich endlich aus und steige in den Zuber, bevor das Wasser abkühlt. In Omars Abwesenheit werde ich die Pflichten des Eunuchs übernehmen.«

Wäre sie nicht so verdreckt, so müde und hungrig gewesen, hätte Heathers Protest noch lange nicht aufgehört. Mit diesem angeblichen Prinzen würde sie schon fertig, aber fürs erste wollte sie sich etwas entspannen.

Zum ersten Mal zog sie sich vor Khalid aus und stieg in den Badezuber. Das herrlich warme und duftende Wasser entspannte sie. Wohlig schnurrte sie.

»Die Seife!«

Khalid rollte seine Hemdsärmel hoch und rieb ihren ganzen Körper mit dem Schaum ein. In diesem Augenblick begehrte er sie, wie er noch keine Frau vor ihr begehrt hatte. Doch nach dieser zweitägigen Tortur wollte er sie ganz langsam an ihre Hochzeitsnacht heranführen. Khalid konnte sehr geduldig sein. Und das Geschenk der Jungfräulichkeit wollte er nicht in ein paar Minuten auf dem Zeltboden annehmen, sondern langsam und lange genießen. Er würde sie nehmen, wenn sie gebadet und ausgeruht war und ihren körperlichen Hunger gestillt hatte.

Das Bad hatte Heather gutgetan, und sie ließ sich ohne Widerspruch trockenreiben und kämmen. Dann wikkelte sie Khalid in einen Kaftan und trug sie zu seinem Diwan.

Abdul trat ein und brachte auf einer großen Platte eine Mahlzeit. Unter Verbeugungen wollte er das Zelt wieder verlassen, doch Heather rief gebieterisch: »Halt!«

Abdul blickte zu Khalid, der ihm mit einem Nicken bedeutete zu bleiben.

»Zeig ihm das Dokument«, sagte Heather zu Khalid.

Khalid reichte seinem langjährigen Vertrauten das Pergament. Der warf einen Blick darauf. »Sag ihr, was dort geschrieben steht«, befahl Khalid. Abdul las das offizielle Schreiben und reichte es dann an Khalid zurück. In seinem Gesicht war keine Gemütsregung auszumachen.

»Dort steht, daß Ihr die rechtmäßige Ehefrau des Prinzen seid.« Und zwischen den Zähnen murmelte er: »Leider.« Dann warf er Khalid einen Blick zu.

»Für eine solche Unverschämtheit müßt Ihr bestraft werden.« Endlich konnte Heather Abdul die von ihm erlittene Schmach zurückzahlen.

»Und deine Unverschämtheit?« fragte der Prinz, als sie wieder allein waren.

»Prinzessinnen dürfen das.«

»Nicht ihrem Mann gegenüber.«

»Gut. Ich werde mich bessern«, lenkte Heather ein. Ob sie England je wiedersehen würde? Würde es ihr gelingen, sich einige der englischen Sitten und Gebräuche zu bewahren, hier in diesem Land, das so völlig anders war? Und wenn sie wählen könnte, würde sie diesen Mann noch verlassen können?

»Was ist mit Fougere?« wollte sie von Khalid wissen. »Hast du deine Rachepläne aufgegeben?« Oder ist diese Heirat vielleicht deine Rache? dachte sie dabei ängstlich.

Khalid schaute sie lange an. Dann sagte er: » Meine Rache ist nur für einige Tage aufgeschoben. Aufgeben werde ich sie niemals.«

Er griff nach dem Teller mit kleinen Fleischstückchen und Paprikaschoten und fütterte sie damit spielerisch wie ein Geliebter seine Geliebte. Dann drückte er sie sanft in die Kissen zurück und stand auf.

»Wir werden heute abend zusammen essen«, sagte er. »Jetzt muß ich mich um die Gäste kümmern.«

»Ist die Braut zu ihrer eigenen Hochzeit nicht eingeladen?«

»Männer und Frauen feiern nicht zusammen.«

»Oh! Welch zivilisierter Brauch!«

»Du wirst jetzt schlafen«, sagte Khalid. »Ich passe auf dich auf.«

»Aber ich bin gar nicht müde«, protestierte Heather. Dabei konnte sie ein Gähnen kaum unterdrücken.

»Warum trägst du dann dunkle Augenringe?« neckte Khalid.

»Das hat mir Omar gezeigt. Ein Schönheitstrick mit Kohl«, flapste Heather zurück.

»Das kann ich mir nicht vorstellen.«

»Ich bin sehr gealtert, seitdem wir zusammen sind.«

»Du bist gealtert, als wir nicht zusammen waren«, sagte Khalid. »Nun mach die Augen zu und erhole dich ein bißchen.« Folgsam schloß Heather die Augen. Khalid wartete an ihrer Seite, bis ihn ihre regelmäßigen Atemzüge davon überzeugten, daß sie eingeschlafen war. Dann hauchte er einen Kuß auf ihre leicht geöffneten Lippen.

»Heute nacht wirst du mir gehören«, flüsterte er.

Als Heather später erwachte, lag sie eine ganze Weile auf dem Diwan und dachte an die letzten Tage. Zwei kurze Tage hatten ihr Leben völlig verändert. Sie war eine Sklavin gewesen. Dann war sie weggelaufen. Und nun war sie die Braut eines Prinzen. Ganz wohl war ihr dabei noch nicht. Eine Sklavin zu sein, das war furchtbar, das wußte sie. Aber eine Prinzessin zu sein konnte möglicherweise auch sehr schwierig sein.

Daß Khalid sie weder in ihrer Anwesenheit noch mit ihrer Zustimmung geheiratet hatte, störte Heather allerdings nicht. Denn daß sich eine Frau ihren Ehemann selbst aussucht, lag außerhalb ihrer Vorstellung.

Sie hatte Glück gehabt, daß Khalid ein so gutaussehender Mann war, jung, stark und mit kaiserlichem Blut in den Adern. Er war zwar nicht der Mann, den die Königin für sie bestimmt hatte, doch mehr als angemessen.

Was Heather nicht begriff, war, warum Khalid ausgerechnet sie hatte heiraten wollen. Denn die jüngste Tochter eines englischen Grafen war eigentlich nicht die richtige Wahl für einen kaiserlichen Prinzen. Der Prinz hatte ganz eindeutig unterhalb seines Standes geheiratet. Wieso?

Sie war so in diese Gedanken versunken, daß sie erst das Geräusch von plätscherndem Wasser darauf aufmerksam machte, daß sie sich nicht allein im Zelt befand.

Khalid saß ihr mit dem Rücken zugewandt im Zuber und wusch sich. Nur einige Kerzen flackerten im Hintergrund und gaben dem Zelt ein weiches, etwas unwirkliches und sehr verführerisches Licht.

Heather ließ ihren Blick über den Körper des Mannes wandern, dem sie heute nacht ihre Jungfräulichkeit zum Geschenk machen würde. In Gedanken berührte sie seine breiten geschwungenen Schultern, auf denen das Kerzenlicht flackernde Muster hinterließ. Seinen muskulösen Rücken. Seine kräftigen Hände. Wieder spürte sie dieses Gefühl in der Magengegend, dieses köstliche, aufregende und schwindelerregende Gefühl, einer Ohnmacht ähnlich.

Heather hatte noch nie so einen Mann gesehen. Sie hatte überhaupt noch nie einen nackten Mann gesehen. Der Gedanke an das, was bald folgen würde, ließ sie erröten. Sie wußte, was ihre Pflicht als Ehefrau war. Aber wenn sie an dieser Pflicht Vergnügen finden würde, wäre das dann verwerflich?

Khalid stand auf und Heather konnte einen Blick auf seine wohlgeformten Schenkel und den runden festen Po werfen. Er trocknete sich ab und griff nach seiner Kleidung. Heather kniff die Augen ganz fest zu.

Khalid blieb vor ihr stehen. An ihrer Gesichtsfarbe

konnte er erkennen, daß Heather wach war. Vorsichtig öffnete sie wieder die Augen und erschrak, als sie ihn in völliger Nacktheit vor sich stehen sah. Sie blickte auf den dichten dunklen Pelz auf seiner Brust und dann auf das Dunkle zwischen seinen Beinen. Unter ihrem Blick bewegte es sich und wuchs. Ihr entfuhr ein leiser Schrei, und sie schloß die Augen sogleich wieder ganz fest.

»Ich weiß, daß du wach bist«, sagte Khalid lächelnd.

Heather wollte nicht antworten.

»Öffne deine Augen, kleine Wildblume. Du sollst doch sehen, was dein Mann in das eheliche Bett bringt.«

»B-b-bedecke dich«, stammelte Heather. »Bitte.«

Ohne Murren zog Khalid seine Hosen an. Seine sonst so tapfere und mutige Heather würde viel Geduld und Zärtlichkeit brauchen, um das Liebesspiel genießen zu können.

»Ich bin gesellschaftsfähig«, verkündete er.

Heather öffnete ihren Augen einen kleinen Spalt und sah wieder die behaarte Brust. »Lügner!«

»Du errötest selbst bei meiner entblößten Brust? Ich versichere dir, daß meine Juwelen bedeckt sind.«

Zögernd blickte Heather ihn an. Khalid setzte sich auf den Rand des Diwans und lehnte sich zu ihr, um ihr einen keuschen Kuß auf die Stirn zu drücken. Sofort verkrampfte sie sich.

»Entspann dich, mein Engel«, flüsterte Khalid und streichelte sanft ihren Arm. »Du mußt vor deiner Hochzeitsnacht keine Angst haben.«

»Woher willst du das wissen?«

»Es ist nichts dabei, vor Dingen Angst zu haben, die man nicht kennt. Natürlich wirst du mir jetzt nicht glauben, aber es gibt nichts, wovor du Angst haben mußt.« Er zog sie näher an sich und wanderte mit seinen weichen Lippen um ihren Mund. »Glaube mir, es wird dir sehr viel Vergnügen bereiten. Ich werde dafür sorgen, daß du es so schön findest wie ich.«

Heather wurde ganz rot bei diesen geflüsterten Worten. Im Zelt war es plötzlich heiß. Ihre Glieder durchfloß ein warmer Strom.

Khalid stand auf und zog sich sein weißes Leinenhemd über. »Ich möchte noch ein bißchen die Rolle des Eunuchen spielen. Laß mich dein Haar kämmen.«

Er ging zu seiner Truhe und suchte nach einer silbernen Haarbürste. »Komm, dreh dich um«, befahl er.

Heather wußte überhaupt nicht mehr, was sie von ihm halten sollte. Hatte die Ehe das wilde Tier des Sultans in einen aufmerksamen Beschützer verwandelt?

»Dreh dich um, bitte«, wiederholte er.

Bitte?

Heather tat, wie ihr geheißen war.

Khalid kämmte und bürstete ihr Haar, bis es funkelte wie Feuer. Er schob ihre Mähne sanft zur Seite und küßte ihren Hals. Heathers Rückgrat stand in Flammen.

»Bist du hungrig, mein Engel?« flüsterte er in ihr Ohr und biß sie dabei spielerisch ins Ohrläppchen.

O Gott! Heather zitterte vor Aufregung am ganzen Körper. Wenn er sie jetzt berühren würde, würde sie anfangen zu brennen.

»Kleines?«

Heather hatte die Frage überhaupt nicht gehört.

»Komm«, sagte Khalid und hielt ihr seine Hand hin.

Sie drehte sich zu ihm und starrte in seine stahlblauen Augen. Er lächelte sie ermutigend an, und sie schob ihre Hand in die seine.

Khalid führte sie zum Tisch und rückte ihr eines der Sitzkissen zurecht. Dann läutete er mit einem Glöckchen, und sofort traten einige Bedienstete ein. Von draußen hörte man Gelächter und die Stimmen von Männern, die sich unterhielten.

»Was ist denn dort draußen los?« fragte Heather.

»Meine Männer und die Kasabian-Familie feiern unsere Hochzeit.«

»Es stimmt also wirklich? Wir sind verheiratet?«

»Die Ehe ist eine zu ernste Sache, als daß man darüber Witze machen sollte«, erwiderte Khalid. »Mißfällt dir die Vorstellung so sehr, die verwöhnte Ehefrau eines Prinzen aus dem Morgenland zu sein?«

»Nein, das nicht. Ich verstehe nur nicht, wie der Priester ...«

»Hier ist unser Hochzeitsessen«, unterbrach sie Khalid. Das Schlüsselwort war Priester. Khalid hatte nicht die Absicht, Heathers Vorstellung von einer Hochzeit nach christlichem Ritus zu zerstören. Zumindest noch nicht jetzt.

Unter Abduls Anleitung wurde das Essen aufgetragen. Es gab grüne Bohnen in Olivenöl, einen Salat aus gedünsteten Möhren mit einer Sauce aus Joghurt, knusprige Hähnchen mit einer Füllung aus Reis und Aprikosen und Fladenbrot.

»Wie geht es Abdul?« flüsterte Heather.

»Gut. Nur sein Stolz ist verletzt.«

»Vielleicht sollte ich mich entschuldigen?«

»Eine Prinzessin entschuldigt sich niemals«, antwortete Khalid.

»Noch nicht einmal ihrem Prinzen gegenüber?«

»Ihr Verhalten ist niemals so, daß eine Entschuldigung nötig wäre«, antwortete Khalid streng.

Heather zog ihre Brauen hoch. »Das kann ich kaum glauben.«

»Das ist die Wahrheit«, log Khalid.

»Und wenn die Prinzessin doch etwas falsch gemacht hat?«

»Auch eine Prinzessin kann bestraft werden«, antwortete Khalid.

»Und der Prinz?«

»Was soll mit mir sein?«

»Wenn du dich bei der Prinzessin für etwas entschuldigen müßtest.« Heather blieb hartnäckig.

Khalid warf ihr ein freches Grinsen zu. »Männer haben mehr Freiheiten als Frauen.«

»Das ist ungerecht.«

»Das mag sein. Aber das ist der Lauf der Welt. Und das solltest du nicht vergessen!«

Heather blieb für eine Weile still. Dann begann sie: »Darf ich dir eine persönliche Frage stellen?«

»Du bist jetzt meine Frau. Du darfst mich alles fragen«, erwiderte Khalid.

»Wieso hast du mich geheiratet? Ich habe oft das Gefühl, als würdest du mich gar nicht mögen.«

Khalid schaute erst weg, doch dann blickte er seine junge Frau sehr liebevoll an. »Komm her«, sagte er ganz leise.

Sie ließ sich neben ihm nieder und sah ihm erwartungsvoll ins Gesicht. Khalid legte einen Arm um sie und zog sie noch näher an sich heran.

»Ich will dich.« Seine Stimme drückte sein lange gezügeltes Begehren nach Heather aus.

»Ich verstehe nicht.«

Ich liebe dich, dachte Khalid. Ich liebe dich. Aber ich werde es nicht zulassen, daß du mir den Verstand vernebelst und mich mit deiner Liebe beherrschst, so wie Khurrem meinen Großvater Suleiman beherrschte.

Sein Mund war ihrem ganz nahe. »Ich habe dich geheiratet, weil ich dich begehre. Ich will mein Bett mit dir teilen.«

Heather empfand diese Antwort durchaus nicht als befriedigend. »Wie viele Frauen hast du schon geheiratet, nur um dein Bett mit ihnen zu teilen?« fragte sie. Die Vorstellung, daß andere Frauen sein Leben geteilt hätten, machte sie aus unerklärlichen Gründen eifersüchtig.

»Was meinst du damit?«

»April hat mir erzählt, daß die Männer in eurem Land vier Ehefrauen haben dürfen und unzählige Konkubinen«, sagte Heather mit ansteigender Stimme. »Aber ich bin Engländerin, und diese wilden Sitten schätze ich ganz und gar nicht.«

Also das war das Problem. Eifersucht! Kein schlechter

Anfang für eine Ehe. Khalid warf ihr einen Blick zu und sagte: »Wir sind hier aber nicht in England.«

»Ich kann mich an viele Dinge gewöhnen«, antwortete Heather. »Aber ich werde es nicht hinnehmen, meinen Ehemann mit anderen Frauen ...«

»Du weißt doch, daß ich keinen Harem halte. Und außerdem ist das kein Thema für Frischverheiratete.«

»Aber ...«

»Ähem«, hustete Abdul und hielt die Leinwand hoch, um die Diener eintreten zu lassen. Das Abendessen wurde abgeräumt. Heather und Khalid wuschen ihre Hände in lauwarmem Wasser und kauten Pfefferminzblätter.

»Laß uns den schönen Abend ein bißchen genießen«, schlug Khalid vor. Heather willigte sofort ein. Sie hätte alles getan, um das Unvermeidliche noch etwas hinauszuschieben.

Sie traten vor das Zelt und genossen beide schweigend den Blick in den nächtlichen Himmel, der wie gemacht schien für eine romantische Nacht. Tausende von Sternen flackerten und blitzten im tiefdunklen Himmel, die Luft war geschwängert vom Duft exotischer Blumen. Aus der Karawanserei kamen leise Klänge; dort näherte sich ihre Hochzeitsfeier gerade dem Höhepunkt.

Die Wachen rund um Khalids Zelte waren abgezogen worden. Nur Abdul saß an der Mauer vor der Karawanserei und hatte ein Auge auf ihr behelfsmäßiges Hochzeitsgemach.

Obwohl er sie zu seiner Sklavin gemacht hatte und sie sogar verkaufen wollte, war Heather bereit, Khalid zu vergeben. Er hatte sie geheiratet und damit geehrt und zu seiner Ausgewählten erhoben. Er war ein beeindruckender Krieger und ein ausgesprochen attraktiver Mann. Er war ein Prinz.

Was wollte sie noch?

Liebe.

Hab' mehr Geduld, sagte sie sich. Setz einen Schritt vor den anderen. Die, die rennen, stolpern schnell.

»Die strahlende Sonne erleuchtet deine Schönheit. Doch der kühle Mond umgibt sie mit überirdischem Glanz«, sagte Khalid und wischte einen erregenden Kuß auf ihren Hals.

Heather errötete. »Ich finde, du bist auch sehr attraktiv.«

»Ich? Ich bin ein wildes Tier, das im Kampf viele Narben davongetragen hat. Weißt du das nicht mehr?«

»Ich hatte unrecht.«

»Ich glaube, ich habe nicht richtig gehört. Hast Du gerade gesagt . . .?«

Heather beantwortete seine Frage mit einem Kuß. Sie strich über seine vernarbte Wange und hielt seinen Kopf in ihren schmalen Händen. Dann küßte sie seine Narbe.

»Die Narbe gibt dir etwas Verwegenes. Ich finde sie sehr schön.«

»Du bist die einzige Frau auf der Welt, die meine Narbe schön finden würde.« Khalid zog sie näher an sich.

Aber sie machte sich wieder frei. »Erzähl mir ein bißchen mehr über dich.«

»Was denn?«

»Deine Familie.«

»Unsere Reise nach Istanbul wird lang werden und langweilig dazu«, antwortete Khalid, der genau merkte, daß Heather Zeit schinden wollte. »Ich erzähle dir unsere Familiengeschichte später.«

»Und Kinder?«

»Ich habe keine.«

»Nein, ob du Kinder magst, wollte ich wissen.«

Khalid zog sie unter Protest wieder eng an sich. »Wir werden Dutzende haben.«

»Das würde ich nicht schaffen.«

»Dann werden wir so viele haben, wie du möchtest. Und ich werde jedes von ihnen so lieben wie mein Erstgeborenes«, versprach er ihr und hielt sie dabei ganz fest.

Und dann trug er sie auf seinen Armen zurück ins Zelt. »Ich habe mein ganzes Leben auf dich gewartet.« Seine Stimme klang heiser.

Er legte sie auf den Diwan und hielt sie eine Weile im Arm. Dann fanden seine Lippen die ihren in einem Kuß, der Tage zu dauern schien. Langsam, süß und atemberaubend. Heather küßte ihn wieder mit einer Leidenschaft, die sie noch nie vorher an sich erlebt hatte. Dann verließen seine Lippen ihren Mund und erkundeten jeden Zentimenter ihres zarten Gesichts mit weich gehauchten Küssen.

Heather mußte kichern, denn seine Lippen kitzelten sie sanft. »Was machst du da?«

»Ich zähle gerade deine Sommersprossen.«

»Haben wir soviel Zeit?«

»Wir haben alle Zeit der Welt.«

»Wollen wir uns nicht ausziehen?« Heather sehnte sich danach, seine Haut zu berühren.

»Möchtest du das wirklich?« neckte er sie. »Bist du dir sicher?«

Er beugte sich langsam zu ihr vor, und sein langes Haar strich über ihr Gesicht. »Bist du dir wirklich sicher?« flüsterte er und konnte sein Verlangen kaum zügeln.

In ihrem Blick lag die Antwort, die der erfahrene Khalid wohl zu lesen wußte. »Hast du Angst?«

»Ja«, flüsterte sie.

Er lächelte und zog sie behutsam näher. »Ich verspreche dir, du mußt keine Angst haben. Vertrau mir und laß dich von mir verwöhnen.«

Mit einer einzigen Handbewegung, die viel Erfahrung auf diesem Gebiet zeigte, zog er ihr den Kaftan vom Körper und ließ ihn zu Boden fallen. Sein Verlangen stieg fast ins Unermeßliche, als er sie so vor sich liegen sah, er wollte ... nein, er mußte sich zusammennehmen. Wenn er sie jetzt wild besteigen würde, würde sie sich vor Angst verkrampfen, und es würde ihr weh tun. Er setzte sich neben sie auf den Diwan und hielt ihre Hand. Mit der anderen Hand streichelte er sanft ihren ganzen Körper, den zarten Hals, die kleinen festen Brüste, die kühlen glatten Schenkel.

Dann zog er sich das Hemd über die Schultern und ließ es über ihrem Kaftan zu Boden gleiten. Doch als er sich seiner Hose entledigen wollte, hielt sie plötzlich seine Hand fest.

»Warte noch.«

»Hab' keine Angst, Prinzessin«, antwortete er nur und ließ seine Hose ebenfalls zu Boden fallen. Dann legte er sich neben sie und wollte ihre Brüste streicheln, doch sie drehte sich von ihm weg. Zart küßte er sie zwischen die Schulterblätter. Seine Hände fuhren die aufregende Kurve ihrer Hüften herab.

»Dreh dich zu mir.« Seine leise Stimme klang bittend. »Ich möchte meine kleine Prinzessin im Arm halten.«

Es war die Sanftheit seiner Stimme, die sie veranlaßte, sich zu ihm umzudrehen. Aber es war auch das aufregende Gefühl, zum ersten Mal einen nackten männlichen Körper neben dem ihren zu spüren. Sie sehnte sich nach dem, was jetzt kommen würde, genauso wie er.

Khalid stahl einen weiteren Kuß. Seine Hände hielten ihr Gesicht, während seine weichen Lippen ihren Hals hinunterglitten und langsam weiter wanderten zu ihren Brüsten.

»Nein, nein, bitte nicht«, flüsterte Heather, doch sie hatte schon fast vergessen, worum sie ihn angefleht hatte. Seine Zunge spielte mit ihren Brustwarzen. Seine Hände erstickten ihr Stöhnen. Dann zog er sie zu sich hoch. »Prinzessin«, flüsterte er.

»Ich will dich«, stöhnte sie.

Er bettete sie zurück auf das Kissen und schob ihre Beine auseinander. Während eines langen intensiven Kusses schob er einen Finger in ihre Vagina. Erschreckt wollte sie sich zurückziehen, doch dabei drang sein Finger nur noch tiefer in sie ein.

»Hab' keine Angst«, flüsterte er und drückte sie fester in das Kissen. »Entspann dich, dann wird es nicht weh tun.«

Ein zweiter Finger drang in sie ein. »Ssh«, flüsterte er.

Ihre Hilflosigkeit war gleichzeitig köstlich und verführerisch. »Bleib nur liegen und gewöhn dich an dieses Gefühl. Du bist noch zu eng für mich.«

Er tauchte wieder zwischen ihre Brüste, und während seine Zunge ihre Brustwarzen liebkoste, trieben seine Finger ein rhythmisches Spiel. Und es begann ihr zu gefallen.

Sie erriet seinen Rhythmus, sie bewegte sich tief und stieß seine Finger immer tiefer in sich hinein.

»Oh, meine Liebesgöttin«, stöhnte er. »Ich will dich.«

Er entzog ihr seine Finger. »Nein«, flehte sie.

Er kniete zwischen ihren Beinen, rieb die Innenseite ihrer Schenkel und zog sie so nahe an sich, daß seine Männlichkeit ihre tiefe Spalte berühren konnte. Sie stöhnte auf.

»Schau mich an«, befahl er. Sie schlug die Augen auf und schloß sie sofort wieder.

»Schau mich an«, befahl er noch mal. Zaghaft öffnete sie die Augen.

»Ich würde dir diesen einen Schmerz so gerne ersparen. Aber er ist gleich vorbei.« Und mit diesen Worten legte er sich auf sie und drängte sich mit einem einzigen Stoß in sie hinein. Vor Schmerz schrie sie auf. Er bedeckte ihr Gesicht mit vorsichtigen Küssen. Dann hob er ihr Kinn zu sich und umfing ihr Gesicht mit der anderen Hand. Und ganz vorsichtig begann er, sich in ihr zu bewegen.

Sie schloß die Augen. »Nein, schau mich an dabei.«

In ihren Augen las er bald nicht mehr Schmerz und Angst, sondern immer stärker Erregung und Vergnügen. Jeder Stoß kam schneller und trug sie weiter und weiter weg, bis sie plötzlich auf einer riesigen Welle zu schwimmen schien und explodierte. Khalid drang ein letztes Mal in sie ein, biß sie vor Erregung in ihre Schulter und blieb dann erschöpft auf ihrem Körper liegen.

Einige Minuten lagen sie stumm nebeneinander. Dann hob er den Kopf zu ihr hoch und war glücklich, sie so entspannt lächeln zu sehen. Er zog sie an sich, streichelte ihr Haar und gab ihr einen zärtlichen Kuß.

»Geht es dir gut?« fragte sie schüchtern.

»Mir geht es wunderbar«, lächelte er. »Und du schlaf jetzt. Ich passe auf dich auf.«

Heather rollte sich bereitwillig in seine warmen Arme und war schon nach wenigen Augenblicken eingeschlummert.

Doch der Prinz fand keinen Schlaf. Seit dieser Nacht war er verwundbar geworden. Seine Feinde würden vor nichts haltmachen, um ihm ein Leid zuzufügen.

Er liebte. Und die Frau, die er liebte, war gleichzeitig sein stärkster und sein schwächster Punkt.

Kapitel 13

Am nächsten Morgen erwachte Heather mit dem Gefühl, daß sich ihr Leben über Nacht völlig verändert hatte. Etwas Wunderbares war geschehen. Aus einem Prinzen war ihr Traumprinz geworden. Und er hatte sie zu seiner Prinzessin gemacht.

Heather gähnte, streckte sich und rollte sich zur Seite, um ihren Mann zu begrüßen. Doch sie war allein im Zelt.

Draußen hörte sie plötzlich seine Stimme. Er erteilte Anweisungen, die mit Gemurmel bedacht wurden. Heather streckte sich und blickte an die Decke. Sie war glücklich. Und bei dem Gedanken an ihre gestrige Hochzeitsnacht bekam sie vor lauter Aufregung wieder ein ganz seltsames Gefühl im Bauch. Wie seine Hände sie berührt hatten, wie er sie genommen hatte und immer tiefer in sie eingedrungen war. Sie hielt die Augen geschlossen, und ihr schoß bei diesen Gedanken das Blut ins Gesicht. Sie konnte fast noch seine Lippen auf den ihren spüren, sie ...

»Wach auf, Dornröschen.«

Heather schlug verdutzt die Augen auf. Seine Lippen schwebten über den ihren.

»Wieso sind deine Wangen so gerötet?« fragte Khalid hinterlistig. »Woran hast du gerade gedacht? Ach, ich vergaß, deine Gedanken gehören dir und gehen mich nichts an!«

Er stupste sie zart auf die Nase.

Heather setzte sich auf, und dabei glitt die Decke von ihren Schultern. So geborgen und sicher fühlte sie sich bei Khalid, daß sie es gar nicht wahrnahm.

»Na, woran denkst du?« Khalid mußte sich bemühen, bei dieser Frage nicht nur auf ihre Brüste zu starren.

»Ich möchte, also, ich ...«

»Sag es mir. Was immer es ist, du bekommst es.«

Überraschend schlang sie ihre Arme um ihn, küßte sein vernarbtes Gesicht und nahm es dann in ihre Hände. »Ich möchte wieder vor Hitze zittern«, flüsterte sie und erinnerte sich dabei an Aprils Beschreibung ihrer ersten Liebesnacht.

»Deine Hochzeitsnacht hat dir gefallen?« fragte er stolz und zog sie wieder an sich. »Aber so gerne ich jetzt auch mit dir in diesem Bett liegen möchte, es geht noch nicht. Meine Männer drängen zum Aufbruch. In Istanbul bleibt uns noch alle Zeit der Welt.«

Er mußte fast lächeln, als er ihren enttäuschten Gesichtsausdruck sah. Als kleine Entschädigung beugte er sich vor und küßte ihre Brüste. »Dort auf dem Tisch ist etwas zu essen. In der Waschschüssel ist warmes Wasser, außerdem habe ich dir saubere Kleidung herauslegen lassen. Wenn du noch etwas anderes brauchst, schau bei meinen Sachen.« Er gab ihr einen kleinen Abschiedskuß und ging.

Heather sprang aus dem Bett, wusch sich und zog sich den frischen Kaftan an. Den schwarzen Schleier ignorierte sie erst mal. Dann zog sie sich die Stiefel an, die sie sich bei ihrem Ausreißabenteuer von Omar ›geliehen‹ hatte, und flocht ihre Mähne zu einem dicken Zopf.

Befriedigt ließ sie sich in eines der dicken Kissen plumpsen, die um den Tisch herum gruppiert waren. Ein Frühstück aus Oliven, Ziegenkäse, hartgekochten Eiern und türkischem Brot hätte sie in England sicher nicht gemocht, doch hier schmeckte es vorzüglich. Nur das Eiweiß ließ sie fein säuberlich auf ihrem Teller zurück. Wein und Eiweiß waren die zwei Dinge, die sie wirklich verabscheute.

Von draußen drang wieder die Stimme ihres Mannes ins Zelt. Sie empfand Stolz und Freude beim Klang seiner Stimme.

Nach dem Frühstück setzte sie sich unschlüssig aufs Bett und sah dort einige Tropfen Blut. Ihr jungfräuliches Blut.

Heather beschloß, ihrer Mutter einen Brief zu schreiben. In der Reisetasche und der Truhe ihres Mannes suchte sie nach Papier und Feder und setzte sich zum Schreiben an seinen kleinen zusammenklappbaren Reiseschreibtisch.

Sie berichtete von dem Überfall, den sie natürlich etwas anders darstellte: nun hatte der Prinz sie vor einer Verschleppung bewahrt. Sie hatte sich Hals über Kopf in ihn verliebt und sei nun bereits mit ihm verheiratet. Sie war zufrieden mit ihrem Ehemann und wollte bei ihm bleiben. Prinz Khalid sei ein sehr strenger und eingebildeter Mann, aber sehr gutaussehend. Und hinter seiner manchmal furchteinflößenden Art verstecke sich ein weiches Herz. Und er liebte sie. Zumindest hatte er sie ›Liebes‹ genannt.

Abschließend versprach sie ihrer Mutter einen ausführlicheren Brief. Doch erst, so schrieb sie, wolle sie sich in ihrem neuen Zuhause besser eingewöhnen.

Heather stand auf. Sie wollte ihrem Mann diesen Brief gleich zur sicheren Aufbewahrung geben. Draußen vor dem Zelt war die friedliche, fast zauberische Stimmung der vergangenen Nacht verflogen. Einer der Krieger Khalids sah sie und stieß aufgeregt einen Kameraden an. Jetzt bemerkten sie auch andere. Unverhohlen gafften die Männer sie an.

Daß sie überrascht waren, die Gemahlin des Prinzen und Heerführers unverschleiert zu sehen, bemerkte Heather nicht. In ihrer unbekümmerten Art schritt sie auf zwei Gefolgsleute Khalids zu und lächelte sie an. Sie verblüffte diese noch mehr durch ihr gutes Türkisch. »Sagt mir bitte, wo ist mein Ehemann?« bat sie. Und stellte dabei im stillen fest, daß sie den Klang dieser Worte äußerst angenehm fand. *Mein Ehemann*.

Entsetzt wichen die Krieger zurück. Vor keinem Feind der Welt hätten sie eine solche Feigheit gezeigt.

Wie unhöflich, dachte Heather. Und dann erspähte sie ihren Mann und wollte strahlend vor Freude auf ihn zulaufen. Doch ihr Lächeln erstarb, als sie seinen verärgerten Gesichtsausdruck sah.

Wütend kam er näher. »Bedeck sofort dein Gesicht«, rief er ihr auf französisch zu.

Vor Verblüffung blieb Heather der Mund offenstehen. Dann drehte sie sich um und rannte ins Zelt zurück. Hinter ihr hörte sie die Männer lachen. Oh, welche Erniedrigung!

Khalid blickte ihr hinterher. Dieses Verhalten mußte man ihr abgewöhnen. Sie nahm sich viel zuviel heraus. Sie mußte lernen, was von der Gemahlin eines Prinzen erwartet wurde. Ein für allemal.

»Versuch es doch einmal mit Schlägen!« rief Abdul ihm nach.

Mit einem leisen Fluch auf den Lippen betrat Khalid sein Zelt.

Dort lief Heather auf und ab wie ein Panther im Käfig. Sie war wütend und fühlte sich zutiefst gedemütigt. Daß er in diesem Ton mit ihr vor anderen Leuten gesprochen hatte, ja, sogar vor den Bediensteten! Ihr Vater hatte nie so mit ihrer Mutter gesprochen.

»Du bist ein Trampel! Du bist ein Frosch! Du bist kein Prinz, ja, du bist ein Frosch! Ich wollte doch nur zu dir, und in der Eile hatte ich diesen blöden Schleier vergessen. Warum sollte ich dich absichtlich ärgern?«

Wie sie dort stand und ihn wütend anfauchte, sah sie einfach unwiderstehlich aus. Sie wollte ihn einschüchtern. Und das beeindruckte ihn.

Khalid entschied sich für die Vernunft. Es war alles noch zu neu für sie. Sie war erst seit einer Nacht seine Prinzessin. »Die Gemahlin eines Prinzen muß ihr Gesicht vor Fremden immer verhüllt halten, besonders vor Männern. Alles andere ist unschicklich.«

»Ich wußte nicht, daß mich deine Diener nicht unverschleiert sehen dürfen.«

Khalid schickte ein weiteres Stoßgebet zu Allah und bat ihn um Geduld. Die würde er wohl brauchen ...

»Die Männer dort draußen sind keine Diener. Sie sind Krieger«, erklärte er. Und dann, als würde er mit sich selbst reden: »Was soll ich jetzt mit ihnen machen? Ich werde ihnen wohl die Augen ausstechen müssen, denn sie haben es gewagt, meine Frau anzublicken.«

Heather schrie auf vor Entsetzen und hielt Khalid am Arm fest. »Bitte, verzeih mir. Ich wußte nicht, was ich anrichten würde. Ich verspreche dir, mich an eure Sitten zu gewöhnen. Ich schwöre es! Bitte ...«

Khalid schien nachzudenken. Nach einigen schrecklich langen Minuten nickte er. »Gut. Und was war denn so dringend?«

Heather hielt den Brief hoch. »Ich möchte, daß der Brief auf schnellstem Wege nach England gelangt.«

Khalid guckte sie verdutzt an und streckte die Hand nach dem Brief aus. Ohne sie um Erlaubnis zu fragen, öffnete er ihn, doch sein Englisch reichte nicht aus, um ihn zu verstehen. Er ging zum Tisch, um eine Kerze zu entzünden, und entdeckte dabei die Überreste von Heathers Frühstück.

»Was ist das hier?«

»Ein Brief an meine Mutter.«

»Nein, das.«

Heather kam zu ihm und schaute auf den Tisch. »Was würdest du denken, was es ist?« fragte sie frech.

»Das würde ich gerne von dir hören.«

Sie tat so, als müsse sie das Essen genau in Augenschein nehmen.

»Warum hast du die Eier nicht ganz gegessen?«

»Ich esse immer nur das Eigelb. Das andere mag ich nicht.« Nun klang Heather wie ein verzogenes kleines Gör.

»Du verschwendest den Reichtum Allahs! Du wirst entweder das Ei ganz essen oder keine Eier mehr essen. Es gibt zu viele Menschen, die hungern müssen!«

Heather schürzte ihre Lippen. »Und wenn ich das Ei ganz esse, dann geht es den Hungernden besser?«

Khalid warf ihr einen wütenden Blick zu.

»Dann müssen die Menschen in Armenien nicht hungern?« setzte sie nach und merkte überhaupt nicht, wie dumm und eingebildet sie sich gerade verhielt.

»Armenien kümmert mich nicht. Dort leben Ungläubige. Entweder findest du jemanden, der dein Eiweiß ißt oder du wirst keine Eier mehr essen.« Er hielt den Brief in die Kerze und verbrannte ihn.

»Was tust du da?« rief sie entrüstet aus und wollte nach dem Brief greifen.

»Keine Briefe mehr nach England«, befahl er und hielt sie mit seiner freien Hand in Schach. »Du mußt dein früheres Leben vergessen.«

»Ich soll meine Mutter vergessen? Meine ganze Familie?«

»Jetzt hör mir mal zu!« Khalid schüttelte sie an den Schultern. »Sollte dieser Brief England erreichen, wird man dem Sultan ein Gesuch überbringen, dich freizulassen. Ob wir verheiratet sind oder nicht, schert dabei niemanden.«

»Aber meine Mutter?«

»Deine Mutter vermißt dich seit dem Tage, an dem du an Bord gegangen bist. Du hilfst ihr nicht mit diesem

Brief. Du kannst nicht zu ihr zurück. Ihre Hoffnungen würden so nur enttäuscht werden. So, meine Männer wollen das Zelt abbrechen. Lege bitte den Schleier an und komm mit nach draußen.«

»Aber die Sonne brennt ja herunter.« Heather wollte nicht so schnell aufgeben. »Ich werde furchtbar schwitzen. Kann ich nicht etwas Leichteres tragen?«

»Du wirst nicht ohne den Schleier reisen. Ich verbiete es dir.«

»Du verbietest es mir?« Heather war entrüstet. Was bildete er sich eigentlich ein?

Er war stur wie ein englischer Bauer, bloß viel überheblicher.

Khalid war klar, daß eine Auseinandersetzung mit Heather zu nichts führen würde. Er griff nach dem Yashmak und legte ihn ihr um. Sie ließ es mit sich geschehen. Vorsichtshalber setzte er eine Drohung nach: »Wenn du ihn ohne meine Erlaubnis abnimmst, dann werde ich dich übers Knie legen!«

Hinter dem Schleier hörte er undeutliches Gemurmel.

»Was hast du gerade gesagt?«

Heather verschränkte die Arme und warf den Kopf zurück. Obwohl Khalid ihren Gesichtsausdruck durch den dunklen Schleier nicht sah, konnte er ihn sich lebhaft vorstellen.

Er nahm ihren Arm und geleitete sie hinaus. Offensichtlich würde seine junge Frau ständige Beaufsichtigung erfordern, und Omar war dafür viel zu schwach und gutmütig.

Nur wenige Minuten brauchten Khalids Männer, um das Zelt abzubauen. Bald sah es im Innenhof der Karawanserei so aus, als habe hier niemand genächtigt. Die Kasabians waren bereits am frühen Morgen aufgebrochen. Khalid führte Heather zu seinem Pferd.

»Wo ist denn meine Stute?« fragte Heather.

»Abdul kümmert sich um sie«, antwortete Khalid. »Du wirst mit mir reiten.«

»Du traust mir wohl nicht?« Hinter ihrem Schleier lächelte Heather verschmitzt.

»Dein Benehmen in der letzten Zeit verdient kein Vertrauen«, sagte Khalid streng.

»Zwischen Ehemann und Ehefrau muß doch Vertrauen herrschen.« Heather tat ganz unschuldig. »Das mußt du wohl noch lernen, mein Prinz.«

»Und du?«

»Wieso? Ich vertraue dir.«

Diesen Schlagabtausch hatte Heather gewonnen. Ohne ein weiteres Wort hob sie Khalid in den Sattel und setzte dann ebenfalls auf. Die nächsten zwei Stunden ritten sie stumm in Richtung Istanbul. Obwohl sie sich körperlich nahe waren, schien jeder mit seinen Gedanken allein sein zu wollen.

Khalid lag der Gedanke an die erste Begegnung zwischen seiner Mutter und seiner Ehefrau im Magen. Die eine war eine zänkische Person, die schon mit schlechter Laune zur Welt gekommen sein mußte. Die andere war aufsässig. Sollten sie sich je gegen ihn verbünden, dann war sein Tod so gut wie sicher. Aber wahrscheinlicher war, daß sie sich mit ihren Zungen gegenseitig zerfleischten.

Mein Ehemann hat Angst, daß mich die Engländer ergreifen und ihm entreißen werden, dachte Heather. Ihm liegt soviel an mir, daß er den Gedanken an eine Trennung nicht ertragen kann. Vielleicht kann ich ihn davon überzeugen, daß die Königin unsere Verbindung gutheißen wird. Und dann könnten sich wirtschaftliche Beziehungen zwischen den beiden Ländern entwickeln und dann ...

Heathers Ärger war verraucht. Unbewußt entspannte sie sich und lehnte sich zurück in die starken Arme Khalids. Khalid glaubte, er habe diese Schlacht gewonnen.

»Jetzt erzähl mir etwas über deine Familie«, bat ihn Heather.

Befriedigt über ihre Neugier drückte er ihr einen kleinen Kuß auf die Stirn. »Vor ungefähr dreihundert Jahren ...«

Ihr Kichern unterbrach ihn. »Khalid, ich kann beim besten Willen keine dreihundert Jahre Familiengeschichte behalten. Jedenfalls nicht länger als eine Stunde. Erzähl mir von deinen unmittelbaren Angehörigen und den Rest lerne ich gerne mit der Zeit.«

»Ich höre es gerne, wenn du meinen Namen sagst.«

»Das erleichtert mich sehr. Dann wirst du mir wenigstens nie die Zunge herausschneiden«, gab sie zurück und wandte den Kopf nach oben, um sein Gesicht zu sehen.

Khalid setzte seine Erzählung fort. »Mein mittlerweile verstorbener Vater war Rustem Pascha, einer der Großwesire meines Großvaters. Meine Mutter Mihrimah ist die Tochter Suleimans, des größten aller Sultane und seiner geliebten Frau Khurrem. Meine Schwester Birtryce und mein Bruder Karim sind beide schon tot. Ich habe noch eine jüngere Schwester namens Tynna. Sultan Selim ist der Bruder meiner Mutter; mein Cousin Murad wird sein Erbe antreten.«

»Gut. Jetzt kenne ich die Namen und weiß, in welchem verwandtschaftlichen Verhältnis ihr zueinander steht. Aber jetzt erzähl weiter.«

Khalid senkte seine Stimme, denn das Folgende sollte kein Fremder hören könnnen.

»Sultan Selim ist dem Wein verfallen, obwohl der Koran den Alkoholgenuß verbietet. Murad liebt zwei Dinge auf dieser Welt, Frauen und Gold. Meine Schwester ist ein Engel und das völlige Gegenteil ihrer Mutter. Mihrimah ist ein hinterhältiges Miststück. Sie hätte das Zeug dazu gehabt, Sultan zu werden, doch als Frau geht das nicht.«

»Anscheinend hat jede Familie ihre Nachteile«, antwortete Heather. »Und Malik?«

»Meinst du den Laich des Hais oder den Wüstenfuchs?« fragte Khalid lächelnd.

Heather kicherte. »Das ist gemein. Ich meine den Laich des Hais.«

»Malik ist ein Nachkomme des berühmten Khair ed-din, den ihr Europäer Barbarossa nennt. Wir sind zusammen zur Schule gegangen, in die Prinzenschule, zusammen mit Murad und Karim.«

»Und wieso hast du blaue Augen?«

»Die habe ich von meiner Urgroßmutter. Mein Urgroßvater hat sie bei einem seiner Feldzüge von ihrer Familie entführt.«

»Entführungen und Versklavungen scheinen bei deiner Familie an der Tagesordnung zu sein«, bemerkte Heather.

»Aber nur, wenn sich die Beute lohnt!« Khalid, der große Krieger und Heerführer, beugte bei diesen Worten seinen Kopf zu Heather hinunter und verbarg ihn für einen Moment an ihrer Schulter. Wie seine Männer diese zärtliche Geste aufnehmen würden, daran dachte er überhaupt nicht.

»Meinst du, daß der Priester, der uns vermählt hat, zu uns nach Hause kommen könnte, um dort eine Messe für mich zu lesen?«

»Ich bin Moslem«, antwortete Khalid.

»Du brauchst nicht dabeizusein.«

Jetzt war der Zeitpunkt gekommen, an dem er ihr die ganze Wahrheit sagen mußte. »Der Imam hat uns verheiratet.«

»Ist das euer Wort für Priester?« wollte Heather wissen.

»Sozusagen«, antwortete Khalid. »Der Imam ist ein moslemischer Geistlicher.«

Heather brauchte einige Sekunden, um zu verstehen, was Khalid meinte. »Also hat uns ein moslemischer Priester verheiratet?«

»Das könnte man so sagen«, antwortete Khalid vorsichtig.

»Aber das geht doch nicht!« Vor lauter Aufregung stieg Heathers Stimme an. »Ich brauche einen richtigen Priester.«

»Schrei mich nicht an! Und außerdem ist der Imam ein richtiger Priester.«

»Ich kann schreien, soviel . . .«

Khalid hielt ihr mit seiner Hand den Mund zu und gab seinem Trupp ein Zeichen. Hinter ihm kamen die Männer zum Halten. Er stieg ab und zog seine Frau vom Pferd. Außer Hörweite setzten sie ihre Unterredung fort.

»Du mußt dich in jeder Situation wie eine Dame des türkischen Hofs verhalten.«

»Ich bin aber eine Lady des englischen Hofs.« So schnell sollte er diesmal nicht davonkommen.

»Ich bin Moslem und muß vom Imam getraut werden«, erklärte er ihr.

»Ich bin Christin und kann diese heidnische Verbindung nicht anerkennen«, antwortete sie ihm.

»Heather!« In seiner Stimme lag ein warnender Unterton.

»Du hast mir meine Unschuld geraubt!« Drohend zeigte sie mit dem Finger auf ihn. »Du . . .«

»Du hast mir deinen Körper freiwillig gegeben!«

»O Gott, steh mir bei! Ich bin eine gefallene Frau! Wer wird mich jetzt noch heiraten?« jammerte Heather vor sich hin.

»In meinem Land dürfen Frauen nur einen Mann haben. Und du hast schon einen. Mich nämlich.«

»Diese Ehe kann ich ohne einen Priester nicht anerkennen. Ich will einen Priester, und dann mußt du dein Ehegelübde wiederholen.«

»Nein! Ich bin der Neffe des Sultans. Es würde zu einem Skandal kommen, wenn ich an einer christlichen Zeremonie teilnähme«, sagte Khalid.

»Dann fordere ich meine Freilassung.« Zur Bekräftigung stampfte Heather mit dem Fuß auf. »Ich will nach Hause. Nach England.«

»Hier ist dein Zuhause, hier bei mir. Wenn du noch einmal zu entkommen versuchst, werde ich dich töten.«

»Dann werde ich als Märtyrerin für meinen Glauben sterben!«

Khalid platzte los vor Lachen. Seine Frau hatte wirklich ein Gespür für dramatische Situationen. Er zog sie an sich, richtete ihr den Schleier und sagte: »Allah beschützt Kinder und Narren.«

»Willst du damit andeuten, daß ich eine Närrin bin?« Heather war bereit für den nächsten Kampf.

»In der letzten Nacht bist du mir jedenfalls nicht wie ein Kind vorgekommen.« Vorsichtig hob er den Schleier und küßte sie. »Du warst eine Frau. Eine wunderbare Frau.«

Und mit diesen Worten hob er sie hoch und trug sie zurück zu seinem Rappen.

Den Rest der Reise verbrachte Heather mit Gedanken an Himmel und Hölle. Wieso konnte sie sich diesem Ungläubigen hingeben? Wieso konnte sie seinen Küssen nicht widerstehen? Dabei würde ihr doch im Jenseits ein furchtbares Schicksal drohen. Ohne den Segen eines Priesters zu heiraten! Schon als kleines Mädchen hatte sie das gelernt. Doch sie konnte nicht leugnen, daß sie Khalid liebte. Und für ihn waren sie richtig verheiratet. Das Leben war ihr einfacher vorgekommen, als sie noch Jungfrau war.

Die Schatten wurden länger. Seit mehreren Stunden saß Heather nun ohne Unterbrechung im Sattel. Sie fühlte sich matt und viel zu erschöpft, um auf ihren Mann weiter wütend zu sein.

Seine Gefühle für sie waren so stark, daß er sie geheiratet hatte. Es würde ihr sicherlich gelingen, ihn auch zu einer christlichen Trauung zu überreden. Doch der Prinz würde vielleicht noch etwas Zeit brauchen. Sie mußte einfach Geduld haben.

Aber wie sollte sie ihn umstimmen? Mit Vernunft? Das war kaum möglich, so unlogisch, wie er dachte. Sonst hätte er nicht eine Frau geheiratet, die sich gegen die Heirat so heftig gesträubt hatte. Sollte sie es auf die sanfte Art versuchen oder ihn unter Druck setzen? Sicherlich eher auf die sanfte Art. Aber ob sie damit zum Ziel gelangen würde? Der Prinz war ja auch so starrsinnig.

Wie einem kleinen Mädchen fielen ihr bereits ständig die Augen zu, und sie kuschelte sich wieder an die Brust Khalids.

Khalid hingegen hatte beschlossen, ihr mehr Zeit zu lassen, um sich an das Leben einer osmanischen Prinzessin zu gewöhnen. Er liebte ihr starkes und feuriges Wesen und durfte es nicht brechen. Gleichzeitig mußte sie lernen, ihm zu gehorchen. Und er wollte ihr gemeinsames Leben nicht mit ständigen Kraftproben vergeuden. Seine Ehefrau war nicht nur das ungewöhnlichste, sondern auch das schönste Weib, das er je kennengelernt hatte.

Aber Heather hatte sich schon verändert. Sie vertraute ihm und brach nicht mehr ständig einen Streit vom Zaun. Auch hatte sie schnell seine Sprache gelernt, obwohl sie es noch nicht akzentfrei sprach. Sicherlich war es gut, daß er ihr gegenüber nachsichtig auftrat und nicht immer und sofort auf seinem Standpunkt beharrte.

In ganz Istanbul sprach man von nichts anderem als der wilden, ungezähmten Schönheit, die das Herz des gefürchteten Prinzen im Sturm erobert hatte. Als sie durch die engen Straßen des Bazars ritten, blieben die Menschen stehen und gafften unverhohlen.

Heather hingegen verschlief ihren ersten öffentlichen Auftritt.

Als sie aufwachte, war das Gefolge des Prinzen bereits in einen Hof eingeritten. Sie stieg ab und schaute sich um. Als Abdul ihre Stute vorbeiführte, hielt sie sie am Halfter fest und schmiegte sich eng an das Tier. »Danke schön für unser Abenteuer«, flüsterte sie ihm ins Ohr. Zu Khalid gewandt fragte sie: »Darf ich sie besuchen?«

»Selbstverständlich, aber nur in Begleitung.«

Plötzlich räusperte sich jemand neben ihr. Es war Omar. Er hatte zwei blaue Augen, und auch seine Nase hatte einen ordentlichen Stüber abbekommen. Heather hatte ein furchtbar schlechtes Gewissen.

»Es tut mir so leid, Omar«, sagte sie und nahm seine Hände in die ihren. »Ich wollte dir nicht weh tun, aber ich hatte keine andere Wahl.«

Omar nickte und nahm ihre Entschuldigung stillschweigend an. Dann begrüßte er Khalid. »Mihrimah erwartet Euch, Herr. Sie bittet Euch beide um einen kurzen Besuch in ihren Gemächern, bevor sie zu Bett geht.«

»Meine Mutter hat noch nie um etwas gebeten«, antwortete Khalid und wirkte verstimmt. »Du weißt doch, welche Strafe den Lügner ereilt.«

Heather hingegen mußte lachen. »Was ist daran so komisch?« fragte er sie ärgerlich.

»Du, du bist komisch.«

Khalid zog sie an sich, schob den Schleier zur Seite und gab ihr einen Kuß. »Es ist verboten, über seinen Ehemann zu lachen.«

»Jetzt lügst du! Und du weißt doch, welche Strafe den Lügner ereilt. Ehemänner ohne Zungen können ihre Ehefrauen nicht mehr herumkommandieren.«

»Das würde dir also gefallen.«

Omars Stimmung hob sich, als er sah, wie liebevoll sich die beiden neckten. Der eine schien den anderen gezähmt zu haben. Sie würden viele Kinder haben. Sein Glück war gemacht. O Allah sei gedankt!

Khalids Gedanken waren weniger freudig. Das Treffen mit seiner Mutter ließ sich nicht mehr hinausschieben.

»In einer halben Stunde klopfst du an und unterbrichst unser Gespräch«, befahl er Omar. »Deine Herrin möchte dann baden und ein kleines Abendessen zu sich nehmen.«

Khalid führte Heather durch das Haus, in dem er aufgewachsen war. Vor einer dunklen Tür blieb er stehen, klopfte an und öffnete die Tür. Zögernd ging Heather ihm nach.

Und dort, in ihrem Salon, saß Mihrimah wie eine Königin, die eine Audienz gewährt. Heather war furchtbar eingeschüchtert von dieser herablassenden Erscheinung, die ihr entgegenblickte.

Mihrimah sah trotz ihrer Jahre — Heather schätzte sie auf Mitte Vierzig — immer noch blendend aus und mußte in ihrer Jugend eine Schönheit gewesen sein. Ihr hellbraunes Haar war von feinen silbrigen Fäden durchzogen. Ihre Augen waren haselnußbraun. Ihr Gesicht war das genaue Abbild ihres Sohnes.

Also das war die Frau, die sie mit solcher Verachtung über ihren Sohn hatte reden hören, dachte Heather. Sofort fühlte sie einen Beschützerinstinkt in sich aufwallen. Und verabscheute diese Frau, mit der sie noch kein einziges Wort gewechselt hatte.

Khalid und Heather nahmen gegenüber von Mihrimah vor einem kleinen Tisch Platz. »Mutter, ich möchte dir meine Ehefrau vorstellen«, sagte Khalid.

»Spricht sie unsere Sprache?« fragte ihn seine Mutter.

»Ja«, antwortete Heather.

»Heather, ich möchte dir meine Mutter vorstellen.« Khalid ignorierte ihren Einwurf.

Ohne sie in irgendeiner Weise willkommen zu heißen, griff Mihrimah nach dem Schleier ihrer Schwiegertochter. Doch Heather war schneller. Mit der einen Hand hielt sie den Schleier fest, mit der anderen hatte sie Mihrimahs Hand ergriffen.

»Ohne Einwilligung meines Ehemannes dürft ihr mich nicht berühren«, klärte sie sie mit sanfter Stimme auf.

Völlig überrascht ließ Mihrimah ihre Hand sinken. In ihrem ganzen Leben hatte es noch niemand gewagt, ihre Pläne zu durchkreuzen, seien es große Komplotte, seien es kleine Wünsche. Sie war sprachlos.

Sie hätte wissen müssen, dachte Mihrimah wutentbrannt, daß ihr unfähiger Sohn noch nicht mal eine passende Ehefrau für sich aussuchen würde. Wußte diese kleine Barbarin denn nicht, wie mächtig sie, die Schwester des Sultans, war? Ein Wort aus ihrem Mund, und das Leben dieser Ungläubigen war soviel wert wie ein Staubkorn. Dieser Emporkömmling würde noch um Gnade winseln.

Khalid hingegen verstand gar nicht mehr, wieso er sich je Sorgen gemacht hatte, daß die beiden Frauen sich gegen ihn verbünden könnten. Seine Frau — und dafür dankte er Allah von Herzen — hatte viel zuviel Mut und Temperament, um sich dem Willen seiner Mutter zu unterwerfen.

Trotz ihres Streites, der ja erst einige Stunden zurücklag, spielte Heather nun vor Khalids Mutter die liebende Ehefrau. Jemand in dieser seltsamen Familie mußte einfach auf Khalids Seite stehen, dachte Heather, und wer wäre dafür besser geeignet als seine Frau!

»Verzeih meine Unhöflichkeit«, sagte Mihrimah, die sich wieder in der Gewalt hatte. »Ich bin einfach nur neugierig auf meine neue Tochter.«

»Ich habe eine Mutter. Die lebt in England«, flötete Heather. Sie drehte sich zu Khalid. »Mein Ehemann, gestattest du mir, den Schleier abzunehmen?«

Khalid war völlig verwirrt von dieser ungewohnten Unterwürfigkeit Heathers, doch spielte er das Spiel nur zu gerne mit. Allein schon das entsetzte Gesicht seiner Mutter hatte seine Laune gehoben.

»Darf ich, kleine Wildblume?« fragte er und entfernte liebevoll ihren Schleier.

Mihrimah starrte sie mit einem furchteinflößenden Blick an. Doch Heather schlug noch nicht einmal die Augen nieder.

»Du bist wunderschön«, sagte Mihrimah schließlich. »Ich kann sehr gut verstehen, daß mein Sohn dich geheiratet hat.«

Heather lächelte höflich und tat verlegen.

In diesen wenigen Sekunden hatte Mihrimah bereits erkannt, daß Schmeicheleien bei diesem Weib nicht zum Ziel führen würden. Sie schien nicht nur schön zu sein, sondern auch genauso klug. Mihrimah hob eine kleine goldene Glocke hoch und läutete.

Eine Dienerin betrat das Zimmer so schnell, daß sie wohl gelauscht haben mußte, dachte Heather. Sie verbeugte sich, setzte ein Tablett auf dem Tisch ab und verschwand auf ein Zeichen ihrer Herrin.

Neben türkischem Kaffee aus winzien Täßchen gab es Gazellenhörner, ein Gebäck aus Mehl, gemahlenen Nüssen und Honig, das in seiner geschwungenen Form an die Hörner dieser anmutigen Tiere erinnerte.

Heather nippte an dem Kaffee und verschluckte sich vor Schreck. Noch nie hatte sie etwas so Bitteres trinken müssen. Sie hätte ihren Mund auch mit Seife ausgewaschen, um diesen furchtbaren Geschmack loszuwerden.

Khalid klopfte ihr vorsichtig auf den Rücken. »An dieses Gift muß man sich erst gewöhnen.«

»Gift?« Heather war entsetzt.

Er lächelte. »Das sagt man nur so.«

Heather blickte ihn an. Und plötzlich brach ein Lächeln aus ihr heraus. Liebte sie diesen Mann wirklich?

Mihrimah hing ganz anderen Gedanken nach, während sie den heißen Kaffee schlürfte. Was war in ihren Sohn gefahren? Früher hatte ihn jeder nur das wilde Tier des Sultans genannt. Doch in seinen Augen war kein Zorn mehr, sondern Liebe. Und ihre Schwiegertochter strahlte ihn an, als hätte er ihr gerade die Sterne vom Himmel geholt. Aber das war ja gar nicht möglich. Keine Frau, die bei Verstand war, würde einen Mann lieben, der so entstellt war.

Wahrscheinlich war es genau das. Diese Frau aus dem Abendland war verrückt. Jede intelligente junge Frau hätte sich auch vor ihr, der Tochter des Suleiman und der Khurrem, in den Staub geworfen. Aber diese Heather war wohl geisteskrank.

All das durchkreuzte Mihrimahs Pläne. Sie hatte gehofft, die Abneigung dieser Ausländerin gegenüber Khalid für sich nutzen zu können und sie zu ihrem Werkzeug zu machen. Aber dieses nichtsnutzige Weib war nicht gefügig genug für ihre Pläne. Eine Frau, die soviel Mut besaß, sich als Mann zu verkleiden und schutzlos ohne Begleitung zu reisen, ließe sich nicht kontrollieren.

Khalid und Heather zeigten sich ihr als liebendes Paar. Waren sie sich auch so nahe, wenn sie allein waren? Oder war das alles nur gespielt? Vielleicht konnte man einen Keil zwischen sie treiben.

»Ich bin überrascht, wie schnell du sie hast zähmen können«, sagte Mihrimah zu ihrem Sohn.

»Ich bin kein Tier, das gezähmt werden muß«, erwiderte Heather statt seiner. Sie spürte Ärger in sich aufsteigen. »Und ich bin auch keine taube Sklavin, über die man in deren Anwesenheit sprechen kann.«

»Dieser Tonfall ist ungehörig«, sagte Mihrimah.

»Und überdies scheint Ihr falsch informiert zu sein. Mein Ehemann und ich verstehen uns hervorragend. Das war schon immer so, und das wird auch immer so sein.«

Khalid schaute sie verblüfft an. Hatte sie vergessen, wie man in seinem Land Lügnerinnen bestrafte?

»Und wieso bist du dann geflohen?«

»Ein kleines Mißverständnis«, gab Heather kurz zurück. Sie sah keinen Grund, sich von dieser Person auf den Prüfstand stellen zu lassen.

Mihrimah schnappte nach Luft. Noch nie war ihr jemand derart respektlos gegenübergetreten.

Khalid hütete sich, seine Gefühle zu zeigen. Wahrscheinlich hätte er Heather für ihr Benehmen maßregeln sollen, doch er genoß dieses Schauspiel einfach zu sehr. Bislang hatte noch jeder bei seiner Mutter den kürzeren gezogen. Und ausgerechnet seine rebellische kleine Wildblume erwies sich als stärker als sie.

»Mein Sohn, du scheinst eine schlechte Wahl getroffen zu haben«, sagte Mihrimah. »Laß dich sofort wieder von ihr scheiden. Ich werde Zeugen rufen lassen.«

»Nein.« Khalids Gesicht verfinsterte sich vor Wut.

Mihrimah ließ nicht locker. »Sie ist zwei Tage lang alleine gereist. Laß sie zumindest von einem Arzt auf ihre Jungfräulichkeit hin untersuchen.«

Nun schnappte Heather nach Luft. Sie konnte sich kaum zusammenreißen. Am liebsten wäre sie diesem Ungeheuer ins Gesicht gesprungen.

Khalid spürte, wie sie ihre Wut unterdrückte. Beruhigend legte er ihr den Arm um die Schulter. »Sie war noch Jungfrau.«

»Sie wird auf keinen Fall Topkapi besuchen dürfen, bevor sie nicht gelernt hat, sich richtig zu benehmen.« Mihrimah wollte die Harmonie zwischen den Eheleuten um jeden Preis zerstören. »Wenn du willst, bringe ich ihr bei, eine richtige Ehefrau zu sein.«

»Wo ist eigentlich Tynna?« Khalid verspürte keine Lust, sich auf die Provokationen seiner Mutter einzulassen.

»Sie besucht deine Cousine Shasha«, antwortete Mihrimah. »Allah sei Dank, daß ich sie nach Topkapi geschickt habe. Das Benehmen dieser Frau hätte einen denkbar schlechter Einfluß auf sie. Ach, hattest du eigentlich in Erfahrung bringen können, wo sich das Wiesel aufhält?«

Heather blickte fragend zu Khalid, der seiner Mutter einen warnenden Blick zuwarf. Doch es war Malik, der die Situation rettete.

Plötzlich ging die Tür auf, und er stürmte ohne Anmeldung herein. »Welche Idylle«, sagte er grinsend und ließ sich auf eines der großen Sitzkissen fallen. »Die glückliche Familie! Das sehe ich immer gern.«

Heather griff nach ihrem Schleier, doch Khalid hielt sie lächelnd davon ab. »Malik gehört zur Familie. Vor ihm mußt du dich nicht verschleiern.«

Malik lächelte ihr zu.

»Wie geht es meiner Cousine?« fragte Heather.

»April geht es gut. Aber sie läßt mir gar keine Ruhe und fragt ständig, wann ich sie zu Euch nach Istanbul bringe.« Und zu Khalid gewandt sagte er: »Du schuldest mir fünfundzwanzigtausend Goldmünzen.«

»Wofür?«

»Ich habe Akbar bezahlt.«

»Du hast ihm fünfundzwanzigtausend Goldmünzen gegeben?« rief Khalid fassungslos aus.

Malik grinste ihn an. »Murad schien es darauf angelegt zu haben, dich zu einem armen Mann zu machen. Er hat zehn Jungfrauen gekauft, das Beste, was Akbar zu bieten hatte. Du hattest ihm schließlich angeboten, er dürfe sich Ware aussuchen.« Er drehte sich zu Heather: »Du hast deinen Mann ein kleines Vermögen gekostet.«

Heather verstand nicht recht, worum es ging. Sie schaute ihren Mann fragend an. »Worüber sprecht ihr denn?«

»Ich werde es dir später erklären«, antwortete Khalid.

»Eine Geldverschwendung, wenn ihr mich fragt«, sagte Mihrimah laut.

»Dich fragt niemand«, fauchte Heather auf englisch.

Malik wirkte belustigt. Die liebende Familie war nun vollständig!

»Was hattest du gerade gesagt?« fragte Khalid. Er sollte nun wohl doch etwas auf ihr Benehmen achten.

Heather schaute ihn völlig unschuldig an. »Ich hatte gesagt, daß ich todmüde bin.«

»Sie lügt«, fauchte Mihrimah zurück, obwohl sie kein Wort Englisch verstand.

Es klopfte verhalten an der Tür. »Herein«, rief Khalid.

Omar betrat den Salon. »Wie befohlen, möchte ich meine Herrin jetzt zu den Bädern geleiten.«

»Geh mit Omar«, sagte Khalid. »Wir werden später gemeinsam zu Abend essen.«

Sobald sich die Tür hinter Heather und Omar geschlossen hatte, giftete Mihrimah los: »Sie ist unbeherrscht und äußerst unhöflich. Aber sie paßt recht gut zu so einem wilden Tier wie dir.«

»Da hat sie wohl einiges von dir geerbt«, neckte sie Malik.

Mihrimah ignorierte diesen Einwurf. »Wann bringst du sie in dein Haus? Bald, hoffe ich.«

»Sobald ich kann, Mutter«, antwortete Khalid. »Doch erst wird Fougere sterben.«

»Er hätte schon längst tot sein müssen, finde ich«, sagte Mihrimah.

»Was du findest, interessiert niemanden«, antwortete Khalid barsch. Er war immer noch wütend auf seine Mutter.

Malik schmunzelte. Bei Allah, manchmal meinte man, die Ehefrau zu hören und nicht den Ehemann.

»Du weißt noch nicht einmal, wo sich das Wiesel aufhält«, sagte Mihrimah.

»Wir werden morgen dem Duc de Sassari einen Besuch abstatten«, sagte Khalid zu Malik. »Liegt sein Schiff noch im Hafen vor Anker?«

Malik nickte.

Khalid wandte sich wieder seiner Mutter zu. »Ich möchte, daß du dich solange um meine Frau kümmerst.«

»Ich soll diese Schlange bei mir aufnehmen?«

»Entweder kümmerst du dich um sie, oder ich werde sie in mein Haus bringen«, antwortete Khalid. Aber seit wann war ihm seine Frau wichtiger geworden als die Rache an Fougere?

»Gut. Für ein paar Tage werde ich sie wohl ertragen können«, lenkte Mihrimah ein.

Während nun im Salon blutrünstige Rachepläne an Fougere erdacht wurden, folgte Heather Omar durch ein Labyrinth von Gängen zu den Bädern des Hauses. Mihrimahs Haus war noch nicht so alt wie das Schloß der Jungfrau. Die Gänge wirkten luftiger, und die Fenster, die auf einen großen Innenhof hinausgingen, ließen viel Licht herein.

Omar war äußerst höflich und aufmerksam, aber sehr zurückhaltend. Er blickte ihr nicht mehr ins Gesicht, sondern hielt die Augen auf den Boden geheftet, wenn er mit ihr redete. Sie hatte den harmlosen kleinen Eunuchen sehr verletzt und schwor sich, ihn nie wieder schlecht zu behandeln.

Als sie die Bäder betraten, sprangen zwei Sklavinnen herbei, um sie zu bedienen. Doch Omar winkte sie beiseite, denn er wußte ja, wie verklemmt seine Herrin war. Sicherlich würde sie es nicht wollen, wenn sie diese ihr unbekannten Mädchen baden und für die erste Liebesnacht vorbereiten würden.

»Geht«, sagte er und wollte sie mit einer Handbewegung entlassen. »Ich kümmere mich selbst um die Prinzessin.«

»Du trägst doch schon sichtbare Zeichen ihrer Mißgunst«, kicherte die eine. »Wir müssen dich vor ihr beschützen.«

Diese Beleidigung ließ Omar tief erröten. Aber was hätte er sagen sollen? Alle Bediensteten und Sklaven von Mihrimah wußten natürlich längst, daß er als Eunuch versagt hatte.

»Wagt es kein zweites Mal, so respektlos zu dem Lieblingsdiener meines Mannes zu sprechen«, befahl Heather.

Beide Sklavinnen erblaßten vor Fucht. »Bitte vergebt mir«, sagte die erste und machte dann eine tiefe Verbeugung.

»Beim nächsten Mal werde ich nicht mehr so großmütig sein.« Heather versuchte, etwas vom Hochmut ihrer Schwiegermutter in ihre Antwort einfließen zu lassen. »Dann werde ich euch die Zungen herausschneiden lassen. Habt ihr das verstanden?«

»J-Ja, Prinzessin«, stotterten beide.

»Und jetzt entschuldigt euch bei Omar.«

Beide Sklavinnen verneigten sich tief vor dem Eunuchen.

»Verzeih uns, Omar. Wir wollten nicht respektlos erscheinen.«

Omar reckte seine kleine Statur. Seine rundliche Brust blähte sich vor Stolz. »Ich nehme die Entschuldigung an. Nun trollt euch von dannen und stört uns nicht mehr.«

»Habt Dank, daß Ihr mich verteidigt habt«, sagte Omar

später leise zu Heather, als er sie mit den Mandelpaste enthaarte.

»Das war das mindeste, was ich tun konnte. Es tut mir leid, daß ich dir solchen Kummer bereitet habe«, antwortete Heather kleinlaut.

Omar nickte bescheiden und lächelte seine Herrin scheu an. Dann nahm er ohne ein weiteres Wort seine Arbeit wieder auf. Er bürstete ihr schimmerndes Haar, wusch es mit einem Pflanzenextrakt, das es noch rötlicher glänzen ließ, und hieß sie dann in ein heißes Becken steigen, wo sie sich für einige Minuten entspannen sollte.

Dann räusperte er sich bedeutungsvoll. »Herrin, ich möchte mit Euch über Eure Hochzeitsnacht sprechen.« Sicher hatte dieses halbe Kind keine Ahnung, was es erwartete.

Doch Heather lächelte ihn an. »Omar, meine Hochzeitsnacht war bereits gestern.«

Das war wohl der Grund, warum seine Herrin so nett geworden war, dachte Omar. Er war glücklich. Sie und der Prinz würden viele Kinder haben und sein Glück ...

Ein schrecklicher Gedanke unterbrach seine Tagträume. »Herrin, darf ich wissen, wer Euch für die letzte Nacht vorbereitet hat?«

»Mein Prinz hat den Eunuchen gespielt. Zumindest für einige Minuten«, lachte Heather. Dann blickte sie zu Boden und schien plötzlich zu träumen. Omar führte sie zu einer Marmorbank, um sie zu massieren. Er war sehr erleichtert, daß er keinen Rivalen hatte.

»Tut dein Gesicht noch weh?« fragte Heather plötzlich.

»Ein bißchen schon, besonders wenn ich niese.«

»Ich wollte dir nicht weh tun«, entschuldigte sich Heather wieder.

»Ich habe es schon vergessen«, log Omar tapfer. »Legt Euch auf den Bauch, damit ich Eure Schultern massieren kann.« Er nahm etwas Aloe und wärmte es in seiner Hand, damit es flüssig wurde.

»Ihr seid sehr verspannt.«

»Das verdanke ich dieser Schwiegermutter«, murmelte Heather.

»Ein schreckliches Weib«, pflichtete ihr Omar schnell bei.

»Schrecklicher als ich?«

»Ihr seid überhaupt nicht schrecklich, Herrin. Ihr seid nur noch nicht mit den Gepflogenheiten unseres Landes vertraut.«

»Vielleicht«, murmelte Heather. Und dann fragte sie: »Malik sagte, ich hätte Khalid ein Vermögen gekostet. Weißt du, was er damit gemeint hat?«

»Der Prinz hat tatsächlich ein Vermögen bezahlt, um euch behalten zu können«, schwärmte Omar. »Die Männer, die zur Auktion eingeladen waren, waren so begeistert von Eurer Schönheit, daß die Gebote ins Unermeßliche stiegen. Und bei jedem neuen Gebot verdüsterte sich die Miene Eures Herrn mehr. Ihr standet auf dem Podium und schwanktet plötzlich. Und dann stürzte er nach vorne und fing Euch auf.« Omars Augen glänzten vor Begeisterung. »Er drehte sich zu den Männern und verkündete, daß die Auktion vorbei sei. Aber das wollte keiner hinnehmen. Daraufhin hat er den Gästen angeboten, daß sich jeder von ihnen auf seine Kosten eine andere Frau aussuchen dürfe. Dann brachte Euch Prinz Khalid hierher und ging geradewegs zum Imam, um Euch noch in der gleichen Nacht zu seiner Prinzessin zu machen. Ist das nicht wundervoll?«

»Aber warum wollte er mich denn heiraten?« Heather merkte, daß ihr dieses Land mit seinen Sitten und Gebräuchen tatsächlich sehr fremd war. »Er hatte mich doch schon zu seiner Sklavin gemacht.«

»Der Prinz betet Euch an«, antwortete Omar.

»Ach, das ist doch Unsinn! Das klingt ja wie aus einem Märchen.« Heather schien nachzudenken. »Omar, ich brauche deinen Rat.«

»Das gehört zu meinen Aufgaben, Herrin.«

»Wie gehe ich am besten mit dem Prinzen um? Soll ich ihn liebevoll behandeln oder so wie seine Mutter?«

Omar mußte nicht überlegen. »Liebevoll, Herrin.« Was er ihr dabei verschwieg, war, daß auch die Wahrung des häuslichen Friedens zu seinen Aufgaben gehörte.

»Dreht Euch jetzt bitte um.«

Heather drehte sich auf den Rücken. Omar massierte ihre Schenkel und ihren Bauch und rieb auch etwas Aloe in ihren Busen ein, um ihn straff zu erhalten. Scheinbar hatte seine Herrin sich viel schneller an ihr neues Leben gewöhnt, als ihr bewußt war. Vor wenigen Wochen noch hätte er sie nie so berühren dürfen.

»Kennst du einen katholischen Priester?« fragte Heather.

»Nein. Wieso?«

»Ach, gar nichts. Und warum müssen Frauen verschleiert sein?«

»Eine unverschleierte Frau ist unschicklich.« Omar schien Khalids Erklärung wörtlich zu wiederholen. »Der Anblick einer unverschleierten Frau führt einen Mann in Versuchung, den Besitz eines anderen Mann zu begehren.«

»Den Besitz?« Heather traute ihren Ohren nicht.

»Das Weib ist im Besitz des Mannes. Ihr seid Eigentum von Prinz Khalid. Ohne seine Einwilligung darf kein Mann Euer Gesicht sehen. Eure Schönheit ist einzig und allein zu seinem Vergnügen bestimmt.«

»Und die Schönheit meines Prinzen? Dann sollte die doch auch einzig und allein zu meinem Vergnügen bestimmt sein!«

»Ihr findet den Prinzen schön?« Omar war sehr überrascht.

Nun war es an Heather, überrascht zu sein. »Du nicht?«

»Trotz seiner Narbe ist er sicherlich ein attraktiver Mann«, war Omars ausweichende Antwort.

»Seine Narbe ist so schön wie er. Sie verleiht seinem Gesicht Charakter.«

Diese Antwort machte Omar überglücklich. Seine Herrin liebte seinen Herrn. Oh, sie würden viele Kinder haben. Sein Glück war gemacht. Gelobt sei Allah!

Er zog ihr einen Kaftan an und geleitete sie zu Khalids Räumen, wo bereits ein kleines Abendessen angerichtet war. Der große Salon war wohlig warm, denn das Kohlenfeuer war schon angezündet worden. Doch das Abendessen aus Oliven, Nüssen, Ziegenkäse und Sesamringen enttäuschte Heather etwas. Sie hatte seit dem Frühstück nur das Stück Gebäck bei Mihrimah gegessen. Außerdem schien Heather ja immer hungrig zu sein, wie ihr Mann bemerkte.

»Mehr gibt es nicht zu essen?« fragte sie enttäuscht.

»Das ist nur etwas zum Knabbern. Ich werde die warmen Gerichte bringen, sobald der Prinz eingetroffen ist.«

»Omar, magst du Eier?« fragte sie mit einem spitzbübischen Lächeln.

»Ja.«

»Was ißt du denn lieber, das Eigelb oder das Ei . . .«

Die Tür ging auf und der Prinz, der ebenfalls ein Bad genommen hatte, trat ein. Omar verließ die Gemächer, um sich um das Essen zu kümmern.

»Laß uns ein bißchen im Garten spazierengehen«, schlug Khalid vor.

Heather schob ihre Hand in die seine, und gemeinsam gingen sie durch die große Flügeltür hinaus in den Garten, der von Fackeln erhellt war. Ihr fröstelte in der Abendkälte, und sie kuschelte sich an ihn.

Sie sog die blumige Luft des Gartens ein. »Oh, es riecht wundervoll. Jede Blume duftet anders und alle vermischen sich zu einem ganz neuen und besonderen Duft.«

»So wie wir, wenn wir uns lieben«, sagte Khalid.

Heather errötete.

»Wenn wir wieder im Schloß der Jungfrau sind, werde ich dir den Garten dort zeigen. Er ist sogar noch schöner als der meiner Mutter. Ich habe ihn nämlich selbst angelegt.«

»Wie bescheiden du doch bist«, neckte ihn Heather.

Er drückte ihre Hand und führte sie zu einer lilagoldenen Blume, deren Blüte einem Stern ähnelte. »Die alten

Griechen glaubten, daß diese Astern die bösen Geister fernhalten.«

»Und diese Blume hier?« Heather deutete auf eine violettfarbene Blüte.

»Das ist ein Venusspiegel«, atnwortete Khalid. »Nach der Legende besaß die Göttin Venus einen magischen Spiegel, der auf jeden Schönheit zurückwarf, der hineinblickte. Eines Tages hatte sie den Spiegel verlegt. Ein armer Hirtenjunge fand ihn, doch er weigerte sich, ihn zurückzugeben. Amor versuchte, ihm den Spiegel zu entreißen, und dabei zerbrach er. Und überall dort, wo Scherben dieses Spiegels hinfielen, wachsen heute diese Blumen.«

»Wie schön«, sagte Heather. Sie genoß es, Khalid zuzuhören.

Der Prinz zeigte auf eine andere Blume. »Diese Blume nennen wir Amorphophallus. Damit werden Liebestränke gebraut.«

Heather kicherte.

Langsam gingen sie wieder zurück. Auf der Terrasse blieben sie stehen und warfen noch einen letzten Blick in den nächtlichen Himmel.

»Wieso ist deine Mutter so böse?« fragte Heather.

Khalid lächelte. »Wieso fragst du?«

»Oh, nichts. Ich bin einfach nur neugierig.«

»Trotz ihres verschwenderischen Lebensstils ist sie zutiefst unglücklich«, antwortete Khalid. »Sie ist viel ehrgeiziger und vor allem viel gerissener als Selim. Wenn sie als Mann auf die Welt gekommen wäre, wäre Mihrimah Sultan geworden. Und so lebt sie zutiefst enttäuscht.«

»Meinst du, ich könnte auch so werden?« fragte Heather besorgt.

»Kleines, ihr beide seid so verschieden wie Tag und Nacht«, sagte Khalid. »Meine Mutter ist machtgierig, ein Zug, der dir völlig abgeht. Sie ist ein Mann im Körper einer Frau. Und zumindest mir gegenüber hegt sie keinerlei mütterliche Gefühle. Du darfst auch nicht vergessen, daß ihr der Tod bereits ihren Mann, ihre Tochter und ihren Sohn geraubt hat.«

»Woran ist dein Vater gestorben?«

»Er wurde auf Geheiß des Sultans hingerichtet.«

Heather war entsetzt. »Dein Onkel hat den Tod seines eigenen Schwagers befohlen?«

»Nein, es war mein Großvater.«

»Aber das ist ja furchtbar!«

»Erstaunt dich das wirklich so sehr?« fragte Khalid verwundert. »Aber solche politischen Ränke gibt es doch sicherlich auch in England?«

»Nicht seit meiner Geburt.«

»Du bist erst siebzehn Jahre alt, fast noch ein Kind«, antwortete Khalid. »Doch noch viel schlimmer als der Tod meines Vaters wiegt der Tod meiner Schwester und meines Bruders, die beide noch so jung waren. Fougere hat sie auf dem Gewissen.«

»Wirst du ihn wirklich umbringen?«

Khalid zog sie an sich. »Würde dich das stören?«

»Wenn Fougere schuldig ist, verdient er den Tod«, sagte Heather.

Auch wenn es nicht wirklich von Bedeutung war, was sie dachte, spürte Khalid doch Erleichterung. »Also befürwortest du Rache?«

»Ich glaube, ich würde den Tod meines Vaters rächen, wenn ich könnte«, gab Heather zu.

Dieses Thema wollte Khalid um jeden Preis vermeiden, denn es bedeutete immer schlaflose Nächte. Deshalb lenkte er geschickt ab. »Warum bist du meiner Mutter von Anfang an feindlich gesinnt?«

»Sie hat mich doch ganz genauso behandelt.«

»Nein, Kleines, das stimmt nicht. Du hast sie von Anfang an nicht gemocht. Als ob du dir vorgenommen hättest, sie nicht zu mögen. Warum?«

»Ich will dich nicht verletzen«, stammelte Heather.

Er zog sie ganz fest an sich und blickte voller Liebe in ihr süßes Gesicht. Manchmal erschienen ihm ihre Augen wie klare meeresgrüne Tiefen, manchmal wie unergründliche Bergseen. Ein Schauer durchzog ihn. »So wichtig sind dir meine Gefühle?« fragte er, und bevor sie antworten konnte, küßte er sie leidenschaftlich.

»Ja, Khalid.«

»In bezug auf meine Mutter kannst du mich schon lange nicht mehr verletzen, was immer es auch sein mag. Ich verspreche es dir.«

»In der Nacht, als ich geflohen bin, habe ich mich im Garten versteckt. Und da hörte ich Stimmen, dort bei dem Gebüsch. Es war deine Mutter, die sich unterhielt. Und sie machte abfällige Bemerkungen über dich.«

»Zum Beispiel?«

»Das mußt du nicht wissen. Ich finde nur, daß jedes Kind eine Mutter braucht, die es vorbehaltlos liebt. Und eine Frau, die nicht mit Zuneigung und Liebe von ihren Kindern spricht, kann ich nicht respektieren.«

Khalid küßte sie wieder. Und wieder. Und wieder.

Als Omar das Abendessen angerichtet hatte, wollte er hinausgehen auf den Balkon, um sie hereinzurufen.

Der Anblick, der sich ihm bot, machte ihn überglücklich. Sie schienen niemanden anderen auf der Welt zu brauchen.

Geräuschlos zog er sich zurück. Jedem Liebespaar auf dieser Welt wäre es egal, ob ihr Essen noch warm war oder schon kalt.

Allah sei gepriesen! murmelte er und schloß die Tür hinter sich.

Kapitel 14

Die Sonne stand hoch in einem wolkenlosen Himmel. Es war Mittwoch, der Tag der Geschäfte für die Moslems, Christen und Juden der Stadt. Istanbul erwachte früh zum Leben. Eine unruhige Menschenmenge hastete über das Kopfsteinpflaster, man hörte die Rufe der Straßenverkäufer, die Gemüse, Joghurt und Trinkwasser anboten.

Khalid und Malik ritten in vertrauter Stille nebeneinander her. Vorsichtig bahnten sich ihre Pferde den Weg durch die belebten Straßen in Richtung Galata, wo sich die Händler aus Europa angesiedelt hatten. Abdul, Rashid und zehn bewaffnete Krieger ritten als Leibwache hinter ihnen.

Männer, Frauen und Kinder gafften ihnen gleichermaßen nach. Bei seinem Anblick machten die Erwachsenen ein Zeichen, um sich vor dem wilden Tier des Sultans, das Hunderte Unschuldiger hatte hinmetzeln lassen, zu schützen. Die Christen bekreuzigten sich. Die Juden sandten ein kurzes Gebet zu Jahwe. Die Moslems betasteten die blauen Perlen, die sie gegen den bösen Blick um den Hals trugen. Alle Mütter deuteten mit dem Finger auf Khalid und ermahnten ihre Kinder, immer folgsam zu sein.

»Du erregst mal wieder Aufsehen«, bemerkte Malik.

Khalid zuckte nur mit den Schultern und blickte starr geradeaus.

»Wenn du weniger grimmig dreinblicken würdest, hätten die Menschen nicht soviel Angst vor dir«, sagte Malik.

»Angst kann durchaus etwas Nützliches sein«, erwiderte Khalid und warf seinem Freund einen eindringlichen Blick zu. »Sie kennen alle diese Geschichten um mich, dann sehen sie meine Narbe und fürchten mich.«

»Deine Wildblume hatte nie Angst vor dir.«

Bei der Erwähnung ihres Namens zog Khalid grollend die Augenbrauen zusammen.

»Oh, das tut mir leid. Gibt es etwa irdischen Ärger in eurem Paradies? Hast du eine schlaflose Nacht verbracht, weil sich deine Mutter und deine Frau gestritten haben?« stichelte Malik.

»Sei still«, knurrte Khalid.

»Ja, jetzt fällt es mir auf.« Malik dachte gar nicht daran,

still zu sein. »Du wirkst müde, und schlechte Laune hast du auch.«

»Wenn du es unbedingt wissen willst, meine Frau nörgelt ständig.« Khalid klang, als sei er schon zwanzig Jahre verheiratet.

Malik schmunzelte. »Das wilde Tier des Sultans, der gefürchtetste Mann im Reich, kann sich nicht gegen diese kleine Engländerin durchsetzen?«

»Sie besteht darauf, daß ich mein Ehegelöbnis vor einem christlichen Priester wiederhole«, beschwerte sich Khalid und atmete tief durch. »In der letzten Nacht habe ich sie sehr glücklich gemacht, doch danach hat sie geweint. Sie sagt, sie fühle sich nicht richtig verheiratet. Sie käme sich vor wie eine Hure.«

»Aber das kann man doch leicht in Ordnung bringen. Laß einen Priester kommen.«

»Der Neffe des Sultans nimmt an einem Ritual der Ungläubigen teil! Kannst du dir vorstellen, was für einen Skandal das verursachen würde?«

»Aber es muß ja niemand wissen«, sagte Malik. »So etwas läßt sich im geheimen erledigen.«

»Aber *ich* würde es wissen«, erwiderte Khalid. »Und außerdem kann ich auch aus einem anderen Grund nicht ruhig schlafen. Sie hat Alpträume und weckt mich ständig.«

»Vielleicht würde ein Besuch von April helfen?«

»Das bezweifle ich. Dann bekommen sie beide nur Heimweh nach England.«

Malik nickte. »Dann mußt du dich nach der Liebe zum Schlafen in ein anderes Zimmer zurückziehen.«

»Und wer würde sie dann beruhigen, wenn sie schlecht geträumt hat? Omar ist völlig nutzlos in solchen Dingen. Das einzige, was er kann, sind Massagen.«

Malik grinste. Amors Pfeil schien seinen Freund mitten ins Herz getroffen zu haben.

»Ich wußte ja nicht, wie anstrengend es ist, verheiratet zu sein«, beklagte sich Khalid. »Meine Frau weigert sich, ihre Eier aufzuessen. Sie ißt immer nur das Eigelb. Heute morgen mußte ich den Rest essen.«

Malik lachte laut auf.

»Wenn sie den Reichtums Allahs wieder so verschwendet, wird es ihr noch leid tun!«

Malik glaubte ihm kein Wort. »Wahrscheinlich ist es wahr, was man über Hebammen sagt.«

»Was denn?' fragte Khalid.

»Daß sie Neugeborenen einen Klaps auf den Po geben, damit bei den Dummen die du-weißt-schon-was abfallen«, antwortete Malik und verzog dabei keine Miene.

Khalid biß sich auf die Lippen, um bloß nicht laut loszulachen. Das hätte verheerende Folgen gehabt. Die Bevölkerung Istanbuls wollte das Schwert Allahs nicht lachend sehen.

»So, wir sind da«, sagte Malik.

Sie wurden von mehreren Matrosen in einem Beiboot von Maliks Schiff erwartet. Khalid, Malik, Abdul und Rashid bestiegen das Boot, und die Matrosen ruderten auf das Schiff des Duc de Sassari zu. Die Leibgarde des Prinzen blieb mit den Pferden am Ufer zurück.

Als sie angelegt hatten, erhob sich Malik und rief hinauf: »Prinz Khalid bittet um Erlaubnis, an Bord kommen zu dürfen.«

Fünf Minuten vergingen. Dann erschien der Kapitän und befahl seinen Männern, eine Strickleiter herabzulassen.

Khalid, Malik, Abdul und Rashid gingen an Deck. Die Matrosen blieben im Boot zurück.

»Ich bin Kapitän Molinari«, stellte sich der Mann vor. »Bitte folgt mir.«

Khalid, Malik und Abdul folgten dem Kapitän unter Deck. Auf ein Zeichen des Prinzen blieb Rashid oben an Deck.

Kapitän Molinari klopfte an die Kajütentür des Duc de Sassari und ließ Khalid und Malik eintreten.

Der Duc de Sassari saß mit dem Grafen Orcioni am

Tisch und trank ein Glas Wein. Höflich erhob er sich beim Eintritt der beiden Männer.

»Prinz Khalid! Welch Überraschung! Welche Ehre wird mir zuteil!« Das falsche Lächeln auf seinem Gesicht drückte allerdings ganz andere Gefühle aus.

Khalid erwiderte seinen Gruß. Die Freundlichkeit, die in seiner Stimme lag, wirkte ebenfalls unecht. »Es ist Euch eine Ehre?«

»Es ist mir immer eine Ehre, Euch zu sehen.« Nervös befingerte der Duc an seinem schwarzen Schnurrbart. »Bitte setzt Euch doch.«

»Ich möchte lieber stehen.«

»Vielleicht darf ich Euch ein Glas . . »

»Meine Religion untersagt den Genuß von Alkohol«, erwiderte Khalid.

»Natürlich! Wie konnte ich das vergessen«, erwiderte der Duc. »Darf ich Euch meinen Cousin vorstellen, den Grafen Orcioni. Er stammt aus Pantelleria.«

Mit steinerner Miene nickte Khalid dem Grafen zu, der aus seiner süßen Wildblume eine Hure hatte machen wollen. »Meinen Freund Malik ed-din kennt Ihr bereits«, sagte Khalid kühl.

»Wer hätte nicht von den großartigen Taten des Laich des Hais gehört?« antwortete der Duc.

Malik nickte ihm ein Willkommen zu und wandte sich dann an den Grafen. »Und, wie gehen die Kupplergeschäfte?«

Graf Orcioni verschluckte sich vor Schreck an seinem Wein.

»Verzeiht mir, wenn ich Euch beleidigt habe«, entschuldigte sich Malik scheinheilig.

»Aber nein, keine Ursache«, antwortete Orcioni scheinheilig.

»Weshalb habt Ihr Istanbul noch nicht verlassen?« fragte Khalid den Duc de Sassari.

»Ihr seid hierhergerudert, um mich das zu fragen?«

»Könnte das mit Fougere zusammenhängen?« fragte

Khalid weiter. »Er hält sich noch irgendwo in Istanbul auf.«

»Savon soll in Istanbul sein?« Der Duc lachte. »Bei allem Respekt, Prinz, doch da irrt Ihr Euch. Savon ist viel zu feige, um so eine Reise zu wagen.«

»Natürlich ist er ein Feigling. Doch er ist hier«, antwortete Khalid. »Soviel konnte ich noch aus dem Mann herauspressen, den er als Mörder gedungen hatte.«

Das Lächeln auf dem Gesicht des Duc verschwand und machte einem entsetzten Gesichtsausdruck Platz, der ebenso falsch wirkte. »Mein Cousin soll einen Mörder gedungen haben?«

»Das wußtet Ihr nicht?« Khalid zog verächtlich eine Augenbraue hoch.

»Ich kann euch versichern ...«

»Seid still! Ihr lügt!« platzte Malik heraus.

»Ich schwöre, ich wußte nichts von diesem Mordversuch. Und ich bin froh, daß Ihr einem so grauenvollen Komplott entkommen konntet«, sagte der Duc zu Khalid. »Ich bin hier, weil ich bei Hofe um ein Treffen mit meiner Halbschwester Lyndar ersucht habe. Ohne die Erlaubnis des Sultans darf ich sie nicht besuchen.«

»Erlaubt mir, Euch in dieser Angelegenheit zu helfen und die Dinge etwas zu beschleunigen«, erbot sich Khalid.

»Euer großzügiges Angebot weiß ich sehr zu schätzen.«

»Ich werde mich persönlich darum kümmern.« Khalid lächelte höflich bei diesen Worten, doch seine blauen Augen blieben kühl. »Und sollte sich Fougere mit Euch in Verbindung setzen, dann sagt ihm, daß ich seine Verlobte geheiratet habe.«

»Ich bezweifle, daß Fougere ...«

»Und sagt ihm auch, daß er schon so gut wie tot ist.«

»Was wird Eure Frau sagen, wenn Ihr mit einer von Akbars schönen Sklavinnen nach Hause zurückkehrt?« fragte Malik den Duc listig.

Nun schaltete sich Graf Orcioni in die Unterhaltung

ein. »Großzügigerweise hat der Duc Euer Angebot an mich abgetreten, Prinz Khalid. Ich habe mir zwei tscherkessische Zwillinge ausgesucht. Sie sind blond und gleichen sich bis auf einen kleinen Schönheitsfleck wie ein Ei dem anderen. Meine Kunden werden den Reiz des Neuen an ihnen sicherlich zu schätzen wissen.«

»Ich denke nicht daran, mein Gold an einen Freund Fougeres zu verschwenden«, sagte Khalid kühl. »Ich fordere die sofortige Rückgabe dieser Frauen.«

»Dazu ist es jetzt zu spät«, protestierte der Graf.

»Darf ich Euch daran erinnern, daß ich für die Sklavinnen bezahlt habe?«

»Selbstverständlich, Prinz. Es liegt uns nichts an den Weibern«, lenkte der Duc ein.

»Mein Onkel ist Sultan des Reiches«, warnte Khalid. »Er könnte dieses Schiff jederzeit beschlagnahmen lassen. Und bis sich dann etwaige Mißverständnisse zwischen uns aufgelöst haben, könnte es Wochen und Monate dauern.«

»Molinari!« rief der Duc erschrocken. »Bring mir die Sklavinnen!«

Die düstere Runde verfiel in Schweigen. Dann brachte der Kapitän zwei verschleierte Sklavinnen.

»Sie kommen mit von Bord«, sagte Khalid zu Abdul. »Bring sie an Deck und bewache sie.« Dann wandte er sich wieder an den Duc. »Noch in dieser Woche werdet ihr Eure Schwester besuchen können.«

»Ergebensten Dank, Prinz Khalid«, erwiderte der Duc de Sassari und verbeugte sich.

»Und vergeßt nicht, was Ihr Fougere ausrichten solltet«, mahnte Khalid. Dann verließ er mit Malik die Kajüte.

Wortlos starrte der Duc aus dem Bullauge und mußte mit ansehen, wie seine Beute von zwei hünenhaften Kriegern in das Beiboot gehoben wurde. Ihnen folgten Khalid und Malik. Die Matrosen stießen ab und ruderten wieder zum Festland.

Der Duc klopfte dreimal auf den Deckel seiner Truhe. »Ihr könnt jetzt herauskommen!«

Vorsichtig hob sich der Deckel und es erschien ein spitzes Gesicht, einem Wiesel nicht unähnlich. »Ihr habt mich einen Feigling genannt«, jammerte Savon Fougere, der Comte de Beaulieu.

»Ein Mann, der sich in einer Truhe versteckt, ist kein Mann«, beschied ihm der Graf knapp.

»Ha! Eine solche Beleidigung aus dem Munde eines Mädchenhändlers!« empörte sich Fougere.

Entrüstet sprang Graf Orcioni auf.

»Meine Herren, bitte!« rief der Duc.

»Verzeiht mir«, sagte Fougere sofort. Und grimmig stieß er aus: »Ich werde ihn töten!«

»Wieso führt Ihr diese Blutrache mit dem Prinzen?« wollte der Graf wissen.

»Ich habe seine Schwester getötet«, antwortete Fougere.

»Wie in Gottes Namen, konntet Ihr . . .?«

»Vor einigen Jahren sank bei einem Überfall das Schiff, das ich kapern wollte. Leider ging die wertvollste Fracht des Schiffes mit unter: die Schwester von Prinz Khalid. Woher sollte ich denn wissen, daß sich eine osmanische Prinzessin an Bord befand? Und hinterher konnte ich ja wohl kaum nach Istanbul segeln, um mich für mein Fehlverhalten zu entschuldigen. Und solange dieses Untier lebt und atmet, bin ich in Lebensgefahr.«

»Ich würde Euch raten, den Prinz und diese Engländerin zu vergessen«, sagte der Duc. »Geht zurück nach Beaulieu. Nur dort seid Ihr sicher.«

»Erst wenn die Zeit dafür gekommen ist. Ich habe vor, diese Engländerin als Köder für den Prinzen einzusetzen.«

Im Beiboot hingen Malik und Khalid ihren eigenen Gedanken nach. »Wirst du die Mädchen als Dienerinnen zu deiner Mutter geben?« fragte Malik.

»Nein, ich glaube, das wäre eine Verschwendung«, antwortete Khalid.

»Willst du etwa doch einen Harem gründen?«

»Das würde meine Wildblume nie zulassen.«

»Vielleicht kauft sie dir Akbar wieder ab?«

Khalid lächelte nur. »Laß dich überraschen.«

Zurück an Land bahnte sich der Trupp wieder seinen Weg durch das Menschengewimmel der großen Hafenstadt. Sie ritten in Richtung von Mihrimahs Haus, doch kurz vorher ließ Khalid am Haus des Imam anhalten.

»Bringt die Sklavinnen«, befahl er. Als die Mädchen vor ihm standen, stieg er ab, näherte sich ihnen vorsichtig, um sie nicht noch mehr zu verängstigen, und nahm ihnen die Schleier ab. Sie schienen ungefähr so alt zu sein wie Heather.

»Wie heißt du?« fragte Khalid die eine.

»Ich heiße Cyra«, antwortete das Mädchen mit dem Schönheitsfleck über der Oberlippe. Sie wagte nicht, den Prinzen anzublicken.

»Ich heiße Lana«, antwortete ihre Zwillingsschwester. Auch sie hielt den Blick auf den Boden gesenkt.

»Abdul, du begleitest Lana«, sagte Khalid und befestigte dabei ihre Schleier. »Und Rashid begleitet Cyra.«

Dann drehte sich Khalid zur Tür und begehrte Einlaß.

Der Kammerdiener des Imam öffnete und verbeugte sich tief und meldete dem Imam seinen hohen Besuch.

»Prinz Khalid! Was führt Euch diesmal zu mir?« Mit einer Handbewegung bat sie der Imam in sein Arbeitszimmer. Plötzlich entdeckte er die zwei verschleierten Mädchen und schien überrascht.

»Wollt Ihr bereits wieder heiraten?« fragte er den Prinzen ungläubig.

»O, nein! Eine Ehefrau reicht mir«, antwortete Khalid trocken. »Aber diese beiden wollen heiraten.« Dabei deutete er auf Abdul und Rashid, die plötzlich ebenso überrascht schienen wie kurz zuvor noch der Imam.

Malik schmunzelte. Die Zwillinge kicherten leise hinter ihren Schleiern.

»Es ist mein ausdrücklicher Wunsch, daß ihr heiratet«,

fuhr Khalid fort. »Diese Mädchen haben wahrscheinlich ihr ganzes Leben miteinander verbracht und würden es nicht ertragen, auf längere Zeit getrennt zu sein. So werden sie sich immer besuchen können, wenn Malik nach Istanbul reist.«

»Das würde euch doch gefallen, oder?« fragte er die Schwestern.

Beide nickten.

»Schwört ihr, euren Ehemännern gehorsame Ehefrauen zu sein?«

Sie nickten wieder.

Khalid drehte sich zu den beiden Kriegern. »Sagt dem Imam, daß ihr sofort heiraten wollt.«

Abdul und Rashid nickten eifrig, blieben aber stumm. Offenbar hatte es ihnen die Sprache verschlagen.

»Wunderbar!« Der Imam klatschte vor Entzücken in die Hände. »Folgt mir. Vor den feierlichen Gebeten ist noch genug Zeit, um die notwendigen Papiere vorzubereiten.«

Die beiden zukünftigen Ehemänner folgten dem Imam. Malik blieb noch einen kurzen Moment bei Khalid stehen. »Wo werden sie ihre Hochzeitsnacht verbringen?« fragte er den Prinzen.

»In Mihrimahs Haus?« überlegte der Prinz.

Malik schüttelte entschieden den Kopf. »Nein, dann sollen sie lieber in meinem Haus bleiben, und ich ziehe mich auf mein Schiff zurück. Wenn du mich im Moment nicht brauchst, würde ich am liebsten nach Hause segeln. Ich vermisse mein sanftes Täubchen so wie du deine Wildblume.«

»Wenn ich den Bau des Wiesels aufgespürt habe, lasse ich dir eine Nachricht zukommen«, sagte Khalid. »Wirst du mir helfen, ihn auszuräuchern?«

Malik drückte die Schulter seines besten Freundes. »Nichts lieber als das.«

Heather hatte in der Zwischenzeit einen langweiligen Vormittag verbracht. Keinen Schritt ließ sie Omar allein tun aus Angst, sie könne wieder etwas Verbotenes tun und damit beide endgültig ins Verderben stürzen. Um ihrer Schwiegermutter nicht zu begegnen, blieb Heather in den Gemächern ihres Mannes. Es schien, als habe Mihrimah die gleiche Idee gehabt. Sie mußte urplötzlich entfernte Verwandte besuchen und konnte so den Anblick ihrer verhaßten Schwiegertochter ebenfalls vermeiden.

Heather langweilte sich von Minute zu Minute mehr. Es gab überhaupt nichts für sie zu tun. Vielleicht würde sie ein Spaziergang im Garten etwas ablenken.

Doch sofort war Omar an ihrer Seite.

»Laß mich allein, Omar!«

»Das ist gegen meine Befehle.«

»Ich möchte nur eine Weile allein sein mit meinen Gedanken.«

In Omars Gesicht konnte man deutlich seine Befürchtungen lesen. »Ihr könntet Euch verlaufen.«

»In einem eingezäunten Garten?«

Omar zögerte noch.

»Ich werde nicht fliehen, ich verspreche es dir. Ich schwöre es! Nur eine halbe Stunde!«

»Gut, Herrin.« Ganz wohl war Omar dabei allerdings nicht.

»Ach ja, und ab morgen bringst du mir immer zwei Eier zum Frühstück, aber nur das Eigelb.«

»Was soll ich mit dem Rest machen?«

»Dir wird sicher etwas einfallen«, entgegnete Heather schnippisch. Manchmal merkte man ihr an, daß sie noch ein halbes Kind war.

Sie schritt hinaus in den Garten und bewunderte den spätherbstlichen Himmel, der wolkenlos strahlte. Nur die Glut der Sonnenstrahlen ließ zu dieser Jahreszeit langsam nach. Heather sog den Duft der Blüten ein und dachte dabei an die vergangene Nacht. Der Prinz hatte eine unbeschreibliche Macht über sie, vor allem, wenn sie sich liebten.

Sie pflückte eine Aster und steckte sie sich in den Ausschnitt. Vielleicht hielten diese Blumen ja tatsächlich das Böse fern. Böse Schwiegermütter zum Beispiel. Doch wie könnte sie Khalid davon überzeugen, ihr Ehegelübde vor einem christlichen Priester zu wiederholen?

Heather schlenderte einen kleinen Pfad hinunter und setzte sich neben einem Obstbaum auf eine kleine Bank aus Marmor. Ja, wie könnte sie Khalid dazu bringen? Für ihn war ein christlicher Priester ein Heide, so wie für sie der Imam einer war.

»Hallo«, unterbrach plötzlich ein zartes Stimmchen ihre Gedanken.

Heather zuckte zusammen. Sie hatte geglaubt, wenigstens hier allein zu sein. Neben ihr stand ein Mädchen, nur einige Jahre jünger als sie.

Sie war etwas kleiner als Heather, hatte lange braune Haare und mit Gold gefleckte braune Augen. Sie lächelte scheu.

»Bist du das?« fragte sie.

»Was?«

»Hast du meinen Bruder geheiratet?«

»Ach, du mußt Tynna sein«, sagte Heather.

»Ja.«

»Und ich bin die Frau deines Bruders, das stimmt. Ich heiße Heather.«

Tynna neigte leicht ihren Kopf. »Ich freue mich, deine Bekanntschaft zu machen.«

Heather lächelte. »Ja? Ich freue mich auch, dich kennenzulernen.«

Tynna setzte sich zu ihrer Schwägerin auf die Bank und plapperte unbekümmert drauflos. »Wir dachten schon, er findet nie eine Frau. Warum hast du diese Blume da?«

»Sie soll die bösen Geister fernhalten«, antwortete Heather. »Aber wieso sollte Khalid keine Frau finden?«

»Mutter sagt, alle Menschen hätten Angst vor ihm, und seine Narbe sei so häßlich, daß ihn nie . . .«

»Deine Mutter hat unrecht. Er ist ein Krieger und die

Narbe ist wie eine Auszeichnung für Tapferkeit. Sie gibt ihm Charakter.« Heather blieb einen Moment lang still. »Und außerdem möchte ich nicht, daß jemand etwas Schlechtes über ihn sagt.«

»Ich würde nie etwas Schlechtes über ihn sagen«, antwortete Tynna schnell. »Ich liebe meinen Bruder sehr.«

»Dann sollten wir Freundschaft schließen«, sagte Heather lächelnd und streckte dem Mädchen ihre Hand entgegen.

»Du hast wunderschönes Haar. Und so schöne grüne Augen. Sie haben die Farbe von Edelsteinen. Ich verstehe, warum mein Bruder dich liebt.«

Heather wurde ganz rot. Sie war solche Komplimente nicht gewöhnt. »Aber ich habe Sommersprossen«, sagte sie und deutete auf ihren Nasenrücken.

»Es sieht aus, als habe jemand Goldpuder auf deine Nase gestäubt.«

»Oh, vielen Dank!«

»Und außerdem haben türkische Frauen keine Sommersprossen. Du siehst ganz exotisch aus. Woher kommst du?«

»Aus England.« Plötzlich ergriff Heather schreckliches Heimweh. »England ist, ich meine, England war mein Zuhause. Es liegt ganz weit im Westen.«

»Der Sultan hat für mich eine Ehe mit einem Moskowiter Prinzen in die Wege geleitet«, erzählte Tynna. »Er kommt aus dem Land meiner Urgroßmutter.«

»Was ist ein Moskowiter Prinz?«

»Prinz Nelos stammt aus Moskau. Die Winter dort sind bitter kalt.« Tynna blickte auf den Garten, als hätte sie schon jetzt Heimweh.

»Wie ist es, verheiratet zu sein?« fragte sie dann.

»Ganz anders, als es einem die Mütter erzählen«, antwortete Heather altklug. Sie war ja schon ganze zwei Tage verheiratet. »Die Frau bestimmt, was gemacht wird, nicht der Mann. Aber ich lerne auch jeden Tag etwas Neues. Wenn du willst, kann ich dir gerne darüber berichten.«

Tynna nickte begeistert.
»Was sind das für Früchte, die dort am Baum hängen?«
»Das sind Pfirsiche«, antwortete Tynna. »Gibt es die nicht in England?«
»Nein.«
»Sie schmecken herrlich saftig und süß. Und duften wie Blumen.«
»Ich möchte mal einen probieren«, sagte Heather und stand auf. »Soll ich dir auch einen pflücken?«
Tynna nickte. »Aber wir haben auch drinnen im Haus Pfirsiche.«
Doch Heather kletterte ohne Umschweife in den Baum. Sie faßte mehrere Früchte an, die noch sehr hart waren. »Die reifen Früchte hängen weiter oben«, rief ihr Tynna zu.
Heather kletterte höher und fand zwei Früchte, die reif schienen. Sie warf sie vorsichtig nach unten, damit Tynna sie auffangen konnte. Plötzlich wurde ihr etwas schwindelig. Sie hatte gar nicht gemerkt, daß sie fast bis in die Krone des Baumes geklettert war und nun wie ein neugieriges Kätzchen festsaß.
Plötzlich hörte sie eine wütende Stimme. Wahrscheinlich durften Frauen im Orient auch nicht auf Bäume klettern. Wer hatte sich diese ganzen Verbote bloß ausgedacht?
»Wenn dir dein Leben etwas wert ist, dann sage mir sofort, wo sie ist!« Die Stimme erkannte sie sofort als die ihres Mannes.
»Sie wollte ein wenig allein sein«, kam Omars zittrige Antwort.
»Du hast sie entgegen meiner Anordnung unbeaufsichtigt gelassen?«
»Nein, Herr, doch, Herr, aber sie hat mir geschworen, daß . . .«
»Sollte sie nicht hier sein, dann wirst du es mit dem Leben bezahlen!«
Khalid und Omar entdeckten Tynna und stürzten auf

sie zu. Die kleine Schwester lachte, als sie ihren sonst so furchteinflößenden Bruder so aufgelöst vor sich stehen sah.

»Beruhige dich, mein Bruder, sie ist dort im Baum.«

»Hallo, Khalid!« rief Heather zaghaft aus den Wipfeln herunter.

»Was machst du da oben?« Khalid traute seinen Augen nicht.

»Ich habe uns nur ein paar Pfirsiche gepflückt.«

»Komm sofort herunter.«

»Nein.«

»Du wirst sofort herunterkommen!«

»Ich kann nicht.«

»Du kommst jetzt sofort . . .«

»Ich habe Angst.«

»O Allah«, murmelte Khalid. Er zog seinen Degen aus dem Gürtel, gab ihn Omar und stieg in den Baum.

Als er auf der Höhe ihrer Füße angelangt war, lächelte sie ihn strahlend an und hoffte, damit ihre Unsicherheit überspielen zu können. »Wünscht der Prinz vielleicht einen Pfirsich?«

»Stell deinen linken Fuß dorthin.«

»Nein! Ich habe Angst!«

»Du tust jetzt, was ich dir sage.«

Vorsichtig geleitete er sie hinunter. Das letzte Stück mußte sie springen und warf dabei ihren starken Khalid um, der sie hatte auffangen wollen. Der Prinz des Reiches lag auf dem Rücken im Staub, seine ungläubige Ehefrau über ihm.

»Hast du dir weh getan?« fragte sie besorgt und strich über seine Haare.

»Bist du verletzt?« fragte er zurück.

Heather schüttelte den Kopf. »Danke, daß du mich gerettet hast, mein Prinz.«

Er rollte sie auf den Rücken und dachte nicht an die Anwesenheit seiner Schwester und Omars. »Meine kleine Wildblume ist also doch manchmal ängstlich.« Er küßte sie auf die Nase und verbarg seinen Kopf in ihrem weichen Haar.

»Welch schöner Anblick!« kam plötzlich eine verächtliche Stimme. »Zwei Tiere, die sich im Dreck wälzen.«

»Mutter!« rief Tynna überrascht.

»Wenn der Sohn ein Tier ist, dann kann die Mutter auch nur ein Tier sein«, flüsterte Heather ihrem Mann ins Ohr.

»Du mußt mehr Ehrerbietung zeigen«, ermahnte er sie. Aber ein kleines Grinsen konnte Khalid nicht unterdrücken.

»Mir ist nicht ersichtlich, was daran so komisch sein soll. Du bist ein osmanischer Prinz, kein Bauernlümmel!« sagte Mihrimah. »Ich bin eigens früher zurückgekehrt, damit wir das Abendessen gemeinsam einnehmen können. Und das wird mir so gedankt?«

Khalid ignorierte das Nörgeln seiner Mutter und half Heather hoch. Beide klopften sich den Staub aus den Kleidern.

Heather lächelte ihre Schwiegermutter an. »Könnte ich vielleicht etwas anderes essen als Hammel?«

»Was denn dann?« fragte Mihrimah verwirrt.

»Ich habe schon seit Ewigkeiten keinen Schweinebraten mehr gegessen.«

Nur Khalid zuckte bei dem Wort nicht vor Entsetzen zusammen. Auf den Gesichtern der anderen spiegelte sich ungläubiges Staunen, sogar Übelkeit.

»Was ist daran so seltsam?« fragte Heather unschuldig. »Es gibt doch Schweine hier, oder nicht?«

»Der Koran verbietet uns den Genuß von Schweinefleisch«, erklärte ihr Khalid.

»Ich bin aber keine Moslemin.«

»Aber du bist mit einem Moslem verheiratet«, erinnerte sie Khalid.

»Heißt das, ich kann nie wieder Schweinefleisch essen?« fragte Heather verblüfft.

»Genau das heißt es.«

»Ich verlange Schweinefleisch!«

»Und nimm dieses Wort nicht wieder in den Mund. Uns wird allein bei dem Gedanken schon übel.«

»Schweinefleisch!« Sie mußte es einfach noch einmal sagen. »Gut, wenn ich kein Schweinefleisch essen darf, werde ich nie wieder etwas essen.« Und mit diesen Worten stolzierte Heather davon.

»Bei uns gibt es nur am Freitag Schweinefleisch«, rief Khalid ihr nach. »Wie schade, daß ihr Christen am Freitag kein Fleisch essen dürft.«

Sie stampfte wütend weiter, und Khalid mußte schmunzeln. Er kannte seine Frau gut genug, um zu wissen, daß ihr Appetit binnen kurzem die Oberhand gewinnen würde.

Mutter und Tochter tauschten verwunderte Blicke aus. Sie hätten nie geglaubt, daß Khalid diese Szene so gutmütig über sich ergehen lassen würde. Beide hatten ihn schon lange nicht mehr lächeln sehen. Scheinbar hatte diese Ungläubige aus dem Abendland ihn wirklich verändert.

Für den Rest des Nachmittags ließ sich Heather nicht mehr blicken. Sie wanderte in ihrem Zimmer auf und ab wie ein Panther im Käfig und machte Omar, der wieder ihre Beaufsichtigung übernommen hatte, mit ihrer Unruhe ganz nervös. Manchmal ging sie zum Fenster und blickte hinaus auf den Garten, als ob sie sich dort eine Antwort erhoffte.

Womit vertrieben sich die morgenländischen Damen die Zeit? Und wieso konnte man nicht tun und lassen, was man wollte? Heather war sich nicht sicher, ob sie sich den Sitten dieses Landes je würde anpassen können.

Solange sie Gäste von Mihrimah waren, gäbe es für sie sicherlich keinerlei Aufgaben, um die Langeweile totzuschlagen. Und später im Schloß der Jungfrau? Heather hoffte inständig, daß man ihr dort Pflichten übertragen würde.

Was taten wohl die Haremsdamen den ganzen Tag? Etwa gar nichts? Heather wußte, daß sie so ein Leben höchstens eine Woche würde ertragen können.

Und wo war Khalid? Sie hatte viel früher mit einer seiner strengen Ermahnungen gerechnet.

Plötzlich klopfte es. Omar erhob sich und schlurfte zur Tür. Eine ganze Heerschar von Dienern stand mit Kleidung beladen im Türrahmen. Vorsichtig legten sie die Sachen auf das große Bett und verschwanden.

»Schaut doch, Herrin«, rief Omar verzückt. »Der Prinz hat Euch Geschenke geschickt.«

Neugierig kam Heather näher. Vor ihr lagen kostbare Kaftane, mit Gold bestickte spitze Schuhe, Haremshosen, schwere Gürtel, Boleros und Schals.

Heather versuchte ihre Aufregung zu verbergen. Noch nie hatte ihr ein Mann ein Geschenk gemacht. Und sie wußte sehr wohl, daß diese Dinge viele Goldmünzen gekostet haben mußten.

»Der Prinz betet Euch an«, sagte Omar stolz.

Heather blickte ihn kurz aus den Augenwinkeln an. »Das sieht mir eher nach Bestechung aus«, sagte sie.

»Schenkt dem Prinzen einen Sohn, und er wird Euch die Welt zu Füßen legen. Der Koran sagt, daß das Paradies zu den Füßen der Mütter liegt.«

»Lieber schenke ich ihm eine Tochter », erwiderte Heather. »Viele Töchter, die ihn den ganzen Tag ärgern.«

Herzhaftes Lachen erscholl aus dem Korridor. Mit einem Tablett in der Hand war Khalid eingetreten. Omars Augen glänzten, als er begriff, daß sein Herr seiner Herrin das Abendessen bringen würde. Oh, sie liebten sich wirklich. Sie würden viele Söhne haben. Sein Glück war gemacht, Allah sei . . .

»Omar, dieses Grinsen schickt sich nicht für einen Eunuchen«, unterbrach Khalid unsanft. »Räume die Kleider auf. Danach brauchen wir dich nicht mehr.«

»Ach übrigens, ich liebe kleine Mädchen. Hoffentlich wird jede von ihnen so schön werden wie ihre Mutter.«

Verblüfft blickte Heather ihn an. Wieso war er so höflich und nett zu ihr? Ein neues Spiel, dessen Regeln sie wie üblich noch nicht kannte?

»Komm, Mutter meiner Töchter«, sagte Khalid, »setz dich zu mir.«

»Ich habe keinen Hunger«, log sie.

»Dann leiste mir doch beim Abendessen Gesellschaft.«

Diese Einladung konnte sie kaum abschlagen, jetzt, wo er ihr die ganzen Geschenke gemacht und ihr schlechtes Benehmen von vorhin augenscheinlich vergessen hatte. Sie setzte sich auf ein Kissen zu seinen Füßen und blickte begehrlich auf das Tablett.

Kleine Röllchen aus Lammfleisch, die mit Nüssen gefüllt waren, lagen da, ein Salat aus Joghurt und Gurken, ein mit Safran gefärbter Pilaf und kleine Teigstücke, ebenfalls mit Nüssen gefüllt. Es duftete himmlisch.

Khalid füllte seinen Teller und aß mit großem Appetit. Heather schaute ihm stillschweigend zu, während ihr das Wasser im Munde zusammenlief. Gleich würde sie wegen Unterernährung in Ohnmacht fallen! Khalid warf ihr einen Blick zu.

Sie beachtete ihn nicht und stand auf.

»Bleib sitzen. Ich bin noch nicht fertig«, befahl er.

»Ich habe einen Krampf im Bein.«

»Ich glaube dir kein Wort. Du hast Hunger. Jetzt iß.«

»Ich werde sterben, wenn ich kein Schweinefleisch bekomme!« verkündete sie aufgebracht.

Khalid verschluckte sich fast vor Lachen. »Ich mache dir folgenden Vorschlag: zwar wird in meinem Haus nie Schweinefleisch gereicht werden. Aber sobald ich Fougere aus dem Weg geräumt habe, mag dich Omar zum Markt der Christen bringen. Dort kannst du soviel Schweinefleisch essen, wie du willst.«

»Das würdest du wirklich für mich tun?« fragte sie gerührt.

»Jeden Freitag«, grinste Khalid.

Heather wurde rot vor Zorn.

»Ich mache nur Spaß«, beruhigte er sie. »Und jetzt iß bitte, bevor du vor Hunger umkommst.«

Heather beäugte ihn mißtrauisch. »Schwöre es!«

»Du glaubst mir nicht?«

»Doch, doch, natürlich«, lenkte Heather ein, bevor er sich es anders überlegen könnte. Hungrig griff sie nach einem Fleischröllchen.

»Aber wenn du mich Schweinefleisch essen läßt«, murmelte sie zwischen zwei Bissen, »warum fällt es dir dann so schwer, vor einem Priester unser Ehegelübde zu wiederholen?«

»Es ist ein großer Unterschied, eine Religion zu dulden oder sie auszuüben«, antwortete Khalid.

Heather sprach nicht mehr davon. Vielleicht konnte sie ihn auf andere Weise dazu bringen.

»Warum hast du mir hier das Essen serviert?«

»Wenn wir mit meiner Mutter gegessen hätten, hättest du vor Ärger Magenschmerzen bekommen.«

»Du nicht?«

»Ich auch.«

»Wann kehren wir ins Schloß der Jungfrau zurück?« wollte Heather wissen.

»Sobald ich Fougere aufgespürt und getötet habe.«

»Khalid, welche Aufgaben werde ich dann haben in deinem Schloß?«

»Es ist *unser* Schloß.«

»Womit werde ich mich den ganzen Tag beschäftigen?«

»Na ja, du tust, was alle Frauen tun.«

»Und was tun die Frauen in deinem Land?«

Khalid schien so ahnungslos zu sein wie sie. »Vielleicht nähen? Ich werde meine Mutter fragen.«

Heather verzog das Gesicht. »Ich fürchte, ich bin eine schlechte Näherin.«

»Was kannst du denn?« fragte Khalid lächelnd.

»Nach dem Tod meines Vaters habe ich zusammen mit meinem Bruder Fechtunterricht erhalten«, antwortete Heather stolz. »Ich kann mit Pfeil und Bogen umgehen, mit Dolch und Degen kämpfen und reiten wie der Teu ...«

»Deine Mutter hatte nichts dagegen?« unterbrach sie Khalid verwundert.

»Sie hat mir eigentlich nie etwas abschlagen können, weil ich so oft unter Alpträumen litt«, sagte Heather und kuschelte sich an ihn. »Ich gebe ja zu, daß ich verwöhnt bin.«

»Darauf wäre ich nie gekommen«, sagte Khalid trocken. »Aber jetzt mußt du dir Beschäftigungen suchen, die sich für eine Edelfrau geziemen.«

»Welche wären das?«

»Das weiß ich leider nicht. Falls du es noch nicht gemerkt haben solltest, ich bin keine Edelfrau.«

Heather kicherte.

»Am besten fragst du meine Mutter.« Er rief nach Omar, der den Tisch abräumte.

»Aber auf Bäume klettern tun unsere Edelfrauen nicht.«

Heather lächelte und gab ihr nickendes Einverständnis.

Sie stand auf und ging zur Flügeltür, um einen letzten Blick in den wunderschönen Garten zu werfen. Khalid suchte in seiner Truhe nach etwas.

»Ich habe noch ein Geschenk für dich«, sagte er, als Omar sich zurückgezogen hatte.

Heather drehte sich zu ihm. In den Händen hielt er eine Halskette, die so prächtig war, daß sie auch Königin Elizabeth getragen hätte. In Gold gefaßte Smaragde und Saphire glitzerten in einem wundervollen Farbenspiel.

Heather hatte noch nie etwas Schöneres gesehen. Vor Freude schossen ihr die Tränen in die Augen.

»Dreh dich um, Kleines.«

Er hob ihre kupferfarbene Mähne hoch und legte ihr das kühle schwere Metall um den Hals. Dann zog er sie näher an sich und küßte ihren Hals.

»Können wir den Priester . . .«

Er drehte sie zu sich und unterbrach ihre frommen Gedanken mit einem leidenschaftlichen Kuß. Seine Hände öffneten ihren Kaftan und schoben den schweren Stoff von ihren Schultern. Sie war wunderschön. Ihre Locken umspielten die sanften Formen ihres makellosen Körpers, der ihm völlig den Verstand raubte.

Er griff in ihre Haare und zog sie nach hinten.

»Warte, Khalid. Es ist doch noch nicht dunkel«, flüsterte sie scheu.

»Nur unsere Gefühle zählen, wenn wir uns lieben. Nicht die Tageszeit.« Er blickte ihr in die Augen und ließ seine zärtlichen Hände über ihren Rücken wandern. Sie zerteilten ihr Gesäß und glitten zwischen ihre Beine.

Sie schloß vor Erregung die Augen.

»Schau mich an«, flüsterte er.

Während seine Hände ihre Oberschenkel vorsichtig auseinanderbogen, küßte er sie wieder und wieder. Dann ließ er seinen Mund an ihrem Hals herabwandern, ihren Bauchnabel umspielen und ganz langsam immer tiefer sinken. Heather stöhnte auf vor Lust.

Plötzlich schnellte seine harte Zunge über ihre Scham. Heather zuckte vor Schreck zurück. Doch seine Hände umschlossen unnachgiebig ihre Hüften und er konnte sein Zungenspiel fortsetzen und ihre feuchten und dunklen Tiefen erkunden, bis sie die Erregung kaum noch aushielt. Als ob sie der Ozean auf einer langen Welle trug, schmolz sie plötzlich in seinen Mund, wieder und wieder.

Er zog sie zu sich herunter auf den Teppich und streichelte ihr Gesicht. Mit seinen Fingerspitzen verfolgte er den Schwung ihrer Augenbrauen, folgte ihrer Nase und zog die Umrisse ihrer Lippen nach. Bald konnte er seine eigene Erregung kaum noch zügeln und zog sie an sich.

Er küßte sie wieder, drehte sie und bestieg sie von hinten. Seine Stöße kamen schneller und schneller, bis sie vor Lust aufschrie. Er zog sie noch enger an sich und goß seinen Samen tief in sie hinein.

Erschöpft fielen sie auf den Teppich. Und plötzlich fing Heather wieder an zu weinen. Er hielt sie fest in seinen Armen.

Sie suchte seinen Blick.

»Khalid, ohne einen Priester ...«

Das Wort genügte. Er drängte sich auf sie und flüsterte: »Du bist mein Weib.«

Dann schob er ihre Schenkel auseinander und drang wieder in sie ein. In ihrem heißen schmalen Tunnel wuchs seine Männlichkeit und rieb sich unnachgiebig an ihren zarten Wänden. Doch dann entzog er sich ihr. Sie stöhnte auf und wollte ihn an sich reißen.

»Sag, daß du meine Frau bist«, befahl er. »Sag es. Sag es. Dann gebe ich dir, wonach du dich so sehnst.«

Heathers Augen schimmerten vor tiefer Lust. »Ich bin deine Frau«, flüsterte sie.

Khalid drang wieder in sie ein und stieß so tief, bis sie kaum noch atmen konnte. Wie eine ungezähmte Kreatur antwortete sie auf jeden seiner Stöße, bis sie beide völlig erschöpft aufschrien und sich schweißüberströmt ineinander vergruben.

Kapitel 15

»Wach auf!«

Khalid überhörte die schrille Stimme und rollte sich auf den Bauch.

»Wach auf, habe ich gesagt!« Die Stimme, die er nur zu gut kannte, wurde lauter.

In seinem Dämmerzustand zwischen Tag und Traum war Khalid in einem schrecklichen Alptraum gefangen. Seine Frau war zu seiner Mutter geworden. Und sein weiches Bett hatte sich in einen harten Felsen verwandelt.

»Los, du häßliches Wesen, wach auf.« Mihrimah schubste ihren unbekleideten Sohn mit dem Fuß.

Kerzengerade saß Khalid auf und blickte um sich. Es dauerte einen Moment, bis er begriffen hatte, wo er war. Er dachte plötzlich an die vergangene Nacht. Allah sei Dank, seine Frau würde nie so werden wie diese Hexe, die ihn geboren hatte.

»Warum schläfst du auf dem Flur?« fragte Mihrimah.

»Du hast mich aufgeweckt, um mich das zu fragen?« Khalid war wütend, doch diese Wut verwandelte sich in Scham, als er erregt war. »Was willst du?« fauchte er.

Mihrimah lachte abschätzig. »Wo ist deine Frau?«

Khalid sah den mißbilligenden Ausdruck in ihrem Gesicht. Anscheinend wußte seine Mutter etwas, das er noch nicht wußte.

»Ich habe um diese Uhrzeit keine Lust zu Ratespielen. Wo ist sie?«

»Dem furchterregenden wilden Tier des Sultans tanzt sein Weib auf der Nase herum«, schnaubte seine Mutter.

»Ich bin nicht in Stimmung für deine Beleidigungen«, sagte Khalid. »Sag, was du sagen wolltest, und dann laß mich allein.«

»Das ungehörige Benehmen der kleinen Barbarin hat schon auf dich abgefärbt.«

»Mutter!« Der drohende Unterton in Khalids Stimme war unüberhörbar.

»Deine Frau und deine Schwester sind auf dem Weg zu den Reitställen. Ich habe versucht, sie aufzuhalten ...«

Sofort sprang Khalid auf, zog sich seine Hose und seine Stiefel an und warf sich ein Hemd über.

»Wenn dein Weib dort wäre, wo ihr Platz ist«, keifte Mihrimah zwei Schritte hinter ihm, »würde sich deine morgendliche Erregung in königlichen Samen verwandeln.«

Vor Wut und Scham wurde Khalid rot. »Allah bewahre mich vor dummen alten Weibern«, schnaubte er und verließ das Zimmer.

Mihrimah blieb ihm auf den Fersen. Sie würde sich keine Sekunde der nun folgenden Züchtigung entgehen lassen.

»Heather«, rief Khalid, als er die Stallungen betrat.

Heather und Tynna, die vor einer Box standen, drehten sich um, doch das Lächeln auf ihren Gesichtern erstarb sofort. Hinter ihm entdeckte Heather ihre Schwiegermutter, deren siegesgewisses Lächeln sie furchtbar ärgerte.

»Was immer sie dir gesagt hat, es ist eine Lüge«, begrüßte sie ihren Mann mehr als ungeschickt.

Khalid griff nach ihrem Arm und schüttelte sie. »Ich habe dir nicht erlaubt auszureiten. Wo wolltest du denn hin?«

Heather nahm den Fehdehandschuh auf, den er ihr hingeworfen hatte.

»Nirgendwo.« Und dabei schubste sie seinen Arm weg.

»Und was machst du dann hier?«

»Ich wollte deiner Schwester ›Törichtes Vergnügen‹ zeigen«, antwortete Heather.

»Du lügst!«

»Nein, es ist wahr«, unterbrach ihn Khalids Schwester. »Ich habe ihr versichert, daß du darüber nicht böse sein würdest.«

Mihrimah schluckte hörbar. »Schlag das kleine Ding! Ich bin den Ungehorsam in meinem Hause leid.«

»Ich habe dich nicht nach deiner Meinung gefragt«, entgegnete Khalid.

Er drehte sich wieder zu Heather. Seine Stimme klang schon weicher. »Reiten ist unweiblich«, versuchte er dann, sein Verhalten zu erklären.

»Reiten ist weder männlich noch weiblich. Also auch nicht unweiblich.« Heather konnte kaum glauben, welchen Unsinn ihr sonst so kluger Mann da erzählte.

»Außerdem hast du gesagt, ich dürfte mein Pferd besuchen«, fügte sie hinzu.

»Ich habe gesagt, daß du die Stute in entsprechender Begleitung besuchen darfst. Meine Schwester ist keine passende Begleitung. Und außerdem ist dein Gesicht unbedeckt. Wie oft muß ich dir noch sagen, daß die Frau eines Prinzen . . .«

Heather hielt ihren Schleier hoch. »Auf dem Weg hierher war ich verschleiert.«

Er schaute sie an und konnte seine Gefühle für sie einfach nicht leugnen. Vorsichtig streichelte er ihre Wange, um sie zu beruhigen. »Ich brauche dich morgens. Ich kann es nicht ertragen, ohne dich aufzuwachen.«

»Warum?« fragte Heather unschuldig.

»Um seine Männlichkeit zu befriedigen«, beantwortete Mihrimah eine Frage, die eindeutig nicht an sie gerichtet war.

Heather wurde knallrot.

»Was meinst du denn damit?« fragte eine noch ahnungslosere Tynna.

»Dafür bist du noch zu klein«, beschied ihr Mihrimah knapp.

»Ich bin keine Hure, die du einfach nehmen kannst, wann es dir paßt!« Heather war aufgebracht. Wie konnte er dieses Thema in Anwesenheit seiner Mutter ansprechen?

»Wo ist eigentlich Omar?« Khalid war ebenso wütend wie seine Frau, doch aus anderen Gründen. Daß ausgerechnet seine Mutter die Frechheit und Unverschämtheit seiner Frau ihm gegenüber miterleben mußte!

»Wenn dieses unfähige Männchen seinen Auftrag erledigt hätte, wäre diese Situation nie entstanden.«

»Omar hat damit nichts zu tun«, sagte Heather.

Es hatte keinen Sinn, mit ihr zu streiten. Die einzige, die davon profitieren würde, wäre seine Mutter, die es anscheinend genoß, ihren eigenen Sohn gedemütigt zu sehen. Später, wenn sie allein wären, würde er ihr die Spielregeln erklären. Wieder einmal.

»Laß uns jetzt gehen. Ich möchte frühstücken«, sagte Khalid und schlug einen versöhnlichen Ton an. »Dann sprechen wir noch einmal darüber.«

»Ich habe schon etwas gegessen«, antwortete Heather schnippisch und verschleierte ihr Gesicht.

»Dann wirst du mir eben Gesellschaft leisten«, sagte Khalid.

Heather haßte es, in Gegenwart seiner Mutter von Khalid Anweisungen zu erhalten. Und das würde sie ihm auch deutlich sagen. Sie würde ihm die Spielregeln schon erklären. Wieder einmal.

Hoch erhobenen Hauptes marschierte sie an ihm vorbei und schwang dabei wütend und herausfordernd ihre Hüften. Khalid schaute ihr nach. Jede einzelne Geste faszinierte ihn an ihr, selbst dieser wütende Hüftschwung. Seine Mutter hatte sein Gesicht beobachtet. Sie lachte laut und abfällig.

»Mutter, bitte«, sagte Tynna leise.

»Du wirst es nicht wagen, deiner Mutter Befehle zu erteilen!« Und mit lauterer Stimme setzte Mihrimah hinzu: »Dieses Weib hat einen denkbar schlechten Einfluß auf dich.«

Als sie schon fast wieder im Haus angekommen waren, trat eine Dienerin an Heather heran. »Omar bittet, ihn heute von seinen Pflichten zu entbinden. Er liegt auf dem Sterbebett.«

Ohne ein Wort rannte Heather in das Zimmer des Eunuchen. Khalid, Mihrimah und Tynna folgten ihr.

Dort lag Omar auf seinem Bett und stöhnte vor Schmerzen. Seine Augenlider waren geschwollen, dicke rote Flekken übersäten sein Gesicht, seine Hände und seinen Hals.

»Die Pest!« schrie Mihrimah auf und riß ihre Tochter an sich.

Furchtlos ging Heather zu seinem Krankenlager. Zwar berührte sie den Kranken nicht, aber schaute sich die Flecken auf seinem Körper sehr genau an. Dann sagte sie: »Omar hat nur Nesselfieber. Das ist weder anstekkend noch tödlich.«

»Woher weißt du das?«

»Mein Bruder bekommt es immer, wenn er Beeren ißt«, antwortete Heather.

Khalid wirkte nicht überzeugt. »Hast du Beeren gegessen?«

Omar stöhnte. »Eiweiß«, preßte er hervor.

Khalid drehte sich zu seiner Frau und warf ihr einen wütenden Blick zu.

»Ich wußte nicht, ich schwöre ...«

»Ich habe dich gewarnt, Allahs Reichtum noch einmal zu verschwenden!« Khalid war wirklich aufgebracht.

Heather war plötzlich wieder das kleine Mädchen. Sie schaute in sein wütendes Gesicht, getraute sich aber nicht, etwas zu sagen. Mit einem albernen Kichern rannte sie hinaus.

»Du bleibst hier!« rief ihr Khalid nach. Als sie nicht stehenblieb, setzte er ihr nach.

Völlig kopflos rannte Heather durch die Gänge und prallte an einer Ecke mit Abdul zusammen. Khalid holte sie ein. »Hast du dir weh getan?«

Beschämt schüttelte sie den Kopf. Daß dieser Hüne auch immer am falschen Ort auftauchen mußte!

Khalid blickte zu Abdul, der von einem Boten des Sultans begleitet wurde und ein versiegeltes Schriftstück in der Hand hielt. Khalid streckte die Hand danach aus, erbrach das Siegel und las die Nachricht.

Er wurde bleich. »Es ist noch ein Attentatsversuch auf Murad unternommen worden«, sagte er mit gepreßter Stimme.

Mihrimah hatte diesen Satz noch gehört. »Wenn du die Mörder gesucht hättest, anstatt dich in den Schenkeln deiner Frau zu vergraben, wäre dein Cousin nicht wieder in Lebensgefahr geraten.«

Khalid wußte, daß sie recht hatte. Er warf Heather einen hilflosen Blick zu. Sein Platz war jetzt im Palast von Topkapi. Doch er schien Heather nicht allein lassen zu können. Sie würde vielleicht nicht wieder weglaufen, aber ihr Temperament würde sie sicherlich wieder in Schwierigkeiten bringen. Und Omar war zu krank, um ...

»Warum starrst du mich so an?« rief Heather verzweifelt. »Ich habe es doch nicht getan.«

»Laß sie hier bei mir, Sohn«, sagte Mihrimah. »Tynna und ich werden mit ihr in den Bazar gehen. Sie wird keine Schwierigkeiten machen.«

»Schwierigkeiten machen?« rief Heather.

Khalid nickte seiner Mutter zu. Er hatte jetzt weder Zeit noch Geduld für große Auseinandersetzungen. »Heather, du wirst in allem meiner Mutter gehorchen. Es muß sein. Hast du verstanden?«

Heather nickte sofort. »Ja, ich habe verstanden. Du mußt dir um mich keine Sorgen machen.«

»Bring mir aus meinem Zimmer eine Börse mit Goldmünzen«, befahl Khalid Abdul. »Ohne Gold ist ein Besuch im Bazar eine reine Zeitverschwendung.«

Heather strahlte. Auch wenn sie sich ständig stritten, schien dem Prinzen doch etwas an ihr zu liegen.

»Gib mir die Börse«, beharrte Mihrimah, als Abdul mit einem ledernen Beutel zurückkehrte. »Sie wird sie ja doch nur verlieren.«

»Meine Frau wird das Gold, das ich ihr schenke, nicht verlieren. Und sie kann sich dafür kaufen, was immer sie möchte.« Mit dieser nachdrücklichen Erklärung ließ Khalid die drei Frauen allein.

Einige Stunden später hielten drei Sänften mit zugezogenen Vorhängen in einer kleinen Seitenstraße nahe des Bazars. Eine Leibwache von acht Männern hatten den kleinen Zug begleitet. Mihrimah und Tynna entstiegen ihren Sänften. Sie trugen dünne Schleier und seidene Umhänge, deren Ränder mit Quasten verziert waren.

Heather entstieg der dritten Sänfte, von Kopf bis Fuß in eine Ferice gehüllt, die noch nicht einmal ihre Augen sehen ließ. In ihrer Hand trug sie stolz die Börse mit Goldstücken, als seien sie die Kronjuwelen ihrer Königin.

Eine hitzige Auseinandersetzung war dem Befehl Mihrimahs, die Ferice zu tragen, gefolgt, doch Mihrimah hatte sich durchsetzen können. Es wäre unschicklich, wenn ein Mann in die Augen der Frau ihres Sohnes blicken könnte. Doch noch viel unschicklicher war das Verhalten dieser kleinen englischen Schlange, die glaubte, selbst jedem Mann in die Augen blicken zu dürfen. So würde man derartige grobe Verstöße gegen die höfische Etikette zumindest nicht bemerken.

»Als ob ich ein Leichentuch trage«, knurrte Heather unter ihrem Umhang böse. »Ich verstehe einfach nicht, wieso ...«

»Es ist der Brauch, den Ferice zu tragen«, antwortete Mihrimah ungerührt. Sie würde viel Geduld mit dieser Ungläubigen brauchen.

»Dumme Angewohnheiten habt ihr hier«, murmelte Heather.

»Deine Meinung interessiert niemanden.« Mihrimahs Stimme klang sehr gedehnt.

Mit einer herrischen Bewegung drehte sich Heather zu ihrer Stiefmutter. Die hob warnend ihre Augenbrauen, während Tynna vor Schreck kicherte. Unsichtbar für beide kräuselten sich Heathers Mundwinkel zu einem kleinen Lächeln. Zwar konnte man diese Auseinandersetzung kaum herzlich nennen, aber vielleicht war es ja ein Anfang.

»Und warum tragt ihr diese ... diese?«

»Ferice«, half Tynna.

»Warum tragt ihr diese Fe ...?«

»Wollen wir einkaufen gehen oder uns weiter streiten?« unterbrach sie Mihrimah.

»Einkaufen gehen«, gab Heather nach.

Mihrimah führte die kleine von Leibwächtern geschützte Gruppe an. Es ging in Richtung der Bedestans, der überdachten Geschäfte des Bazars.

Heather war von dem Anblick begeistert. Hunderte von Menschen, die aus der ganzen Welt zu stammen schienen, säumten schwatzend die engen Straßen. Heather war hinter den hohen Mauern von Basildon Castle aufgewachsen und hatte vorher noch nie Menschen anderer Hautfarbe gesehen. Der Gedanke, in dieses Menschengewirr einzudringen, machte sie nervös. Gleichzeitig war sie vor Freude ganz aufgeregt.

Mihrimah spürte ihre plötzliche Unsicherheit und machte Tynna ein Zeichen, neben Heather zu gehen. Auch wenn sie seine Mutter war, Khalid würde ihr nie verzeihen, wenn sie diese Ausländerin in dem engen Straßennetz des Bazars verlieren würde.

Die Menschen wichen vor der kleinen Gruppe zurück, denn jeder erkannte sofort die Insignien des Prinzen. Man starrte sie unverhohlen an.

Und jeder schien auch zu wissen, wer die zierliche Person in dem bodenlangen Ferice war. So sah also die wilde und schlaue Tigerin aus, die sich mit dem wilden Tier des Sultans gepaart hatte. Im stillen dankte es Heather ihrer Schwiegermutter, daß sie sich mit dem Ferice vor den neugierigen Blicken schützen konnte.

»Warum starren die Menschen so?« flüsterte sie zu Mihrimah.

»Sie sind neugierig.«

»Wegen mir? Aber sie kennen mich doch gar nicht.«

»Du bist wirklich naiv«, flüsterte Mihrimah zurück. Aber es klang nicht wie ein Vorwurf.

»Sag mir doch, warum«, bat Heather.

»Du bist eine Ausländerin und die Braut des Prinzen, einem der mächtigsten und gefürchtetsten Männer im ganzen Reich. Starren denn die Leute bei euch nicht auch, wenn sie die Prinzen und Prinzessinnen sehen?«

»Wahrscheinlich«, antwortete Heather. »Das heißt, ich weiß es nicht.«

»Wieso weißt du das nicht?«

»Ich bin nie in London gewesen«, mußte Heather zugeben. »Dort ist nämlich der Hof unserer Königin.«

»Aber du bist doch die Tochter eines Edelmannes?« fragte Mihrimah.

»Ja, aber ich habe das Anwesen unserer Familie nie verlassen.«

»Ein weiser Entschluß deiner Mutter! Du hättest mit deinem Benehmen nur alle blamiert.« Mihrimah gab sich keine Mühe, höflich zu sein.

»Was soll das heißen?« fragte Heather aufmüpfig.

Mihrimah hütete sich, auf offener Straße unter so vielen Zeugen eine lautstarke Auseinandersetzung mit ihrer

Schwiegertochter anzufangen. »Was willst du als erstes kaufen?« fragte sie, um Heather abzulenken.

»Eine Tasche für meine Einkäufe.«

Mihrimah lachte leise vor sich hin. »Du bist klüger als ich dachte.«

»Wie wagst ...«

»Nicht hier vor allen Leuten!«

Heather blickte um sich und mußte bemerken, daß den Leuten keine einzige ihrer Bewegungen entgangen war. Sie nickte zustimmend und beschloß, ihren Streit auf später zu vertagen.

Bei einem großen Verkaufsstand für Taschen hielten sie an. Es gab Taschen in allen Größen und aus jedem erdenklichen Material, aus Leder, Seide, Kelim oder Leinen.

Heather deutete auf eine kleine Tasche aus schwarzem Leder und der Verkäufer holte sie mit einem großen hölzernen Stab von der Wand, damit sie einen näheren Blick darauf werfen konnte. Sie schien für ihre Zwecke auszureichen und Heather streckte ihm in völliger Ahnungslosigkeit einige Goldmünzen als Bezahlung hin.

Der Verkäufer griff bereits gierig mit der Hand danach, als Mihrimah kurz entschlossen dazwischenging. »Dieses Stück Kuhhaut ist höchstens zwei Goldmünzen wert«, erklärte sie in einem unnachgiebigen Ton.

»Zwei Goldmünzen!« rief der Verkäufer entsetzt aus. »Seht her, die wunderbare Verarbeitung, das herrlich weiche Leder. Unter zehn Goldmünzen kann ich die Tasche leider nicht verkaufen.«

»Zehn Goldmünzen! Ihr seid ein gnadenloser Halsabschneider!«

»Zehn Goldmünzen! Das ist fast geschenkt.«

»Das ist lächerlich!« Mihrimah drehte sich zu Heather und sagte laut: »Steck deine Münzen wieder ein, liebe Tochter. Es gibt viel bessere und preiswertere Lederwarenhändler hier im Bazar.«

»Nein, Eure Hoheit, verzeiht, wartet doch!« rief der Verkäufer.

Mihrimah hielt inne, drehte sich langsam um und warf dem Verkäufer einen eisigen Blick zu.

»Darf ich mir erlauben, der Familie des Prinzen Khalid einen Sonderpreis zu machen?« fragte der Verkäufer unterwürfig.

Nun war Mihrimahs Neugier geweckt. Mit Heather und Tynna als aufmerksamem Publikum begann sie mit der Feilscherei, die der Verkäufer genauso ernst nahm wie sie.

Nach einigen Minuten hatte die Tasche für vier Goldmünzen den Besitzer gewechselt. Und Heather hatte ihre Meinung über ihre Schwiegermutter geändert. Anscheinend konnte sie einiges von ihr lernen.

Nachdem sie an diesem und jenem Stand verweilt hatten, war es in der trockenen heißen Luft Zeit für eine Erfrischung.

»Ich möchte Rosensorbet«, sagte Tynna.

»Und du?« fragte Mihrimah ihre Schwiegertochter.

»Gar nichts, danke«, antwortete Heather.

»Bist du nicht durstig?«

»Immer, wenn ich Rosenwasser trinke, muß ich hinterher feststellen, daß es mit Drogen versetzt war.«

Mihrimah lächelte hinter ihrem Schleier. »Der Verkäufer ist ein ehrenwerter Mann. Du darfst mir ruhig vertrauen.«

»Aber es schmeckt mir nicht.«

»Dann bestelle ich für dich eine Limonade aus Eis und Zitronensaft.«

Plötzlich witterte Heather eine Gelegenheit. »Aber ich kann doch mit dem Schleier nicht trinken. Kann ich wenigstens das Kopftuch abnehmen?«

»Du mußt es nur an einer Seite anheben und das Glas unter dem Schleier an den Mund setzen.« Mihrimah blieb unerbittlich.

Der Verkäufer wagte es nicht, von seinen hohen Gästen Geld für die Erfrischungen zu verlangen.

In einem kleinen Verkaufsstand entdeckte Heather eine

alte Frau, die dort allein saß, umgeben von lauter kleinen Dosen und Töpfchen. »Was verkaufst du?«

»Zaubermittel«, antwortete die Frau. »Wenn Ihr diese Salbe Eurem Mann gebt, wird sein Apparat niemals erschlaffen.«

»Welcher Apparat?« fragte Heather mit einer fast erheiternden Naivität.

»Jadis, mein Sohn braucht keine Potenzsalbe«, erklärte Mihrimah der alten Frau empört. Dann zerrte sie Heather und Tynna weg.

»Was heißt denn Jadis?« wollte Heather wissen.

»Das bedeutet Hexe«, antwortete Tynna für ihre Mutter.

Heather wagte einen Blick zurück auf die alte Frau und bekreuzigte sich schnell.

Für diese Geste schlug ihr Mihrimah sofort auf die Hand. »Wage es nicht, dich noch einmal in der Öffentlichkeit zu bekreuzigen.«

Doch es war zu spät. Vielen der Neugierigen, die sie noch immer umringten, war Heathers Geste nicht entgangen. Sie hörten Raunen, Kichern und empörtes Gerede. Schnell verbreitete sich die Nachricht, daß sich der gefürchtete Prinz Khalid in eine Ungläubige verliebt hatte.

Als nächstes hielt die kleine Gruppe bei einem Stand, wo es Süßigkeiten und Teigwaren gab. Tynna und Heather probierten so viele verschiedene Leckereien, darunter auch ›Lippen der Schönheit‹, daß Mihrimah allein vom Zusehen schon satt wurde.

»Mutter, laß uns jetzt zu den Goldschmieden gehen«, bettelte Tynna und schleckte sich noch ihre zuckerverklebten kleinen Finger. »Ich möchte Heather so gerne die wunderschönen Juwelen zeigen, die es dort gibt.«

»O ja, das würde ich gerne sehen«, sagte Heather.

»Seid ihr noch gar nicht müde?« fragte Mihrimah. Doch leider antworteten beide wie aus einem Mund: »Nein.«

Die Leibgarde schloß sich nun enger um die drei Frauen, denn die Straßen wurden kleiner und waren weniger belebt. In mehreren Geschäften schaute sich Heather neugierig um, doch sie fand nichts, was ihr wirklich gefiel.

Aber dann entdeckte sie in einem weiteren Laden ein ganz ungewöhnliches Stück. An einer schweren Goldkette hing ein goldenes Fabelwesen, über und über besetzt mit Edelsteinen. Es war wunderschön.

»Was soll das darstellen?« fragte Heather den Verkäufer.

»Das ist ein Fabelwesen, halb Adler und halb Löwe. Seht ihr, der Kopf, das Vorderteil und die Schwingen sind die eines Adlers, und der Rest des Körpers ist der eines Löwen.«

Heather hatte noch nie ein so ungewöhnliches Schmuckstück gesehen. Die Diamanten und Saphire flimmerten, das Gold hatte eine leicht rötliche Farbe und glänzte tief.

»Ein Fabelwesen?«

»Es ist eine Figur aus den alten Sagen, mythisch und geheimnisvoll«, antwortete der Verkäufer stolz. »Ein sehr schönes Einzelstück.«

Mythisch und geheimnisvoll, dachte Heather. So wie Khalid. Vorsichtig strich sie mit ihren Fingern über das Tier. »Das möchte ich kaufen.«

»Das ist zu schwer für dich. Es paßt besser zu einem Mann«, sagte Mihrimah.

»Es ist auch nicht für mich.«

»Für wen denn?« fragte Mihrimah neugierig.

»Es ist ein Hochzeitsgeschenk für meinen Mann.«

Die Reaktion war nicht das, was Heather erwartet hatte. Tynna kicherte. Der Verkäufer blickte sie an, als sei sie plötzlich selbst ein Fabelwesen geworden, und Mihrimah lächelte geringschätzig. Wie unschuldig und unwissend ihre Schwiegertochter doch war!

»Der Mann kauft der Frau Geschenke, damit sie ihm zu Diensten ist«, erklärte sie ihr. »Aber die Frau kauft dem Mann keine ...«

»Dieses Fabelwesen ist wie mein Mann. Ich möchte es ihm zum Geschenk machen, und Khalid hat gesagt, ich darf mit meinem Geld kaufen, was ich möchte.«

»Gut«, sagte Mihrimah. Lieber gab sie jetzt klein bei als einen weiteren Skandal heraufzubeschwören.

Doch das Schmuckstück sollte mehr kosten, als Heather noch in ihrer Börse hatte. Aber der eilfertige Verkäufer witterte die Gelegenheit, sich mit der Familie des Sultans gut zu stellen. Er nahm alle Münzen aus ihrer Börse und legte dann mit einer dramatischen Geste zwei Goldmünzen zurück in Heathers Hand.

Hinter ihrer dunklen Robe strahlte Heather vor Glück und steckte den schweren Anhänger stolz in ihre Tasche.

»Zu Diensten, Prinzessin.« Der Verkäufer verneigte sich tief vor seinem hohen Besuch.

Mihrimah wußte, daß der Schmuck viel mehr wert war, doch sie hütete ihre Zunge. Wenn sich der Verkäufer unbedingt selbst betrügen wollte, nun, sie würde ihn nicht daran hindern.

»Können wir jetzt nach Hause gehen?« fragte Heather ganz aufgeregt. »Ich möchte Khalid gleich sein Geschenk geben.«

»Du hast noch zwei Goldmünzen übrig«, erwiderte Mihrimah. »Möchtest du nicht etwas für dich kaufen, vielleicht ein Stück Stoff?«

»Nein, den Rest möchte ich sparen.«

»Wozu denn?« kicherte Tynna.

»Nur so«, antwortete Heather. »Ich habe noch nie eigenes Geld gehabt und möchte es als Andenken behalten.«

»Geld ist kein Andenken«, sagte Mihrimah. »Nur das, was man dafür bekommen kann.«

Doch Heathers Entschluß stand fest.

Mihrimah schüttelte mißbilligend den Kopf. Wenn diese junge Braut ihr ganzes Gold ausgegeben hatte, gab es dafür mehr Gold. So war der Lauf der Welt. Diese Heather mußte noch viel lernen. Mihrimah hoffte nur, daß sie mit ihren seltsamen abendländischen Vorstellungen keinen schlechten Einfluß auf Tynna nehmen würde.

Die kleine Karawane setzte sich wieder in Bewegung und hatte bald die belebteren engen Gassen erreicht. Plötzlich stach eine verhüllte Gestalt auf einem Pferd durch die Menge auf sie zu. Die Leibwächter versuchten, sich dem galoppierenden Pferd entgegenzustellen. Und diesen Moment nutzte eine weitere verhüllte Person, um sich aus einem Seiteneingang mit gezücktem Dolch auf Mihrimah zu stürzen. Heather sah nur aus den Augenwinkeln eine dunkle Gestalt auf sie zukommen, riß ohne zu überlegen Mihrimah hinter ihren eigenen schmalen Körper und hob die Hand, um den Stoß abzuwehren. Und es gelang ihr.

Es gelang ihr so gut, daß der Dolch ihre Hand durchbohrte. Der Angreifer drehte sich um und wollte fliehen, doch er wurde von einem der Leibwächter mit dem Krummschwert gefällt.

»Du Narr!« schrie Mihrimah auf. »Tote können nicht mehr sprechen. Woher sollen wir jetzt wissen, wer ihn geschickt hat?«

Dann fiel ihr Blick auf Heather, aus derem Ärmel Blut tropfte.

»Bist du verletzt?« schrie sie entsetzt auf.

Heather nickte.

Tynna sah das Blut auf dem Boden, verdrehte die Augen und brach zusammen.

Mihrimah drehte sie zu sich und hob ihr den Schleier vom Gesicht. »Nicht hinschauen«, flüsterte sie beruhigend. Doch der Anblick ihrer durchbohrten Hand ließ sie selbst wanken.

»Ich will nicht sterben«, wimmerte Heather völlig aufgelöst.

»Du wirst nicht sterben.« Mit ihrem Schleier band ihr Mihrimah das verletzte Handgelenk ab. »Wende die Augen ab und überlaß alles mir. Und hab' keine Angst. Ich werde dich sicher nach Hause bringen.«

Die Diener hatten bereits die Sänften gebracht. Tynna war immer noch bewußtlos und wurde vorsichtig in eine Sänfte gehoben.

Mihrimah hielt Heather, die kreidebleich geworden war, sanft in ihren Armen. Die Diener hoben auch sie in eine Sänfte, doch Mihrimah wollte bei ihr bleiben. Auf dem Nachhauseweg, der plötzlich endlos lang erschien, hielt sie sie tröstend im Arm und wiegte sie wie ein kleines schutzloses Kind.

Als sie im Hof von Mihrimahs Haus ankamen, waren auch Khalid und Abdul gerade eingeritten. Aufgeschreckt von den entsetzten Schreien der Diener sprang Khalid vom Pferd und rannte zu den Sänften.

Als er Heathers wachsbleiches Gesicht sah, war ihm, als müsse er vor Angst und Schmerz sterben.

»Was ist passiert?«

»Beruhige dich, Sohn. Sie ist nicht in Lebensgefahr. Wir müssen sofort einen Arzt kommen lassen.«

Er hob sie aus der Sänfte und trug sie ins Haus, als sei sie ein Stück Porzellan.

Als sie endlich auf einem Diwan lag, wagte es Heather, die Augen zu öffnen. Sie sah Khalids angstverzerrtes Gesicht und dann sah sie einen Dolch, der aus einer Hand ragte. Ihrer Hand. Sie wurde ohnmächtig.

»Allah sei Dank«, murmelte Khalid. »Sie ist in Ohnmacht gefallen. Wo bleibt denn bloß der Arzt?«

Unter Tränen zog Khalid den Dolch aus der Hand. Seine Mutter half, das Blut, das nun in Fontänen aus der Wunde spritzte, zu stillen.

»Dieser Dolch war für mich bestimmt«, sagte Mihrimah leise. »Sie hat mir das Leben gerettet.« Und jetzt, da die unmittelbare Gefahr vorbei war, begann sie vor Furcht zu zittern.

Khalid blieb stumm. Innerlich kochte er vor Wut. Wieso war er so grenzenlos dumm gewesen? Solange dieser Fougere lebte, war niemand aus seiner Familie sicher. Er hätte diesen Gang zum Bazar nie und nimmer erlauben dürfen. Um ein Haar hätte er das verloren, was ihm auf dieser Welt am meisten bedeutete.

Die Tür öffnete sich und der Arzt, ein Mohr, trat herein. Er untersuchte die notdürftig verbundene Wunde, säuberte sie und nähte sie mit ein paar Stichen.

»Die Verletzung der Prinzessin ist nicht so schlimm, wie sie aussieht«, beruhigte er den völlig aufgebrachten Khalid. »Sie wird nur zwei kleine Narben davontragen.«

Khalid nickte erleichtert und verließ sofort den Raum. Die Zeugen dieses Überfalls mußten so schnell wie möglich befragt werden.

Bevor er ging, drückte der Mohr Mihrimah ein Tütchen in die Hand. »Verabreicht ihr dieses Schmerzmittel, sobald sie erwacht.«

Mihrimah verbrachte die ganze Nacht allein am Bett ihrer Schwiegertochter. Diese kleine Ungläubige hatte ihr eigenes Leben aufs Spiel gesetzt, um ihr Leben zu retten. Und sie liebte den einzigen Sohn, der Mihrimah noch geblieben war. Sie hatte sich sehr in Heather getäuscht und schämte sich dafür.

»Werde ich überleben?« flüsterte Heather, als sie endlich wieder zu sich gekommen war.

»Der Arzt hat die Wunde genäht und deine Hand verbunden. Du wirst nur zwei kleine Narben davontragen.«

Der stechende Schmerz in ihrer Hand ließ sie vollends wach werden. Mihrimah sah ihr schmerzverzerrtes Gesicht und ließ sofort die Medizin kommen.

»Wo ist Khalid?« fragte Heather.

»Im Bazar. Er versucht, Hinweise auf den Drahtzieher dieses Attentats zu erhalten.«

Heather nickte schwach.

»Ich möchte dir danken. Du hast mir durch deine Kühnheit und deinen Mut das Leben gerettet«, sagte Mihrimah und sah sie dabei fest an.

»Ausgerechnet dir, wo du mich doch haßt.«

»Das stimmt nicht.«

»Wenn ich gewußt hätte, daß dir der Anschlag gilt, hätte ich ihn nicht aufgehalten.«

»Heather, du weißt selbst, daß das eine Lüge ist. Und ich möchte dir nochmals dafür danken.«

»Heißt das, du magst mich jetzt?« Heather warf ihr einen zögernden Blick zu.

»Es heißt, daß ich dich lieber mag als vorher.« Mihrimah neigte nicht zu Gefühlsausbrüchen.

»Wie geht es Omar?« fragte Heather.

»Schon wieder besser«, antwortete Mihrimah. »Der Arzt hat auch ihn untersucht und deine Beurteilung bestätigt. Er wird morgen schon wieder aufstehen können.«

Eine junge Dienerin trat mit einem Tablett ein, auf dem ein Glas mit Sorbet stand und ein kleines Döschen, das Pulver enthielt. Mihrimah nahm das Tablett entgegen, löffelte etwas Pulver in das Getränk, rührte es um und reichte es Heather. Doch die schüttelte den Kopf.

»Trink das«, sagte Mihrimah sanft. »Und vertraue mir. Es wird deine Schmerzen lindern, und du wirst ruhig schlafen können.«

»Ich habe Alpträume, wenn ich schlafe. Ich will nicht schlafen.«

»Wovon träumst du denn?«

»Das geht dich gar nichts an!« Trotz der Schmerzen in ihrer Hand hatte Heather ihren Kampfgeist nicht verloren. Außerdem hatte sie das Gefühl, Mihrimah wolle sie aushorchen. »Warum erzählst du mir nicht, warum du deinen einzigen Sohn so verachtest?«

Mihrimah blickte sie überrascht an. »Er hat seine Fehler wie jeder Mensch. Aber ich hasse ihn nicht.«

»Du lügst!«

»Wieso glaubst du, ich würde ihn hassen?«

»Ich habe es selbst gehört, aus deinem Mund. Du glaubst, er hat Schuld am Tod deiner zwei anderen Kinder.«

»Wann soll ich das gesagt haben?« Mihrimahs Dankbarkeit war längst verflogen.

»Das ist doch völlig egal. Aber ich war dabei, ich habe es selber gehört.«

»Manchmal übermannt mich Bitterkeit«, sagte Mihrimah langsam. »Und dann spüre ich den Verlust meiner Kinder und meines Mannes so sehr, daß mir der Schmerz den Verstand raubt.«

»Aber . . .«

»Khalid ist das einzige Kind, das mir noch geblieben ist, und auch er hat kein leichtes Schicksal. Menschen, vor allem Frauen, werden ihn wegen seiner Verunstaltung immer wieder zurückstoßen. Und darauf will ich ihn vorbereiten.«

»Welche Verunstaltung?«

»Seine Narbe.«

»Das ist keine Verunstaltung.« Heather war so aufgebracht, daß sie sogar ihre Schmerzen vergaß.

Mihrimah warf ihr einen warnenden Blick zu.

»Khalid ist ein Krieger. Er hat sich diese Verletzung durch seinen Mut und seine Kraft erkämpft. Sie verleiht ihm Charakter.« Oh, wie sie diese Frau haßte. So jemand dürfte nie Mutter werden.

»Gut, das ist schön zu hören«, antwortete Mihrimah knapp. »Vielleicht hat Allah euch wirklich füreinander bestimmt. Doch warum er uns ausgerechnet eine Barbarin geschickt hat!«

»*Barbarin*?« Heather fuhr hoch, doch ihr wurde sofort schwindlig, und sie mußte sich wider Willen in ihre Kissen fallen lassen. Vor Wut und Schmerz stiegen ihr Tränen in die Augen.

In diesem Moment ging die Tür auf, und Khalid trat ein.

»Deine Mutter verletzt und beleidigt mich! Und meine Hand tut schrecklich weh.«

Khalid warf seiner Mutter einen entrüsteten Blick zu. Mihrimah blickte wutentbrannt auf dieses unmögliche Wesen.

»Ich versuche, sie zu trösten«, behauptete sie.

»Du bist gar nicht in der Lage, irgend jemanden zu trösten«, sagte Khalid.

Mihrimah stand auf und ging zur Tür. Man hatte sie zutiefst beleidigt. »Wenn dieses dumme Ding die Medizin nehmen würde, die ihr der Arzt verschrieben hat, würde ihre Hand nicht mehr schmerzen.«

»Du bist so gemein!« rief Heather ihr hinterher.

»Ich werde dich morgen wieder besuchen.« Mihrimah hatte ihr süßestes Lächeln aufgesetzt.

»Um dich davon zu überzeugen, daß es mir nicht besser geht?« fauchte Heather zurück.

»Genau.«

Mihrimah trat durch die Tür, doch ein kleinlautes »Warte!« hielt sie zurück.

»Kannst du mir beibringen, wie man die Verkäufer betrügt?«

Mihrimah war völlig verdutzt, nicht nur von dem plötzlichen Stimmungswandel, sondern auch durch die Frage, die sie nicht verstand.

»Was meinst du?«

»Wie du die Verkäufer im Bazar betrogen ...«

»Du meinst Feilschen.«

»Feilschen und betrügen sind nicht dasselbe«, sagte Khalid grinsend.

»Die Verkäufer erwarten es von dir«, setzte Mihrimah hinzu.

»Kannst du mir das beibringen?« fragte Heather noch einmal.

»Nur, wenn du deine Medizin nimmst.«

Heather mußte klein beigeben, und Mihrimah ließ die beiden endlich allein.

»Es tut mir so leid«, sagte Khalid und setzte sich ganz dicht neben sie. »Es ist meine Schuld, daß du jetzt Schmerzen hast. Ich hätte dir nie erlauben dürfen, das Haus zu verlassen, solange Fougere sich noch in Istanbul aufhält.«

»Was hat das Wiesel damit zu tun?«

»Ich glaube, er steckt hinter diesem Anschlag.«

»Aber der Dolch war nicht für mich bestimmt. Der Angreifer wollte deine Mutter umbringen«, erinnerte ihn Heather.

»Ist das denn so wichtig?«

»Fougere hat keinen Grund, deine Mutter umzubringen. Ich bin mir nicht sicher, ob er wirklich dahintersteckt.«

»Aber wer sollte es sonst sein?« fragte Khalid.

»Was hätte Fougere davon, deinen Cousin umzubringen?«

»Er fürchtet meine Familie, und das zu Recht.«

»Das ist trotzdem kein Grund.« Heather unterdrückte ein Gähnen. »Meist sind es Menschen, die man dazu für gar nicht in der Lage hält. Vielleicht eine Frau.«

Khalid lächelte sie etwas herablassend an.

»Was ist daran so komisch?« fragte Heather und gähnte wieder.

»Du siehst richtig niedlich aus, wenn du versuchst, deinen Verstand einzusetzen.«

»Wenn ich nicht so müde wäre ...«, drohte ihm Heather. »Wir Frauen können alles, was ihr könnt. Nur besser.«

»Ihr würdet nie jemanden umbringen.«

»Wenn eine Frau Leben retten kann, so wie ich heute, dann kann sie auch töten.«

»Eine Frau würde nur töten, wenn ihr eigenes Kind ...« Khalid verstummte. Er schüttelte den Kopf, warf Heather einen fragenden Blick zu, schüttelte wieder den Kopf und blickte an die Decke, als ob dort die Antwort geschrieben stände. »Das könnte es sein«, sagte er leise.

»Was?«

Er gab ihr einen zärtlichen Kuß. »Danke für den Hinweis, mein Kleines.«

»Bitte sag mir, welchen Verdacht du hast.«

»Es gibt tatsächlich eine Frau, für deren Kind Murad eine Bedrohung darstellt. Aber einen solchen Plan könnte sie nicht allein ausführen.«

»Du machst einen Fehler, wenn du Frauen unterschätzt«, ermahnte ihn Heather.

Er lächelte sie an. »Du bist eigentlich viel zu klug für eine Frau.«

Heather gähnte wieder. Sie war leider zu müde, um ihrem Ehemann derart unsinnige Gedanken auf der Stelle auszutreiben.

»Gib mir bitte noch schnell meine Tasche«, bat sie ihn.

»Du sollst jetzt schlafen.«

»Es dauert nicht lange. Die Hand tut auch gar nicht mehr weh.«

Khalid murmelte etwas über die Dummheit der Frauen, doch er stand trotzdem auf und brachte ihr die Tasche.

Heather griff hinein und raschelte mit dem Papier, in das der Anhänger eingewickelt war.

Sie legte ihm das Geschenk in die Hand.

»Es ist wunderschön«, sagte Khalid, »doch ich finde, daß es für dich ein bißchen zu groß ist. Eigentlich ist das Schmuck, der für Männer ...«

»Ich habe es auch für einen Mann gekauft. Es ist für dich.«

Khalid warf ihr einen Blick zu, in dem soviel Liebe, Hilflosigkeit und Freude lag, daß ihr schon wieder die Tränen in die Augen stiegen. Noch nie hatte ihm eine Frau etwas geschenkt, selbst seine Mutter nicht. Endlich lächelte er ganz zaghaft, wie ein kleiner Junge, der sein Glück noch nicht so recht glauben kann.

»Ich weiß nicht, was ich sagen soll.«

»Probier es an.«

Khalid zog sich die Kette über den Kopf. Der Anhänger glänzte gegen den weißen Stoff seines Hemdes.

»Und jetzt sag einfach ›danke schön‹«, lächelte Heather.

»Ich werde es immer nahe an meinem Herzen tragen«, sagte Khalid. Seine Stimme klang rauh vor Rührung.

»Es hat mich an dich erinnnert.«

»So sehe ich aus?« fragte Khalid mit gespieltem Entsetzen.

»Das Tier und du, ihr seid beide geheimnisvolle mythische Wesen.«

Khalid hätte sie am liebsten leidenschaftlich an sich gerissen, doch ein Blick auf ihre bandagierte Hand ließ ihn innehalten. So strich er ihr zärtlich über das Haar und sagte dann: »Wahrscheinlich hast du dein ganzes Gold für mich verschwendet. Und jetzt brauchst du schon wieder etwas.«

»Nein, ich habe noch zwei ...« Heather gähnte herzhaft. Sie konnte kaum noch die Augen offenhalten.

»Zwei Goldmünzen hast du noch übrig?« fragte er neckend.

»Die behalte ich auch.«

»Wozu denn?«

»Ich möchte einfach nur etwas Gold besitzen.«

Khalid lächelte. Leise zog er sich aus und kuschelte sich an Heather, die ihn anstrahlte, doch seinen leidenschaftlichen Kuß mit einem Gähnen erwiderte. Dann fielen ihr die Augen zu.

»Du bist unhöflich.«

»Du hast mich gezwungen, das Mittel zu trinken. Männer sollten auf ihre Frauen hören.«

»Du bist jetzt still.« Er gab ihr einen keuschen Kuß auf ihre Stupsnase und legte vorsichtig einen Arm um sie.

Heather kuschelte sich ein und fühlte sich geborgen. Vielleicht sollte sie es noch einmal versuchen. »Meine Hand tut immer noch weh.«

»Schlaf jetzt. Morgen werden die Schmerzen nicht mehr so schlimm sein.«

»Wenn ich einen Priester ...«

»Ich will nichts mehr davon hören.«

»Aber mit einem Priester täte meine Hand ...«

»Wirst du wohl endlich still sein?«

Es war ein seltsames Land, in das sie da geraten war. Seltsame Menschen, seltsame Gebräuche, andere Sitten.

Und doch fühlte sie sich in der Nähe Khalids so geborgen wie früher bei ihrem Vater. Beruhigt schlief sie ein.

Khalid hingegen konnte lange keinen Schlaf finden.

Kapitel 16

»Du darfst erst sprechen, wenn du angesprochen wirst«, sagte Khalid.

»Du darfst keinem Mann in die Augen blicken«, sagte Mihrimah.

»Du mußt dein Temperament zügeln«, sagte Khalid.

»Du mußt auf dein Benehmen achten. Du darfst nicht fluchen. Du mußt ehrerbietig sein«, sagte Mihrimah.

»Darf ich atmen?« fragte Heather ziemlich respektlos.

Sie stand wie ein kleines Kind zwischen Mutter und Sohn und hätte am liebsten laut losgeschrien. Seit fünf Tagen ging das nun schon so. Doch wenn sie ihrem Ärger Luft machte, würde Khalid sie nicht mit in den Palast von Topkapi nehmen. Und Heather war es herzlich leid, die Gefangene Mihrimahs zu sein. Deshalb mußte sie sich zurückhalten. Aber sie spielte anklagend mit ihrem Verband.

»Das gehört sich nicht«, sagte Khalid und schlug ihr auf die gesunde Hand.

»Es juckt«, protestierte Heather.

»Genau das meine ich. Wenn es einen juckt, darf man sich nicht kratzen.«

»Ich kann das nicht mehr hören . . . das gehört sich nicht, das ist unschicklich. Das ist ja wie im Mittelalter.«

»Und senke deine Stimme, wenn du mit mir sprichst.«

Heather lachte ihn an. »Was willst du denn tun? Mich zu Tode erschrecken?«

Tynna, die neben ihrer Schwägerin stand, kicherte los. Mihrimah schüttelte nur mißbilligend den Kopf. Hoffentlich würde ihre Schwiegertochter nicht alle blamieren.

»Willst du uns begleiten?« fragte Khalid.

»Ja«, antwortete seine Frau.

»Dann wirst du dich entweder entsprechend benehmen oder hierbleiben.« Khalid drehte sich zu Omar, der den Ferice hielt.

Hinter seinem Rücken rollte Heather mit den Augen, eine Geste, die Tynna zu einem erneuten Kicheranfall hinriß. Khalid drehte sich sofort um, doch er konnte in dem unschuldigen Blick seiner Frau nichts Ungewöhnliches entdecken.

Zwei Wochen waren seit dem Zwischenfall im Bazar vergangen. Obwohl sich Mihrimah gelegentlich noch sehr über Heather ärgerte, war sie um ihre Schwiegertochter besorgt und bemühte sich auch, ihren Sohn nicht bei jeder Gelegenheit und vor allen Leuten zu kritisieren. Tynna besuchte ihre noch ans Bett gefesselte Schwägerin jeden Tag, um sie auf andere Gedanken zu bringen. Und nachts hielt sie Khalid im Arm und schien alles Böse der Welt abwehren zu können.

Mit jedem Tag ging es Heather besser, und mit jedem Tag langweilte sie sich mehr. Sie wollte draußen in der freien Natur sein, endlich wieder die Sonne und den Wind auf ihrem Gesicht spüren. Doch man erlaubte ihr nur einen damenhaften Gang durch den Garten, ein wenig befriedigender Ersatz für die Art von Abenteuer, die sie so sehr liebte.

Als Prinz Murad erfuhr, wer seiner Tante das Leben gerettet hatte, bestand er darauf, Heather zusammen mit Khalid als Gäste im Palast von Topkapi zu begrüßen. Seine Mutter, seine Schwester, seine eigene Frau und sein gesamter Harem waren nach diesem Ereignis neugierig auf die mutige Frau aus dem Abendland geworden.

»Nimm den Schleier erst ab, wenn wir in Topkapi angekommen sind«, befahl Khalid und zog die Falten des langen Umhangs zurecht.

»Und schau nicht hinter dem Vorhang deiner Sänfte

hervor auf die Straße, wie du das neulich im Bazar getan hast«, warnte Mihrimah.

»Darf ich eigentlich irgend etwas tun?«

»Und klettere nicht auf Bäume«, fügte Tynna kichernd hinzu.

Mihrimah schien das alles gar nicht lustig zu finden. Und Khalid schien nervös zu sein, etwas, das sie gar nicht an ihm kannte. Zumindest zuckte seine Narbe ständig.

Innerlich jubelte Heather. Das geschah ihnen ganz recht. Eine Cousine der mächtigen Königin von England einfach nicht ernst zu nehmen! Und zu behaupten, ausgerechnet sie sei eine Barbarin!

Rittlings auf seinem wundervollen schwarzen Hengst sitzend, wachte Khalid über die Sicherheit der kleinen Gruppe, die sich langsam ihren Weg durch die dichtbevölkerten Straßen Istanbuls in Richtung Hafen bahnte. Die Damen saßen in ihren verschleierten Sänften und wurden von Sklaven Mihrimahs getragen. Am Kai angekommen, führte sie Khalid zu einem der Prunkschiffe des Sultans, das nun den Bosporus entlang zum Palast von Topkapi segelte.

An Land erwartete sie bereits der Agha Kislar, um sie sicher vorbei an den grimmigen Wachen des Sultans zu geleiten. Der Zugang zum Harem führte durch das Kutschenhaus. Die große schwere Tür aus dunklem Holz war mit Perlmuttverzierungen eingelegt und wurde von einer Gruppe Eunuchen bewacht.

Heather war froh, daß ihr der lange Schleier ermöglichte, neugierig um sich zu blicken, ohne bei dieser Unschicklichkeit ertappt zu werden. Ob diese unzähligen Wachen wohl dazu da waren, uneingeladene Gäste abzuwehren? Oder sollten sie eher die Haremsdamen am Entkommen hindern? Eine Flucht schien jedenfalls unmöglich.

Der Agha Kislar führte sie durch den Hof zu den Gemächern von Nur-U-Banu.

Der Salon der Bas Kaden war das prachtvollste Zimmer, das Heather je gesehen hatte. Riesige Teppiche mit einem seidigen Glanz bedeckten den gefliesten Boden. Ein großes bronzenes Kohlenbecken gab Licht und Wärme. Die Wände glänzten pastellfarben. Die im osmanischen Stil kunstfertig gestalteten Butzenfenster öffneten sich zu einer großzügigen Gartenanlage hin.

Zwei Frauen und ein sehr attraktiver junger Mann, dessen rotgoldenes Haar einen reizvollen Gegensatz zu seinen dunkelbraunen Augen bildete, saßen auf Brokatkissen um einen flachen runden Tisch aus gehämmertem Messing. Die ältere Frau, Murads Mutter, lächelte bei ihrem Eintritt.

»Seid mir willkommen, Familie meines Mannes.« Dann fiel ihr Blick auf Heather. Zu Mihrimah gewandt fragte sie: »Ist sie das?«

»Ja . . . leider.«

Heather drehte sich empört zu ihrer Schwiegermutter, doch Khalid rettete die Situation. »Ich möchte dir Heather, meine Wildblume, vorstellen. Heather, das ist Nur-U-Banu.« Dann nickte er dem gutaussehenden Mann zu. »Das ist Prinz Murad, mein Cousin.«

»Laß uns ihr Gesicht sehen«, sagte Murad.

Mit Hilfe ihres Mannes nahm Heather ihren Schleier ab.

»So sehen wir uns wieder«, lächelte Murad. »Ich habe deine Schönheit schon bei der Auktion bewundern dürfen.«

Heather war zu Tode beschämt, daß er Zeuge dieses dunklen Kapitels in ihrem Leben gewesen war. Sie wurde tiefrot und senkte den Blick zu Boden.

»Sittsamkeit und Bescheidenheit machen dich nur noch schöner«, schmeichelte Murad. Dann drehte er sich zu der anderen Frau, einer dunkelhaarigen Schönheit, die neben seiner Mutter saß. »Das ist meine Kaden, Safiye.«

Heather machte eine leichte Verbeugung. Dann flüsterte sie Khalid schnell zu: »Was ist eine Kaden?«

Murad hatte die Frage natürlich gehört. »Safiye ist die Mutter meines ältesten Sohnes.«

»Neffe, ich muß dich schelten. Deine Wildblume sieht überhaupt nicht so aus, wie du sie beschrieben hast.« Nur-U-Banu drohte ihm dabei spielerisch mit dem Zeigefinger.

Mihrimah lachte leise. Heather blickte verwirrt von einem zum anderen.

»Khalid hat behauptet, dein Haar hätte die Farbe ausgetrockneter Orangen«, neckte ihn Murad. »Deine Augen seien ...«

»Willst du uns keinen Platz anbieten?« unterbrach Khalid unwirsch den Spott, dessen Zielscheibe er plötzlich geworden war.

»Natürlich, nehmt doch bitte Platz«, sagte Nur-U-Banu. Auch sie konnte ihre Belustigung kaum unterdrücken.

Alle ließen sich elegant auf den weichen großen Kissen nieder. Das Kohlenfeuer vertrieb die herbstliche Kühle. Heather fühlte sich entspannter. Nur-U-Banu klingelte mit einer kleinen Glocke, und auf das Zeichen betraten mehrere Diener mit großen Platten den Raum. Sie stellten Trauben, Feigen, Datteln, kleine Kuchen und andere Teigwaren auf den Tisch und boten die Erfrischungen an.

»Wo ist denn Shasha?« fragte Tynna.

»Meine äußerst verzogene und verwöhnte kleine Schwester kommt nie ...«

Doch bevor Murad ausreden konnte, sprang die Tür auf, und ein kleiner Wirbelwind stürzte herein. Sie war wohl im gleichen Alter wie Tynna, aber mit hellbraunem Haar, wasserblauen Augen und einer kleinen Stupsnase.

»Ist sie das?« fragte Shasha statt einer Begrüßung und deutete auf Heather.

Heather musterte die Weintraube, die sie in der Hand hielt. Es war ihr unangenehm, so in Augenschein genommen zu werden. Und Höflichkeit konnte man keinem der Anwesenden nachsagen! Ihr eigenes Benehmen war dagegen tadellos.

»Heather, das ist Murads Schwester Shasha«, stellte Khalid sie einander vor.

»Was für schönes Haar du hast! Es hat die Farbe eines Sonnenuntergangs«, sagte Shasha bewundernd.

»Besser als vertrocknete Orangen«, entgegnete Heather trocken.

»Wie ist es denn so, mit dem wilden Tier des Sultans verheiratet zu sein? Gefällt es dir?« plapperte Shasha, steckte sich dabei gleich mehrere Weintrauben in den Mund und ließ sich zwischen Mihrimah und Heather in ein Kissen fallen.

»Shasha, wo hast du denn deine Manieren gelassen?« schimpfte Nur-U-Banu.

»Erzähl uns, wie das war, als du meiner Tante das Leben gerettet hast.« Shasha ignorierte ihre Mutter völlig. »Und darf ich deine Hand sehen?«

Heather hielt ihre Hand hoch, die immer noch verbunden war. »Ach, das war gar nichts«, sagte sie bescheiden.

»Doch, du mußt uns alles erzählen«, sagte nun auch Safiye.

»Heather hat meine Mutter und meine Schwester zum Bazar begleitet«, sagte Khalid, der merkte, wie unsicher Heather plötzlich geworden war. »Als sie den Schurken kommen sah, zog sie meine Mutter zu Boden und stellte sich dem Angreifer mit ihren bloßen Händen entgegen.«

»Heather ist die mutigste Frau, die ich kenne«, sagte Tynna. »Nur vor Bäumen hat sie Angst.«

Mihrimah lachte los. Auch Khalid mußte lächeln.

»Diese Geschichte muß ich unbedingt hören«, sagte Murad.

»Heather ist in einen Pfirsichbaum geklettert, um Pfirsiche zu pflücken. Aber als sie dann aus der Krone auf den Boden blickte, hatte sie Angst, wieder herunterzusteigen. Glücklicherweise war Khalid zur Stelle und hat sie gerettet.«

Jeder lachte, außer Heather.

»Schweinefleisch ist ihr Lieblingsgericht«, sagte nun

Mihrimah. »Und Khalid hat ihr auch erlaubt, jeden Freitag Schweinefleisch zu essen.«

Wieder lachte jeder, außer Heather.

Sie versuchte, ihr Temperament zu zügeln und nicht rot zu werden.

»Warum sagst du denn nichts?« fragte Murad. »Bist du so schüchtern?«

Heather sah Khalids warnendes Stirnrunzeln und tat so, als sei sie tatsächlich schüchtern. »Ich möchte eure Sitten und Gebräuche lernen, aber ich mache noch viele Fehler. Mein Mann hat mich angewiesen, nichts zu sagen.«

Murad lächelte. »Und was hat er noch gesagt?«

»Ich darf keinem Mann in die Augen blicken. Ich darf nicht unbeherrscht sein. Ich darf keine Frau eine Hexe nennen und ich darf mich nicht kratzen.« Und bei dieser Litanei des Leidens blickte sie Murad mitleiderheischend in die Augen.

»Und daß du nicht auf Bäume klettern darfst«, fügte Tynna hinzu.

Jetzt lachte jeder, außer Khalid. Er schien beleidigt zu sein.

»Dein Anhänger ist sehr ungewöhnlich«, sagte Murad, dem der trübe Gesichtsausdruck seines Cousins nicht entging. »Ein wildes Tier um den Hals eines wilden Tieres.«

»Ein Geschenk meiner Frau«, erwiderte Khalid stolz.

»Sie scheint dich sehr zu lieben«, bemerkte Murad.

»Sie würde ihn noch mehr lieben, wenn er einen Priester kommen lassen würde. Denn so sind wir nicht richtig verheiratet.« Jetzt war es doch passiert. Ohne zu denken hatte Heather einfach vor sich hingeplappert.

»Schweig«, knurrte Khalid.

»Bitte schimpfe sie nicht«, sagte Safiye, die sich noch zu gut daran erinnern konnte, wie es ihr, einer adligen Venezianerin, hier zu Anfang als Konkubine ergangen war. »Sie ist erfrischend ehrlich und geradeheraus und das ist ein Charakterzug, der hinter diesen Mauern viel zu selten ist. Es ist schwierig, plötzlich nicht mehr glauben zu dürfen, woran man immer geglaubt hat. Ich spreche aus Erfahrung.«

»Anscheinend sind wir uns zumindest über eine Sache einig«, sagte Nur-U-Banu zu ihrer Schwiegertochter.

»Mütter und Ehefrauen werden immer streiten«, sagte Murad zu Khalid. »Das ist der Lauf der Welt.«

Nur-U-Banu erhob sich von ihrem Kissen. »Wir werden Heather den Palast zeigen, während ihr euch mit dem Sultan trefft.«

»Komm, Cousine«, sagte Shasha und zerrte Heather an der unverletzten Hand hoch. »Draußen im Garten spielen einige der Frauen Gesellschaftsspiele.«

Die drei jungen Mädchen liefen nach draußen. Nur-U-Banu, Mihrimah und Safiye folgten ihnen langsam und würdevoll, wie es sich für ihren Stand geziemte.

Der Garten des Sultans, den an allen Seiten Zypressen umgaben, war ein paradiesisches Meer der Ruhe. Jasmin, Rosen und Verbenen füllten die Luft mit ihrem betörenden Duft. Schmale Fußwege aus Kies führten zu kleinen Goldfischteichen, auf denen Seerosen schwammen. Lauschige Gartenlauben und kleine Unterstände spendeten Schatten, aus Springbrunnen der verschiedensten Größe sprudelte Wasser, man hörte das aufgeregte Zirpen der Zikaden und das Quaken der Frösche.

»Wieso gibt es denn so viele Springbrunnen?« fragte Heather.

Tynna und Shasha blickten sich ratlos an und zuckten mit den Schultern. Die Springbrunnen waren schon immer hier gewesen, und die zwei Mädchen hatten sich noch nie gefragt, warum.

»Fließendes Wasser kann vertrauliche Gespräche schützen«, lächelte Nur-U-Banu. »Das Geräusch macht es für Lauscher schwierig, einer Unterhaltung zu folgen, der sie nicht folgen sollen.«

»Ach komm, laß uns doch spielen«, rief Shasha ungeduldig. Man hörte das Lachen, Kichern und Kreischen der Frauen.

»Sie spielen ›Herr aus Istanbul‹!«

Shasha zog Heather und Tynna durch einige eng stehende Bäume auf eine kleine Lichtung aus kurzgehaltenem Rasen. Dort bewachten Eunuchen zehn junge Frauen, die sich an einem seltsamen Spiel vergnügten. Neun von ihnen trugen Haremshosen aus weißem Muslin, Tuniken aus farbenprächtigem Brokat, seltsam gebogene Schuhe und als Kopfbedeckung Kappen aus goldenem Brokatstoff.

Doch eine der Frauen trug einen nach außen gewendeten Pelzmantel und als Krone eine geschnitzte Wassermelone. Mit Kohl hatte sie die Augenbrauen nachgezogen und sich einen dicken Schnurrbart gemalt. Sie saß rücklings auf einem Esel, hielt mit der einen Hand seinen Schwanz und in der anderen eine Gebetskette, wie sie die moslemischen Männer trugen, nur daß diese aus Knoblauchzehen geflochten war.

Jemand gab dem Esel einen Tritt und er machte Bocksprünge, um sie abzuschütteln. Je mehr die Frau kicherte, desto mehr wankte sie auf ihrem unsicheren Sitz. Nach wenigen Minuten landete sie auf dem Rasen.

»Darf ich?« fragte Heather.

»Aber deine Hand«, protestierte Tynna.

»Die brauche ich nicht«, sagte Heather überheblich. »Ich kann auch nur mit einer Hand reiten.«

Nur-U-Banu blickte fragend auf Mihrimah, die ihr nickendes Einverständnis gab.

»Jetzt darf Heather reiten«, befahl die Bas Kaden.

Heather nahm ihre Kutte ab, zog den Pelzmantel an und setzte sich die Wassermelone auf den Kopf.

»Du kannst diesen dummen Esel wahrscheinlich stundenlang reiten«, sagte Shasha bewundernd, während sie ihr mit dem Kohlestift die Augenbrauen nachzeichnete und einen prächtigen Schnurrbart malte.

Einer der Eunuchen hob sie auf den Esel, wartete, bis

sie seinen Schwanz gegriffen hatte und gab dem Tier dann einen leichten Klaps. Sofort bockte er und wollte Heather abwerfen. Doch die erfahrene Reiterin wußte, wie man Jungtiere zureitet. Sie würde auch mit einem Esel fertig werden. Plötzlich stach der Esel einen Weg herunter, und bevor ihn der Eunuch aufhalten konnte, blieb er wie angewurzelt stehen.

»Heather!« ertönte eine wohlbekannte Stimme.

Zögernd drehte sie sich um und sah in sein wutentbranntes Gesicht.

»Was bildest du dir eigentlich ein? Was soll das überhaupt?«

»Ich wollte gerade fliehen. Meinst du, ich käme weit in dieser Kostümierung?« fragte sie ihn herausfordernd.

Murad lachte los, doch Khalid schien ernsthaft böse zu sein.

Die anderen Frauen starrten Heather an. Noch nie hatte es eine von ihnen gewagt, einem Mann so respektlos gegenüberzutreten. Und dieser Mann war nicht irgendjemand. Er war der gefürchtete Prinz Khalid.

Als sie sah, daß er nicht einlenken wollte, entschuldigte sich Heather, aber setzte hinzu: »Deine Mutter hat es mir erlaubt.«

Khalid warf ihr einen wütenden Blick zu. »Wie konntest du das zulassen?«

»Aber ›Gentleman aus Istanbul‹ ist doch ein harmloses Spiel«, antwortete Mihrimah.

»Harmlos? Und wenn sie nun meinen Sohn in sich trägt und vom Esel abgeworfen wird?«

»Daran hatte ich nicht gedacht«, sagte Mihrimah beschämt.

»Deinen Sohn?« fragte Heather. Sie hatte noch nie wirklich darüber nachgedacht, daß sie vielleicht einmal Mutter werden könnte.

Khalid schaute sie an. »Das passiert beim Lie . . .«

»Jede dieser Frauen könnte schwanger sein«, unterbrach ihn Murad beschwichtigend. »Aber deshalb verbietet ihnen der Sultan trotzdem nicht die wenigen Freuden, die sie haben.«

»Bei allem Respekt, keine dieser Frauen ist meine Frau. Und außerdem hat der Sultan bereits zwei Söhne«, sagte Khalid.

Murad nickte. »Sucht euch ein anderes Spiel, solange uns die Frau von Prinz Khalid Gesellschaft leistet«, rief er den Haremsdamen zu.

»Wir können doch im Wasser Fangen spielen«, schlug Shasha vor.

»Nein«, sagten Heather und Khalid wie aus einem Mund.

»Wegen deiner Hand?« fragte Shasha.

»Meine unerschrockene Frau hat Angst vor dem Wasser«, sagte Khalid etwas boshaft. »Sie kann nämlich nicht schwimmen.«

Heather schaute beleidigt in den Himmel.

»Aber Fangen hier im Garten?« schlug eine der Haremsdamen vor.

»Oder eine Charade?«

»Wir sollten unsere Gäste vor dem Abendessen noch ins Badehaus bringen«, beendete Nur-U-Banu die Diskussion knapp.

Sie blieb mit Mihrimah noch kurz zurück, während die kleine Gruppe wieder in das Haus ging.

»Habt ihr euch schon mit dem Sultan getroffen?« fragte Nur-U-Banu.

»Nein, das Treffen wurde verschoben. Der Sultan ist noch bei Lyndar«, antwortete Murad.

Nur-U-Banu nickte. Dann drehte sie sich zu Khalid. »Mach dir keine Sorgen um deine Wildblume. Wir werden uns um sie kümmern.« Dann folgten auch sie den anderen in die Haremsgemächer.

Beim Eintritt in das Badehaus des Harems verschlug es Heather die Sprache. Es war ganz in feinem hellem Marmor gehalten. Durch Deckenlichter fluteten Sonnenstrahlen, schmale Säulen unterteilten den großzügig geschnittenen Raum. Boden und Wände waren mit feinsten Fayencekacheln verziert. Überall waren Waschbecken mit polierten Messingarmaturen in die Wände eingelassen.

Heißer Dampf, verhaltene Gespräche und leises Gelächter mischten sich auf eine faszinierende Weise. Bald einhundert der wunderschönsten Frauen, die Heather je gesehen hatte, hielten sich im Badehaus auf und wurden von Dienerinnen und Eunuchen bedient. Einige der Frauen waren völlig nackt, andere trugen Kleidung aus feinstem Leinen, das von der Hitze des Bades so durchfeuchtet war, daß sich darunter die weiblichen Konturen abzeichneten. Keine der Frauen schien sich ihrer eigenen Nacktheit bewußt zu sein. Entspannt genossen sie die Wärme der einzelnen Becken, tranken heißen Pfefferminztee, lachten und plauderten miteinander.

Heather hatte noch nie soviel nackte Haut gesehen. Als sich ihr eine junge Sklavin näherte, um ihr die schwere Baderobe abzunehmen, kam ihre Verklemmtheit wieder durch. Hilflos schubste sie das Mädchen weg.

»Zieh das aus«, befahl ihr Mihrimah ungerührt. »Du bist unhöflich.«

»Nein!« Heather drehte sich zu Mihrimah und es verschlug ihr fast den Atem, als sie ihre eigene Schwiegermutter ebenfalls völlig nackt vor sich stehen sah.

Nur-U-Banu unterdrückte ein Lachen. Und als ob sie mit einem Kind sprach, erklärte sie Heather ganz geduldig: »Wir sind alle gute Freundinnen hier. Und keine von uns hat etwas, was die andere nicht auch hat.«

Zögerlich zog Heather ihre Robe aus.

Mihrimah betrachtete sie von Kopf bis Fuß. »Nein, du trägst seinen Samen nicht«, erklärte sie dann und drehte sich auf dem Fuß um.

Bevor Heather darauf antworten konnte, hatten Tynna und Shasha sie entdeckt und zogen sie hinter sich her in eine Ecke des Badehauses, wo sich die Frauen von Sklaven abschrubben ließen.

Shasha redete ohne Punkt und Komma und bewahrte

Heather so vor der wahrscheinlich unlösbaren Aufgabe, mit unbekannten und unbekleideten Frauen Konversation zu machen. Heather wurde mutiger. Sie setzte sich an den Rand des beheizten Schwimmbeckens und schaute von dort Tynna und Shasha zu, die sich im Wasser vergnügten.

»Die Frauen dort bemalen ihre Augenlider mit Kohle gegen den bösen Blick«, sagte Safiye, die sich neben sie gesetzt hatte. »Und dort die Frauen waschen ihre Haare mit Eigelb.«

»Aber damit verschwendet man die Gabe Allahs«, wiederholte Heather die Worte ihres Mannes.

Safiye schüttelte den Kopf. »Das Eiweiß nimmt man gegen Krähenfüße. Es wird vorsichtig in die feuchte Haut einmassiert.«

Heathers Neugier war erwacht. »Dann könnte man also das Eigelb essen und das Eiweiß gegen Falten verwenden?«

»Ja.«

»Und die Frauen dort?«

»Sie reiben ihre Haut mit einer Paste aus Jasmin und gemahlenen Mandeln ein. Das macht den Teint heller«, antwortete Safiye.

»Könnte ich damit auch meine Sommersprossen bleichen?« fragte Heather interessiert.

»Gefallen Prinz Khalid deine Sommersprossen nicht?« lächelte Safiye.

»Ach, daran hatte ich gar nicht gedacht«, antwortete Heather. »Ich weiß nicht, ob er sie mag.«

»Für wen willst du sie denn dann entfernen?« Jetzt schaute sie Safiye sehr neugierig an.

»Für *mich*. Ich hasse meine Sommersprossen!«

Safiye zuckte mit den Schultern. »Ich glaube nicht, aber du könntest es ja versuchen. Vielleicht mußt du die Paste einfach regelmäßig auftragen.«

Nach einem Gang im Dampfbad führten sie Nur-U-Banu und Mihrimah durch ein Vestibül und einige kleinere Räume, die alle durch eine Leitung im Fußboden beheizt wurden, in ein kleines Zimmer. Dort wurden die Schamhaare entfernt und die Füße mit Bimsstein weich und glatt gerieben. Dann wurden die Frauen massiert und legten sich für eine ganze Stunde in das Tepidarium, um sich auszuruhen und ein bißchen zu dösen. Mit Perlen bestickte Wandteppiche hingen an bronzenen Stangen an den Wänden, persische Teppiche bedeckten den Boden. Auf niedrigen Sofas, die mit vielen kleinen weichen Kissen geschmückt waren, konnte man sich wohlig ausstrecken. Die Luft war erfüllt von einem angenehmen Duft aus Räucherkerzen.

Eingewickelt in ihre Baderoben lagen die Frauen schweigend nebeneinander. Jede schien ihren eigenen Gedanken nachzuhängen. Dann gab Nur-U-Banu das Zeichen zum Aufbruch und führte sie in den großen Gemeinschaftsraum des Harems, in dem das Abendessen eingenommen werden sollte. Als Bas Kaden des Sultans lebte sie zwar innerhalb des Harems in ihren eigenen Räumlichkeiten, doch Nur-U-Banu wußte, wie neugierig die Odalisken, die Konkubinen des Sultans, auf diese fremdländische Erscheinung waren.

Ihr Abendessen stand bereits angerichtet auf verschiedenen silbernen Platten, als sie den Raum betraten. Es gab Pilaf, ein Lammgericht, verschiedene gedünstete Gemüsesorten, die in einer Soße aus Öl und Zitrone angerichtet waren, und Auberginen. Statt des Rosenwassers, das sonst oft gereicht wurde, tranken sie an diesem Abend Boza, ein etwas säuerlich schmeckendes Getränk aus gegärter Gerste, das mit Zimt gewürzt wurde. Jeder nahm sich eine der blütenweißen, seidenen Servietten, die in Serviettenringe aus Perlmutt steckten.

Hungrig griff Heather mit bloßen Händen in das Essen und wollte sich eine Auberginenscheibe angeln. Dann bemerkte sie auf ihrem Verband einen kleinen Fleck und wollte mit der anderen Hand nach dem Essen greifen. Doch im letzten Moment erinnerte sie sich an einen weiteren von Khalids Befehlen. Die linke Hand war nur für alles, was ›rein‹ war, zu gebrauchen. Man durfte mit ihr weder essen noch anderen Menschen die Hand geben.

Heather warf einen verstohlenen Blick in die Runde. Selbst die jungen Mädchen aßen ganz anders als sie. Mit drei Fingern der rechten Hand griffen sie vorsichtig und zielsicher in die Gerichte, und was bei Heather oft aussah, als würde ein kleines Kind essen, sah bei ihnen elegant aus. Kaum daß die Fingerspitzen mit Öl oder Soße bedeckt waren. Sie suchten die mundgerecht geschnittenen Fleisch- und Gemüsestücke erst mit den Augen aus und griffen dann mit einer kleinen Bewegung zu, ohne dabei ihre Unterhaltung zu unterbrechen.

»Wenn du endlich gelernt hast, richtig zu essen, werden nur noch deine Fingerspitzen und dein Mund mit den Speisen in Berührung kommen«, sagte Mihrimah.

Heute schien sie es wirklich auf Heather abgesehen zu haben und ließ keine Möglichkeit aus, sie vor den anderen Frauen bloßzustellen. Heather lief rot an, wurde still und griff etwas ängstlich nach einer Auberginenscheibe.

»Wenn du viel Auberginen ißt, dann wirst du Erfüllung finden«, drängte sie Safiye.

»Was meinst du damit?«

»Auberginen enthalten magische Kräfte«, erklärte ihr Safiye. »Sie erfüllen einen besonderen Wunsch.«

Heather schaute etwas verwirrt, als sie weiterhin angestrengt nach der Auberginenscheibe suchte, die ihr ständig aus den Fingern glitt. Die etwas entsetzten Blicke der anderen Frauen bemerkte sie nicht.

»Aber was denn für ein besonderer Wunsch?« fragte sie so beiläufig wie möglich. Gleich würde sie sich sicherlich wieder blamieren.

»Wenn eine Frau von Auberginen träumt«, erklärte ihr Nur-U-Banu, »dann ist sie schwanger.«

Mit einem Plumps landete die ölige Auberginenscheibe in Heathers Schoß. Heather starrte darauf, als hoffe sie, in dem unschuldigen Gemüse Antworten auf ihr weiteres

Leben zu entdecken. Die letzten Monate waren wie im Flug an ihr vorbeigegangen, und ihr Leben hatte sich von Grund auf verändert. Sie war entführt worden. Dann war sie verheiratet worden. Und jetzt schien sie schon jeder als Mutter zu sehen. Das ging alles ein bißchen schnell für eine Siebzehnjährige. Sicherlich wollte sie gerne Mutter werden, aber sie hatte sich noch nie wirklich mit diesem Gedanken beschäftigt. War sie denn überhaupt schon in der Lage, die Verantwortung für ein hilfloses kleines Wesen zu tragen? Sie liebte Kinder und würde ihr eigenes lieben. Aber war es dafür nicht noch ein bißchen zu früh?

Die anderen Frauen ahnten wohl, woran Heather dachte. Jede hütete sich, das Thema noch einmal anzusprechen.

Sklaven traten herein, um ihnen aus silbernen Kannen warmes Wasser in Schälchen zu gießen, damit sie ihre Hände reinigen konnten. Dazu reichten sie duftende Handtücher, die über und über mit Goldstickerei bedeckt waren.

»Mutter, erzähl uns doch noch einmal die Geschichte von dem Lackkabinett«, bettelte Shasha.

»Vor langer Zeit lebte einmal ein mächtiger Sultan. Aber er war ein grausamer, herzloser Mensch«, begann Nur-U-Banu. »Als er erfahren hatte, daß eine seiner Lieblingskonkubinen, ein wunderschönes junges Mädchen, sich unsterblich in einen hübschen jungen Mann verliebt hatte, wollte er das Liebespaar in eine grausame Falle locken. Die unglückselige Konkubine und ihr wundervoller Geliebter wurden in einer leidenschaftlichen Umarmung ertappt und rannten in den langen Korridoren des Palastes um ihr Leben. Mit gezücktem Dolch verfolgte sie der Sultan und wollte sich für die Schmach rächen, die ihm angetan worden war. Als die Liebenden die Gemächer der Konkubine erreicht hatten, verbargen sie sich in einem Lackkabinett. Der Sultan riß die Tür auf und wollte ihnen einen tödlichen Stoß versetzen, doch das Kabinett war leer. Die Liebenden waren verschwunden.«

»Wo sind sie denn hingegangen?« fragte Heather.

»Sie gingen gemeinsam in die Ewigkeit«, antwortete Nur-U-Banu schwärmerisch.

»Oh, wie romantisch!« seufzte Heather.

Shasha kicherte. »Du spürst wohl schon den Boza.«

»Mein Lieblingsmärchen ist das von der Nachtigall und der Rose«, sagte Safiye.

»O ja, das ist auch schön. Erzähl es Heather, sie kennt es bestimmt nicht«, sagte Tynna.

»Es gab einmal eine Nachtigall, die sich in eine makellose weiße Rose verliebt hatte. Eines Nachts wurde die Rose von dem süßen Gesang der Nachtigall aus ihrem tiefen Schlummer geweckt. Das Herz blieb ihr stehen vor Entzücken, denn sie verstand, daß die Nachtigall ihrer Schönheit zu Ehren so wundervoll sang. ›Ich liebe dich‹, flötete sie. Diese Liebeserklärung ließ die weiße Rose erröten. Und plötzlich blühten auf der ganzen Welt rosafarbene Rosen. Die Nachtigall näherte sich mutig der Rose. Sie kam näher und näher, und die Rose öffnete ihre Blütenblätter. Da stahl ihr die Nachtigall ihre Jungfräulichkeit. Vor Scham wurde die rosafarbene Rose ganz rot, und plötzlich blühten auf der ganzen Welt tiefrote Rosen. Das ist nun schon lange her«, schloß Safiye mit einem Lächeln, »doch noch heute betet die Nachtigall die Rose an. Aber ihre Liebesständchen werden nicht mehr erhört. Die Blüte der Rose bleibt ihr für immer verschlossen.«

»Eine wunderschöne Geschichte«, sagte Heather leise und fühlte plötzlich Mitleid mit der Nachtigall.

»Aber ich kenne ein Märchen, das noch niemand gehört hat«, trumpfte Shasha auf. »In einem weit entfernten Land lebte einmal ein wildes Tier, das im Kampf eine furchtbare Narbe davongetragen hatte. So wild war das Tier, daß es nur seinem Herrn, einem mächtigen Sultan, gehorchen wollte. Aber die Furcht, die es verbreitete, hatte seinen Preis. Das wilde Tier war sehr allein und spürte, daß es von niemandem geliebt wurde. Auf der anderen Seite der Erde wuchs in einem großen geheimnisvollen

Königreich eine Wildblume heran, die magische Kräfte besaß. Als sie fast erwachsen war und erblühen sollte, mischte sich das göttliche Kismet in die Geschicke der beiden ein. Starke Winde entwurzelten die Wildblume und trugen sie über die Meere und Seen und Flüsse der Welt hinweg in das Land des Sultans. Und wie es der Zufall wollte, legten sich die Winde plötzlich, und die Wildblume fiel genau vor den Füßen des wilden Tieres zu Boden. Anstatt die ihm unbekannte Blume mit seinen Pranken zu zertrampeln, hielt es inne und schnupperte an ihrem wilden unbekannten Duft. Und dieser Duft erfüllte ihn mit soviel Sehnsucht, daß es den Kopf gen Himmel wandte und mit schmerzerfüllter Stimme ein Liebeslied für die Wildblume sang. Und wie die Blumen sich in der Wärme der Mittagssonne räkeln und öffnen, so hing die Wildblume nun an diesem wilden Tier, räkelte und kuschelte sich an ihn und wuchs und gedieh in der zärtlichen Liebe, die es ihm angedeihen ließ. Und seit diesem Tag wurde das wilde Tier nie mehr ohne die Wildblume an seiner Seite gesehen. Und die Einsamkeit seiner früheren Tage sollte ihn nie wieder heimsuchen.«

Alle klatschten begeistert Beifall, auch Heather, obwohl es ihr etwas unangenehm war, so im Mittelpunkt zu stehen.

Sie fand eigentlich nicht, daß sie geeignet war, die Heldin in einer Sage zu spielen. Und völlig abwegig war der Gedanke, daß Khalid voll entbrannter Liebe zu ihr heulen und jaulen würde. Aber scheinbar war das eines der wenigen Vergnügen, die diese Frauen, die doch alle selbst Sklavinnen waren, hatten.

»Meine Lieblingsgeschichte ist eigentlich ein Rätsel«, unterbrach Mihrimah ihre Gedanken.

»O, Tante, bitte erzähl es uns«, bettelte Shasha. »Ich liebe Rätsel.«

Mihrimah nickte. »Eines Tages ritten der vollkommene Mann und die vollkommene Frau von Istanbul nach Bursa. Während der Reise verlor das Pferd ein Hufeisen.

Welcher von beiden ist abgestiegen und hat das Pferd wieder beschlagen?«

Shasha, Heather und Tynna blickten sich an. Ratlos schüttelten sie den Kopf.

»Es war natürlich die vollkommene Frau«, lächelte Mihrimah. »Denn den vollkommenen Mann, den gibt es gar nicht.«

Alle lachten laut los und klatschten ihr Beifall.

»Männer haben nur zwei Fehler«, versuchte nun auch Heather ihr Glück.

Ihre Schwiegermutter warf ihr einen mißtrauischen Blick zu.

»Alles, was sie sagen und alles, was sie tun.«

Doch wieder lachten alle, selbst Mihrimah.

Jede der Frauen fühlten sich in dieser Gemeinschaft wohl. Oft kämpften sie gegeneinander, heute fühlten sie sich wie Schwestern. Sie würden diesen Tag noch lange in Erinnerung behalten.

»Was ist denn hier los?« ertönte plötzlich eine Stimme.

Alle drehten sich in die Richtung, aus der die helle und kühle Stimme gekommen war. Keiner wollte den Anblick der neuen Kaden des Sultans verpassen. Mit betont lässigem Gang schritt sie auf die Gruppe zu, begleitet von ihrem herablassenden Eunuchen Jamal. In den Armen hielt sie ihr Baby, einen Sohn.

Sie war von durchschnittlicher Statur, doch mit sinnlichen Kurven. Ihre braunen Augen schimmerten verführerisch, ihr dunkelglänzendes Haar floß in weichen Kaskaden auf den Rücken bis fast zur Taille herab. Obwohl der Haremklatsch bereits behauptet hatte, die neueste Favoritin des Sultans würde das erste Grau ihrer Haare mit Henna färben, gab es dafür keine wirklichen Beweise. Falls dem so war ... das würde für immer ein Geheimnis zwischen Lyndar und Jamal bleiben. Lyndar nahm auf dem nur für sie reservierten Diwan Platz und bedeutete Jamal, ihre Wasserpfeife zu holen.

»Lyndar Kaden«, sagte Nur-U-Banu und rang sich zur

Begrüßung ein Lächeln ab. »Das hier ist Heather, die Wildblume. Sie ist die Braut von Prinz Khalid.«

»Hallo«, sagte Heather.

Lyndar nickte ihr herablassend zu.

»Was für ein süßes Baby«, sagte Heather und bewunderte den Säugling.

Jetzt war das Lächeln von Lyndar echt. »Ist er nicht wunderschön? Er ist drei Monate alt und jetzt schon ein kleiner Löwe.«

»Zeig ihr seinen Fuß. Wegen dieser Behinderung muß sich Murad nie Sorgen machen, daß ihm jemand sein Anrecht auf das Sultanat streitig machen wird«, sagte Mihrimah kalt. Die anderen Frauen kicherten hartherzig hinter vorgehaltener Hand.

»Jadis!« murmelte Lyndar.

Bevor ein Streit darüber ausbrechen konnte, war Jamal mit der Nargileh, der Wasserpfeife, zurückgekehrt. Lyndar nahm mehrere Züge und lächelte dann Heather einladend an.

»Möchtest du nicht auch probieren?« fragte sie sie in einem zuckersüßen Ton. Es wäre wunderbar, wenn sie in dieser Ausländerin eine Verbündete finden würde! So nahe an der Schwester des Sultans zu sein, so vieles zu wissen und zu erfahren! Eine Spionin zu haben, die jeden Schritt von Mihrimah überwachen könnte.

Heather lehnte sich zu der Wasserpfeife und tat es ihr nach.

Doch die Nargileh zischte und sprudelte und Heather bekam einen Hustenanfall. Aber danach war ihr auf einmal so wohlig und entspannt zumute. Sie wurde fast ein bißchen schläfrig.

»Geht es dir gut?« fragte Mihrimah mißtrauisch.

Heather reagierte gar nicht auf diese Frage, sondern blickte verträumt zum Fenster hinaus.

»Woran denkst du jetzt?« fragte Shasha leise.

»Ach, an mein Zuhause ... an England.«

»Erzähl uns von England«, bat Shasha.

»England ist der Garten Eden. Und England ist so wunderschön, als ob Gottes Segen immer darauf ruhen würde. Im Frühjahr regnet es viel, im Sommer ist es überall grün, im Herbst leuchten die Farben, und im Winter wirkt die Landschaft wie unberührt und neugeboren. Wie der Atem eines Drachen rollt der Morgennebel über Täler und Berge und verkleidet alles mit seinem undurchdringlichen Atem.«

»Ist euer Sultan so mächtig und eindrucksvoll wie unserer?« fragte Shasha.

»Wir haben keinen Sultan. Wir haben auch keinen König«, erwiderte Heather stolz. »Mein Land wird von einer Königin regiert, Königin Elizabeth.«

Einige Frauen raunten vor Verwunderung. Alle schauten sie neugierig an.

»Ein Land, das von einer Frau regiert wird?« Mihrimah horchte auf.

»Und ihr Mann?« fragte die praktisch veranlagte Nur-U-Banu.

»Elizabeth wird die jungfräuliche Königin genannt. Sie hat keinen Ehemann«, antwortete Heather stolz. Diese Art der Aufmerksamkeit genoß sie sehr. »Und, ehrlich gesagt, ich bezweifle, daß sie je einen Mann akzeptieren würde. Meine Cousine würde nie ihre Macht mit einem Mann teilen wollen.«

»Diese Königin ist *deine* Cousine?« fragte Shasha beeindruckt.

Heather nickte.

»Aber wer wird England regieren, wenn die Königin gestorben ist?« fragte Lyndar, die dieses Thema sehr zu interessieren schien. »Wir Frauen sind doch nicht unsterblich, und Jungfrauen können keine Nachkommen zeugen.«

Heather zuckte mit den Schultern. Und reichlich selbstsicher, fast überheblich, antwortete sie dann: »Die Königin wird ihren Nachfolger selbst bestimmen. Wer weiß, vielleicht wird es ja wieder eine Frau.«

»Verneigen sich die Männer in eurem Land vor dieser Königin?« wollte eine andere Haremsdame wissen.

»So wie ihr euch vor dem Sultan verneigt, so verneigt sich jedermann vor der Königin, natürlich auch die Männer. Und alle sind sie bemüht, ihre Gunst und Aufmerksamkeit zu erringen und ihr jeden Wunsch von den Augen abzulesen.«

»Ist sie verschleiert?« fragte Tynna, die vielleicht schon an ihre bevorstehende Hochzeit dachte.

Jetzt schüttelte Heather ganz entschieden und nachdrücklich den Kopf. »Nein, wir Engländerinnen sind frei. Wir tragen nie einen Schleier.«

Aufgeregtes Geplapper und Gemurmel erfüllte den vorher so friedlichen Raum. Jeder schien gleichzeitig auf den anderen einzureden. Und jede der Frauen stellte sich vor, wie wohl ihr Schicksal in diesem fernen Land gewesen wäre. England mußte das Paradies auf Erden sein.

»Bei uns in England gibt es keine Sklaven«, fügte Heather stolz hinzu. Und dann schmückte sie die Wahrheit ein bißchen aus. »Wir Engländerinnen können tun und lassen, was uns beliebt. Wir können reisen, wohin wir wollen. Und natürlich können wir uns unsere Ehemänner selbst aussuchen.«

Als ihr diese Lüge von den Lippen kam, war der Agha Kislar gerade lautlos eingetreten. Nur seiner Anwesenheit war es zu verdanken, daß unter den wohlgesitteten Damen des Harems nicht die Hölle losbrach.

»Prinz Khalid erwartet seine Familie am Kutschenhaus«, verkündete er wichtig.

»Ach, bleib doch noch«, bettelte Shasha. »Schick ihm eine Nachricht, daß du jetzt bleibst und erst kommst, wenn du es für richtig hältst. Und nicht einen einzigen Moment eher.«

Dem Agha Kislar blieb vor Staunen der Mund offenstehen. Zwar war Shasha ein sehr verwöhntes Mädchen, doch hatte sie sich Männern gegenüber noch nie respektlos gezeigt.

Er, der Haupteunuch dieses Harems, würde ...

»Ja, laß ihn einfach ein bißchen warten«, sagte auch Lyndar.

Entsetzt drehte sich der Agha Kislar zu ihr. Er konnte kaum glauben, was er da gerade gehört hatte.

»Ja, was ist denn schon dabei?« Jetzt machte Nur-U-Banu das Maß voll. »Er ist schließlich bloß ein Mann.«

Zum ersten und wahrscheinlich einzigen Mal in ihrem Leben waren sich die zwei Rivalinnen einig. Beide waren in den Bann von Heathers Geschichten gezogen worden, Geschichten über starke und unabhängige Frauen, die keinen Schleier trugen.

Irgend etwas ist hier nicht in Ordnung, dachte der Agha Kislar. Irgend etwas geht hier überhaupt nicht mit rechten Dingen zu. Irgend etwas könnte vielleicht den häuslichen Frieden, über den zu wachen seine Aufgabe war, stören. Und den Sultan durfte man nicht verärgern ...

»Ich werde euch beim nächsten Mal einige englische Spiele zeigen«, versprach Heather. Als sich ihre Schwiegermutter aus den Kissen erhob, sprang sie ebenfalls auf.

Der Agha Kislar führte sie nun durch das Labyrinth der Korridore. Bald waren sie am Kutschenhaus angelangt, und er übergab die Damen hastig der Obhut von Khalid. Es war keine Zeit zu verlieren. Er mußte sofort herausfinden, welche Geisteskrankheit die Damen des Harems des großen Sultans befallen hatte, sowohl die Odalisken als auch die Kadens. Denn es war mehr als nur seine Aufgabe, für Ruhe im Harem zu sorgen. Er haftete dafür mit seinem Leben.

Als der Agha Kislar sie allein gelassen hatte, blickte Khalid fragend seine Mutter an. Und Mihrimah nickte, und plötzlich schoß ein Lächeln über ihr Gesicht. Khalid hatte sie noch nie so lächeln sehen. Überglücklich schloß er Heather in die Arme. Scheinbar war alles gutgegangen.

Liebevoll blickte er in ihr aufgerichtetes Gesicht. »Mein

Herz ist voller Freude«, sagte er und belohnte ihr gutes Benehmen mit viel Lob. »Ich bin stolz, eine so wunderbare Frau mein eigen zu nennen.«

Kapitel 17

Khalids Stolz auf seine Frau währte ganze zwei Tage.

Am zweiten Tag nach ihrem erfolgreichen Besuch im Palast von Topkapi saß Heather bei einem etwas späten Frühstück und aß gerade ein pochiertes Eigelb. Omar war längst vom seinem Nesselfieber genesen und munter wie eh und je. Seit einiger Zeit überlegte er bereits, was Heather heute anziehen würde. Belustigt beobachtete sie ihn dabei. Sie würde nie verstehen, warum man sich so große Mühe machen sollte, Kleidung auszuwählen, die sowieso kaum jemand je zu Gesicht bekommen würde. Denn sie durfte den Garten und das Haus noch immer nicht verlassen.

»Hast du das Eiweiß für meine Gesichtsmaske aufbewahrt?« fragte sie Omar.

»Natürlich, Prinzessin.« Omar drehte sich zu ihr um. »Prinzessin, ich muß Euch nochmal sagen, wie stolz ich bin, daß wir einen so guten Eindruck im Palast hinterlassen haben.«

»*Wir*?«

»Ohne meine geschickten Anweisungen und meinen guten Sprachunterricht hättet Ihr dem Prinzen und seiner Familie Schande bereitet«, erklärte Omar kühl. »Und damit unser Glück weiterhin gesichert ist, braucht Ihr nur von Prinz Khalid schwanger ...«

»Heather!«

Vom Flur her erscholl Khalids Stimme. Sie war wütend. So wütend, wie sie Heather noch nie gehört hatte. Mit einem gezielten Stoß trat er die Tür ein und raste auf sie zu. »Rede mit mir, wenn dir dein Leben etwas wert ist!«

Heather wußte sofort, daß das keine bloße Drohung war. Sie schrie auf und versteckte sich hinter dem hilflosen Omar. Was, in Gottes Namen, hatte sie seit gestern abend und heute früh verbrochen, was den Prinzen so rasend machte?

»Ist sie schwanger?« schrie Khalid Omar an.

»Nein, mein Herr.«

Er schubste ihn grob zur Seite und griff Heather am Oberarm, so daß sie vor Schmerz aufschrie.

»Ich habe nichts getan«, rief sie und versuchte, den eisernen Griff abzuschütteln.

»Widersprich mir nicht, oder ich schlage dich«, drohte er ihr.

Auf türkisch Flüche ausstoßend, zerrte er sie quer durch das ganze Zimmer bis zum Diwan. Er war so aufgebracht, daß er sich setzen mußte. Dann sprang er wieder auf und schüttelte sie nur heftig. Er würde es nie übers Herz bringen, Heather zu schlagen.

»Ich habe Allahs Reichtum nicht verschwendet«, rief Heather. »Das Eiweiß wird jetzt nicht mehr weggeworfen.«

»Wovon redest du überhaupt, du dummes Ding?« Offenbar war Khalid von Narren und Verrückten umgeben.

»Ich nehme das Eiweiß als Maske gegen Krähenfüße.«

Er zerrte sie zu sich und blickte ihr ins Gesicht, doch ohne jegliche Spur von Wärme und Zuneigung. »Du hast keine Krähenfüße, das ist doch lächerlich.«

»Aber du hättest mich vorher sehen ...«

»Sei still!«

»... sehen sollen, stimmt es nicht, Omar?« Heather hatte keine Ahnung, was sie falsch gemacht hatte, aber sie wollte es auch nicht herausfinden.

Der kleine Mann nickte hilflos und zitterte.

»Allah, gib mir Geduld. Ich bin von Wahnsinnigen umgeben, von Verrückten, von Narren.« Khalid wollte sich nicht beruhigen.

»Ich bin keine Närrin.« Um Gottes Willen, was hatte sie bloß angestellt?

»Schweig.« Khalid schloß die Augen. Sie wußte nicht, daß er bis zwanzig zählte, um sich zumindest etwas zu beherrschen. »Sag mir, was du in Topkapi gemacht hast.«

»Topkapi?«

»Dort waren wir vorgestern, falls du dich erinnerst. Was ist dort vorgefallen?«

»Aber ...«

»Wenn du mir nicht sofort sagt, was ...«

»Ich habe Spiele gespielt mit den Haremsdamen. Und ... und dann waren wir im Badehaus und später haben wir gegessen.« Heather zitterte vor Furcht. Gleichzeitig war sie wütend auf ihn, weil er sie wie ein kleines Kind behandelte.

»Was noch?«

»Nichts. Au, du tust mir weh.« Heather wollte sich losreißen, doch Khalid ließ ihren Arm nicht los.

Er zog zwei Pergamente aus seinem Ärmel und hielt sie ihr vors Gesicht. »Ein Bote des Sultans hat diese Papiere gerade überbracht.«

»Und was steht da drin?«

Khalid hielt eines der Papiere hoch. »Dieses, meine liebe Frau, fordert dich auf, vor Sultan Selim zu erscheinen. Du bist des Hochverrats beschuldigt. Und Hochverrat, das sollte ich vielleicht noch hinzufügen, wird mit dem Tode bestraft.«

Heather schluckte und wurde ganz bleich. Omar schrie kurz auf und faßte sich an die Brust. Vorbei waren die Träume, die er gehegt hatte. Er sah seine Herrin schon auf dem Grund des Bosporus liegen, und er selbst, nun, er würde verhungern. Oder mitverurteilt. Und er würde nie reich werden, nie!

»Da muß ein Fehler vorliegen. Khalid, ich schwöre, ich habe keinen Hochverrat begangen«, sagte Heather. Ihre Stimme klang wieder fest.

Khalid hielt das andere Pergament hoch. »Das ist eine Nachricht von Prinz Murad, die die Anschuldigungen gegen dich erklärt.«

»Und was schreibt er?«

»Daß die Lügen, die du über England erzählt hast, volle zwei Tage für Aufruhr im Harem gesorgt haben. Daß die Frauen meines Onkels beinahe eine Erhebung gegen ihn angezettelt und sich der männlichen Autorität nicht mehr gefügt haben. Und da du diese Handlungen, die einem Hochverrat gleichkommen, überhaupt erst verursacht hast, wirst du als abschreckendes Beispiel angeklagt und verurteilt.«

»Ich habe nicht gelogen.« Heather war zu naiv und unschuldig, um zu begreifen, was hier vor sich ging.

»Ich will genau wissen, was du erzählt hast. Alles.« Khalid klang, als erteile er gerade Abdul einen Befehl zum Angriff. »Und jede Kleinigkeit wirst du erzählen.«

»Ich habe ihnen beschrieben, wie England aussieht«, sagte Heather. »Wie das Wetter ist, daß wir verschiedene Jahreszeiten haben.«

Daran war nichts, was man als Hochverrat hätte werten können.

»Und weiter?«

»Daß Königin Elizabeth in England herrscht. Und ...«

»Was und?« Khalid bereitete sich auf das Schlimmste vor.

Heather blieb stumm.

»Was?« schrie er aufgebracht.

»Ich kann mich nicht erinnern.« Denn nun hatte sich Heather erinnert.

Er griff sie an den Schultern und schüttelte sie. »Heather, du mußt dich erinnern. Versteh doch, wie wichtig das ist. Ich kann dein Leben nicht retten, wenn ich nicht weiß, was du gesagt hast. Ich muß alles wissen.«

»Engländerinnen haben völlige Freiheit. Sie müssen nie einen Schleier tragen«, sagte Mihrimah, die im Türrahmen stand. »Englische Frauen dürfen tun und lassen, was sie wollen. Und sie dürfen heiraten, wen sie wollen.«

Khalid stöhnte auf. Das war noch schlimmer, als er befürchtet hatte. Sie würden beide geköpft werden. O Allah steh uns bei!

»Doch die Schuld liegt bei Lyndar«, sagte Mihrimah.

Khalid drehte sich langsam zu ihr und starrte sie ungläubig an. »Ausgerechnet du verteidigst diesen Hochverrat? Willst du uns alle ins Grab bringen?«

»Lyndar hat ihr die Opiumpfeife angeboten.« Mihrimah trat langsam in das Zimmer ein. »Es war der Mohn, der die Lügen gesprochen hat, nicht deine Frau.«

»Ich habe nicht gelogen«, warf Heather ein. »Es stimmt, daß wir eine Königin haben.«

»Und dürfen denn englische Frauen wirklich heiraten, wen sie wollen?«

Heather scharrte mit dem Fuß auf dem Boden. Sie traute sich nicht mehr, Mihrimah anzublicken. »Da habe ich wohl etwas übertrieben. Gewöhnlich dürfen englische Frauen nicht heiraten, wen sie wollen.«

»Du wirst jetzt für einen Tag vergessen, was ich dir über das Lügen beigebracht habe«, sagte Khalid mit einer Stimme, die so leise war, daß sie gerade deswegen so furchteinflößend klang. »Denn heute müssen wir lügen. Sonst werden wir diesen Tag nicht überleben. Wir müssen lügen, um den Schaden, den du mit deiner Lügerei angerichtet hast, irgendwie zu begrenzen. Hast du das verstanden?«

Heather nickte stumm. Sie hielt den Blick noch immer zu Boden gerichtet und hatte nur furchtbare Angst.

»Wenn wir zum Sultan gebracht werden, müssen wir niederknien. Und dann wirst du ohne Widerrede tun, was ich dir sage. Du wirst auch niemandem in die Augen blicken, und wenn dir dein Leben lieb ist, wirst du nicht den Mund aufmachen. Ich werde für dich sprechen.«

Heather nickte wieder. Sie war doch noch viel zu jung, um schon zu sterben. Und sie war so weit weg von zu Hause. Wer würde jetzt ihren Tod beklagen?

»Omar, such Heather bitte entsprechende Kleidung

heraus«, sagte Khalid abschließend. Seine Stimme klang zittrig.

»Ich werde euch begleiten«, sagte Mihrimah. Ihre Stimme klang ganz anders als die ihres Sohnes. Sie war fest und bestimmt.

»Wenn du das tust, wirst du in die ganze Sache hineingezogen«, sagte Khalid. »Nein, du wirst nicht mitgehen.«

»Natürlich werde ich mitgehen.«

»Das wirst du nicht tun. Du wirst hierbleiben und dich aus dieser Angelegenheit heraushalten.« Khalids Ton klang scharf.

»Ich bin immer noch deine Mutter. Du hast mir keine Befehle zu erteilen. Ich werde mitkommen, ganz gleich, was du davon hältst.«

»Narren, Verrückte!« Khalid lief völlig kopflos an ihr vorbei aus dem Zimmer. »Ich bin nur von Narren und Verrückten umgeben.«

Zwei Stunden später warteten die drei vor der Halle der Sultane, um hineingerufen zu werden. Heather war ganz in schwarz gekleidet. Sie stand zwischen ihrem Mann und ihrer Schwiegermutter und zitterte wie Espenlaub.

Khalid beschrieb ihr die Situation, die sie jetzt gleich vorfinden würde.

»Sultan Selim wird auf einem Thron sitzen. Murad wird neben ihm stehen und für seinen Vater sprechen.«

Heather nickte.

»Du darfst deine Augen nicht zu ihnen erheben«, sagte Mihrimah. »Das ist sehr wichtig. Hast du das verstanden?«

»J-J-Ja«, stotterte sie zähneklappernd.

»Du hast nichts zu befürchten«, sagte Khalid und nahm ihre Hand in die seine. »Ich werde die ganze Zeit bei dir sein. Es wird dir nichts geschehen.«

»Khalid, du lügst doch jetzt schon«, bellte Mihrimah. »Wenn Selim sie des Verrats für schuldig befindet, dann wird sie hingerichtet.«

»Wenn Selim sie für schuldig befindet und diese Order

gibt, wird es die letzte sein, die er in seinem ganzen Leben gegeben hat«, erwiderte Khalid kühl.

»Was meinst du damit?«

»Daß ich ihn töten werde.«

»Allah schütze uns!« Mihrimah konnte nur mühsam ihre Stimme zügeln. »Hochverrat zu begehen, scheint eine ansteckende Krankheit zu sein. Was soll dann aus uns werden?«

»Ich hatte dich gewarnt«, erinnerte sie Khalid. »Ich wußte schon, warum ich dich hier nicht haben wollte.«

Heather warf ihm einen hilflosen und gleichzeitig zärtlichen Blick zu. »Du würdest mich rächen? Du würdest wirklich jemanden umbringen wegen mir?«

»Ja, das würde ich. Aber wir müssen mit allen Mitteln versuchen, es nicht dazu kommen zu lassen«, antwortete Khalid. »Versprichst du mir, daß du dich so verhalten wirst, wie ich es dir sage?«

Heather standen die Tränen in den Augen. Dieser Mann hatte sie zu seiner Sklavin machen wollen, hatte sie verkaufen wollen wie ein Stück Vieh. Und jetzt war er bereit, sein Leben für sie aufs Spiel zu setzen. Würde sie ihm je genug dafür danken können?

»Wirst du tun, was ich dir sage?« wiederholte Khalid.

»Ja.«

»Wir werden in die Mitte der Halle gehen, vor das Podium. Dann werden wir auf die Knie fallen und mit unserer Stirn den Boden berühren. Du darfst dich erst wieder erheben, wenn dir Murad dazu die Erlaubnis erteilt.«

»Ich gehe hinter euch«, sagte Mihrimah.

»Du gehst nirgenwo hin.«

»Das Schicksal meines Sohnes ist auch mein Schicksal.«

»Mutter, versteh doch, du machst alles nur schwerer. Du mußt hierbleiben. Wenn du uns nachkommst, werde ich dich mit meinen bloßen Händen erdrosseln.«

»Gut, wie du willst.« Aber Mihrimah dachte gar nicht daran. Sollte die Lage schlimm werden, dann würde sie ihre Schwiegertochter, die ihr das Leben gerettet hat, retten. Niemand könnte sie davon abhalten. Und außerdem war derjenige, vor dem sie knien mußte, nicht nur der Sultan. Er war auch ihr Bruder.

In diesem Moment trat der Agha Kislar aus der Halle der Sultane. Der Haupteunuch des Sultans warf Heather einen vernichtenden Blick zu und wandte sich dann hochmütig an den Neffen seines Herrn.

»Folgt mir!«

Khalid und Heather betraten die Halle. Der Agha Kislar schritt voraus, um dem Sultan und Murad die Ankunft der Angeklagten zu melden.

Der Raum, in dem sie sich nun befanden, war sehr groß und elegant möbliert. Über der erhöhten Plattform am Ende des Raumes hing ein Balkon, der mit Holzschnitzereien verziert war. Ein bestickter Teppich lag zu Füßen des Sultans. An den Seiten des Raumes hingen bronzene Lampen. Dort standen einige schwerbewaffnete Soldaten der Palastwache.

Der Agha Kislar drehte sich zu ihnen und rief sie nach vorne. Heather konnte vor Angst nicht mehr gehen. Khalid griff ihre Hand und drückte sie ermunternd. Dann gingen sie beide langsam nach vorne.

Auf Befehl des Sultans wohnten die meisten der Haremsdamen dieser Verhandlung bei. Die süße Shasha stand am Eingang zur Halle. Sie hatte ein blaues Auge. Ihre Mutter Nur-U-Banu stand neben ihr. Ihre Oberlippe war geschwollen.

Vor Scham schloß Heather die Augen. Was hatte sie nur getan? Ihre dummen Geschichten, mit denen sie hatte angeben wollen, hatten diesen armen Frauen, die es noch nie in ihrem Leben gewagt hatten, sich dem Befehl eines Mannes zu widersetzen, viel Leid zugefügt. Sollte sie diesen Tag tatsächlich überleben, würde sie es dann je wagen, einer von ihnen wieder in die Augen zu blicken? Sie hatten sie so liebevoll und freundschaftlich in ihre Runde aufgenommen. Und sie hatte sie so enttäuscht.

Als sie in der Mitte der Halle angekommen waren, fielen Heather und Khalid auf die Knie und drückten ihre Stirn in den Teppich.

»Man hat dich kommen lassen, damit du dich gegen die Anklage verteidigen kannst, Zwietracht und Unfrieden im Haus des Sultans gestiftet zu haben«, verkündete Murad mit lauter, klarer Stimme.

Zwietracht und Unfrieden? Das klang doch gar nicht so schlimm, dachte Heather. Zumindest nicht so schlimm wie Hochverrat. Hatte Prinz Murad dieses Wort bewußt vermieden? Könnte das bedeuten, daß alles in Ordnung käme?

»Sieh hoch«, befahl Murad.

Khalid erhob seine Stirn vom Boden und kniete nun. Heather verharrte weiterhin in ihrer Stellung.

»Ihr sollt euch beide erheben«, sagte Murad mit strenger Stimme.

Nun erhob sich auch Heather. Doch ihre Augen blickten unverwandt gen Boden.

»Sultan Selim hat in seiner großen Weisheit entschieden, diese schwierige Verhandlung als Familienangelegenheit zu behandeln«, fuhr Murad fort. »Deshalb findet die Verhandlung in der Halle der Sultane statt und nicht wie sonst im Audienzzimmer.«

Sein Vater machte eine knappe Geste. Murad lehnte sie zu ihm und lauschte seinen geflüsterten Worten. Dann blickte er wieder hoch. »Der Sultan will das Gesicht der Ungläubigen sehen.«

Sofort nahm ihr Khalid den Schleier ab. Heather konzentrierte sich auf eine Staubflocke, die vor ihr auf dem Teppich lag. Unter keinen Umständen durfte sie dem Sultan oder Murad jetzt in die Augen blicken.

»Cousin, du stehst hier nicht unter Anklage«, sagte Murad zu Khalid.

»Oh Padishah, König der Könige«, grüßte Khalid den Sultan ehrerbietig. Wieder verneigte er sich. Dann blickte er seinem Onkel demütig in die Augen und sagte: »Was immer das Schicksal meines Weibes sein wird, ich werde es teilen.«

Der Hauch eines Lächelns umspielte Murads Lippen. Er hatte natürlich erwartet, daß Khalid sein Weib bis zum bitteren Ende verteidigen würde. Der Sultan hingegen konnte es sich nicht leisten, seinen erbarmungslosesten und gefürchtetsten Untertanen zu beleidigen. So lange diese kleine Barbarin jetzt ihre Karten richtig spielte und den Sultan während dieser Audienz nicht verärgerte, würde er ihr sicherlich vergeben.

»Wieso hast du diese Dinge im Harem des mächtigen Sultans verbreitet?« fragte Murad.

»Meine Frau hat den Mohn geraucht, den ihr Lyndar angeboten hatte«, begann Khalid. »Und dann . . .«

»Es ist der Wunsch des Sultans, daß die Ungläubige für sich selbst sprechen soll«, unterbrach ihn Murad.

Entsetzt blickte Heather ihren Mann an. Und seine Augen warnten sie. Nur einmal solle sie vorsichtig sein, mit dem was sie sagte, zurückhaltend und unterwürfig.

»Oh Padishah, König der Könige«, sprach Heather ihrem Mann jetzt nach. Sie drückte ihre Stirn noch einmal auf den Teppich, setzte sich zurück, hielt den Blick unverwandt gen Boden gesenkt und holte tief Luft. »Das Opium hat mich heimwehkrank gemacht. Ich sehnte mich nach England. Und dann habe ich in meinem Heimweh übertrieben, mein Lord, ich meine, Herr Sul ... Padishah, König der Könige.«

Vorsichtshalber senkte sie ihre Stirn wider gen Boden. Wie konnte man nur einen Türken mit ›Lord‹ anreden?

»Und?« Murad ließ nicht locker.

Ja, und jetzt? Panik wallte in ihr auf, und ihre Zunge schmeckte vor Angst wie kaltes Metall.

»Wegen mir wurden Eure Damen bestraft«, sagte sie schnell und hoffte, daß das der richtige Ansatz war. »Ich bedaure meine Worte. Ich möchte mich beim Sultan entschuldigen für die Aufregung, die ich verursacht habe. Und ich verspreche, nie wieder Opium zu rauchen.«

Sultan Selim sagte etwas zu Murad. Der Prinz nickte und wandte sich dann an Heather: »Der Sultan möchte die Geschichte von dieser englischen Königin hören. Sie ist wirklich deine Cousine?«

»Ja, aber ich war nie an ihrem Hof«, antwortete Heather. Sie wußte, daß es nun auf jedes Wort ankam. Vor allem würde sie wohl in jedem Satz die Rolle und Bedeutung der Männer hervorheben müssen. »Elizabeth ist das einzige noch lebende Kind des verstorbenen Königs Heinrich. Die weisesten, erfahrensten und gebildetsten Männer des Landes sind ihre Berater und führen sie in allen Staatsangelegenheiten.«

»Das heißt, die Königin regiert mit Hilfe von Männern, die sie führen und leiten«, wiederholte Murad. Seine Stimme war so laut, daß sie bis in die hintersten Ecken des Saales drang.

»Alle ihre Minister sind Männer«, sagte Heather weiter. »Und diese Minister bestimmen die Politik. Königin Elizabeth übernimmt ihre Empfehlungen und folgt ihrem Rat.«

»Und die anderen Frauen?«

»Welche anderen Frauen?«

»Die anderen Engländerinnen«, sagte Murad. »Du, zum Beispiel. Erzähle dem Sultan und den Haremsdamen über dein Leben in England.«

»Ich bin im Schloß meines Vaters aufgewachsen und habe es nur verlassen dürfen, wenn ich von einer bewaffneten Eskorte begleitet wurde«, mußte Heather zugeben. Plötzlich erschien vor ihrem inneren Auge ein Bild, das sie nur zu gut kannte. »Nur einmal ...« Sie wurde blaß, und ihre Stimme versagte.

Khalid drehte sich erschreckt zu ihr um. Er wußte sofort, woran sie dachte. Entgegen des höfischen Protokolls legte er schützend den Arm um sie und zog sie zu sich heran. »Banditen haben an diesem Tag meine Frau angegriffen, die ohne Begleitung ausgeritten war«, sagte er zu Murad. »Und obwohl dieser Zwischenfall schon viele Jahre zurückliegt, läßt sie diese Erinnerung nicht los. Ihr Vater wurde vor ihren eigenen Augen umgebracht.«

In diesem Moment betrat völlig unerwartet Mihrimah den Saal. Ruhig ging sie nach vorne, kniete sich neben Heather auf den Boden, begrüßte ihren Bruder ehrerbietig und riß dann Heathers immer noch bandagierte Hand in die Höhe.

»Mein Padishah, mein Bruder, ich bitte um Gnade für meine Schwiegertochter, die mir mein Leben gerettet hat.« Keine Spur von Demut lag in ihren Gesichtszügen: sie blickte ihrem Bruder Selim direkt in die Augen. »Wahrlich, sie ist uns von Allah geschickt worden. Und unter ihrem Herzen trägt sie das Kind des einzigen Sohnes, der mir noch geblieben ist.«

Khalid und Heather blickten sie sprachlos an. Mit dieser unglaublichen Lüge hatte sich Mihrimah selbst in Lebensgefahr gebracht. Die Haremsdamen tuschelten aufgeregt, Nur-U-Banu strahlte, als würde sie selbst Großmutter werden. Murad beugte sich zu seinem Vater, um dessen Entscheidung zu hören. Ein paar kurze, knappe Sätze kamen, mehr nicht. Dann erhob sich Sultan Selim und verließ die Halle der Sultane ohne ein Wort.

Was hatte das zu bedeuten? überlegte Heather. Würden sie noch alle umgebracht werden, selbst Mihrimah? Wer würde sich um Tynna kümmern? Ihr Herz klopfte so schnell, daß sie meinte, man müßte es noch in der entferntesten Ecke des Raumes schlagen hören.

Murad trat einen Schritt nach vorn. »Sultan Selim ist gnädig. Er erlaubt, daß die Ungläubige am Leben bleibt. Allerdings stellt er eine Bedingung.« Und dabei schaute Murad seinem Cousin Prinz Khalid in die Augen. »Du wirst dein Weib bestrafen und dafür Sorge tragen, daß sie in Zukunft ihre Zunge im Zaum hält.«

Khalid verneigte sich. »Meine Frau wird ihre gerechte Strafe erhalten.«

Murad kannte seinen Cousin viel besser, als dem manchmal recht war. Er wußte genau, daß Khalid dieses

Weib nie schlagen würde. »Der Sultan hat in seiner großen Güte verfügt, daß die Bestrafung ausgesetzt werden kann, bis dein Kind geboren ist.« Dann fügte er noch hinzu: »In der kommenden Woche feiern wir den Geburtstag von Nur-U-Banu. Du bist zu diesen Feierlichkeiten eingeladen. Der Sultan erwartet zu diesem Zeitpunkt auch die Ungläubige wieder in seinem Palast.«

Er ließ den Blick noch einmal über die Anwesenden schweifen. Dann verließ auch er die Halle. Die Odalisken folgten ihm schweigend.

Khalid stand auf, und nun erhoben sich auch Heather und Mihrimah, die von ihrem Sohn einen tödlichen Blick erntete.

Aber Mihrimah konnte man nicht einschüchtern. »Ich muß mich jetzt um die arme Nur-U-Banu kümmern«, sagte sie, als ob nichts vorgefallen wäre. »Sie sah nicht gut aus. Das verdankt sie deiner Frau. Ich werde jedenfalls die Nacht über hierbleiben und erst morgen zurückkehren.«

»Wir können von Glück sagen, daß wir nicht zum Tode verurteilt wurden«, sagte Khalid. »Ich hoffe, du weißt das. Dieses Glück hat man nur einmal im Leben.«

Heather nickte schuldbewußt und blickte ihn mit ihren wunderbaren Augen treuherzig an. »Khalid, ich schwöre, es wird nicht wieder vorkommen. Von nun an werde ich dir eine mustergültige Ehefrau sein.«

Und Heather war eine mustergültige Ehefrau.

Genau eine Woche lang.

Der Tag der Feierlichkeiten anläßlich des Geburtstags von Nur-U-Banu nahte.

Khalid hatte kein gutes Gefühl, doch er konnte die Einladung des Sultans natürlich nicht abschlagen. Zusammen mit Heather wollte er einer kleinen Feier im Palast von Topkapi beiwohnen.

»Vergiß nie, daß du schwanger bist«, flüsterte Mihrimah Heather zu. »Verhalte dich entsprechend.« Sie schritten hinter dem Agha Kislar den engen Korridor entlang zum Salon der Bas Kaden.

Aber wie verhielt man sich als Schwangere? Vor allem als falsche Schwangere? Heather schickte ein Stoßgebet zum Himmel. Möge Gott sie davor bewahren, wieder etwas Falsches zu tun.

»Hallo!« Die Stimme gehörte Shasha.

Heather verzog entsetzt das Gesicht, als sie sah, daß ihr Auge immer noch geschwollen war. »Es tut mir so leid«, stammelte sie. »Ich habe schuld daran.«

Shasha lächelte zum Zeichen, daß sie ihr verziehen hatte. »Einige von uns spielen hinten in der Halle des Sultans. Hättest du Lust mitzumachen?«

Heather blickte Khalid fragend an.

Der Prinz nickte und sagte: »Ich will Murad einen Besuch abstatten. Ich werde dann jemanden schicken lassen, um dich zu holen.«

Arm in Arm gingen Shasha und Heather zum kaiserlichen Saal.

»Weißt du, Heather«, sagte Shasha vertraulich und kicherte dabei, »es war es wert, mein blaues Auge, meine ich. Du hättest den Ausdruck auf Murads Gesicht sehen sollen, als ich ihm erklärt habe, daß ich Prinz Michail nicht heiraten werde und er mir gefälligst einen englischen Edelmann suchen solle!«

»Ich habe dir da wirklich einen Floh ins Ohr gesetzt«, sagte Heather. »Und das war falsch. Ich habe meine Lektion gelernt. Wenn man nicht aufpaßt, was man sagt, kann das tödliche Folgen haben.«

»Ja, aber wir hätten auch wissen müssen, daß Istanbul nicht England ist«, erwiderte Shasha. »Und die Schuld daran trägt außerdem Lyndar. Sie hat uns alle verpetzt. Möge Allah ihr einen schmachvollen Tod senden.«

»Mit solchen Wünschen muß man vorsichtig sein. Manchmal gehen Wünsche nämlich in Erfüllung«, warnte sie Heather.

»Lyndars Tod wäre für mich ein Grund zur Freude, das

muß ich zugeben.« Aber nun wechselte Shasha vorsichtshalber das Thema. »Wie fühlst du dich?«

»Ich habe ein furchtbar schlechtes Gewissen. Ich fühle mich wirklich schuldig. Du warst so nett zu mir, und ich habe es dir so schlecht gedankt.«

»Nein, das meine ich doch nicht«, lächelte Shasha. »Du trägst doch das Kind des wilden Tieres unter deinem Herzen. Was ist das für ein Gefühl?«

»Ach, wie man sich das halt so vorstellt«, wich Heather etwas ungeschickt aus und wurde ganz rot vor Angst und Scham.

»Ist dir manchmal übel?«

»Nein, im Moment noch nicht.«

Einige der Odalisken, mit denen sie zusammen ›Herr aus Istanbul‹ gespielt hatten, hatten sich nun um sie versammelt. Den blauen Flecken nach zu urteilen, hatten auch einige von ihnen ihrem Herrn und Meister Widerworte gegeben.

»Du hast uns doch versprochen, uns einige englische Spiele beizubringen«, sagte eine von ihnen.

Heather zögerte. Sie hatte nicht vor, wieder vor dem Sultan zu knien und um ihr Leben zu betteln. Wer konnte schon ahnen, ob das Spielen in der Halle der Sultane überhaupt erlaubt war. Sie hatte keine Gnade mehr von Sultan Selim zu erwarten — und auch nicht von Khalid.

»Ich glaube, es wäre besser . . .«

»Du hast es versprochen«, unterbrach sie Shasha.

»Gut, das ist wahr. Kennt ihr Verstecken?« An diesem Spiel dürfte eigentlich nichts Gefährliches sein. Zumindest hoffte Heather das inständig.

»Oh, das klingt wunderbar. So aufregend und gefährlich«, rief Shasha begeistert. Auch die anderen Odalisken nickten. Heather wurde unsicher. Daß Versteckspielen ausgerechnet aufregend und gefährlich sein sollte . . .

»Also, eine Person ist der Büttel«, erklärte Heather. »Er muß sich die Augen zuhalten und bis hundert zählen. Alle anderen verstecken sich in der Zwischenzeit. Und der Büttel muß versuchen, die anderen zu finden, bevor sie zum Ausgangspunkt zurückkehren und diesen berührt haben.«

»Da ich eine Prinzessin von Geburt bin, bin ich der Büttel«, bestimmte Shasha.

»Es ist keine Ehre oder Auszeichnung, der Büttel zu sein«, sagte Heather.

»Trotzdem.«

Heather nickte. »Wie du möchtest, Shasha. Was nehmen wir denn jetzt als Ziel?«

Shashas Augen funkelten vor Vergnügen. »Den Thron meines Vaters«, erklärte sie. »Jede von uns muß den Thron von Papa berühren.«

Andere Mädchen und junge Frauen versammelten sich nun in der Halle der Sultane. Shasha stellte sich vor den Thron, hielt sich die Augen zu und begann zu zählen. Und wie die Mädchen in England mußte auch Shasha ein bißchen schummeln. Ihre Finger schoben sich etwas auseinander, damit sie besser sehen konnte, wohin die anderen ...

»Nicht gucken«, rief Heather.

»Na gut«, sagte Shasha und zählte weiter.

Alle Mädchen und jungen Frauen waren aus der Halle der Sultane gestoben. Doch Heather kannte sich im Palast nicht aus. Ziellos lief sie hierhin und dorthin und landete schließlich im Gemeinschaftsraum des Harems, der verlassen war. Sie lief zu einem der Alkoven, legte mehrere große Sitzkissen übereinander und verbarg sich dahinter. Die Stille in dem Zimmer, das ihr fremd war, wurde immer lauter, fast bedrohlich. Die Zeit verging. In ihrem Ohr begann es zu klingeln; sie spürte, wie das Blut vor Aufregung in ihrem Körper pulsierte.

Die Stille wurde langsam unheimlich. Heather war es überhaupt nicht mehr gewohnt, irgendwo ganz allein zu sein. Entweder wurde sie von Omar überwacht, oder ihre Schwiegermutter redete auf sie ein. Oder Khalid war bei ihr und las jeden ihrer Gedanken.

Sie hörte, wie eines der Mädchen und Shasha um die Wette zum Thron rannten. Und dann hörte sie Schritte. War das Shasha? Oder wollte sich eines der anderen Mädchen hier verstecken?

Vorsichtig guckte sie hinter ihrem Berg von Kissen hervor. Lyndar hatte den Raum betreten. Bevor sie sich bemerkbar machen konnte, war Lyndars Eunuch Jamal ihr gefolgt und hatte die Tür hinter sich zugezogen.

Augenblicklich versteckte sich Heather wieder.

»Die kleine Ungläubige muß neun Leben haben. Wie eine Katze«, sagte Lyndar verächtlich.

Heathers Augen weiteten sich. Sie redeten über sie!

»Wenn sie sich nicht eingemischt hätte, wäre Mihrimah längst tot.«

»Aber Herrin, warum wollt Ihr Mihrimah unbedingt umbringen lassen?« fragte Jamal etwas ängstlich. »Ist das denn wirklich nötig?«

»Khalid soll glauben, daß Fougere hinter dem Mord an Mihrimah steckt. Er wird Istanbul verlassen, um seine Mutter zu rächen«, erklärte ihm Lyndar so sachlich und ruhig, als ginge es um eine Lappalie. »Und das wird es viel einfacher machen, Murad zu töten.«

»Aber warum nicht erst Khalid und dann Murad? Ich fürchte das wilde Tier des Sultans mehr als jeden anderen hier in der Umgebung des Sultans.«

»Wir brauchen Khalid. Er wird das Reich nach dem Tod von Murad zusammenhalten und einen möglichen Bürgerkrieg verhindern«, antwortete Lyndar. Man spürte, für wie dumm sie Jamal hielt, solche Fragen überhaupt zu stellen. »Wenn Karim das Mannesalter erreicht hat, werden wir Khalid töten und auch den Sultan.«

Heather mußte sich beide Hände vor den Mund pressen, um nicht laut loszuschreien. Sie mußte Khalid finden, jetzt und um jeden Preis. Sie mußte diesen Raum irgendwie verlassen, denn lange würde sie es in diesem Alkoven nicht mehr aushalten.

Vorsichtig blickte sie an den Kissen vorbei um die Ecke.

Lyndar saß auf ihrem Diwan, Jamal hatte sich im Schneidersitz ihr zu Füßen gesetzt. Es sah so aus, als würden es sich diese verachtenswerten Verräter auch noch gemütlich machen.

»Vielleicht am besten mit Gift«, überlegte Lyndar, als könne sie sich nicht entscheiden, welche Kleidung sie heute anlegen würde. »Wir könnten türkischen Honig zu Mihrimah schicken lassen, in Nur-U-Banus Namen. Das sind Süßigkeiten, die man gut mit Gift versetzen kann. Vielleicht ißt ja diese Ungläubige auch davon.«

»Aber wenn Prinz Khalid nun auch davon probiert?« wandte Jamal ein.

»Mhm. Ja, du hast recht. Das könnte ein Problem sein. Hast du eine Idee?«

Heather hielt es nicht mehr aus. Sie mußte dieses Zimmer auf der Stelle verlassen, sie mußte Khalid warnen. Die Gelegenheit war günstig. Lyndar und Jamal drehten ihr beide den Rücken zu und waren in ihre blutigen Pläne vertieft.

Sie erhob sich geräuschlos und schlich auf Zehenspitzen hinter dem Rücken der beiden in Richtung Tür. Doch als sie einen Blick zurückwarf, stolperte sie gegen einen flachen Tisch, den sie nicht gesehen hatte. Lyndar und Jamal drehten sich um, und der Eunuch war sofort auf den Beinen.

»Faß sie«, kreischte Lyndar.

Heather konnte aus dem Zimmer entkommen und lief völlig kopflos einen der Korridore entlang. Sie rannte weiter und weiter. Da versperrte ihr eine Wand aus Butzenscheiben den Weg. Sie drehte sich zur Seite und barst mit ihrem Arm durch das dünne Glas. Nun war sie draußen im Garten. Doch Jamal und Lyndar waren ihr hart auf den Fersen.

»Feuer!« schrie Heather, so laut sie konnte. Hoffentlich würde dieser Notruf für Aufmerksamkeit sorgen.

Jamal griff nach ihr. Seine feisten Hände schlossen sich um ihren Hals, er begann zuzudrücken. Mit letzter Kraft trat Heather mit dem Fuß nach hinten und traf den Eunuchen in den Magen. Vor Schmerzen beugte er sich vornüber, und Heather konnte ihm entkommen.

Doch Lyndar hatte ihre kupferfarbene Mähne ergriffen und riß sie an den Haaren zu Boden.

»Ertränk sie«, befahl Lyndar ihrem Eunuchen.

Jamal riß sie hoch und bedeckte ihren Mund mit seiner Hand. Trotz ihrer verzweifelten Versuche konnte sie sich nicht befreien. Er schleppte sie zu einem der vielen Springbrunnen im Garten. Als er dabei ins Stolpern geriet, konnte Heather in seine Hand beißen. Für wenige Sekunden ließ er sie los. Diese Zeit war ausreichend.

»*Khalid*!«

Im nächsten Moment hielt der Eunuch ihren Kopf unter Wasser.

Kapitel 18

»Feuer!«

Khalid stand auf der Terrasse, die sich längs der Zimmerflucht seines Cousins erstreckte. Er blickte um sich, konnte aber nirgendwo Rauch entdecken. Warum sollte jemand diesen gefürchtetsten aller Alarme auslösen, wenn es nicht wirklich brannte? Das war kein alberner Spaß!

»*Khalid*!« kam ein zweiter, völlig verzweifelter Schrei.

Heather! Mit einem Satz war Khalid über die Balustrade gesprungen und rannte in die Richtung, aus der der Schrei gekommen war. Murad war dicht hinter ihm.

Sie durchbrachen eine dichte Hecke und wurden Zeugen einer grauenvollen Szene. Jamal hielt Heather fest und drückte ihren Kopf wieder und wieder unter Wasser. Lyndar stand unbewegt daneben und beobachtete sie. Khalid rannte weiter, riß Jamal von Heather los und schlug ihn mit einem Kinnhaken bewußtlos.

»Die Verräterin muß sterben«, schrie Lyndar.

Heather war auf den Boden gesunken. Verzweifelt schnappte sie nach Luft. Khalid drehte sie auf den Bauch und drückte in kurzen Abständen auf ihren Rücken, damit das Wasser aus den Lungen entweichen konnte. Heather würgte Wasser hoch und rang nach Luft.

»Das Biest muß sterben«, kreischte Lyndar völlig hysterisch. Sie wollte auf Heather losgehen, doch Murad hielt sie am Arm fest.

Khalids Herz klopfte wild. Für einen Moment befürchtete er, zu spät gekommen zu sein, doch Heather beruhigte sich ganz langsam. Sie atmete schon ruhiger. Vorsichtig nahm er sie in den Arm und wiegte sie, um sie zu beruhigen. »Du bist in Sicherheit, mein Liebes«, flüsterte er. »Niemand wird dir mehr etwas tun.«

In der Zwischenzeit hatte sich eine kleine Gruppe Neugieriger um sie versammelt. Der Agha Kislar stand mit seiner Eunuchengarde neben Murad und erwartete dessen Befehle. Nur-U-Banu und Mihrimah waren nach draußen geeilt, Shasha und die anderen Odalisken hatten ihr verhängnisvolles Spiel unterbrochen. Alle starrten voller Angst auf Heather.

Zwei der Eunuchen machten einen Schritt vorwärts und hielten Lyndar an den Armen fest, so daß sie nicht fliehen konnte. »Wieso wolltest du die Frau meines Cousins umbringen?« fragte Murad.

»Ich bin nur meinem Sultan Rechenschaft schuldig«, antwortete Lyndar.

»Du wirst mir sofort Rede und Antwort stehen, oder ich werde dich töten.« Murad zückte seinen Dolch und setzte ihn Lyndar an den Hals.

»Die Ungläubige hat den Sultan beleidigt«, fauchte Lyndar, und ihre Augen glänzten voller Hinterlist. »Sie verdient den Tod.«

»Ruhe!« knurrte Khalid.

»Khalid«, flüsterte Heather. Sie fühlte sich noch unglaublich schwach.

»Du darfst nicht reden. Das ist noch zu anstrengend.«

»Lyndar will Murad töten«, preßte Heather hervor.

Khalid starrte sie bestürzt an. »O Allah.« Er drehte sich zu Murad. »Cousin, ich muß dich sprechen.«

Murad ließ den Dolch sinken. Er warf Lyndar einen vernichtenden Blick zu und kam zu Khalid. Der Prinz bedeutete ihm, sich zu Heather zu beugen, die noch so erschöpft war, daß sie nur flüstern konnte.

»Lyndar plant .... dich umzubringen«, stieß Heather hervor. »Und Mihrimah auch.«

»Du darfst jetzt nicht mehr reden«, sagte Murad. »Du mußt dich erholen.« Er stand wieder auf und drehte sich zum Agha Kislar. »Lyndar und Jamal werden streng bewacht, bis ich sie zu mir rufen lasse. Und danach möchte ich die Frau meines Cousins empfangen.«

Murad wandte sich an die Neugierigen, die sie umringten. »Der Wildblume geht es gut. Aber sie braucht jetzt Ruhe. Bitte zerstreut euch.«

»Selim wird diese unglaubliche Belästigung zu Ohren bekommen«, schrie Lyndar verzweifelt, als die Wachen sie und Jamal abführten.

Nur-U-Banu sagte: »Bring sie in meine Räume. Ich werde meinen Arzt kommen lassen, um sie zu untersuchen.«

Khalid trug Heather hinein, gefolgt von Nur-U-Banu und Mihrimah. Im Schlafzimmer der Bas Kaden bettete er Heather vorsichtig in die Kissen und setzte sich an den Rand des Bettes.

»Geh zu Murad«, drängte Mihrimah ihren Sohn, sobald der Arzt eingetroffen war. »Der Agha Kislar wird sie dann zu euch bringen. Aber du mußt sie jetzt in Ruhe lassen.«

Khalid nickte. Der Arzt fühlte Heathers Puls und horchte ihre Lungen ab.

»Die Prinzessin hat keinen Schaden genommen«, sagte er dann zu seiner Herrin. »Doch sie muß jetzt warmgehalten werden.«

Mihrimah trocknete sorgfältig Heathers langes Haar

und band es zu einem Zopf zusammen, der ihr an der Seite herunterhing. Nur-U-Banu brachte ihr einen ihrer wertvollen Kaftane und legte ihr ein Schultertuch aus Angorawolle um. Heather stärkte sich mit heißem Tee und einigen Mandelhörnchen.

»Geht es dir wieder besser, kleine wilde Blume?« fragte Nur-U-Banu sie lächelnd.

Heather lächelte zurück. »Ja, vielen Dank.«

Mihrimah setzte sich hinzu und fragte wie beiläufig: »Was hast du Khalid und Murad vorhin im Garten gesagt?« Dabei tätschelte sie die Hand ihrer Schwiegertochter.

Heather las die Neugier, Anspannung und den Schrekken in den Gesichtern der beiden Frauen. »Vielleicht solltet ihr Murad und Khalid lieber selbst fragen«, sagte sie dann. »Ich möchte nicht, daß mein Mann böse auf mich ist.«

Mihrimah sagte gar nichts, sondern warf ihr nur einen sehr bedeutungsschwangeren Blick zu.

»Gut, wie du willst«, sagte Heather. »Aber ihr müßt mir fest versprechen, überrascht zu tun, wenn ihr es erfahrt.«

»Wir versprechen es.«

»Ich habe gehört, wie Lyndar und Jamal die Ermordung von Murad planten«, begann Heather.

»Wie ich gesagt habe«, sagte Nur-U-Banu zu Mihrimah. »Das überrascht mich gar nicht. Aber mir hat ja niemand geglaubt.«

»Aber was hatte sie denn gehofft, damit bewirken zu können?« fragte Mihrimah. »Ihr Sohn ist behindert. Er wird nie Sultan werden.«

»Lyndar wollte dich und mich umbringen«, sagte Heather zu Mihrimah. »Die Schuld dafür wollte sie Fougere in die Schuhe schieben. Khalid hätte Istanbul verlassen, um ihn zu suchen und unseren Tod zu rächen. Und dann hätte sie mit Murad leichtes Spiel gehabt.«

»Das beweist es«, sagte Nur-U-Banu, »dieses Weib ist

nicht nur hinterhältig, sondern auch dumm. Sie hätte erst Khalid umbringen müssen und dann Murad.«

»Nein, leider ganz im Gegenteil«, erwiderte Heather. »Sie ist sehr berechnend und gerissen. Lyndar brauchte Khalid. Denn nur er hätte das Reich nach dem Tod von Murad zusammenhalten können. Wenn Karim zum Mann geworden wäre, hätte sie Khalid und sogar Sultan Selim umbringen lassen.«

»Verrat!« Nur-U-Banu schrie auf und schlug sich die Hand vor den Mund.

»Komm mit«, sagte Mihrimah. »Du hast recht. Du mußt es ihm erzählen. Später kannst du dich dann ausruhen.«

Der Agha Kislar kam sofort. Er führte Heather, Mihrimah und Nur-U-Banu durch das enge Gewirr der Korridore zu den Gemächern von Prinz Murad.

Er klopfte an die Tür, die sofort geöffnet wurde. Khalid blickte auf die drei Frauen, zog Heather zu sich und ließ Mihrimah und Nur-U-Banu zu ihrer Enttäuschung einfach draußen stehen.

Drinnen ging Murad nervös hin und her. Khalid führte Heather zum Diwan und bedeutete ihr, sich hinzusetzen. Er selbst blieb unschlüssig stehen und beobachtete seinen Cousin, der beide gar nicht wahrzunehmen schien.

Heather streckte eine Hand zu ihrem Mann aus, und er setzte sich neben sie. »Fühlst du dich besser?«

Heather nickte und lächelte ihn etwas hilflos an. Er zog sie an sich.

Murad schreckte hoch und kam auf sie zugeeilt. »Geht es dem Baby gut?« fragte er besorgt.

Heather warf Khalid einen verstohlenen Blick zu. Ihr ›Ja‹ war nicht lauter als ein Flüstern.

Murad unterdrückte ein Lächeln. Er ahnte längst, daß seine Tante den Sultan belogen hatte. Doch nun hatte diese kleine und hübsche Ungläubige eine Verschwörung in unmittelbarer Nähe des Thrones aufgedeckt. »Erzähl mir, was du gehört hast«, sagte er. »Alles.«

»Shasha und einige der Haremsdamen wollten Verstecken spielen.«

»Was ist das?«

»Verstecken . . .«

»Murad, das ist jetzt nicht wichtig. Wichtig ist, was Heather gehört hat«, unterbrach ihn Khalid.

»Ich habe gesagt, ich will alles wissen«, wies ihn sein Cousin zurecht.

»Verstecken ist ein Spiel, das wir in England immer spielen«, sagte Heather. »Alle Mitspieler verstecken sich, und es wird eine Person bestimmt, die die anderen suchen und finden muß. Shasha wollte unbedingt der Büttel sein. Wir rannten alle aus der Halle, aber ich kenne mich nicht gut aus. Ich bin dann in den Gemeinschaftsraum des Harems gelaufen, der zu diesem Zeitpunkt leer war. Dort habe ich mich hinter einem Kissenberg versteckt. Und dann kamen Lyndar und Jamal und setzten sich. Eigentlich lausche ich nicht, aber sie waren bereits im Gespräch, als sie hereinkamen, und es ging um mich. Deshalb hielt ich mich weiterhin versteckt.«

»Und was haben sie gesagt?« fragte Murad.

»Lyndar redete darüber, Mihrimah und mich umbringen zu lassen. Es sollte so geschehen, daß der Verdacht auf Fougere fallen würde. Sie hat damit gerechnet, daß mein Mann an Fougere Rache nehmen und deshalb Istanbul verlassen würde. Dann hätte man dich ermordet. Und wenn ihr Sohn dann erwachsen wäre, wollte sie Sultan Selim und Khalid umbringen.«

Beide Männer waren still. Sie wußten, daß der Plan durchaus hätte Wirklichkeit werden können. Wenn Heather nicht Verstecken gespielt hätte.

»Gut, das ist alles«, sagte Murad nach einer langen Pause.

Sofort erhob sich Khalid und reichte Heather die Hand. Doch sie blieb sitzen.

»Das ist alles?« wiederholte sie Murads Worte.

»Heather!«

»Ich bin nur um ein Haar dem Tode entronnen, und das ist alles, was du dazu sagst?« fragte Heather empört.

»Sei versichert, daß der Gerechtigkeit Genüge getan wird. Doch ich muß mich erst mit meinem Vater besprechen, bevor ich den nächsten Schritt mache«, sagte Murad ruhig.

Khalid griff nach Heathers Hand und zog sie hoch. Vor der Tür warteten noch immer Mihrimah und Nur-U-Banu. Doch Khalid hatte ihnen nichts zu sagen — noch nicht. Er übergab ihnen Heather und schloß die Türe wieder hinter sich.

Murad schaute seinen Cousin an. »Ich glaube ihr.«

Sultan Selim trat hinter dem chinesischen Wandschirm hervor. Seine Augen glänzten vor Wut. »Sag dem Agha Kislar, daß für diese Verräter Todesurteile ausgestellt werden. Sofort. Und auch für dieses verkrüppelte Kind, selbst wenn es mein Sohn ist. Die Urteile sollen mir gleich zur Unterschrift vorgelegt werden.«

Er verharrte noch einen Augenblick und blickte seinen Sohn hilflos an. Dann zuckte er die Schultern und wandte sich zum Gehen. »Allah möge mir verzeihen. Aber jetzt werde ich mich betrinken.«

»Du hast gehört, was er gesagt hat«, sagte Murad zu Khalid. Er ließ den Agha Kislar eintreten: »Bringe uns Pergament, Tinte und das Siegel des Sultans.«

Als der Agha Kislar den Raum wieder verlassen hatte, lief Murad wie kopflos durch das Zimmer. Er trat hinaus auf die Terrasse. Der Tod zweier Verräter bereitete ihm kein Kopfzerbrechen. Verrat wurde mit dem Tod bestraft, das wußte jeder seiner Untertanen. Und das galt auch für jeden seiner Untertanen. Doch ein hilfloses Kind hinrichten zu lassen, fiel ihm schwer. Er sah keinen Sinn darin.

»Der Junge hat mit der Sache nichts zu tun«, sagte Khalid, der hinter ihm auf die Terrasse getreten war. Es hatte manchmal wirklich den Anschein, als könne Khalid die Gedanken anderer lesen.

Murad drehte sich zu ihm um. »Er ist der Sohn einer Verräterin. Das ist das Verbrechen, dessen er angeklagt ...«

»Murad, Karim ist dein Halbbruder.«

»Und deswegen kann er mir gefährlich werden. Vielleicht werden sich Untertanen gegen mich erheben. Ihnen kommt dann Karim gerade recht.«

»Aber er ...«

»Nein, Khalid.«

»Du kannst den Totenschein fälschen lassen. Und mir Karim geben.«

»Wie bitte?«

»Mihrimah hat der ganzen Welt verkündet, daß meine Frau schwanger ist«, sagte Khalid. »Ich nehme Karim mit zu mir ins Schloß der Jungfrau und ziehe ihn dort auf, als wäre er mein eigener Sohn.«

»Und Fougere?«

»Karims Leben ist wichtiger als der Tod des Wiesels.«

»Khalid, ich verstehe dich nicht.«

»Unschuldige zu töten ist etwas, auf das ich mich einmal gut verstanden habe. Ich werde mein ganzes Leben lang deswegen keine Ruhe mehr finden«, sagte Khalid leise.

»Wenn seine Identität je bekannt wird, dann könnte das einen Bürgerkrieg entfachen«, wandte Murad ein.

»Irgendwann, Murad, wirst du alt sein. Und ich werde nicht mehr stark genug sein, um dein Sultanat zu verteidigen. Ich werde Karim ausbilden, und er wird dann meine Rolle übernehmen.«

»Aber ...«

»Karim wird nie erfahren, wer sein wirklicher Vater ist. Vertrau mir, Murad, bitte.«

Murad blickte ihn unschlüssig an. Manchmal konnte es ein Fluch sein, soviel Macht zu besitzen. Murad liebte Kinder, so wie er die Frauen und die Liebe liebte. Könnte er seinen Halbbruder wirklich umbringen lassen? Und würde er dann genau wie Khalid für den Rest seines Lebens von Schlaflosigkeit heimgesucht werden?

Ein Klopfen an der Tür unterbrach seine Gedanken. Der Agha Kislar trat ein.

»Setz dich dort an den Tisch«, sagte Murad. »Auf Order von Sultan Selim werden Lyndar, Jamal und Karim zum Tode verurteilt.«

Der Agha Kislar nickte. Seine eigenen Gedanken waren jetzt nicht gefragt. Die Feder kratzte über das Pergament.

»Du wirst Lyndar ein Mittel einflößen, so daß sie ohnmächtig wird. Dann wird sie in den Bosporus geworfen, noch heute nacht. Jamal wird morgen bei Sonnenaufgang öffentlich hingerichtet.«

Der Agha Kislar blickte auf. Keine Regung war auf seinem Gesicht zu sehen. »Und das Kind?«

»Wie alt bist du?« fragte Murad ihn scheinbar zusammenhanglos.

»Ich bin vierzig.«

»Also jung genug, um Agha Kislar zu sein, wenn mein Vater stirbt«, sagte Murad. »Willst du auch in meinen Diensten Agha Kislar sein?«

»Das wäre eine große Ehre, Herr«, antwortete er.

»Dein Glück ist gemacht, wenn du das tust, was ich dir sage — und nie irgendwem gegenüber ein Sterbenswörtchen über die Sache verlierst.«

Unsicher blickte der Agha Kislar auf Khalid, der ihn ermutigend anlächelte.

»Gib Khalid die Geburtsurkunde von Karim«, sagte Murad. »Dann laß Abdul kommen, den Vertrauten von Prinz Khalid. Und bringe Prinz Karim hierher.«

»Aber ...«

»Dann führst du Abdul und den Kleinen durch den Geheimgang und bringst sie zu meiner Staatsbarkasse. Wenn du dein Schweigen brichst, werde ich dich töten lassen, ohne mit der Wimper zu zucken.«

Der Agha Kislar schreckte zusammen. »Aber Herr, ich habe gerade das Todesurteil für den Jungen geschrieben. Wenn der Sultan ...«

»Prinz Karim wird zusammen mit seiner Mutter im Bosporus ertränkt. Nur wir werden die ganze Wahrheit wissen«, sagte Murad.

Der Haupteunuch verbeugte sein Haupt. »Ich gehorche Euch, mein Prinz.«

»Und sorge dafür, daß die Haremsdamen in ihren Gemächern sind, bevor du uns den Kleinen bringst. Niemand darf auf die Idee kommen, daß wir sein Leben verschont haben.«

Der Agha Kislar verbeugte sich wieder und verließ den Raum.

Einige Minuten später hörte man ein Klopfen an der Tür. Khalid ließ Abdul eintreten.

»Wir haben eine wichtige Aufgabe für dich«, sagte Khalid zu ihm. Noch bevor er ihm seine Mission erklären konnte, war der Agha Kislar mit dem selig schlummernden Prinzen Karim im Arm zurückgekehrt.

Khalid nahm ihn vorsichtig auf den Arm und wiegte ihn. »Abdul, das hier ist mein Sohn. Du haftest für ihn mit deinem Leben.«

»Ich schwöre es«, sagte Abdul. So ungewöhnlich die Anweisungen und Handlungen seines Herren auch sein mochten, sie überraschten Abdul nie.

»Du nimmst den Jungen und folgst dem Agha Kislar«, sagte Khalid und legte Abdul das Baby in den Arm. »Die Staatsbarkasse von Prinz Murad wird auf dem Weg noch Omar und deine Frau aufnehmen und euch dann alle zum Schloß der Jungfrau bringen. Ich komme morgen abend nach.«

Der Haupteunuch übergab die Geburtsurkunde an Khalid, verbeugte sich wieder und verließ dann mit Abdul, der den kleinen Jungen trug wie ein rohes Ei, den Raum.

»Sollte ich ohne männlichen Erben sterben«, sagte Murad, »dann kannst du Karim mit dieser Urkunde als rechtmäßigen Sultan einsetzen.«

»Du wirst deine Entscheidung nie bereuen, Murad«, erwiderte Khalid und drückte ihn an sich. »Manchmal ist es besser und klüger, Gnade walten zu lassen.«

Murad erwiderte dankend seine Umarmung.

»Deine Wildblume wird an der Hinrichtung Jamals teilnehmen«, sagte er dann.

»Sie ist zu empfindsam für solche Dinge«, warnte Khalid. »Du hast sie doch erlebt, als sie während der Audienz über den Tod ihres Vaters sprach. Sie leidet noch heute an Alpträumen.«

»Ihre Aussage hat Lyndar und Jamal den Tod gebracht«, erwiderte Murad. »Deshalb ist ihre Anwesenheit bei der Hinrichtung unbedingt erforderlich. Wenn sie das Schauspiel nicht ertragen kann, soll sie meinetwegen dabei die Augen schließen.«

»Wie du willst«, lenkte Khalid ein. Doch ihm graute schon jetzt vor dieser öffentlichen Hinrichtung. Aber er konnte sich Murads Anweisung, die dieser als Sohn des Sultans gab, auf keinen Fall widersetzen. Er konnte nur hoffen, daß Heather die Hinrichtung mit seiner Hilfe überstehen würde.

Langsam erwachte die Stadt wieder zum Leben. Die aufgehende Sonne tauchte den östlichen Himmel bereits in ein rosafarbenes Licht, als Khalid die langen Korridore zu den Gemächern seiner Tante entlangschritt.

Er klopfte, und Nur-U-Banu öffnete sofort. Auch sie schien in dieser Nacht kein Auge zugetan zu haben. »Deine Frau weigert sich, uns zu begleiten.«

»Laß mich mit ihr sprechen«, sagte Khalid und betrat den Salon.

Heather saß bewegungslos auf einem Kissen. Ihren langen schwarzen Schleier hatte sie um sich gezogen wie eine wärmende Kuscheldecke.

Ihr Gesicht war fahl, und ihre Lippen waren zerbissen. Seit Stunden versuchte sie, die Tränen zurückzuhalten.

Mihrimah saß neben ihr und redete auf sie ein. »Das ist

ein Befehl des Sultans. Wenn du dich ihm widersetzt, wirst du selbst hingerichtet, begreife das doch.«

Khalid schob seine Mutter zur Seite und setzte sich auf ihren Platz. Er ergriff Heathers Hände und wärmte die kalten schmalen Glieder. Heather blickte ihn an. Namenlose Furcht und Verzweiflung sprach aus ihren Augen.

»Als du geboren wurdest, kleine Wildblume«, sagte Khalid mit sanfter Stimme, »war dir dein Schicksal schon bestimmt. Wir Moslems nennen das Kismet.«

Heather hob ihr Kinn hoch. »Das stimmt nicht. Wir Christen glauben das nicht.«

»Du hast gegen die Verräter ausgesagt. Das Gesetz bestimmt, daß du der Hinrichtung beiwohnen mußt.«

»Daß es jemand übers Herz bringt, ein unschuldiges Baby in einer öffentlichen Hinrichtung umzubringen, das kann ich einfach nicht begreifen«, schrie Heather ihn plötzlich an und brach in Schluchzen aus.

Nun begriff Khalid, warum sie so aufgelöst war. Heathers Liebe zu Kindern siegte über die Vernunft. Ihm, Khalid, war es ja nicht anders gegangen. Doch es wäre unklug, ihr jetzt schon die Wahrheit zu sagen. In ihrem jetzigen Zustand würde sie sich vielleicht aus Unachtsamkeit versprechen. Sultan Selim würde nicht zögern, seinen eigenen Sohn hinrichten zu lassen, wenn er gegen seine Befehle verstoßen hatte. Es war einfach zu gefährlich.

»Obwohl Lyndar die Hauptschuldige ist, hat ihr der Sultan einen gnädigen Tod gewährt«, erklärte er. »Sie und ihr Sohn wurden mit einem Mittel betäubt und im Bosporus ertränkt. Sie mußten weder Schmerzen noch Todesangst erleben.«

»Das arme Wesen«, schluchzte Heather. Sie faltete die Hände im Schoß zusammen und war kaum zu halten.

Khalid hob ihr Kinn an und schaute voller Sorge in ihre Augen, die Schmerz und Trauer dunkel gefärbt hatten. »Ich verspreche dir, daß wir in mein Schloß zurückkehren, sobald die Hinrichtung vorüber ist. Murad hat uns seine Staatsbarkasse zur Verfügung gestellt.«

»Du hättest eingreifen können!«

»Heather, ich habe versucht, Sultan Selim und Murad umzustimmen, doch meine Bitten fielen auf taube Ohren.«

Er hob sie hoch, und sie lehnte sich hilflos an seine starke Schulter. Die letzten Wochen waren zuviel für sie gewesen. Draußen warteten bereits Nur-U-Banu und Mihrimah auf sie, und der Agha Kislar führte sie nun zu ihnen.

»Murad hat dir gestattet, die Augen zu schließen«, flüsterte Khalid. »Es geht nur darum, daß du bei der Hinrichtung anwesend bist.«

Heather warf ihm einen Blick zu und nickte. Sie klammerte sich mit beiden Händen an seiner Hand fest und folgte ihm zitternd.

Bald hatten sie den Justizpalast erreicht. Sie wurden zu ihren Plätzen auf einem breiten Balkon über einem großen Vorplatz geführt. Heather stand zwischen ihrem Mann und ihrer Schwiegermutter.

Unten hatte sich um den Hinrichtungsplatz bereits eine Eunuchengarde versammelt. Ein Scharfrichter, dessen Gesicht von einer schwarzen Kapuze bedeckt war, stand bewegungslos neben dem Richtblock, einem bloßen Stein. Sein Krummschwert glänzte in der aufgehenden Sonne. Die ganze Szenerie war erschreckend in ihrer Einfachheit und Brutalität.

Waren das Blutflecken auf dem Stein? Und wie viele Menschen hatten wohl hier schon ihr Leben gelassen? Heather spürte Übelkeit in ihr aufwallen.

Begleitet von seinem Sohn Murad betrat nun Sultan Selim den Balkon.

Sofort verstummten die Zuschauer. Sultan Selim nahm auf seinem Thron Platz und bedeutete seinem Sohn, das öffentliche Schauspiel nun beginnen zu lassen. Murad hob seine Hand.

Festen Schrittes betrat Jamal den Hinrichtungsplatz. Wachen gingen zu seiner Rechten und seiner Linken. Vor dem Scharfrichter hielten sie an. Der ergriff Jamals Kopf, zerrte ihn zu Boden und drückte ihn auf den Block. Dann blickte er hoch zu seinem Sultan, der nun den Befehl zur Vollstrecktung erteilen würde.

Heather starrte mit schreckgeweiteten Augen auf den Mann.

Der Sultan erhob seine Hand.

»Mach die Augen zu«, flüsterte Khalid.

Doch Heather stand nur bewegungslos da und sah zu, wie der Scharfrichter mit einem glatten Schlag den Kopf vom Rumpf trennte, den Kopf an den Haaren hochhob und zum Balkon hochhielt.

»Vater«, flüsterte sie und brach zusammen.

Khalid war sofort bei ihr und hob sie hoch.

»Bring sie sofort in meine Gemächer«, sagte Nur-U-Banu.

»Nein, Murads Barkasse wartet bereits auf uns. Wir gehen zurück in mein Schloß.«

»Aber das Wiesel lebt noch«, rief Mihrimah aufgebracht dazwischen.

»Fougere ist mir egal«, sagte Khalid kalt. »Meine Frau ist mir wichtiger. Ich werde sie jetzt nach Hause bringen.«

»Ich wußte doch, daß sie dich mit ihren abendländischen Gedanken anstecken würde. Sie bringt dich ab von dem, was in Wahrheit dein Auftrag ist und deine Berufung«, sagte Mihrimah. Bitterkeit schwang in ihrer Stimme.

Khalid achtete nicht auf sie. Nichts auf der Welt war ihm so wichtig wie seine Frau.

»Dein Bruder und deine Schwester, hast du sie ganz vergessen? Ihr Tod muß gerächt werden. Du bist dafür verantwortlich. Oder soll ich es vielleicht tun?« Mihrimah war völlig außer sich.

Doch Khalid hatte nur ein verächtliches Lächeln für sie übrig. »Die Bitterkeit hat dich zu einer alten Frau gemacht. Ich bin verantwortlich für die Lebenden, nicht für die Toten. Meine Rache wird warten.«

Und damit trug er seine immer noch bewußtlose Frau hinein.

Kapitel 19

Heather schlug die Augen auf und blickte benommen um sich.

Das Zimmer, in dem sie sich befand, kam ihr fremd vor. Es war geräumig und vornehm eingerichtet. Glänzende Seidenteppiche bedeckten den Boden, ein geschmackvoller Tisch aus Marmor stand an einer Seite des Raumes, und das Bett, auf dem sie lag, war aus kostbaren Hölzern gefertigt und über und über mit Schnitzereien bedeckt. Dann fiel ihr Blick auf zwei Bullaugen ...

Sie mußte sich also auf einem Schiff befinden. Doch sie war zu erschöpft, um nachzudenken. Die Hinrichtung des Eunuchen hatte sie sehr angestrengt. Diese Bilder voller Gewalt, das Blut, das aus seinem abgeschlagenen Rumpf schoß, der Kopf, der ...

»Nein!« sagte sie nachdrücklich zu sich selbst. Sie mußte sich zwingen, nicht daran zu denken. Solche Gedanken würden sie sonst irgendwann in den Wahnsinn treiben.

Heather zwang sich aufzustehen. Die frische Meeresluft würde ihr vielleicht guttun. Sie blickte aus einem der Bullaugen hinaus auf das türkis schimmernde Wasser des Bosporus.

Der Bosporus. Dort, wo Lyndar und ihr Baby begraben waren.

Würde das nie enden?

Plötzliche Übelkeit lähmte ihre Glieder. Sie hielt sich die Hand vor den Mund, um den Brechreiz zu unterdrücken.

Ein Geräusch an der Tür ließ sie zusammenfahren. Erschrocken drehte sie sich um.

Khalid stand mit einem Tablett in der Hand im Türrahmen. Sein Lächeln wich einem besorgten Gesichtsausdruck, als er ihr fahles Gesicht sah.

»Ich hatte gehofft, daß es dir wieder besser geht«, sagte er und stellte das Tablett auf dem Marmortisch ab.

»Mir? Nein.«

»Leg dich wieder hin«, bat er sie und streckte den Arm nach ihr aus.

»Ich will mich nicht wieder hinlegen. Ich will nicht ausruhen. Wo sind wir überhaupt?«

»Auf Murads Schiff«, antwortete Khalid und geleitete sie vorsichtig zum Tisch.

»Setz dich doch, kleine Wildblume. Die Erfrischung wird dir guttun.«

»Ich will mich . . .«

»Ich habe dir Tee und Gebäck gebracht.«

»Das einzige, was mir guttun würde, wäre eine Rückkehr nach England. Dort, wo zivilisierte Menschen leben.«

Khalid schwieg. Er setzte sich neben sie und goß ihr dampfenden Tee ein. Mit zitternden Händen nahm sie die Tasse entgegen.

»Ich hatte dich ausdrücklich gebeten, nicht hinzuschauen«, erinnerte sie Khalid sanft. Seine Stimme klang besorgt wie die eines Vaters. Ihres Vaters.

Heather schaute ihn völlig verstört an. Es war ein Anblick, der ihm fast das Herz brach.

»Ich konnte einfach nicht«, sagte sie leise. »Wegen mir sind Lyndar und Jamal jetzt tot, vergiß das nicht.«

Ohne ein Wort nahm sie Khalid in die Arme und drückte sie fest an sich. Sie wehrte sich nur kurz gegen seine Nähe. »Die Verräter haben ihr Schicksal selbst gewählt, Heather. Dich trifft keine Schuld.«

»Aber das Baby?« Heather machte sich aus seiner Umarmung los und starrte ihre Teetasse an. Sie konnte doch nicht in einem Land leben, wo unschuldige Kinder umgebracht wurden. Sie mußte nach England zurückkehren. Doch wie sollte sie das Khalid bloß beibringen?

»Ich möchte die Geschichte von deinem Vater hören«, sagte Khalid. »Bitte.«

Heather zuckte hoch. Sie blickte in seinen blauen Augen, die ihr plötzlich gar nicht mehr so kühl vorkamen.

»Bitte«, flüsterte er wieder.

Sie schüttelte den Kopf.

»Oft werden Dinge leichter, wenn man sie sich einmal von der Seele reden kann«, sagte Khalid.

Heather schüttelte wieder den Kopf. Nein, sie würde ...

»Fougeres Flotte griff damals das Schiff an, das meine Schwester zu ihrem Ehemann bringen sollte«, unterbrach Khalid überraschend ihre Gedanken. »Dieser widerwärtige habgierige Bastard konnte der Versuchung wohl einfach nicht widerstehen, ein osmanisches Staatsschiff anzugreifen. Niemand an Bord hat überlebt.«

Wieso erzählte er ihr das? Er hatte ihr noch nie seine Gedanken anvertraut. Was bezweckte er damit?

»Wir schworen Rache, mein Bruder und ich. Und taten genau das, was das Wiesel von uns erwartete. Er hatte uns angegriffen und meine Schwester umgebracht, um uns so in eine Falle locken zu können. Aber unsere Rache schlug fehl. Mein Bruder verlor sein Leben, und mir wurde diese Narbe geschlagen. Ich verdanke es Malik, daß ich noch am Leben bin.«

»An Fougere Rache zu nehmen, ist nur gerecht«, sagte Heather. »Ich verlange nicht, daß du dich mir gegenüber dafür rechtfertigst.«

»Heather, das ist nicht der Grund, warum ich dir das erzählt habe. Verstehst du, ich war ein erwachsener Mann. Ich war in der Kriegskunst ausgebildet. Ich war das Schwert Allahs, der Beschützer meines Sultans. Ich war und ich bin ein mutiger Krieger. Und dennoch konnte ich meinem Bruder nicht das Leben retten.«

»Aber ...«

»Es hat keinen Sinn mehr, sich heute noch Gedanken darüber zu machen, was dir als kleinem Mädchen widerfahren ist.«

»Mein Vater mußte sterben, weil ich mich über seine Anordnungen hinweggesetzt habe. Ich bin allein ausgeritten, und das war mir verboten.« Vor Schmerz wurden Heathers Augen dumpf. »Verstehst du das? Niemand hat mir je einen Vorwurf gemacht. Aber ich wußte doch, was sie dachten. Man konnte es in ihren Augen lesen. Für sie alle war ich die Schuldige.«

»Das kann ich einfach nicht glauben.«

»Doch, das war aber so«, rief Heather und ihre Stimme wurde schrill, so wühlte sie das Gespräch auf. »Ich war so gelähmt, daß ich zur Salzsäule erstarrte. Dabei hätte ich das Schwert dieses Mannes ergreifen ...«

»Heather, das ist doch lächerlich. Du warst noch ein Kind, ein kleines Mädchen. Jeder dieser Angreifer hätte dich mit einem Schlag fällen können.«

»Sei doch ruhig, bitte«, schluchzte sie auf und hielt sich die Hände über die Ohren.

Khalid zog sie wieder an sich. Er hatte sie durch dieses Gespräch beruhigen wollen und nur das Gegenteil erreicht.

»Laß uns jetzt nicht mehr davon sprechen.« Liebevoll strich er ihr übers Haar und wiegte sie in seinen Armen wie einen Säugling. »Komm, setz dich auf meinen Schoß«, flüsterte er. »Ich werde alles tun, was in meiner Macht steht, um diese Geister zu vertreiben, die dich so quälen. Ich werde alles tun, um dir wieder inneren Frieden zu verschaffen. Und wenn ich dafür nach England reisen muß und den Tod deines Vaters räche.«

»Das würdest du für mich tun?« fragte Heather ungläubig. Ihre Augen schwammen in Tränen.

»Ich schwöre es.«

Seit dem Tod ihres Vaters hatte sie niemand mehr so ernst genommen. Die ehrliche Anteilnahme, die sie in seinem kummervollen Gesicht las, seinen Schwur, der soviel Liebe und Verantwortungsgefühl ihr gegenüber enthielt, seine zärtliche Art in diesem Augenblick ... Heather ließ ihren Gefühlen freien Lauf. Sie klammerte sich fest an seine Schulter und schluchzte hemmungslos.

Khalid blieb ruhig, streichelte ihr über den Rücken und wiegte sie im Arm.

Erst nach einer ganzen Weile hatte sich Heather wieder etwas im Griff.

»Khalid, ich will nach Hause«, flüsterte sie.

»Wir sind doch zu Hause.«

»Nein, ich meine nach England.«

»Du bist meine Frau«, erinnerte sie Khalid.

»Aber kein Priester hat uns getraut.«

»Du wärest nur unglücklich in England, glaube mir.« Khalid strich ihr eine Wimper von der Wange. »Inneren Frieden findet man nur in sich selbst. Es ist egal, wo man lebt. Und in England würdest du ...«

»Woher willst du denn wissen, was richtig für mich ist?« Heathers Kampfgeist schien zurückgekehrt.

»Weil du auch in England schon unter Alpträumen gelitten hast«, antwortete Khalid. »Willst du vielleicht an den Ort zurückkehren, an dem dein Vater den Tod fand? Und außerdem würdest du es bald bereuen, mich verlassen zu haben.«

Heather verzog ungläubig das Gesicht. »Wieso sollte ich das wohl bereuen?«

Khalid lächelte. »Weil du mich liebst.«

»Dich lieben? Du bist verrückt! Einen Mann lieben, der überhaupt nichts getan hat, um ein unschuldiges Baby vor dem Tod zu bewahren? Ich soll einen Mann lieben, der mich ...«

Khalid drückte ihr einen Finger auf den Mund. Zärtlich rieb er mit seiner Nase ihren Nasenrücken entlang. »Doch, doch, kleine Wildblume. Du liebst mich.«

Heather wollte protestieren, doch Khalids weiche Lippen preßten sich auf die ihren. Ein langsamer sinnlicher

Kuß erweckte Gefühle, die sie in den letzten Tagen nicht gespürt hatte.

Sie erwiderte seine stürmische Zuneigung und drückte ihn leidenschaftlich an sich. Sein Körper drängte sie zum Bett, er warf sie in die Kissen und umschlang ihre Schenkel mit den seinen.

»Prinz Khalid!« kam eine Stimme von draußen.

Khalid verbarg sein erhitztes Gesicht an ihrer Schulter. Er wollte nicht aufhören.

»Prinz Khalid!«

Man hörte lautes Klopfen an der Tür.

»Was gibt es denn?« rief Khalid unwirsch.

»Das Schloß der Jungfrau ist in Sicht.«

Khalid seufzte tief und gab seiner jungen Frau einen letzten Kuß. »Komm, wir müssen uns fertigmachen.«

Doch Heather hatte ganz offensichtlich etwas anderes vor. Sie räkelte sich verführerisch in den Kissen und rollte Strähnen ihrer goldenen Mähne zwischen den Fingern. Als Khalid sie dennoch völlig ignorierte, verfinsterte sich ihre Miene.

»Ich will nach Hause, nach Eng . . .«

»Mach dich fertig. Im Schloß erwartet dich eine Überraschung.«

Das Versprechen einer Überraschung hob ihre Laune augenblicklich.

Khalid hielt den Ferice hoch, und sie schlüpfte hinein.

Heather beobachtete ihn aus den Augenwinkeln. Ja, es stimmte. Sie hatte sich in diesen Mann verliebt, der sie erst zu seiner Gefangenen und dann zu seiner Sklavin machen wollte. Sie konnte sich kaum vorstellen, wie sie die ganzen Jahre ohne ihn gelebt hatte. Es schien so natürlich, ihn an ihrer Seite zu haben. Doch wie fühlte er? Sah er sie nur als seinen Besitz an? Konnte jemand wie er überhaupt lieben?

Die Ankunft unterbrach ihre Gedanken. Das Schloß der Jungfrau erschien ihr nicht mehr so furchteinflößend und beängstigend wie beim ersten Mal. Ob daran wohl sein Besitzer schuld war? Und die Gefühle, die sie für ihn entdeckt hatte?

Khalids Hund Argus hatte sie entdeckt und sprintete mit heraushängender Zunge den Strand entlang, gefolgt von Abdul und Omar.

Sein Herrchen begrüßte er freudig, doch die liebevolle Wucht, mit der er sich an sein neues Frauchen drängte, warf Heather im wahrsten Sinne des Wortes um. Khalid konnte sie im letzten Moment auffangen.

Wenigstens das Gesicht wollte der treue Argus ihr ablecken, aber er verfing sich dabei in den Falten des Yashmak. »Wenigstens einen Grund hat es, dieses Leintuch zu tragen«, bemerkte Heather mit einem vorwurfsvollen Blick auf Khalid.

Khalid lächelte und öffnete seinen Mund zu einer nicht minder kecken Antwort. Doch Argus beendete das Gespräch, indem er Khalid quer über sein Gesicht leckte.

Der schüttelte sich angewidert, während Heather laut auflachte.

Hinter ihnen hüstelte jemand.

»Seid willkommen!« sagte Omar. »Seid willkommen, mein Prinz. Seid willkommen, meine Prinzessin.«

»Bring die Prinzessin in ihre Gemächer«, ordnete Khalid an.

»Folgt mir, Prinzessin.« Omar verneigte sich. »Ihr müßt ein Bad nehmen und ruhen. Eine Mahlzeit ist ebenfalls angerichtet.«

Abdul blieb bei seinem Herrn stehen. »Ihr seht müde aus, Prinz.«

Prinz Khalid nickte nur. »Wie geht es dem Jungen?«

»Lana hat sich um ihn gekümmert. Weiß die Prinzessin schon von ihm?«

»Nein, noch nicht.« Er blickte Heather nach, die mit Omar den Strand entlang zum Schloß ging. »Sie wird ihm eine gute Mutter sein, das weiß ich. Es liegt in ihrer Natur.«

»Habt Ihr nicht Sorge, sie könnte den Kleinen ablehnen?«

Khalid schüttelte lächelnd den Kopf. »Nein, überhaupt nicht. Meine Wildblume hat ein sanftes Herz.«

»Wißt Ihr Neues über den Aufenthaltsort des Wiesels?« fragte Abdul.

»An Fougere denke ich im Moment überhaupt nicht. Aber einem Treffen werde ich nicht aus dem Wege gehen. Doch wenn er mich sucht, wird er statt meiner den Tod finden«, antwortete Khalid. Die Sprache des Morgenlandes mochte blumig sein, doch sie war gleichzeitig unmißverständlich.

Im Schloß fochten Heather und Omar gerade eine ihrer üblichen Streitereien aus. Omar hatte Heather nicht in ihre Gemächer geführt, sondern in die Räume des Prinzen, die für Heathers Geschmack viel zu ungemütlich und schmucklos eingerichtet waren.

»Was soll ich hier? Ich will in meine eigenen Gemächer!«

»Herrin, ich führe nur ...«

»Dieses Schloß gehört *mir*«, hörte sie plötzlich Khalids Stimme hinter sich. Ihr Mangel an Demut und Bescheidenheit ärgerte ihn oft. Sie war ein verwöhntes Ding, das überhaupt keine Ahnung hatte, unter welch schwierigen Bedingungen viele andere Menschen ihr Leben fristeten. »*Mir* gehören alle Zimmer hier, Heather. Und deine Zimmer, wie du es nennst, sind gerade belegt.«

»Ach!« Heather wurde angriffslustig. »Hast du dir vielleicht eine neue Gefangene zugelegt?«

»Sei nicht albern. Ich habe dir gesagt, daß ich keinen Harem halte und auch keinen halten werde.« Khalids Unruhe stieg. Hoffentlich würde er recht behalten. Hoffentlich würde Heather sich wirklich freuen, plötzlich Mutter zu werden.

»Mein Weib wird ab sofort bei mir schlafen, bis ich eine neue Anordnung treffe.« Und lächelnd schritt er auf sie zu. »Das müßte dir doch eigentlich gefallen, oder? So macht man das doch bei euch im Abendland.«

»Und außerdem hat uns kein Priester ...«

»Du bist mit mir verheiratet, solange ich will. Es sei denn, ich lasse mich von dir scheiden.«

Heather war sprachlos. Sie hatte nur von einem Menschen gehört, der sich hatte scheiden lassen, und das war König Heinrich VIII.

»Du meinst, ich könnte mich von dir scheiden lassen?« fragte sie.

»Nein, ich kann mich von dir scheiden lassen. Aber Frauen ist es verboten, sich von ihren Männern scheiden zu lassen.«

Heather blickte ihm freimütig ins Gesicht. »Ihr habt dumme Gesetze.«

Omar schlug in Gedanken die Hände über dem Kopf zusammen. Wie sollte die Prinzessin je schwanger werden, wenn sie den Prinzen immer nur ärgerte?

Doch plötzlich kam ihm eine Idee. Er lächelte ...

»Du wagst es, deinen Herrn auszulachen?« fauchte Khalid ihn unwirsch an.

»Nein, Herr.« Omar verbeugte sich tief.

»Gibt es in diesem Haushalt nichts zu essen?«

»Selbstverständlich, Herr. Das Essen wird sofort serviert.«

»Ich habe keinen Hunger«, erklärte Heather.

»Das ist völlig egal. Du mußt etwas essen.«

»Nein, ich werde nichts essen.«

Omar gluckste amüsiert in sich hinein und verließ die Gemächer des Prinzen.

»Du siehst müde aus. Leg dich hin, bis das Essen serviert ist.«

»Ich bin nicht müde.«

»Du hast dunkle Ringe unter den Augen, Wildblume«, sagte Khalid. »Und du bist so schlecht gelaunt wie ein hungriges Baby.«

Heather wurde nur noch gereizter. »Ich werde überhaupt nie wieder schlafen«, verkündete sie trotzig.

Khalid konnte nicht an sich halten. Er platzte laut los

vor Lachen. Seine Frau war wirklich eine der ungewöhnlichsten Personen, die er überhaupt je kennengelernt hatte. Würde es mehr von ihnen geben, wären wahrscheinlich die Männer verschleiert und würden Befehle ausführen, anstatt sie zu erteilen.

Er stupste sie ans Kinn. »Du bist wohl die einzige Person, die ich kenne, der es tatsächlich gelingen würde, ihr Schlafbedürfnis zu besiegen. Aber bevor es soweit ist, laß uns ein bißchen in meinem Garten spazierengehen. Die frische Luft wird dir guttun und dann bekommst du auch Appetit.«

Heather hatte den Garten noch nie bei Tageslicht gesehen. Er war wirklich wunderschön. Vielleicht wäre ein solcher Gedanke Hochverrat, aber er gefiel ihr besser als die Gärten des Sultans in Topkapi.

Unzählige Düfte und Farben erfüllten den kleinen Garten, den der Prinz mit solcher Liebe angelegt hatte. Von der Sonne geöffnete Zinnien, verschiedenfarbige Astern, Verbenen und Chrysanthemen beleuchteten den herbstlichen Tag und lilagrüner Zierkohl, lilafarbene Stiefmütterchen, tränende Herzen, Löwenmäulchen und Schlüsselblümchen blühten in diesem milden Klima noch.

»Dort drüben habe ich verschiedene Kräuter gepflanzt«, sagte der Prinz und führte sie einen anderen Weg hinunter.

»Du hast wirklich einen grünen Daumen«, sagte Heather bewundernd. »Und es duftet alles so schön. Nur leider hast du keine Rosen gepflanzt, meine Lieblingsblume.«

»Selbst bei uns blühen Rosen zu dieser Jahreszeit nicht mehr«, lächelte Khalid. »Aber du hast recht, ich bin wirklich stolz auf diesen Garten. Diese Arbeit beruhigt mich und lenkt mich ab, wenn ich Sorgen habe.«

»Was ist das?« fragte Heather und deutete auf eine Pflanze, deren Blätter Farn ähnelten.

»Schafgarbe. Aus den Blüten macht man Tee, der bei Magenverstimmung hilft oder bei Frauenleiden.«

Heather nickte. »Und das?«

»Das ist Frauenmantel. Frauenmantel hilft bei Schlaflosigkeit. Man muß ihn trocknen und unter das Kopfkissen legen.«

Khalid griff nach den samtigen fächerartigen Blättern. Einige von ihnen trugen noch die Tautropfen des Morgens.

Heather lächelte ihn etwas ungläubig an. »Blätter und Blüten können einen müde machen? Stimmt das wirklich?«

Er legte ihr den Arm um die Schultern und zog sie an sich. »Ich liebe dein Lächeln, Wildblume. Es erscheint wie ein Sonnenstrahl auf deinem Gesicht.«

Sanft küßte er sie auf die Nase. Heather hob ihren Kopf und genoß seine warme Berührung. Sie genoß die innige Nähe und wünschte sich manchmal, ganz allein mit ihm zu sein.

Geräusche im Inneren des Hauses unterbrachen die Liebenden.

»Vielleicht hast du jetzt ein bißchen Hunger?«

»Wenn du möchtest, werde ich etwas essen. Aber nicht viel.«

Hand in Hand kehrten sie in das Gemach des Prinzen zurück. Omar wartete dort mit dem Essen — und grinste immer noch in sich hinein.

Heather runzelte die Stirn, als sie das Hauptgericht sah. Es waren Auberginen. Und Auberginen, so hatten es ihr die Frauen des Harems erzählt, waren verzaubert.

Heather liebte Kinder. Und Heather konnte sich ein Leben ohne Khalid an ihrer Seite nicht mehr vorstellen. Doch in einem Land Kinder auf die Welt zu bringen, wo zwischen unschuldigen Säuglingen und erwachsenen Verrätern kein Unterschied gemacht wurde? Wo man schuldig war, bloß weil die Eltern es waren? Sie würde in ständiger Furcht leben müssen, daß der Sultan vielleicht auch ihre Kinder zum Tode verurteilen würde. Nein!

»Nimm das weg. Ich mag Auberginen nicht«, befahl sie Omar.

Omars Lächeln verschwand augenblicklich. Also mußte ein anderer Weg gefunden werden, um die Prinzessin schwanger werden zu lassen.

Khalid schaute sie ratlos an. »Wieso ißt du plötzlich keine Auberginen mehr?«

»Auberginen machen eine Frau schwanger«, belehrte ihn Heather, als sei sie im Orient aufgewachsen und nicht er. »So wie einen eben bestimmte Kräuter müde machen. Und ich denke gar nicht daran, schwanger zu werden.«

Die beiden Männer starrten sich entsetzt an. Sein Plan war fehlgegangen, dachte Khalid, und sein Herz tat ihm weh vor Schmerz. Er wußte selbst zu gut, wie ein Kind unter der mangelnden Liebe der Mutter leiden konnte. Und wenn Heather keine Kinder von ihm wollte, würde sie erst recht kein fremdes Kind annehmen. In Gedanken flehte er Allah um Verzeihung an. Es wäre besser gewesen, den Säugling zusammen mit der Mutter zu töten.

Und nun? Ob Malik den Kleinen aufnehmen würde? Oder sollte er ihn umbringen lassen und sich damit aller Sorgen auf einen Schlag entledigen? Doch Khalid wußte aus leidvoller Erfahrung, daß sich durch Mord und Totschlag Probleme nicht lösen ließen. Nie wieder würde er den Tod eines Unschuldigen anordnen und die Verantwortung dafür auf sich nehmen.

»Nimm das weg«, befahl nun auch er.

Omar hatte einen beleidigten Gesichtsausdruck aufgesetzt. »Wünscht Ihr etwas anderes?«

»Nein«, sagte Heather leise. »Geh. Geh, bitte.«

In Khalids Augen hatte sie gelesen, daß sie ihn verletzt hatte. Sie wußte nicht, wie sie mit ihm reden sollte. Aber das bißchen Appetit war endgültig verflogen.

Sie zwang sich, fröhlich zu klingen. »Wo ist denn meine Überraschung?«

»Erst mußt du dich ausruhen«, sagte Khalid.

Heather setzte sich auf den Diwan. Spannung stand im Raum. Khalid wollte das Zimmer ohne ein weiteres Wort verlassen, doch sie hielt ihn zurück.

»Bleib noch einen Moment, Khalid«, bat sie ihn.

Khalid setzte sich auf den Rand des Diwans. Der große starke Mann wirkte ganz hilflos.

»Khalid, du weißt doch, daß ich Kinder gerne habe. Aber ich habe Angst davor.«

Sofort entspannten sich seine Gesichtszüge. »Kleines, davor mußt du keine Angst haben. Ich werde die beste Hebamme in ganz Istanbul für dich finden. Es ist etwas ganz Natürliches.«

»Das ist es nicht, Khalid.«

»Was denn dann?«

»Khalid, versteh doch, der kleine Junge ist tot und hatte überhaupt nichts getan. Der Sultan wollte Lyndar bestrafen. Und du weißt doch, daß ich viele Dinge falsch mache, weil ich dein Land nicht kenne. Und ich bin noch so jung und weiß vieles vielleicht noch nicht. Ich würde ständig in Angst leben, daß wegen mir vielleicht meine Kinder ...«

Khalid schloß sie in die Arme. So erleichtert war er, daß er beinahe gelacht hätte. »Heather, ich verspreche dir, solange ich lebe, wird dir niemand etwas tun. Ich werde dich und die Kinder gegen jedermann verteidigen. Ich bin vor dem Sultan niedergekniet und habe ihn um Gnade angefleht, das weißt du doch.«

Erleichtert und überglücklich nahm Heather sein Gesicht in ihre Hände und küßte es zärtlich. »Wie töricht war dieser Gedanke. Ich vertraue dir, Khalid. Danke.«

Es würde alles gut werden. Seine Frau würde den Kleinen annehmen und ihn wie ihr eigenes Kind behandeln.

»Ich habe die ganze Nacht wachgelegen und brauche jetzt auch etwas Ruhe«, sagte er liebevoll und drückte sie in die Kissen. Dann kuschelte er sich neben sie und gab ihr noch einen kleinen Kuß. Bald war Heather eingeschlafen.

Vorsichtig, um sie nicht wieder aufzuwecken, löste sich Khalid aus der Umarmung, stand auf und deckte Heather sorgfältig zu.

Er ging zu Heathers Räumen, wo man Lana mit dem Jungen untergebracht hatte. Als er eintrat, gab sie ihm gerade aus einer Flasche, die mit einem Nuckel aus Lammhaut versehen war, zu trinken.

Auf ein Zeichen gab ihm Lana das Baby und zog sich zurück. Nun hielt Khalid den Kleinen im Arm und gab ihm das Fläschchen. Große dunkle Augen blickten neugierig in sein Gesicht. Die kleinen Hände hielten die Flasche fest und die zarten Füßchen traten in seine Brustgegend, so wie kleine Kätzchen am Bauch der Mutter nach Milch traten.

Khalid rührte die Hilflosigkeit des Kleinen. Wie er ihm zu vertrauen schien und ihm vertrauen mußte, denn er würde noch lange nicht für sich selbst sorgen können.

Nach einer Weile schien der Kleine satt zu sein. Khalid hob ihn hoch an seine Schulter, klopfte ihm beruhigend auf den Rücken und trug ihn eine Weile im Zimmer umher, damit die Ziegenmilch sich im Magen des Jungen setzen könne. Der Anblick des stolzen und furchtlosen Kriegers und des hilflosen kleinen Etwas in seinem Arm hätten einen Stein zum Erweichen gebracht.

»Mein Sohn«, flüsterte Khalid ihm ins Ohr, »du bist ein edler Prinz und wirst in einem der mächtigsten Reiche leben, das die Menschheit je gekannt hat. Und ich, dein Vater, werde dir alles beibringen, was du wissen mußt. Deine Mutter wirst du bald kennenlernen. Sie ist ein Geschenk Allahs. Mutig, wunderschön, tapfer und voller Liebe. Ihre Zärtlichkeit und ihre Mütterlichkeit werden dir helfen, die Schwierigkeiten des Lebens zu meistern.«

Als der kleine Prinz seine Mahlzeit offensichtlich verdaut hatte und gähnte, spürte auch Khalid seine Müdigkeit. Er bettete Karim auf den Diwan und legte sich daneben an den Rand des Bettes, damit der Kleine nicht hinausfallen konnte. Bald sank er in einen schweren traumlosen Schlaf.

»Wacht auf, Herr.« Omar stupste ihn vorsichtig an.

Khalid blickte hoch. Auch Prinz Karim schien langsam wach zu werden.

»Die Prinzessin ist bereits gebadet und hat etwas zu sich genommen«, berichtete Omar.

Khalid stand auf und hob stolz seinen Sohn in die Luft. »Ist er nicht prächtig?«

»Ja, Prinz. Ich bete zu Allah, daß er noch viele Brüder bekommt, die er dann herumkommandieren kann.«

Khalid lächelte. Karim hingegen verzog das Gesicht, wimmerte und wurde ganz unruhig in seinen Armen.

»Sollen wir ihn in die Wiege betten?« schlug Omar vor.

Khalid nickte. »Stell sie vor meinen Gemächern auf.«

Omar folgte seinem Herrn, der mittlerweile schon Mühe hatte, den kleinen Karim zu beruhigen. Vor seinen Gemächern blieben sie stehen und versuchten gemeinsam, den kleinen Prinzen in die Wiege betten. Doch Karim schien nicht schlafen zu wollen. Khalid machte Omar ein Zeichen, vor der Tür zu warten.

Heather stand an der großen Tür, die zum Garten hinausführte, als Khalid eintrat. Sie genoß den Anblick der letzten Sonnenstrahlen, die die bunten Blumen zum Leuchten brachten. »Mir war, als hätte ich ein Baby ...«

Da fiel ihr Blick auf das kleine Wesen in Khalids Armen.

»Ich möchte dir meinen Sohn vorstellen.«

»*Deinen Sohn*?« Heather war entsetzt und gleichzeitig begeistert.

Karim hingegen schrie in den höchsten Tönen.

»Nein, nein«, strahlte Khalid. »*Unser* Sohn. Unser Adoptivsohn.« Er klang sehr stolz dabei.

»Aber wieso haben wir einen Adoptivsohn?«

Dank Heathers Begriffsstutzigkeit schien Khalids ganzer Plan schiefzugehen. Sie sah nicht gerade begeistert aus.

»Komm, setz dich zu mir.«

»Erst will ich wissen, wem dieses Baby gehört!«

»Du sollst dich hinsetzen!« Khalids Stimme wurde vor Verärgerung schrill wie die eines Weibes.

Karim schrie immer lauter. Er hatte Hunger, diese Stimmen waren viel zu laut, und außerdem wollte er herumgetragen werden. Er hatte doch gerade erst gelegen.

Heather schaute Khalid vorwurfsvoll an.

»Schau, was du da gemacht hast. Jetzt hat es Angst. Du hast es zum Weinen gebracht.« Mit diesen Worten entriß sie ihm den Kleinen, der gleich etwas ruhiger wurde. Sie wiegte ihn im Arm und flüsterte ihm ins Ohr: »Du brauchst keine Angst mehr zu haben vor diesem bösen Mann. Ich bin jetzt da und werde auf dich aufpassen.«

Khalid lächelte. Heather verhielt sich so, wie sich Frauen überall verhielten, wenn ihnen ein Baby in den Arm gelegt wurde.

»Mihrimah hat der ganzen Welt verkündet, daß du ein Kind unter deinem Herzen trägst. Und so konnten wir ihn retten, Heather. Das ist Lyndars Sohn. Jetzt ist er unser Sohn.«

Sie strahlte ihn wortlos an.

»Heather, hör bitte zu, das ist jetzt sehr wichtig. Niemand darf je erfahren, wer Karim wirklich ist. Nicht einmal er selbst. Die Wahrheit würde uns allen den Tod bringen und möglicherweise sogar einen Bürgerkrieg heraufbeschwören. Versprichst du das, Wildblume?«

Heather strahlte ihn nickend an.

Ermutigt durch ihr Verhalten fragte Khalid: »Wirst du den Jungen so lieben, als wäre er dein eigenes Fleisch und Blut?«

Heather nickte strahlend. Doch plötzlich stockte sie. Ihr Gesichtsausdruck wurde mißtrauisch. Khalid würde sie festhalten wollen, und jetzt würde sie England nie mehr wiedersehen. »Darf ich trotzdem nach England gehen?«

»Du willst ein Kind verlassen, nur um nach England zu gehen?« schrie Khalid wütend auf.

»Niemals würde ich mein Kind im Stich lassen«, schrie

Heather zurück. »Wie kannst du überhaupt nur so etwas von mir denken?«

Karim schrie so laut, daß er vor Anstrengung zitterte.

»Mein Kleines, sei still«, flüsterte Heather und wiegte ihn wieder. »Siehst du, was du angestellt hast?« Doch trotz ihrer sanften Stimme wollte sich das Baby nicht beruhigen.

»Er hat Hunger«, stellte Heather mit einer Sicherheit fest, als hätte sie schon zehn Kinder großgezogen.

»Er hat etwas bekommen, vor ein paar Stunden erst«, rechtfertigte sich Khalid.

Heather warf ihm einen herablassenden Blick zu. Als ob Männer eine Ahnung davon hätten, wie man mit Babys umgeht. »Mein Sohn braucht mich jetzt.«

Khalid lächelte sie an. Ihre kleine Meinungsverschiedenheit hatten beide längst vergessen. Es würde alles gut werden.

»Wir müssen Karim einen neuen Namen geben«, sagte Heather. »Wir könnten ihn doch Walter nennen, nach meinem Vater.«

»Walter klingt zu europäisch für unsere Ohren«, erwiderte Khalid. Er versuchte gerade herauszufinden, ob Karim vielleicht seinen Finger als Schnullerersatz annehmen würde. »Außerdem geben wir Väter den Kindern die Namen.«

»Ach, ihr mit euern Regeln!« erklärte Heather respektlos.

Khalid warf ihr ein gequältes Lächeln zu.

»Ach, er ist einfach wunderbar«, strahlte sie schon wieder. »Er ist vollkommen.«

»Gut, das soll sein Name sein. Wir nennen ihn Kemal Mustafa. Kemal für die Vollkommenheit und Mustafa im Angedenken an meinen verstorbenen Onkel«, entschied Khalid.

»Kemal ist auch ein schöner Name«, sagte Heather etwas geistesabwesend. Sie war völlig mit dem Kleinen beschäftigt, und Khalid war einen Moment lang fast eifersüchtig. Sie hatte ihn schon beruhigen können, und er lag friedlich in ihrem Arm und strahlte sie an. Aber der Hunger würde bald wiederkommen.

»Kemal liebt mich«, verkündete sie stolz.

»Kemal hat Hunger und Blähungen«, mutmaßte ihr immer noch eifersüchtiger Ehemann.

Heather warf ihm einen geringschätzigen Blick zu. Dann hob sie Kemal hoch und verzog das Gesicht. »Puh!«

»Du mußt die Windel wechseln.«

»Aber ich weiß nicht, wie das geht.«

Khalid rief nach dem Eunuchen. »Bring Windeln.«

Mit einem Stoß frischer Windeln versuchte Heather ihr Glück. Sie konnte sich erinnern, wie die Diener im Schloß daheim in England die Kinder gewickelt hatten. Omar beobachtete sie stolz. »Der Koran sagt, daß das Paradies zu Füßen einer Mutter liegt.«

»Ich bin Christin! Vergiß das nie!« fauchte sie ihn an.

Doch mit Kemal sprach sie in einem sanften liebevollen Ton. Zärtlich streichelte sie die seidenweiche Haut ihres Sohnes, kitzelte seinen verkrüppelten Fuß und war begeistert, wie fest der Kleine schon nach ihren Fingern greifen konnte. Sie spürte gar nicht, daß Khalid sie erleichtert beobachtete. Kemal würde immer geliebt werden, das wußte er.

Kapitel 20

Vorsichtig bettete Heather den schlafenden Prinzen in die Wiege, die Omar hereingebracht hatte. Dann blickte sie Khalid an: »Und meine Überraschung?«

Khalid wußte erst gar nicht, wovon sie sprach. »Und, Omar, bring das Essen für Kemal.« Sie fand, sie klang schon wie eine sehr erfahrene Mutter.

»Er hat erst vor drei oder vier Stunden etwas gegessen«, wandte Khalid ein.

»Kein Wunder, daß er geschrien hat. Er muß ja fast umgekommen sein vor Hunger«, erwiderte Heather. »Du weißt auch gar nichts über kleine Kinder.«

»*Ich* weiß gar nichts über kleine Kinder? Und wieso weißt du plötzlich soviel über kleine Kinder?«

»Wir Frauen wissen das eben. Wir bekommen ja auch die Kinder«, erklärte ihm Heather. »Babys haben noch einen ganz kleinen Magen. Deswegen brauchen sie öfter etwas zu essen. Und außerdem müssen sie wachsen.« Dabei warf sie ihrem Mann einen Blick zu, der zu fragen schien, ob auch Khalid mal so ein kleiner Winzling gewesen war. »Aber was ist denn nun mit deiner Überraschung?«

»Welche ...?«

»Du hast gesagt, du hättest eine Überraschung, die mich davon abbringen würde, nach England zurückgehen zu ...« Sie hielt inne und lächelte. Jetzt wußte sie, was die Überraschung war.

»Gefällt dir die Überraschung?« fragte Khalid vorsichtig.

Heather nickte lächelnd. Aber ein wenig enttäuscht war sie doch. Das entging ihrem Ehemann nicht.

»Wünsch dir noch etwas, Wildblume. Möchtest du Schmuck? Möchtest du deiner Mutter schreiben?«

»Das wären schon schöne Dinge«, sagte Heather.

»Aber? Was möchtest du dann?«

Heather blieb stumm. Sie wollte nicht riskieren, bei dem nun sicherlich folgenden nächsten Krach den kleinen Prinzen aufzuwecken.

Khalid verwirrte ihr Verhalten. »Was möchtest du, Prinzessin? Was wünschst du dir?«

»Nun gut, ich wünsche mir einen Priester.«

Sofort verdunkelte sich Khalids Antlitz. Er warf ihr einen wütenden Blick zu. Seinen Lippen wurden schmal. »Es wird keinen Priester geben. Und ich will nicht mehr darüber sprechen.«

»Aber Khalid, ich kann doch dieses Kind als Unverheiratete ...«

»Du bist verheiratet. Der Imam hat uns standesgemäß getraut.«

»Ich brauche einen Priester, der eine Messe liest.« Heather flüsterte, doch ihre Stimme klang trotzdem sehr eindringlich. »Wenn ich sterben muß, bevor ich meine Sünden beichten konnte, dann komme ich geradewegs in die Hölle!« Allein bei dem Gedanken wurde sie ganz blaß.

»Engel wie du begehen keine Sünden«, neckte sie Khalid. »Engel wie du kommen nur ins Paradies.« Er wollte sie küssen, doch Heather drehte ihr Gesicht zur Seite.

Wütend blickte sie ihn an. »Immer mußt du dich durchsetzen. Immer muß ich mich deinen Wünschen unterordnen. Immer darf es nur so gehen, wie du es dir in den Kopf gesetzt hast. Warum kannst du dich nicht ein bißchen nach mir richten? Nur ein bißchen? Du bist starrsinnig, wie ein alter Büf ...«

»Das reicht jetzt!« befahl Khalid. Seine Narbe zuckte. »Ich bin dein Mann. Du wirst nicht wieder so respektlos zu mir sein.«

Nun war Kemal endgültig wach und schrie wütend in seiner Wiege.

»Jetzt hast du das arme Baby aufgeweckt«, schimpfte ihn Heather. »Kemal kann doch nichts dafür.« Sie hob ihn hoch und streichelte seinen Rücken.

»Es wird keinen Priester geben. Das ist mein letztes Wort.« Khalid stürmte aus dem Zimmer und knallte die Tür hinter sich zu.

»Ich schlafe gerne allein heute nacht!« rief ihm Heather wütend hinterher.

Kemal schrie noch lauter.

»So ein dummer Büffel!« schimpfte Heather vor sich hin, doch dann mußte sie ihren Ärger vergessen und den Kleinen beruhigen.

Mit großen Schritten donnerte Khalid den Gang entlang und riß dabei fast Omar zu Boden. »Aus dem Weg!« brüllte er den verblüfften Eunuchen an, der die Milchflasche für Kemal ganz fest an sich gepreßt hielt.

Omar schüttelte traurig den Kopf. So würden die zwei Liebenden nie zusammenkommen. Immer nur kämpfen und streiten.

Die Prinzessin hatte einen sehr starken Charakter und würde daher sicher viele Söhne bekommen. Doch sie war ebenfalls trotzig. Und seinem Manne zu trotzen statt ihn zu verführen ... nun, davon wurde man wirklich selten schwanger. Und er, Omar, würde nie reich werden.

Er hielt inne, um besser nachdenken zu können. Und schon kam ihm auch eine Idee. Der Koch verstand sich auf das Würzen mit Kräutern und magischen Tränken. Sicherlich auch auf Mittel, die die Sinneslust anregten. Er würde mit ihm reden.

Befriedigt klopfte Omar an die Tür, trat mit einer Verbeugung ein und übergab Heather die Flasche. Dann wollte er sich zum Gehen wenden.

»Bleib, Omar«, rief Heather völlig erschrocken. »Du mußt mir helfen!«

»Eunuchen wissen gar nichts über kleine Babys«, erklärte Omar. »Es tut mir leid, aber ich kann Euch nicht helfen.«

»Aber ...«

Omar war in Windeseile aus dem Zimmer gerannt. Vielleicht würde sie ihn auch noch bitten, dieses dreckige kleine Etwas zu wickeln! Er war entsetzt.

Heather starrte ihm offenen Mundes nach. Noch nie hatte es Omar gewagt, sich einer Anordnung zu widersetzen. Doch Kemals Hunger ließ sich mit Streicheln und Wiegen nicht mehr aus der Welt schaffen. So mußte sie es denn allein versuchen. Sie setzte sich auf das Ende des Bettes und wollte ihm vorsichtig den Schnuller in den Mund schieben. Doch Kemal griff begierig selbst danach und begann zu trinken.

Mhm! dachte Heather. Einige Männer sind leicht zu befriedigen!

Warum lag es nicht in der Natur der Frau, sich mit den Dingen zu begnügen, die sie hat? Warum waren alle Frauen so starrsinnig und unzufrieden? Khalid war aufgebracht. Mit ihrer sogenannten Logik versteiften sich Weiber auf etwas, das sie nicht haben konnten und versuchten alles, um es zu bekommen!

Warum?!

Diese Ungläubige war noch schlimmer als die Frauen im Harem seines Onkels. Er hatte sie mit Geschenken überhäuft. Er hatte ihr die Freiheit geschenkt. Er hatte seine Ehre und sogar sein Leben aufs Spiel gesetzt, um sie zu retten. Und er hatte die Fehde gegen Fougere ausgesetzt.

Und war die grünäugige Hexe zufrieden? Nein! Sie wollte das Unzumutbare. Sie wollte diesen Priester. Und nun zählten alle Dinge, die er für sie getan hatte, plötzlich nichts mehr. Und würde er ihr erst diesen Wunsch erfüllen, würde es immer so weitergehen. Ihr würde etwas anderes einfallen, um ihm auf die Nerven zu gehen.

Khalid war so aufgebracht, daß er überhaupt nicht merkte, wohin er ging. Plötzlich stand er auf den Zinnen seines Schlosses und erschreckte die zwei Wachen, die aufschrien und sofort ihre Degen zogen.

»Bewachen jetzt Feiglinge mein Anwesen?« knurrte Khalid.

»Herr, vergebt uns«, sagte einer der Wachen. »Wir haben Euch für den Geist gehalten.«

»Die christliche Prinzessin, die hier nachts erscheinen soll«, sagte der andere.

»Feinde aus Fleisch und Blut machen uns keine Angst, Herr!« bekräftigte der erste.

»Aber wie treten wir einem Geist gegenüber?« fragte der zweite. »Er ist doch schon tot. Wie soll man ihn noch mal töten?«

»Es gibt keine Geister, Männer«, sagte Khalid in strengem Ton.

»Wenn Ihr es sagt!«

»Ihr habt recht, Herr, wie in allen Dingen«, bekräftigte wieder der andere.

»Laßt mich jetzt allein«, befahl Khalid. »Wartet unten in der Halle auf mich.«

Erleichtert verneigten sich die Krieger vor ihrem Herrn und waren sofort verschwunden.

Im Zwielicht der herannahenden Nacht wirkte das Schloß der Jungfrau tatsächlich einladend auf geisterhafte Gestalten. Die hohen Zinnen zeichneten sich gegen den Himmel ab, der sich in Tönen von Blau und Lavendel verfärbte. Erst später würde man Mond und Sterne dort oben am Firmament entdecken können.

Khalid stand ganz alleine dort und blickte hinaus auf das Meer. Nebel rollte langsam auf das Schloß zu.

»Du Hexe!« flüsterte er.

Sie hatte ihn verhext. Er konnte sich nicht dagegen wehren.

Er liebte sie. Und diese Situation nutzte sie schamlos aus und weigerte sich, auch das ihre für die Verbindung zu tun. Sie liebte ihn auch, das wußte er. Und trotzdem verweigerte sie sich im ständig und trieb ihn vor Verlangen fast in den Wahnsinn. Und jedes Mal, wen er glaubte, nun an Boden gewonnen zu haben, verlangte sie nach einem Priester.

Und in dieser Sache würde er ihr nicht entgegenkommen. Auch wenn es beide ins Verderben stürzen sollte.

So schlimm war die Situation, daß er sich plötzlich in seinem eigenen Hause nicht mehr wohl fühlte. Sein Garten, wo er sonst nächtelang gesessen und nachgedacht hatte, war ihm verschlossen, denn sicherlich würde sie dort auf ihn warten und ihn aufs neue bedrängen. War sie das alles wert? Den Schmerz, die Rastlosigkeit, die ständigen Gewissensprüfungen?

Ja, erwiderte ihm eine innere Stimme.

Sie war schön, intelligent, furchtlos und warmherzig. Seine Wildblume war einzigartig unter all den Frauen in Allahs Universum!

Khalid blinzelte. War das wirklich ein Schiff, was er da zu sehen glaubte? Weit am Horizont schien ein Schiff durch den Nebel auf das Schloß zuzusteuern. Aber wer würde sich ohne Erlaubnis in diese Gewässer wagen? Die Hoheit dieser Gewässer zu verletzen, bedeutete für jeden Eindringling den sicheren Tod.

Doch plötzlich hatte der Nebel das Schiff verschluckt.

Khalid schüttelte den Kopf. Er war wohl einfach übermüdet. Es konnte kein Schiff gewesen sein.

Er verharrte noch für einen Moment auf den Zinnen und wollte sich gerade zum Gehen wenden, als ihn etwas ganz leicht zu berühren schien.

Eine Bewegung lief an seinem Rücken herab und ließ ihn erschaudern. Blitzschnell drehte er sich nach allen Seiten. Aber in dem Nebel, der immer näher rückte, konnte er nichts entdecken. Es war wohl nur ein Luftzug gewesen.

Und plötzlich hörte er es. Ein wimmerndes Geräusch. Eine Frau, die weinte. Oh, es mußte Heather sein, die dort unten im Garten saß und seine Unversöhnlichkeit beweinte. Er blickte hinunter, doch der Nebel war längst in den Garten gerollt. Kaum, daß er Bäume und Büsche ausmachen konnte.

· Das Weinen wurde lauter. Er blickte nach rechts und erstarrte. Dort stand eine unverschleierte Frau nur einige Meter von ihm entfernt und schaute sehnsüchtig hinaus aufs Meer.

»Wer bist du?« fragte Khalid.

Als sie seine Stimme hörte, drehte sich die Frau zu ihm um. Ein Lächeln erhellte ihr Gesicht, doch sie blieb stumm. Langsam glitt sie auf ihn zu.

Khalid stand regungslos da.

Die Frau war näher gekommen und streckte ihre Hand nach ihm aus. Sie schien sein Gesicht berühren zu wollen, doch plötzlich erkannte sie, daß Khalid ein Fremder war. Ihr Lächeln erstarb. Sie machte einen Schritt zurück.

Khalid wollte nach ihr greifen, doch sie war verschwunden.

»Wo bist du?« rief er laut und griff um sich.

Doch keine Antwort kam. Es blieb still.

»Wo bist du?« Diesmal schrie er die Frage fast.

Doch es waren nur die Wachposten, die nun aus dem Nichts auftauchten. »Ihr habt uns gerufen, Herr?«

»Sie war hier«, sagte Khalid leise und spürte eine unsagbare Traurigkeit in sich aufwallen. »Ich habe sie gesehen.«

»Wen?« fragten beide wie aus einem Mund.

»Die Prinzessin aus dem Abendland.«

Beide Wachposten berührten ihre blauweißen Ketten, die den bösen Blick abwenden sollten.

»Ihr könnt gehen. Eure Wache ist beendet«, wies er seine Soldaten an. Seine Stimme klang brüchig. »Zieht die Wachen von den Zinnen ab. Wir wollen den Frieden der Toten ehren.«

Die Wachposten verneigten sich und eilten davon, bevor es sich ihr Herr vielleicht anders überlegte. Sie fürchteten keinen irdischen Feind. Aber sie fürchteten die Geister.

Khalid warf einen letzten Blick hinaus aufs Meer, bevor er ging. Ob der Geliebte der Prinzessin auf dem Schiff gewesen war? Er, ein Moslem, der sie, eine christliche Prinzessin, liebte und nun kam, um sie zu befreien?

Nachdem eine angemessene Zeit verstrichen war, in der das Baby sicherlich gefüttert und gewickelt worden war, begab sich Omar wieder zu seiner Herrin. Heather saß schmollend auf ihrem Diwan. Der kleine Kemal lag bereits in seiner Wiege und schien fest zu schlafen.

Omar hielt ihr das Glas mit dem Zaubertrank hin, der in Zitronenwasser aufgelöst war.

»Nein, ich mag diese Getränke nicht«, sagte sie und schüttelte den Kopf.

»Der Koch hat es eigens für Euch zubereitet«, versuchte

er sie zu überreden. »Wenn Ihr es verschmäht, wäre er bestimmt sehr gekränkt.«

»Ich möchte es trotzdem nicht.«

»Reicht es Euch nicht, schon Euren Gemahl verärgert zu haben?« schalt sie Omar. »Jetzt wollt Ihr auch noch die Künste des Kochs verschmähen? Nehmt einen Schluck, und dann werde ich nach Eurem Verband sehen.«

»Gut, Omar, stell es hier auf den Tisch. Ich werde es später trinken«, sagte Heather und gab sich geschlagen. Sie hielt ihm ihre verbundene Rechte entgegen. »Die Hand juckt furchtbar. Es macht mich ganz nervös.« Dann drehte sie den Kopf weg.

Omar nahm den Verband ab. Aus seiner Tasche zog er eine kleine Schere und eine Pinzette. Vorsichtig schnitt er die Nähte auf, mit denen der erfahrene Arzt ihre klaffenden Wunden verschlossen hatte. Bei jedem Schnipp der Schere verzog Heather das Gesicht, wagte aber nicht, auf ihre Hand zu schauen. Dann zog Omar mit der Pinzette die durchschnittenen Fäden aus der Wunde, drehte ihre Hand nach oben und wiederholte nun an der Innenseite die Prozedur.

»So, Ihr könnt jetzt schauen«, sagte er endlich.

Heather drehte ihre Hand. Ihr Blick verhieß nichts Gutes. Die Wunden waren zwar verheilt, doch die Narben waren noch tiefrosa verfärbt und etwas runzelig. »Wie schön!« sagte sie schnippisch.

»Der Mohr hat uns versichert, daß man die Narben kaum sehen wird«, sagte Omar.

»Wenn es der Arzt sagt, darf ich ihm wohl kaum widersprechen«, entgegnete Heather immer noch schnippisch. Sie nahm einen kleinen Schluck des Zitronengetränks, damit Omar beruhigt war.

»Der Junge schläft jetzt fest. Wir sollten ihn in ein anderes Zimmer bringen, bevor der Prinz zurückkehrt.«

»Khalid und ich sind doch seine Eltern. Kemal muß hierbleiben«, antwortete Heather.

»Aber wenn der Prinz so zurückkehrt, wie er gegangen

ist, werdet Ihr Mühe haben, den Kleinen zu beruhigen«, erinnerte sie Omar.

Heather nickte. »Ja, dann muß ich ihn wieder spazierentragen. Du hast recht, Omar.«

»Ihr wißt doch, Prinzessin, das Paradies liegt zu den Füßen einer Mutter.«

Heather warf ihm einen warnenden Blick zu.

Omar lachte in sich hinein, als er vorsichtig Kemals Wiege hochhob, um sie aus dem Zimmer zu tragen. »Lana wird sich um ihn kümmern«, flüsterte er seiner Herrin zu. »Ich werde jetzt Euer Essen bringen.«

Heather erhob sich und schritt hinaus in den Garten. Begierig sog sie den Duft der Blüten und Kräuter ein, doch der Nebel hatte den Garten schon fast ganz verhüllt und auch die exotischen Düfte und Geräusche des herannahenden Abends überdeckt.

Wo war Khalid? Wahrscheinlich marschierte er wutschnaubend durch sein Schloß! Warum wollte er einfach nicht einsehen, daß sie einen Priester brauchte, um sich rechtmäßig verheiratet zu fühlen?

Aber noch mehr als einen Priester brauchte sie ihren Mann, Khalid. Sie wollte seine Liebe spüren, sie wollte ihn um sich haben, sie wollte in seinen Armen liegen und sich geborgen fühlen.

Sie wollte ihn begehren, so wie er sie begehrte.

Entschlossen zog sie die Tür zum Garten hinter sich zu und eilte zu ihrer Truhe mit Kleidungsstücken, die ihr Khalid geschenkt hatte. Sie fischte einen Kaftan aus sahnefarbener Bursaseide heraus und schlüpfte hinein. Nervös schritt sie die Länge des Zimmers auf und ab. Vor ihrem inneren Auge erschien ihr Khalid, der sie an sich riß und ...

Die Tür öffnete sich. Aber es war nur Omar, der das Abendessen brachte.

Er spürte die Aufregung seiner Herrin und warf einen Blick auf das Zitronengetränk, das jedoch noch fast voll war. Anscheinend brauchten diese heidnischen Frauen doch keine Liebestränke! Er stellte die Platten mit Essen auf dem Tisch ab.

»Ich will den Prinzen. Hol ihn!« unterbrach Heather seine Gedanken.

Verblüfft blickte Omar hoch. Einen solchen Befehl hatte er in seinem ganzen Leben noch nicht entgegengenommen.

Selbst für einen Eunuchen war die offenkundige Leidenschaft seiner Herrin ungewohnt.

Er blickte hoch und sah ihr entschlossenes Gesicht, drehte sich zur Tür und wollte gerade gehen, um seinen Herrn zu holen, als Khalid selbst im Türrahmen stand, so, als hätte er Heathers Worte gehört.

Einen Augenblick lang wußte Khalid nicht, ob diese verführerische Gestalt, die dort am Gartenfenster stand, die mythische Prinzessin war oder seine Frau. Er starrte sie an, als hätte er sie noch nie zuvor gesehen.

»Das Essen ist angerichtet«, sagte Omar schnell und verließ hastig den Raum. Draußen im dunklen Korridor schickte er ein Dankgebet zu Allah. Seine Herrin und ihr Prinz würden viele starke Söhne bekommen.

Nur die Andeutung eines Lächelns umspielte Heathers Züge. Sie trat ein paar Schritte auf Khalid zu. Dann löste sie die silbernen Spangen, mit denen der Kaftan zusammengehalten war. Der kostbare Stoff fiel zu Boden. Völlig nackt stand sie nun vor ihm und schritt sanft lächelnd auf ihn zu.

Das war eine Einladung, die er nicht ablehnen konnte.

Khalid ging auf sie zu und sah ihr in die Augen. Endlich trafen ihre Lippen aufeinander. Heather klammerte sich an ihm fest, als müsse sie ohne ihn sterben. Khalid wollte sie zum Diwan tragen, doch sie wehrte sich. »Nein«, stöhnte sie leise. »Hier.«

Dann zog sie ihm sein Hemd herunter und drängte sich an seine Brust, um die Wärme seiner Haut zu spüren. Er wollte nach ihrer rechten Hand greifen, doch sie versteckte sie vor ihm. »Khalid, nein, die Narben sind häßlich.«

Er griff trotzdem nach ihrer Hand. »Sie sind nicht häßlich. Sie sind so einzigartig wie du.«

Sie klammerte sich noch stärker an ihn und bedeckte sein Gesicht mit wilden leidenschaftlichen Küssen. Dann ging ihre Zunge tiefer, erkundete seinen Hals und seine breiten Schultern. Der Anhänger, den Heather ihm geschenkt hatte, hing an seinem Hals. Die Steine, die Augen, Mund, Zunge und Krallen des mythischen Fabelwesens darstellten, glänzten im Mondlicht, das sich nun von draußen in das dunkle Zimmer ergoß.

Sie streichelte Khalid und ging mit ihrer Zunge so tief, daß er vor Lust aufstöhnte. Sie fiel vor ihm auf die Knie und war nur noch von dem Gefühl der Lust beseelt. Sie wollte ihn. Mit einer einzigen Handbewegung riß sie die Teller und Schalen vom Tisch, der neben ihnen stand, und zog ihn zu sich hinunter.

Ihre Lust und ihr Verlangen ließen ihn erschauern. Noch nie hatte eine Frau ihm so deutlich ihre Begierde gezeigt. Sie zog ihm die Stiefel aus und ließ ihre Hände dann aufreizend langsam seine Schenkel entlang bis zur Taille wandern. Dort löste sie seine Hose und zog sie herunter.

Mit der Zunge erkundete sie sein männliches Glied, das unter ihren köstlichen Aufmerksamkeiten anschwoll. Zarte Finger rieben den Schaft entlang, während ihre Zunge die Eichel befeuchtete und liebkoste. Khalid war so erregt, daß seine Beine fast zu wanken begannen.

Er zog sie zu sich hoch und küßte sie leidenschaftlich.

»Berühr mich«, stöhnte Heather.

Er streichelte jeden Quadratzentimeter ihrer glühenden Haut, die vor Erregung und Hitze feucht geworden war. Dann zog er Heather hinunter auf den Boden und schob sie auf seinen Schoß. Während seine Zunge mit ihren Brustwarzen spielte, schoben seine Hände ihre heißen Schenkel auseinander, denn seine Finger drängten danach, sie zu liebkosen.

Sie stöhnte seinen Namen und wollte sich auf ihn setzen, doch Khalid hielt sie zurück. Er hob sie hoch, legte sie auf den Tisch und drang wild in sie ein. Immer tiefer stieß er, und jeden ihrer Lustschreie beantwortete er mit einem tieferen Stoß.

»Ergieß dich in mich«, flüsterte und stöhnte Heather gleichzeitig in sein Ohr.

Im nächsten Moment verschmolzen beide miteinander und wurden zu einer unzertrennbaren Einheit.

Später lag Heather an seiner Schulter und weinte vor Erschöpfung und Glück. Er streichelte ihr Haar und blickte hinaus in den Garten. Der Nebel würde sich bald verflüchtigen. »Ich liebe dich«, flüsterte er zärtlich.

Kapitel 21

»O Gott, ich sterbe!« Heather hing über einem Nachttopf. Ihr war unaussprechlich übel.

»Eure Krankheit ist nicht tödlich, Herrin«, sagte Omar, der ihr den Kopf halten mußte. »Probiert etwas Fladenbrot. Ich versichere Euch, daß die Übelkeit danach besser wird.«

»Erzähl mir nichts übers Essen«, stöhnte Heather. »Mir wird sofort übel, wenn ich bloß an Essen denke. Und heute nacht hatte ich diesen furchtbaren Alptraum mit einer riesigen Aubergine, die einen Berg hinunterrollte, hier am Schloß, und ich stand unten am Strand und ...«

Ihr Magen drehte sich bei der Vorstellung von etwas Eßbarem. Sie hielt sich am Teppich fest und würgte in den Nachttopf.

Omar hätte sich gerne die Ohren zugehalten. Die Geräusche reichten schon völlig aus, daß ihm auch übel wurde.

Die Tür ging auf, und Khalid trat ein. Er warf einen besorgten Blick auf Heather und hielt ihren Kopf, während sie würgte, doch nur noch Galle herausbrachte.

Als die Krämpfe vorüber zu sein schienen, hob er sie hoch, legte sie aufs Bett und wischte ihr mit einem feuchten Tuch über Gesicht und Hände.

»Khalid, bitte, schick nach einem Priester!«

»Aber wir haben doch seit Wochen nicht mehr darüber gesprochen. Warum willst du ausgerechnet jetzt einen Priester?«

»Ich werde sterben, ich weiß es. Und ohne Beichte fahre ich in die Hölle.«

»Du brauchst keinen Priester«, lächelte Khalid, nachdem Omar seinen fragenden Blick mit einem strahlenden Nicken beantwortet hatte.

»Doch.« Heather maulte wie ein kleines Kind.

»Du hast ein langes Leben vor dir«, versicherte ihr Khalid und strich zärtlich durch ihre kupferfarbene Mähne. »Glaub mir.«

Mühsam zog Heather sich hoch und blickte ihn wütend an. »Du willst mir sagen, wann ich sterbe? Du willst wissen, wie alt ich werde?«

Khalid lachte sie einfach aus.

»Du wagst es, eine Sterbende auszulachen?« Die Empörung in Heathers Stimme ließ allerdings auf mehr Kräfte hindeuten, als Sterbenden sonst innewohnen.

»Ich habe ihr gesagt, daß sie jeden Morgen vor dem Aufstehen ein kleines Stück Fladenbrot essen soll«, sagte Omar zu Prinz Khalid. »Das hilft meistens gegen Übelkeit.«

»Wie soll man einen Bissen herunterbringen, wenn man fast schon tot ist?« jammerte Heather weiter.

»Du ißt jetzt sofort dieses Stück Brot.« Khalid war das Genörgel langsam leid. »Oder ich werde dich mit meinen eigenen Händen umbringen.«

Heather riß ihm das Brot aus der Hand und nahm einen Bissen.

»Langsam kauen«, ermahnte sie Omar.

»Selbst die Sterbenden willst du noch quälen«, sagte sie schmollend zu ihrem Mann.

Khalid nahm sie in den Arm und streichelte ihren Rükken. Nach einer Weile fragte er: »Fühlst du dich jetzt besser?«

Heather schien über die Antwort nachzudenken. Ihre Übelkeit war tatsächlich vergangen. »Ja, es scheint wirklich besser zu gehen.«

»Dann werden wir zwei jetzt einen kleinen Spaziergang machen«, sagte Khalid.

»Nein, ich bin noch zu schwach. Später vielleicht.« Sie wollte jetzt ganz einfach nicht aufstehen.

»Komm, wir gehen ein bißchen in den Garten. Die frische Luft wird dir guttun. Außerdem habe ich wahrscheinlich eine Überraschung für dich.«

»Eine Überraschung? Was denn?« Heather ging es plötzlich blendend.

»Erst gehen wir nach draußen.«

»Mir wird bestimmt übel von dem Duft der Blumen«, wandte Heather ein.

»Dann halte ich dir den Kopf.«

»Das macht es auch nicht besser!«

Khalid lachte und zog sie hoch. Arm in Arm traten sie hinaus in den Garten. Khalid führte Heather auf einem der kleinen Pfade zu der Steinmauer, die den Garten umgab. Dort zog er sie hinter ein hohes Gebüsch. Eine kleine Holztür war dahinter versteckt. Knarrend öffnete sie sich und gab den Blick auf den Strand frei. »Hier entlang, Prinzessin.«

Argus lag bei den Booten Wache. Als er das Quietschen der geheimen Tür hörte, sprang er auf und kam ihnen entgegen. Er wollte an Heather hochspringen, doch Khalid schob ihn weg.

»Sitz, Argus«, befahl er ihm.

Der treue Hund wedelte freudig mit dem Schwanz und schaute sein Herrchen erwartungsvoll an.

»Braver Hund«, lobte Khalid und streichelte ihm den Kopf. Dann hob er ein Stöckchen auf und warf es in Richtung der Boote. Sofort rannte Argus ihm nach.

»Komm, wir setzen uns eine Weile«, sagte er zu Heather. »Hier, auf die Steine. Die haben noch die Hitze der gestrigen Sonne gespeichert.«

Heather sog die würzige Meeresluft ein. »Es riecht gut, so schön salzig. Nun sag, was ist meine Überraschung?«

»Amors Pfeil hat sein Ziel getroffen.«

»Willst du mir noch eine Liebeserklärung machen, Khalid? Das weiß ich doch.« Heather war enttäuscht.

»Dein Schicksal ist besiegelt, Prinzessin.«

»Wovon sprichst du?« fragte Heather wieder. »Und was bekomme ich denn für eine Überraschung?«

»Da ist deine Überraschung«, sagte Khalid lächelnd und deutete auf ihren Bauch. »Du wirst ein Baby bekommen, kleine Wildblume. Deswegen ist dir übel.«

Heather rührte sich nicht.

»Verstehst du? Du trägst mein Kind unter dem Herzen. Aber die morgendliche Übelkeit wird bald vorbeigehen.«

»Schwanger?« Heather blickte ihn an, als sei sie gerade aus einem langen Traum erwacht. Und unter seinem belustigten Blick stand sie auf und blickte an sich herab auf ihren Bauch, der noch so stramm und flach war. Konnte das wirklich wahr sein? fragte sie sich. Sie strich über den Bauch, der sich noch genauso anfühlte wie gestern. Und jetzt sollte sie plötzlich schwanger sein? Sie strahlte auf vor Glück und warf ihrem Prinzen ein wunderschönes Lächeln zu.

Und fast im gleichen Moment überfiel sie Heimweh. Jetzt ohne ihre Mutter zu sein, war ein schrecklicher Gedanke. »Khalid, ich vermisse England und meine Mutter so sehr. Ich werde sie nie wiedersehen können, nicht wahr? Und sie wird nie von ihrem Enkelkind wissen.«

Mit Trauer in den Augen wandte sie sich von ihm ab, ohne auf eine Antwort zu warten.

Khalid wußte, daß Schwangere sehr empfindsam sind und Stimmungsschwankungen unterliegen. Man mußte sehr behutsam mit ihnen umgehen. Er erhob sich und lächelte sie an. »Ich verspreche dir, daß ich dich nach der

Geburt nach England bringen werde. Du darfst deine Familie besuchen. Und vorher deiner Mutter einen langen Brief schreiben. Er wird sein Ziel erreichen, Kleines, das verspreche ich dir.«

Sein großherziges und mutiges Angebot versöhnte sie sofort. Liebevoll strich sie über seine vernarbte Wange. »Aber hast du nicht gesagt, daß meine Mutter meine Auslieferung verlangen könnte? Und dann müßte mich der Sultan zurück nach England senden.«

»Nur, wenn das auch dein Wunsch ist. Aber ich weiß ja, daß du mich liebst. Das kann uns nicht trennen, Wildblume. Nichts wird uns je trennen.« Und er küßte sie lange und zärtlich.

»Woher weißt du denn überhaupt, daß ich schwanger bin?« fragte Heather. »Bist du wirklich ganz sicher?«

»Es gehört zu Omars Pflichten, solche Dinge zu wissen.«

Heather wurde rot vor Scham bei dem Gedanken, daß ein Mann über ihre monatliche Regel Bescheid wußte, die ihr selbst so unangenehm war.

Khalid pfiff und Argus kam vom Strand hochgelaufen. »Vielleicht solltest du dich jetzt wieder ein bißchen ausruhen, Heather. Am Beginn einer Schwangerschaft muß man sich sehr schonen.«

Er führte sie durch den Garten zurück in seine Gemächer. Argus mußte im Garten auf sein Herrchen warten, während sich Heather nun wieder auf dem Diwan zusammenrollte. Omar hatte in der Zwischenzeit das Zimmer in Ordnung gebracht.

»Wenn ich wieder aufgewacht bin, möchte ich Fladenbrot und zwei hartgekochte Eier«, rief Heather Omar zu.

Omar blickte zu Prinz Khalid. »Meint Ihr zwei hartgekochte Eier oder zwei Eigelb?«

»Nein, die ganzen Eier.«

»Aber ich dachte, Ihr mögt das Weiße nicht?«

»Vielleicht ist es gut für mein Baby«, antwortete Heather. »Ich werde mich zwingen, es zu essen.«

Omar drehte sich weg und rollte die Augen gen Allah. Er konnte sich glücklich schätzen, wenn er diese Schwangerschaft durchstehen würde, ohne dabei den Verstand zu verlieren.

»Du schläfst jetzt ein bißchen«, sagte Khalid und gab ihr einen Kuß. »Ich bin draußen im Garten. Wenn du etwas brauchst, dann ruf mich.«

Heather nickte. Die Augen waren ihr schon zugefallen. Sie drehte und rollte sich wohlig auf dem Diwan aus und fiel in einen erholsamen Schlaf.

Die Nachmittagssonne schien schon ins Zimmer, als sie ihr Mittagessen zu sich genommen und sich frischgemacht hatte.

Die junge Familie, bestehend aus Heather, Khalid, Kemal, Omar und Argus, begab sich auf einen kleinen Spaziergang durch den Garten. Heather hielt Kemal ganz fest an sich gedrückt und erzählte ihm begeistert alles, was ihr gerade durch den Kopf schoß — als ob der Kleine sie schon verstehen könnte. Und seinen dunkelbraunen Augen hingen so begeistert an ihren Augen und Lippen, daß dieser Eindruck nicht ganz zu täuschen schien.

»Gott, ich meine, Allah hat deinem Vater eine Begabung für Blumen und Pflanzen gegeben. Schau mal, hier sind Verbenen. Und das da«, beugte sich Heather mit Kemal auf dem Arm hinunter, »das sind Geranien. Manche von ihnen duften. Und hier, das sind ... das habe ich vergessen. Aber dort sind Dahlien und Astern. Und hier hat dein Vater einen Kräutergarten angelegt.«

»Prinzessin, Ihr braucht Ruhe. Zuviel Bewegung ist nicht gut für Euch. Und Ihr redet auch soviel!« Wie eine Glucke hüpfte Omar aufgeregt um Heather herum. »Ist Euch nicht kalt? Ich hole sofort einen Schal. Oder ist Euch vielleicht zu warm?«

Heather hoffte, Omar mit einem Blick beruhigen zu können. Der kleine Mann brachte sie noch zur Raserei. Hoffentlich würde sie die Schwangerschaft mit ihm durchstehen, ohne den Verstand zu verlieren!

Argus strich begeistert um Heathers Beine. Er wollte endlich sehen, was sie da im Arm trug. Heather drehte Kemal, so daß er den Hund sehen konnte. »Und dieser liebenswerte Kerl ist Argus. Er wird dich beschützen.« Sie tätschelte ihm den Kopf. »Das wirst du doch, oder?«

Argus wedelte mit dem Schwanz und bellte begeistert. Der erschrockene Kemal fing sofort an zu schreien.

Heather wiegte ihn. »Ganz ruhig, Kemal, du mußt keine Angst haben. Und schlimmer als sein Bellen sind seine Küsse. Das wirst du auch noch herausfinden.« Sie strich ihm über den zarten Haarflaum. »Und ich trage jetzt auch ein Kind unter dem Herzen, ein Schwesterchen für dich, das du beschützen mußt. Dein Vater weiß nichts davon, aber ich habe vor, ihm einen ganzen Stall süßer Töchter zu schenken.«

Hinter ihr lachte jemand laut auf.

Heather drehte sich um und zwinkerte ihrem Mann zu. Er sah einfach unverschämt gut aus, so stark, männlich und gleichzeitig mit einem so sanften und liebevollen Blick in den Augen.

»So so, das hast du also vor?« Khalid schritt auf sie zu und drohte ihr neckend mit dem Finger. »Dutzende von anstrengenden Töchtern in die Welt setzen? Und ich muß ihnen dann den ganzen Tag einen Wunsch nach dem anderen von den Augen ablesen?«

Plötzlich hörte sie noch anderes Gekicher. Es klang eher wie eine Frauenstimme. Doch Khalid versperrte ihr den Blick.

»Wer ist da bei dir?« fragte Heather. »Wen versteckst du? Deinen Harem?«

»Eine Überraschung.«

»Schon wieder? Nein, jetzt habe ich wirklich genug von deinen Überraschungen«, lachte Heather.

Khalid trat zur Seite und gab den Blick auf April und Malik frei.

Heather tat einen Freudenschrei und rannte auf sie los. Khalid konnte ihr im letzten Moment noch den Kleinen entreißen. Weinend vor Freude lagen sich die Cousinen und Freundinnen in den Armen.

»Ich habe sehr viel unternehmen müssen, um hierherzukommen«, lachte April. »Nun bin ich froh, daß du dich wenigstens freust.«

»Oh, ich bin so glücklich, April!« Strahlend wischte sich Heather die Tränen von den Wangen.

»Ich gratuliere dir zu deinem ersten Kind, Khalid.« Dabei schlug ihm Malik kameradschaftlich auf die Schulter.

»Kommt, wir gehen hinein. Ich lasse Omar Erfrischungen bringen«, schlug Heather vor. »April, das ist unser Adoptivsohn Kemal.« Stolz nahm sie Khalid den kleinen Jungen wieder ab.

Verblüfft blickte Malik seinen Freund an, doch der schüttelte nur den Kopf. Er würde ihm später darüber berichten, wenn sie allein waren und Zeit für ein richtiges Gespräch hatten. Malik konnte er vertrauen, denn ihm verdankte er sein Leben. Sie hatten voreinander keine Geheimnisse.

»Lana wird sich um ihn kümmern«, sagte Omar und nahm Kemal Heather ab. »Bitte folgt mir, ich werde anrichten lassen.«

»Ich werde meiner Mutter einen Brief schreiben«, erzählte sie April. »Du kannst doch deiner Mutter auch schreiben. Khalid wird dafür sorgen, daß die Briefe ihren Bestimmungsort erreichen.«

Eingehakt schritten die Freundinnen wieder ins Haus. Ihre Männer folgten.

»Das würde ich sehr gerne, Heather.« April warf dem berüchtigten Prinzen einen kritischen Blick zu. »Aber geht es dir wirklich gut?«

»Mir ist heute morgen übel gewesen. Aber sonst geht es mir wunderbar. Und weißt du«, erzählte Heather begeistert weiter, »Khalid will mich sogar nach England bringen. Und außerdem will er den Tod meines Vaters rächen.«

»Aber das ist zehn Jahre her«, sagte April. »Zehn Jahre

sind eine lange Zeit. Wahrscheinlich sind nun alle Spuren verwischt.«

»Ach, Khalid wird es gelingen, das weiß ich. Er kann einfach alles.« Sie strahlte ihn hingebungsvoll an. »Oder?«

Bevor Khalid darauf antworten konnte, war Omar schon mit den Erfrischungen zurückgekehrt, Boza und Rosenwasser, Feigen, Trauben und eingelegter Schafskäse.

»Meine Frau ist jetzt die Heldin unseres Reiches«, verkündete Khalid stolz. »Denn sie hat die Verschwörung aufgedeckt. Murad sollte ermordet werden.«

»Du mußt uns alles erzählen«, sagte Malik.

»Meine Mutter hat meine Schwester Tynna und Heather zu einem Besuch in die Bazare mitgenommen«, erzählte statt ihrer Khalid. »Ein Angreifer stürzte sich aus dem Hinterhalt auf Mihrimah. Aber Heather fing den tödlichen Stoß mit ihrer Hand ab!«

»Hier, man sieht noch die Narben«, setzte Heather hinzu und zeigte stolz ihre Hand.

»Und diese Kühnheit und dieser Mut hat den Sultan so beeindruckt, daß er uns in den Palast von Topkapi eingeladen hat. Dort haben die Frauen dann ... was habt ihr gespielt?«

»Verstecken.«

»Ein ziemlich dummes Spiel aus England jedenfalls. Und in ihrem Versteck wurde Heather dann Zeuge einer Unterredung zwischen Lyndar und ihrem Eunuchen, die den Tod meines Cousins planten.«

»Ich bewundere Euren Mut!« sagte Malik ehrerbietig zu Heather. »Und die Suche nach Fougere? Wie steht es damit?«

»Das mußte ich vertagen«, antwortete Khalid seinem überraschten Freund. »Ich will mich um die Lebenden kümmern, nicht um die Toten.«

»Wenn du dich wirklich um mich kümmern würdest, würdest du einen Priester bestellen, um uns zu trauen.«

Heather konnte der Versuchung einfach nicht widerstehen.

»Der Imam hat uns bereits verheiratet, Heather.« Khalid mußte sehr an sich halten, um nicht die Geduld zu verlieren. Ausgerechnet vor seinen Freunden mußte sie damit wieder anfangen. »Ich sage dir zum letzten Mal, du wirst keinen Priester bekommen.«

Malik schaute aus dem Fenster, April musterte ihre Fußsohlen. Beide versuchten, diesem Machtkampf mit tauben Ohren beizuwohnen.

»Und dann kann er gleich das Baby taufen«, setzte Heather noch hinterher.

»Das ist ihre Schwangerschaft. Sie ist überhaupt nicht sie selbst«, entschuldigte sich Khalid bei seinen Gästen. »Heather, ich bin Moslem. Das wußtest du. Keiner meiner Söhne und Töchter wird christlich aufgezogen werden. Schlag es dir bitte endgültig aus dem Kopf.«

»Aber ich bin Christin.«

»Aber du bist mit mir verheiratet. So lauten die Gesetze hier. Bei euch werden sie auch nicht anders lauten.«

»Wir sind nicht verheiratet«, platzte Heather trotzig heraus. Sie kannte sich selbst kaum wieder. Trotzdem sprang sie wütend auf und war mit wenigen Schritten bei der Tür angelangt.

»Heather!« rief ihr Khalid nach.

»Laß mich in Ruhe!« schrie sie und knallte die Tür hinter sich zu.

Blind vor Wut stürmte Heather durch die engen und dunklen Korridore des Schlosses. Sie hatte völlig die Orientierung verloren. Doch wenigstens war sie allein. Die Stimmen der Dienerschaft, die wohl gerade das Abendessen für April und die Männer richteten, verloren sich langsam in den engen Gängen.

Sie lief eine schmale Treppe hoch und war plötzlich auf den Zinnen des Schlosses angelangt. Sie gaben einen wunderschönen Blick auf die Bucht frei. Unter ihr lag der Garten, den Khalid so liebevoll angelegt hatte. Niemand befand sich dort oben. Wenigstens einige Minuten konnte sie nun allein sein.

Erste Herbstnebel stiegen vom Meer hoch und verdeckten den spätnachmittäglichen Himmel. Es würde bald dunkel werden.

Warum begriff er nie, was in ihr vorging? Daß sie unbedingt den Segen eines Priesters brauchte. Sie trug sein Kind unter ihrem Herzen, und ihm war alles egal. Er kümmerte sich überhaupt nicht um sie, er verschwendete keinen Gedanken an sie! Heather wurde immer wütender. Und sie war eben Christin und brauchte einen Priester. Sonst würde sie bestimmt nie ihren inneren Frieden finden.

Heather lehnte mit der Stirn an der harten Mauer und fing an zu schluchzen. Sie konnte die Tränenflut einfach nicht mehr zurückhalten und weinte hemmungslos.

Ganz langsam gewann die Vernunft wieder die Oberhand. Heather blickte hinaus aufs Meer und erschrak plötzlich. Es schien, als habe sie jemand berührt. Und dann hörte sie das leise hilflose Weinen einer anderen Frau. Es lief ihr eiskalt den Rücken hinunter.

Sie blickte erschrocken um sich. Rechts neben ihr im Nebel tauchte eine Frauengestalt auf. Sie war unverschleiert und blickte ebenfalls hinaus aufs Meer.

Heather folgte ihrem Blick. War dort ein Schiff auf dem Wasser zu sehen? Der Nebel verdichtete sich, und das Schiff verschwand. Die geheimnisvolle Frau neben ihr, die Heather gar nicht wahrzunehmen schien, streckte anklagend ihre Hände aus, als wolle sie das Schiff festhalten.

Heather bekreuzigte sich. Dann nahm sie allen Mut zusammen. »Seid Ihr die Prinzessin?«

Die Frau drehte sich zu ihr um. Selbst durch die Nebelschwaden hindurch konnte Heather ihren leidenden hilflosen Gesichtsausdruck sehen. Unbewußt machte sie einen Schritt zurück von den Zinnen und bekreuzigte sich wieder.

»Heather, wo bist du?« hörte sie plötzlich Khalid rufen.

Heather drehte sich in die Richtung, aus der die Stimme kam, und blitzschnell wieder zurück zu der Prinzessin. Doch sie war verschwunden.

Furcht und Entsetzen ergriffen sie. Durch den Nebel schien sie die Orientierung zu verlieren. Sie tastete mit den Händen nach der Mauer, lehnte sich an sie und griff sich ans Herz. Das Blut raste ihr wie wild durch den Körper und hämmerte gegen die Schläfen. Hatte sie wirklich einen Geist gesehen?

Khalid hatte ihr von der abendländischen Prinzessin erzählt, die der Sage nach seit langem an den Zinnen des Schlosses auf ihren moslemischen Liebhaber wartet.

»Heather!« hörte sie wieder seine Stimme rufen.

Nein, sie würde nicht mehr ohne ihn leben können. Sie liebte Khalid, ihren morgenländischen Prinzen. Es war nicht wichtig, welcher Religion er angehörte. Und wenn er in diesem Fall nicht nachgeben konnte oder wollte, dann würde sie nachgeben.

Khalid stürzte hoch auf die Zinnen. »Heather!«

»Khalid, ich bin hier!«

Er lief zu ihr und zog sie an sich. Ein Blick in ihr Gesicht genügte. Sie hatte den Geist der Prinzessin gesehen.

»Khalid, ich hatte solche Angst.«

»Sei ruhig, Wildblume. Es ist alles gut. Hab' keine Angst mehr. Ich bin doch da.« Mit diesen einfachen, liebevollen Worten konnte er Heather schnell beruhigen.

»Ich liebe dich«, flüsterte sie gegen seine Brust.

Doch Khalid hatte sie sehr wohl verstanden. »Ich liebe dich auch«, sagte er mit fester Stimme.

Er warf einen letzten Blick hinaus aufs Meer und dachte an das Schicksal der armen Prinzessin. Er schickte ein leises Gebet zu Allah für ihr Seelenheil.

Kapitel 22

»Wie fühlst du dich heute?« Khalid blickte von seinem Hengst hinunter besorgt auf seine Frau.

»Viel besser. Ich glaube, das Fladenbrot hilft wirklich.«

Es war zwei Stunden nach Sonnenaufgang und die Sonne streckte ihre ersten wärmenden Strahlen wie Fühler durch den herbstlichen Morgen. Es würde ein strahlendblauer Tag werden.

Khalid, Malik und eine Abordnung von Khalids Leibwache bereiteten sich auf einen Jagdausflug vor. Argus war vom Jagdfieber angesteckt und rannte bellend zwischen den Pferden hindurch.

»Und was wirst du heute mit deiner Cousine unternehmen?« fragte Khalid.

Heather warf April einen fragenden Blick zu.

»Sie besteht darauf, mir die Stelle zu zeigen, wo sie den Geist gesehen hat«, antwortete April. »Ich glaube nicht an so etwas. Aber ich möchte lieber nicht dort hingehen. Denn wenn es Geister doch gibt, hätte ich bestimmt Todesangst!«

Khalid nickte. Selbst er hatte Angst gehabt.

»Die *Saddam* wird wohl gegen Vormittag hier eintreffen«, unterbrach sie Malik. »Vielleicht sollten wir warten, bis Rashid und meine Männer eingetroffen sind.«

Khalid wandte sich zu seiner Frau. »Wäre es dir lieber, wenn wir noch warten?«

Heather schüttelte den Kopf. »Nein, ich habe Hunger. Ich habe Appetit auf Schweinefleisch. Schieß mir bitte einen Braten. Ein ganz großes ...«

Khalid verzog angeekelt das Gesicht.

Heather kicherte.

Khalid gab das Zeichen zum Aufbruch. Die Jagdgesellschaft setzte sich hinter ihm in Bewegung. Natürlich wußte er, daß niemand es wagen würde, sein Schloß anzugreifen. Aber er war dennoch unruhig und nahm sich vor, am frühen Nachmittag wieder zurück zu sein.

Zwei Stunden später führte Heather einen zitternden Omar und eine zitternde April hoch auf die unbewachten Zinnen. Sie erinnerte sich noch genau, wo sie am vergangenen Abend gestanden hatte.

»Hier war es. Ich blickte hinaus aufs Meer und sah plötzlich die . . . o Gott, seht nur, die Männer!«

Sprachlos blickten die drei von den Zinnen hinunter auf den Strand. Eine Gruppe näherte sich dem Schloß. Sie war bis an die Zähne bewaffnet. Zwei Männer eilten voraus, der eine untersetzt, der andere fast mager. Beide trugen dunkle Schnurrbärte und hatten fast schwarzes Haar. Heather hielt sich die Hände vor den Mund, um nicht zu schreien. Denn einer der beiden Männer war Fougere, der Comte de Beaulieu.

Sie drehte sich um, griff Aprils Arm und zog sie hinter sich her zur Treppe. Omar folgte ihnen schwitzend. Vor lauter Angst hatte er schon wieder einen Ausbruch des Nesselfiebers und war am ganzen Körper mit roten Flecken übersät.

Heather rannte in ihr Zimmer, wo Lana und ihre Schwester Cyra mit dem kleinen Kemal saßen. Sie nahm das Baby auf seiner Krippe und drückte es ihrer Cousine in die Arme. »Bewache ihn mit deinem Leben!«

»Und du?«

»Fougere hat es auf Khalid abgesehen«, antwortete Heather und führte die kleine Gruppe im Laufschritt in Richtung des Gartens. »Ich werde das Leben meines Sohnes nicht aufs Spiel setzen. Wenn mich das Wiesel findet, wird er dich nicht mehr verfolgen, und dann ist Kemal in Sicherheit.«

»Ich bleibe bei dir!« In Aprils Stimme schwang grenzenlose Furcht.

»Das Leben meines Sohnes liegt jetzt in deiner Hand, April«, fauchte Heather. »Du wirst jetzt tun, was ich dir sage.«

Fast wie in Trance lief Heather den Weg entlang zu der geheimen Tür, die ihr Kahlid neulich gezeigt hatte.

»Omar, ich verlasse mich auf dich!«

»Aber Herrin, ich kann Euch doch nicht allein mit diesen wilden Männern lassen.«

»Nein, Heather, ich auch nicht!«

»Ihr geht jetzt sofort durch diese Tür. Gebt auf mein Kind acht. Ihr seid viel zu aufgeregt, um mir jetzt beistehen zu können.«

Sie öffnete die Tür und schob Omar und die widerstrebende April nach draußen in Sicherheit. Dann verschloß sie die Tür sorgfältig und rannte zurück ins Haus. Die Männer würden jeden Moment kommen.

Sie griff nach einem Obstmesser, das in einer Schale lag, und versteckte es in ihrem Ärmel. Die Stimmen der Soldaten kamen näher.

Mit einem großen Krach wurde die Tür zu ihren Gemächern eingetreten. Der Comte de Beaulieu stand im Türrahmen, blickte sie siegesgewiß an und trat lässig ein. Er sah noch häßlicher aus als auf der Miniatur, die sie damals auf dem Schiff so oft betrachtet hatte.

Vor Schreck wich Heather zurück, hatte sich aber gleich wieder in der Gewalt. Der Comte marschierte auf sie zu.

Mit kalt glänzenden Augen musterte er das Zimmer. »Hier also ist das wilde Tier des Sultans zu Hause!«

»Und Ihr müßt das Wiesel in Menschengestalt sein!«

Fougere versetzte ihr eine Ohrfeige.

Heather schlug ihn zurück und zischte: » Du feige falsche Schlange!«

Fougere erhob die Faust, um sie zu schlagen. Doch Heather nutzte diesen Augenblick und setzte ihm blitzschnell das Messer an den Hals.

»Habt Gnade«, winselte er unverzüglich. »Ich bin gekommen, Euch zu retten.«

Heather lachte verächtlich. Doch ihre Antwort blieb ihr im Halse stecken, als sie das kühle Metall einer Degenspitze zwischen ihren Schulterblättern spürte.

»Wäret Ihr so freundlich, Mademoiselle, das Messer fallen zu lassen?« klang eine tiefe Stimme hinter ihr.

»Ich bin nicht freundlich!«

»Dann muß ich Euch leider töten.«

Heather ließ das Obstmesser fallen und drehte sich langsam um. Der andere Mann, den sie unten am Strand gesehen hatte, stand vor ihr.

»Ich bin Graf Orcioni, Mademoiselle. Stets zu Diensten.« Seine schmierige Begrüßung paßte zu seinem abstoßenden Äußeren.

»Prinzessin«, berichtigte ihn Heather. »Ich bin die Frau von Prinz Khalid.«

Fougere schnaubte vor Verachtung. Er hatte die Kleidertruhe am anderen Ende des Raumes entdeckte. Aus seiner mit Goldstickerei bedeckten Weste zog er einen Sack aus grobem Leinen, in den er achtlos Heathers kostbare Kleidung stopfte.

»Ich glaube kaum, daß ich diese Kleidung benötigen werde«, bemerkte Heather kühl. Sie schien sich völlig in der Gewalt zu haben. »Mein Ehemann wird Euch nachsetzen und Euch töten. Das sollte nicht allzu lange dauern.«

»Halt den Mund, du Schlampe«, plärrte Fougere, ohne sich von seiner Aufgabe ablenken zu lassen. »Diese Sachen sind nicht für dich bestimmt.«

»Mhm. So seid Ihr einer der Männer, die lieber Frauenkleidung tragen?« spottete Heather.

Graf Orcioni lachte verächtlich.

»Du hältst sofort deinen Mund«, drohte ihr Fougere, »oder ich werde ihn für dich schließen. Für immer!«

Fougere hob sich den Kleidersack über die Schulter und griff Heathers rechten Arm. Graf Orcioni hielt den Degen in der einen, Heathers linken Arm in der anderen Hand. Es blieb ihr keine andere Wahl. Sie mußte das Schloß der Jungfrau in Gesellschaft dieses Abschaums verlassen.

Fougere nestelte an seinem Kleidersack und zerriß einen kostbaren Seidenkaftan. Er verstreute die Stoffreste, so daß sie für Verfolger eine gut lesbare Spur abgaben.

Die Matrosen des Comte waren unten am Wasser in einer Barkasse zurückgeblieben. Heather sah, daß es zwecklos war, sich zu wehren und stieg ein. Eine Weile segelten sie entlang der Küste und nahmen dann Kurs auf eine kleine Bucht. Heather drehte sich sehnsüchtig zum Schloß um. Hinter ihr im Wasser schwammen vereinzelt Stoffreste.

»Was soll das?« fauchte sie Fougere an.

»Er soll doch wissen, wohin wir dich bringen, mein Täubchen«, antwortete das niederträchtige Wesen, das ihr Ehemann hätte werden sollen. Seine Stimme klang gemein und listig. »Sonst würde die Falle nicht zuschnappen.«

Heathers Mut sank. Fougere war es schon einmal gelungen, Khalid in einen Hinterhalt zu locken. Warum sollte er dieses Mal nicht wieder erfolgreich sein?

»Du kannst wohl nicht kämpfen wie ein richtiger Mann, du häßliches Wiesel!« schrie sie ihn wütend an.

Fougere versetzte ihr einen Schlag, der sie ohnmächtig zusammenbrechen ließ. Graf Orcioni konnte sie in letzter Minute auffangen, sonst wäre sie über die Reeling ins Meer gefallen.

»Du bist dumm, Fougere. Nicht nur feige, sondern dumm«, schalt er ihn. »Du zerstörst ihre Schönheit. Beim nächsten Mal werde ich dir einen Schlag versetzen, der dich ins Jenseits schickt!«

Erst Stunden später kam Heather wieder zu sich. Es wurde schon langsam dunkel. Man hatte sie an ein Lagerfeuer gebettet. Ihr Kinn und ihr Kiefer schmerzten und waren stark angeschwollen.

»Wo sind wir?« fragte sie wütend und betastete vorsichtig ihr Gesicht.

»Ganz in der Nähe Istanbuls, Prinzessin«, grinste Graf Orcioni.

Heather stieg Essensgeruch in die Nase. Über dem Lagerfeuer hingen zwei eiserne Töpfe, in denen wohl das Abendessen zubereitet wurde.

»Und, wo ist das Wiesel?« fragte Heather kampfeslustig. »Hat es sich schon wieder in seinem Bau vergraben?«

Graf Orcioni grinste wieder.

Hinter ihr tauchte Fougere auf. »Halt den Mund, du dummes Weib!« befahl er.

Heather blickte um sich und suchte nach den Gefolgsleuten des Wiesels. Doch außer dem Grafen und dem Wiesel sah sie niemanden. Nun gut, diese Männer standen wohl gerade Wache. Aber das würde ihnen nicht viel nützen. Jeder von ihnen hatte sein Leben schon verwirkt.

Sie setzte sich auf und warf Fougere aus ihren schimmernden Augen einen haßerfüllten Blick zu. »Du hättest einen schnellen Tod haben können, Wiesel. Doch nun wirst du zu Tode gefoltert werden. Du hast es gewagt, mich zu schlagen.«

Fougere zog sofort seinen Degen und fuchtelte damit vor ihrer Nase herum. Heather lachte nur verächtlich. Vor diesem Mann konnte sie einfach keine Angst haben.

Fougere trat einige Schritte zurück, als er merkte, daß sie ihn nicht ernst nahm. »Findest du nicht auch, Orcioni, daß allein diese grünen Augen schon darauf hindeuten, daß sie eine Hexe ist?«

»Ich würde meine Zunge hüten, Comte«, erwiderte Heather statt seiner. »Mein Ehemann wird mich und mein Baby retten.«

»Du bist schwanger?« Fougere trat wieder einen Schritt auf sie zu.

»Weißt du noch, was ich dir vorhin gesagt habe?« warnte ihn Graf Orcioni. Er stand auf und rührte in den Töpfen.

Fougere blieb stehen und wahrte von nun einen sicheren Abstand zu seiner Gefangenen.

»Nur unzivilisierte Menschen nehmen ihr Abendessen vor dem Anbruch der Nacht ein«, beschwerte sich Orcioni.

»Ein Feuer wäre nachts zu gefährlich«, antwortete Fougere.

Orcioni warf ihm einen verblüfften Blick zu. »Ich denke, du hast es darauf abgesehen, daß der Prinz uns findet. Ein flackerndes Feuer wäre der beste Köder.«

»Du Narr! Glaubst du, ich will, daß er uns überrascht?« knurrte Fougere. »Ich will ihn kommen sehen.«

»Du nennst mich einen Narr?« Graf Orcioni ging drohend auf Fougere zu.

»Nein, verzeih mir, das ist mir nur so herausgerutscht.« Scheinbar ging Fougere jeder Auseinandersetzung aus dem Weg. »Kümmere du dich um das Abendessen.«

»Sassari ist der klügste von uns dreien gewesen«, murmelte Orcioni. »Er ist einfach abgereist.«

»Was kochst du da?« fragte Heather. Der Geruch, der dem Topf entstieg, war so stark, daß ihr fast übel wurde.

»Puttanescasauce«, antwortete Orcioni.

»Es riecht wie alter Fisch«, sagte Heather angewidert.

»Das ist eine italienische Sauce. Übersetzt heißt das ›Hurennudel‹.« Graf Orcioni hatte wieder sein widerliches Grinsen aufgesetzt.

Heather wandte sich verärgert von ihm ab.

Fougere lachte verächtlich auf.

»Warte erst, bis wir mit dir fertig sind, kleines Täubchen!« drohte er ihr. »Zwischen dir und diesen Damen gibt es dann keinen großen Unterschied mehr.«

Wütend sprang Heather auf und wollte wegrennen. Fougere hielt sie an den Haaren fest und warf sie auf den Boden. Er hob den Fuß, um ihr in den Bauch zu treten.

Heather ergriff mit aller Kraft sein Bein. Fougere verlor das Gleichgewicht und fiel rückwärts. Sofort war Heather wieder auf den Beinen. »Wage es, dem Kind etwas zu tun«, drohte sie ihm. »Du wirst dafür ewig in der Hölle schmoren!«

»Tapfere Worte, Prinzessin!«

Heather schrie auf vor Freude. Die Stimme Khalids würde sie unter Tausenden erkennen.

Mit dem Krummschwert in der Hand stand Prinz Khalid vor ihnen wie ein Geist aus dem Nichts.

Orcioni und der feige Fougere griffen zu ihren Waffen.

»Zwei gegen einen«, lachte er verächtlich. »Bist du bereit zu sterben?«

»Ein Feigling und ein Zuhälter! Noch nie hatte ich leichtere Gegner!« Khalid hob drohend sein Schwert.

»Geh auf ihn los, Orcioni«, befahl Fougere.

»Du willst dich an ihm rächen, nicht ich«, weigerte sich der Graf.

»Na? Ich warte!« Khalid hatte sich nicht vom Fleck gerührt.

Fougere warf Orcioni einen Blick zu. »Gut, also dann wir beide zusammen.«

Graf Orcioni zückte seinen Dolch. Dabei fiel sein Blick auf das Schwert, das er vorhin abgelegt hatte. Bevor er noch danach greifen konnte, hatte Heather die Waffe an sich gerissen und das Schwert gezückt. Wutentbrannt richtete sie es auf ihn.

»Jetzt heißt es zwei gegen zwei. Wir sind gleich stark«, sagte sie grimmig.

»Bleib da stehen, Heather. Nimm das Schwert nur zur Verteidigung«, schrie Khalid.

Fougere hatte seinen Degen gezückt und näherte sich ihm. Auch Graf Orcioni kam näher. Die drei begannen einen Kampf auf Leben und Tod.

Orcioni hielt sich im Hintergrund, denn sein Dolch würde ihm auf diese Entfernung nichts nützen. Er hatte kein Interesse herauszufinden, ob Prinz Khalid in der Fechtkunst tatsächlich so erfahren war, wie jedermann behauptete.

»Na, was ist?« höhnte Khalid. »Wollen wir ein Tänzchen wagen? Wolltet ihr mich nicht töten?«

Plötzlich stieß Fougere nach ihm, verfehlte aber sein Ziel. Khalid hatte lange auf diesen Moment gewartet. So einfach würde er es diesem Schurken nicht machen. Er trat einige Schritte zurück und machte dann eine Finte.

»Wenn wir dich getötet haben, wird Orcioni deine Liebste in seinem Bordell vermieten. Jeder kann sie haben.«

Fougere wollte Khalid wütend machen, doch der behielt einen klaren Kopf. Zwei bewaffnete Gegner zu töten, erforderte Ruhe und Übersicht.

»Wenn ich meinem Spaß mit ihr hatte, werde ich sie am Bett festbinden. Dann kann sie jeder besteigen! Umsonst!« Aber Orcionis Stimme klang nicht siegesgewiß, sondern angstvoll.

Fougere wagte einen zweiten Angriff und begab sich dabei zu nahe an den Prinzen. Der wich zurück, täuschte beide und sprang auf Orcioni zu. Mit einem einzigen Schlag trennte er ihm den Kopf vom Rumpf. Doch durch den Aufprall fiel ihm das Krummschwert aus der Hand.

Fougere schrie auf. Mit seinem Degen versperrte er Khalid den Weg zu seinem Schwert.

»Heather, gib mir dein Schwert«, rief Khalid ihr zu und versuchte, den Stößen Fougeres auszuweichen.

Aber Heather starrte wie benommen auf das Meer aus Blut und Eingeweiden. Alles war so wie damals, die Männer, das Klirren der Schwerter, ihr Vater, der am Boden lag und vor ihren Augen verblutete.

»Heather, das Schwert!« Khalids verzweifelter Schrei holte sie in die Wirklichkeit zurück.

Mit gezücktem Schwert ging sie auf Fougere los, doch sie war noch so benommen, daß er sie täuschen konnte. Mit voller Wucht trat er sie in den Bauch. Heather schrie auf und brach zusammen. Ein furchtbarer Schmerz durchbohrte sie.

Khalid wollte auf Fougere losgehen, doch der drehte sich blitzschnell um und ritzte seine Haut mit dem Degen. Khalid stolperte und fiel auf den Rücken.

»Heather!« schrie er, so laut er konnte.

Woher sie die Kraft nahm, wieder auf die Beine zu kommen, wußte sie nicht. Sie sah nur ihren Mann, der von Fougere bedroht wurde. Sie sah das Schwert in ihrer Hand. Sie sah es im Feuer aufleuchten, wie es sich in Fougeres Hals senkte und ihn durchbohrte.

Khalid drehte sich zur Seite, um dem letzten Degenstoß

des Sterbenden auszuweichen. Gurgelnd brach Fougere zusammen.

Khalid rannte zu Heather, die wieder in sich zusammengesunken war.

»Heather, Heather, es ist alles vorbei!« schrie er noch wie benommen. »Heather, wach auf!« Er rüttelte sie. Sie lag noch immer mit geschlossenen Augen am Boden.

»Heather! Du bist nicht tot! Komm zu dir!« Verzweifelt schüttelte er sie an den Schultern.

»Ich habe Schmerzen«, sagte sie mit tonloser Stimme.

»Ich bringe dich nach Hause, Heather«, sagte er leise.

»Die Wachen werden uns nicht mehr gefährlich«, sagte eine Stimme neben Khalid. Er blickte auf zu Malik, der nur leicht verletzt schien.

»Khalid, bring sie zu deiner Mutter, das ist näher. Sie verliert das Baby«, warnte er seinen Freund.

Khalids Augen weiteten sich vor Entsetzen. Er drehte sich zu Heather, und sein Blick glitt hinunter auf ihren Bauch. Der Blutfleck auf ihrem Kaftan wurde größer und größer.

Khalid schloß die Augen. Das wilde Tier des Sultans stieß einen markerschütternden Schrei aus.

Kapitel 23

Heather wachte langsam aus ihrer tiefen Bewußtlosigkeit auf. Habe ich das alles vielleicht nur geträumt? fragte sie sich. Oder ist es das Gefühl, wenn man gestorben ist?

Aus der Ferne hörte sie Stimmen und Geräusche. Eine Tür wurde geöffnet, Schritte näherten sich. Die Schritte gingen wieder. Eine Tür wurde geschlossen.

Sie schlug die Augen auf. Das Zimmer, in dem sie lag, war fast dunkel. Vorsichtig versuchte sie, sich aufzusetzen. Jeder Muskel, jede einzelne Faser ihres Körpers schien zu schmerzen.

Jemand drückte sie zurück in die Kissen. »Bleib liegen, Heather.« Es war Khalid.

Er zündete einige Kerzen an, so daß sie ihn sehen konnte. Sie schaute ihn fragend an. Er konnte ihrem Blick kaum standhalten.

»Du bist verletzt worden, aber nicht schwer«, sagte er und strich ihr zart mit den Fingern an der Wange entlang, eine Liebkosung, die sie sonst so liebte, die ihr jetzt aber weh tat.

»Ich fühle mich, als sei ich eine lebende Tote.«

Er versuchte tapfer, über ihren Scherz zu lächeln. »In ein paar Tagen wirst du schon wieder auf Bäume klettern.«

Heather konnte sich nicht richtig an die Geschehnisse erinnern. Es hatte einen Kampf gegeben, mit Dolch und Schwert, viel Blut war geflossen, und Khalid hatte nach ihr gerufen. Doch sie erinnerte sich nicht, verwundet worden zu sein.

»Deine Fechtkunst hat mir das Leben gerettet, Heather«, sagte Khalid. »Du hast Fougere mit einem einzigen Stich das Licht ausgeblasen.«

»Ich hatte auf sein Herz gezielt«, sagte sie und versuchte ein Lächeln.

»Allah hat dir dir Hand geführt«, antwortete Khalid. Er hielt ein Glas in der Hand, das eine milchige Flüssigkeit enthielt. »Versuche bitte, dich aufzusetzen. Du mußt das hier trinken.«

»Ich habe keinen Durst.«

»Das ist auch nicht gegen den Durst«, sagte er. »Komm, trink das.«

Er half ihr vorsichtig hoch. Sie konnte sich vor Schmerzen kaum halten. Besonders ihr Bauch tat ihr furchtbar weh. Und plötzlich fiel ihr eine Szene des Kampfes wieder ein.

»Was ist mit meinem Baby?« fragte sie ihn.

»Trink das«, befahl er und hielt ihr das Glas an die Lippen.

Heather gehorchte und trank das starke Beruhigungsmittel bis auf den letzten Tropfen aus.

»Khalid, was ist mit meinem Baby?«

Er nahm ihre Hand. »Der Arzt hat gesagt, du würdest Dutzende von gesunden Kindern zur Welt bringen können?«

»Und dieses?« fragte sie hoffnungsvoll.

»Nein«, sagte er leise.

Schluchzend verbarg sie ihren Kopf an seiner Schulter.

»Es tut mir so unsagbar leid, Heather. Du leidest wegen mir. Es ist meine Schuld.«

Er versuchte alles, um sie zu beruhigen, doch Heather erlitt einen schrecklichen Weinkrampf. Langsam wirkte jedoch das Beruhigungsmittel, und sie schlief in seinen Armen ein.

Vorsichtig deckte er sie zu und blieb noch lange an ihrem Bett sitzen.

»Auf Wiedersehen, kleine Prinzessin«, murmelte er dann wie geistesabwesend. »Auf Wiedersehen.« Er stand auf und wischte sich die Tränen aus den Augen. Dann verließ er das Zimmer.

Auf dem Korridor begegnete Khalid seiner Mutter. »Heather schläft jetzt, Mutter. Aber du kannst sie morgen besuchen.«

Mihrimah nickte und ging mit ihm den Korridor entlang. »Hast du es ihr schon gesagt?« fragte sie.

Khalid nickte, aber er erwiderte ihren Blick nicht. Er brauchte alle Kraft, um seine Gefühle unter Kontrolle zu halten.

»Und wie hat sie es aufgenommen?«

»Sie hat furchtbar geweint. Irgendwann ist sie dann dank des Mittels eingeschlafen.«

Mihrimah strich über seinen Arm. Überrascht von der zärtlichen Geste fuhr er hoch und blieb stehen.

»Und du, mein Sohn?« fragte sie. »Wie fühlst du dich?«

»Was glaubst du denn?« fragte er barsch.

»Mein Sohn, ich sorge mich wirklich um dich.«

»Du? Du sorgst dich um mich?« wiederholte Khalid ungläubig.

»Ist das so schwer zu verstehen?« Tränen schimmerten in ihren Augen. Zum ersten Mal in ihrem Leben wagte sie es, seine Narbe zu berühren. Vorsichtig strich sie über das zerklüftete Fleisch. »Mein Herz fühlt mit dir. Du bist doch das einzige Kind, das mir noch geblieben ist. Ich liebe dich.«

»Du liebst mich?« fragte er mit leiser Stimme.

Mihrimah nickte hilflos. Im Gegensatz zu ihrem Sohn hatte sie es erst jetzt gelernt, ihre Gefühle auszudrücken. Dicke Tränen kullerten ihr die Wangen herab.

»Danke, Mutter. Danke, daß du mir das gesagt hast.« Khalid räusperte sich laut, um seine eigene Rührung zu verbergen.

Dann legte er ihr seinen Arm um die Schulter und ging eine Weile schweigend neben ihr her. Endlich sagte er: »Mutter, könntest du etwas für mich tun, wenn ich dich darum bitte?«

»Natürlich.«

»Kümmere dich bitte um meine Frau und laß mich jeden Abend wissen, wie es ihr geht.«

»Wie es ihr geht?« Mihrimah blieb stehen. »Aber du hast doch selbst Augen im Kopf. Und wohin gehst du überhaupt?«

»Nirgendwohin«, antwortete er einsilbig und blickte den Gang entlang, an dessen Ende sich Heathers Gemächer befanden. »Aber ich werde sie nicht wiedersehen.«

»Du läßt dich von ihr scheiden?« fragte Mihrimah überrascht.

Khalid schüttelte den Kopf. »Nein. Ich lasse sie nach England zurückgehen.«

»Aber ihr Zuhause ist bei dir.«

»Nein, Mutter. Sie gehört nach England. Dort ist ihr Zuhause.«

»Aber du liebst sie doch«, hakte Mihrimah nach. »Das sieht doch jeder. Warum tust du das?«

»Ich liebe sie, das stimmt. Aber ich muß sie wieder gehen lassen. Ich habe sie zu meiner Sklavin gemacht und sie dann zu einer Ehe gezwungen, in die sie niemals eingewilligt hätte. Sie hat sich selbst in Lebensgefahr begeben, um unser beider Leben zu retten. Dabei wollte sie immer nur nach England und zu ihrer Familie zurück.«

»Hat sie das gesagt?«

»Sehr oft sogar«, antwortete Khalid. »Und wie soll ich ihr diesen Wunsch jetzt noch abschlagen? Wir beide stehen zu tief in ihrer Schuld.«

»Wenn du dich von ihr scheiden läßt, muß das in Anwesenheit von Zeugen geschehen«, erinnerte ihn seine Mutter.

»Ich lasse mich nicht von ihr scheiden. Heather ist meine Frau und wird immer meine Frau bleiben. Ich kann keine andere Frau lieben.«

»Willst du sie für den Rest deines Lebens betrauern?« rief Mihrimah aufgebracht. »Sie ist doch bei dir.«

Khalid beugte sich vor und küßte sie zart auf beide Wangen. Mihrimah war fassungslos. Dann drehte er sich um und ging allein den Gang hinunter. Sie sah ihm nach und sah nur einen sehr einsamen und gebrochenen Mann.

Am nächsten Morgen fühlte sich Heather fast noch schlechter. Alles tat ihr weh. Sie hatte furchtbar schlecht geträumt und war noch wie benommen.

»Guten Morgen«, begrüßte sie Mihrimah, die neben ihrem Bett stand.

Heather blickte suchend im Zimmer umher. »Wo ist mein Mann?«

»Mein Sohn wurde nach Topkapi gerufen«, antwortete Mihrimah und wunderte sich, warum Heather sich überhaupt noch für Khalid interessierte. »Und, wie geht es dir?«

»Wie würde es dir gehen nach einer Fehlgeburt?« sagte Heather pampig.

»Der Arzt hat uns versichert, daß du noch viele Kinder haben kannst«, sagte Mihrimah ruhig und hielt ihr eine Tasse heißen Tee entgegen.

»Ach wirklich?«

»Heather, bei so wichtigen Dingen würde ich nie lügen!« antwortete Mihrimah etwas verärgert. »Du sollst dich heute noch ausruhen, aber morgen kannst du schon wieder aufstehen und dich etwas bewegen.«

Heather reichte ihrer Schwiegermutter die leere Teetasse zurück. Sie konnte kaum ein Gähnen unterdrücken.

»Ich schaue später wieder nach dir«, sagte Mihrimah. »Jetzt schlaf.«

Heather versuchte vergeblich, ihre Augen offenzuhalten. Sie wollte auf Khalid warten, doch nach wenigen Minuten war sie bereits wieder in einen tiefen Schlaf gefallen.

Sie schlief bis in die Nacht, erwachte kurz und bemerkte, daß er nicht neben ihr lag. Wo war Khalid? Warum war er nicht bei ihr? Doch sie war noch viel zu erschöpft und zu zerschlagen, um einen klaren Gedanken zu fassen. Bald schlief sie wieder tief und fest.

Als Mihrimah am nächsten Morgen das Krankenzimmer betrat, saß Heather schon aufrecht. Ihr Lächeln erstarb, als sie ihre Schwiegermutter sah.

»Ach, du bist es«, sagte sie enttäuscht. »Ich hatte geglaubt, es wäre mein Mann.«

»Khalid muß für Sultan Selim einige Dinge erledigen«, log Mihrimah.

»Wann ist er denn heute früh gegangen?«

»Wieso?«

»Weil er gar nicht bei mir war.«

»Vielleicht wollte er dich nicht stören«, antwortete Mihrimah.

Heather blickte sie nachdenklich an. Das hatte Khalid noch nie davon abgehalten, sie zu sehen. Irgend etwas stimmte nicht. Machte er sie verantwortlich für den Tod seines Erstgeborenen? So wie die Menschen sie damals alle verantwortlich für den Tod ihres Vaters gemacht hatten?

»Wo ist eigentlich Tynna?« fragte Heather und versuchte, unbeschwert und fröhlich zu klingen. »Ich habe sie schon seit Tagen nicht mehr gesehen.«

»Sie verbringt ein paar Tage bei Shasha. Heather, möchtest du jetzt vielleicht ein Bad nehmen?« Mihrimah versuchte, sie von den Gedanken an Khalid abzulenken.

»Gut. Ja. Ja, gerne.« Heather versuchte, ihre Schwiegermutter anzulächeln.

Nach dem Bad wurde sie wieder in ihr Zimmer gebracht. Die nächsten Stunden verbrachte sie mit Warten auf Khalid. Als es dunkel wurde, hatte sich ihr Schmerz langsam in Wut verwandelt. Es war doch auch ihr Kind gewesen! Der Verlust war genauso schlimm für sie! Und er wagte es, sie so zu behandeln? Sie hatte sein Leben gerettet und ihr Baby verloren! Er machte ihr eine Liebeserklärung und ignorierte sie dann ganz einfach! Sie wurde immer wütender.

Die Stunden schienen kaum zu vergehen.

Doch Khalid kam nicht.

Als Mihrimah am nächsten Morgen nach der Kranken sehen wollte, begrüßte sie Heather vorwurfsvoll. »Wo ist er? Warum ist er nicht bei mir?«

»Wer?« fragte Mihrimah unschuldig.

»Mein Mann! Wer denn sonst?«

Mihrimah hatte Mitleid mit ihr. »Heather, er will dich nicht mehr sehen.«

Sprachlos verharrte Heather auf dem Diwan. Sie warf Mihrimah einen verzweifelten Blick zu. »Er will mich nicht mehr sehen? Aber warum denn nicht?« Tränen schossen ihr ins Gesicht.

»Ich habe gute Neuigkeiten für dich«, sagte Mihrimah. »Khalid hat sich um deine Heimreise gekümmert. Du kannst nach England zurückkehren.«

»Aber was soll ich da?«

Mihrimah lächelte immer noch. »In ein paar Tagen wird

dich Malik nach Algier bringen. Dort kannst du mit einem englischen Schiff nach Hause segeln. Bald bist du wieder bei deiner Familie.«

»Verschwinde!« schrie Heather.

»Was soll ich?«

»Du sollst gehen! Ich hasse dich!«

Mihrimah machte auf dem Absatz kehrt und schloß die Tür hörbar hinter sich. Heather schlug mit ihren kleinen Fäusten auf das Kissen ein. Ja, er haßte sie. Sie hatte sein Kind verloren, und nun haßte er sie. Jetzt, wo sie wirklich wußte, daß sie ihn über alles liebte, haßte er sie.

Die nächsten Tage schienen nie zu vergehen. Heather stand auf, ließ sich ins Bad geleiten, nahm Essen zu sich und blickte aus dem Fenster. Sie war höflich zu Mihrimah, aber abweisend. Auch mit den Dienerinnen sprach sie nur das Nötigste. Sie hatte die Hoffnung noch nicht aufgegeben.

Ihr letzter Tag in Mihrimahs Obhut war angebrochen. Heather saß allein auf einer steinernen Bank im Garten ihrer Schwiegermutter. Sie hatte schon so viele Erinnerungen an dieses Land, an dieses Haus, an diesen Garten. Sie blickte hoch und lächelte plötzlich wehmütig, denn sie erinnerte sich an den Tag, an dem sie Khalid aus dem Pfirsichbaum retten mußte.

Allein der Gedanke an ihn brachte sie zum Weinen. Sie vermißte ihn furchtbar.

»Na, sind das Freudentränen?« fragte Mihrimah und setzte sich neben sie.

Sprachlos ließ Heather die Hände sinken. »Wie kannst du das bloß glauben?«

»Freust du dich denn nicht, nach England zurückkehren zu können?«

»Wie kommst du darauf?« fragte Heather entgeistert. »Ich lasse hier alles zurück. Und einen Mann, der mich haßt.«

»Der dich haßt?«

»Er wird mir die Fehlgeburt nie vergeben«, antwortete Heather mit bitterer Stimme. »Er haßt mich so sehr, daß er mich nie mehr sehen will. Er sagt mir nicht einmal Lebewohl.«

»Heather, mein Sohn haßt dich nicht. Er liebt dich.«

»Ach ja? Und weil er mich so liebt, schickt er mich nach England zurück? Und will mich nicht mehr sehen?«

»Aber er hat dir doch damit deinen Herzenswunsch erfüllt. Er liebt dich so sehr, daß er dich gehen läßt.« Mihrimah schaute ihre junge Schwiegertochter prüfend an. »Verstehst du, was ich dir damit sagen will?«

»Welchen Wunsch denn?«

»Du wolltest doch immer nach England zurück.«

»Du sagst das jetzt nur, damit ich mich wieder besser fühle.«

»Nein! Warum sollte ich«, gab Mihrimah zurück. »Ich mag dich nicht.«

Heather lächelte sie verlegen an. Die andere lächelte verlegen zurück.

»Ich liebe ihn, Mihrimah.«

»Jetzt ist es zu spät«, sagte Mihrimah. »Mein Sohn ist auf dem Weg nach Topkapi. Die Sänfte wartet draußen, um dich zu Maliks Schiff zu bringen.«

»Wenn es um Liebe geht, Mihrimah, ist es nie zu spät.« Heather gab ihrer Schwiegermutter einen vorwitzigen Kuß und verließ den Garten.

Zwei Stunden später ging Heather an Bord der *Saddam*. Sie war züchtig verschleiert; nur ihre Augen waren noch sichtbar. Malik kam sofort ehrerbietig auf sie zu. Doch sein Lächeln wirkte aufgesetzt.

»Willkommen an Bord, Mademoiselle«, sagte er auf französisch.

»Prinzessin«, verbesserte sie ihn auf türkisch. »Wie lange wird die Reise nach Hause dauern?«

»Ungefähr einen Monat.«

»Einen Monat von hier zum Schloß der Jungfrau?« Heather zog verwundert eine Augenbraue hoch.

»Ich bringe Euch nach England.«

»England, das ist meine Heimat. Aber das Schloß der Jungfrau ist mein Zuhause. Ich gehöre zu meinem Mann und meinem Sohn, die ich beide über alles liebe.«

Malik strahlte und hätte sich vor Erleichterung am liebsten tief vor ihr verbeugt. Doch was hätten wohl seine Männer dazu gesagt?

»Wie Ihr wünscht, Prinzessin. Nun, zum Schloß werden wir wohl . . .«

Das Beiboot von Murads Schiff glitt durch die Wellen. Das Schloß der Jungfrau war in der Ferne schon zu sehen, obwohl der abendliche Herbstnebel gerade anstieg. Khalid saß im Bug des Bootes und hing seinen Gedanken nach. All das würde eines Tages seinem Adoptivsohn Kemal gehören. Er würde keine weiteren Kinder haben, jetzt, da Heather ihn verlassen hatte.

Als das Boot näher kam, erspähte er oben auf den Zinnen eine verhüllte Gestalt. Nein! Er mußte sich von diesen Geistern verabschieden. Es gab keine Geister. Es gab keine Heather mehr. Es gab keine christliche Prinzessin, die dort seit Hunderten von Jahren auf ihren moslemischen Geliebten . . .

Khalid sprang hoch. Hastig stürzte aus dem Boot und rannte den Strand herauf. Er achtete nicht auf Argus, fegte Abdul zur Seite und stieß an einer Ecke mit Omar zusammen, der gerade ein vollbeladenes Tablett balancierte. Omar strahlte beglückt, als er danach die Überreste des Abendessens wieder vom Boden klauben mußte. Endlich! Endlich würde es wieder so werden wie früher.

Khalid nahm zwei Stufen auf einmal und war endlich oben auf den Zinnen angelangt. Sein Herz klopfte. Die verhüllte Gestalt hatte ihren Yashmak abgelegt, und man sah ihr weichfließendes kupferfarbenes Haar. Sie drehte sich zu ihm um und lächelte.

»Was tust du hier?« rief er.

War er böse oder nur überrascht?

»Ich habe dich doch nach Hause geschickt!«

Heather blickte ihm direkt in die Augen. »Deswegen bin ich hier. Denn mein Zuhause ist hier, bei dir.«

Khalid hielt für einen Augenblick inne. Dann stürzte er sich auf Heather, riß sie in seine Arme und bedeckte ihr Gesicht mit leidenschaftlichen Küssen.

Heather befreite sich lächelnd aus seinen Armen, um ihn anzustrahlen. Da weckte eine andere Gestalt seine Aufmerksamkeit.

»Schau mal, dort«, flüsterte er.

Heather drehte sich um.

Dort stand im Nebel eine Gestalt und blickte hinunter auf das Meer. Eine andere Gestalt erschien aus dem Nebel und berührte sie. Doch eine Nebelschwade rollte heran. Als sie sich verzogen hatte, war auf den Zinnen niemand mehr zu sehen.

»Er hat sie geholt«, flüsterte Heather ehrfürchtig.

»Ja.« Auch Khalid flüsterte.

»Und wo sind sie jetzt?«

»Im Paradies.«

Khalid zog sie an sich, als wolle er sie zu einem Teil von sich machen.

Heather lehnte ihre Wange an seine Brust. Er verbarg seinen Kopf in ihrer Schulterbeuge. Lange standen sie unbewegt da.

»Ich liebe dich«, brach Heather endlich das Schweigen.

»Und ich liebe dich«, sagte Khalid. »Ob wir uns wohl je einig werden können?«

»Das weiß wohl nur Gott«, lächelte Heather.

»Du meinst Allah«, verbesserte er sie.

»Ich meine Wen-auch-immer.«

»Wie wollen wir denn unser Wiedersehen feiern?« fragte Khalid.

Heather schenkte ihm ein wunderbares Lächeln. Ihre smaragdfarbenen Augen glitzerten. »Laß uns doch Schweinebraten essen!«

»Mhm, lecker!« spielte Khalid das Spiel mit. »Morgen

werde ich das größte Spanferkel rösten, das ich finden kann.«

»Morgen ist Freitag.«

»Ich weiß«, grinste er frech.

Sie drohte ihm mit dem Zeigefinger. »Und was machen wir mit dem Priester?«

»Ich werde einfach Malik bitten, den Papst zu entführen. Der kann uns dann hier trauen.«

Heather mußte lachen. »Ach, weißt du, ein einfacher Priester würde mir schon reichen.«

Khalid zog sie hoch und gab ihr einen langen Kuß.

Heather war unsagbar glücklich.

Die christliche Prinzessin und ihr moslemischer Geliebter sollten noch ein langes glückliches Leben vor sich haben, bevor sie zusammen in die Ewigkeit gingen ...